UN PONT SUR L'INFINI

DU MÊME AUTEUR,
CHEZ LE MÊME ÉDITEUR

Jonathan Livingston le goéland

Le messie récalcitrant

RICHARD BACH

UN PONT SUR L'INFINI

une histoire d'amour

Traduit de l'américain
par
Jean Froberger

FLAMMARION

Ce livre est autobiographique. Cependant, par souci de discrétion, quelques noms, ainsi que certains détails qui auraient permis d'identifier les personnages, ont été changés.

Titre de l'ouvrage original :
THE BRIDGE ACROSS FOREVER

Éditeur original
William Morrow and Company, Inc.

© 1984 by Alternate Futures Incorporated
Pour la traduction française
© 1985 Flammarion
ISBN : 2-08-064738-5

— Oh oui quelle chance avons toi et moi d'habiter l'intemporel : nous qui flânant sommes descendus des odorantes montagnes d'éternel à-présent

pour folâtrer parmi des mystères tels que naître et mourir un jour (ou même un peu moins peut-être).

E.E. Cummings *

---

* *95 Poèmes*, Flammarion, 1983.

*Pour Leslie,
qui m'a appris à voler.*

On pense, parfois, qu'il ne reste plus un seul dragon. Plus un chevalier courageux, plus une seule princesse qui traverse des forêts secrètes, envoûtant les daims et les papillons de son sourire.

On pense parfois que notre époque est au-delà des aventures. Que le destin a disparu à l'horizon : ombres brillantes passées au galop il y a longtemps, et parties.

Quel plaisir d'avoir tort. Princesses, chevaliers, enchantements et dragons, mystère et aventure... sont ici maintenant, et sont même tout ce qui a jamais vécu sur terre !

A notre époque, ils ont changé de costume, évidemment. Les dragons portent aujourd'hui les couleurs de l'administration, de l'échec, du désastre. Les démons de la société nous tombent dessus si on ose lever les yeux du sol, si on ose prendre à droite quand on nous dit de prendre à gauche.

Les apparences sont devenues tellement trompeuses que les princesses et les chevaliers peuvent se cacher aux yeux les uns des autres, à leurs propres yeux.

Pourtant, les maîtres de la réalité viennent toujours à notre rencontre dans les rêves pour nous dire que nous n'avons jamais perdu le bouclier qui nous protège des dragons, que des étincelles de feu bleutées nous traversent maintenant pour changer notre monde ainsi que nous le souhaitons. L'intuition nous souffle la vérité : nous ne sommes pas poussière, nous sommes magie !

Voici l'histoire d'un chevalier qui mourait, et de la princesse qui lui a sauvé la vie. C'est une histoire de belle et de bêtes et de sorts et de forteresses, de forces de mort qui paraissent et de forces de vie qui sont. C'est le conte de l'aventure qui importe le plus, je crois, à toute époque.

Ce qui est écrit ici s'est en fait passé pratiquement tel que c'est imprimé. J'ai pris quelques libertés avec la chronologie, certains personnages du livre sont des compositions, la plupart des noms sont fictifs. Quant au reste, je n'aurais pu l'inventer si j'avais voulu ; la vérité n'était pas assez plausible pour être une fiction.

Comme les lecteurs voient derrière les masques des auteurs, vous verrez ce qui m'a poussé à coucher ces mots sur le papier. Mais parfois, sous tel éclairage, les auteurs peuvent également voir derrière les masques des lecteurs. Dans cette lumière, peut-être que je vous trouverai avec votre amour, marchant quelque part le long de ces pages avec moi et le mien.

Richard Bach

1

Elle sera là aujourd'hui.

Je regardais par le cockpit, à travers le vent et le souffle de l'hélice, à travers un kilomètre d'automne, le champ que j'avais loué, le petit morceau de sucre qu'était ma pancarte — *$ 3 LE TOUR* — attachée à la clôture ouverte.

Les voitures s'entassaient des deux côtés de la route, autour de la pancarte. Il y en avait bien une soixantaine, avec une foule de gens venus voir l'avion voler. Elle pouvait être là à cet instant précis. L'idée me faisait sourire. Peut-être était-elle là !

Je tire la manette des gaz, fais remonter le nez du biplan Fleet, laisse les ailes décrocher. Puis j'écrase le palonnier, à gauche, et tire à fond le manche à balai.

Le sol verdoyant, couvert de maïs et de soja, de fermes et de prés explose dans le tourbillon d'une vrille acrobatique, de ce qui vu du sol semblerait une vieille machine volante dont on aurait soudain perdu le contrôle.

L'avion pique du nez, la terre forme une tornade de couleurs qui tourbillonne de plus en plus vite autour de mes lunettes.

Depuis combien de temps suis-je à ta recherche, femme sage, mystique, belle ? Aujourd'hui enfin, le hasard t'amènera à Russel, Iowa, te prendra par la main, te conduira dans ce champ de luzerne. Tu marcheras jusqu'à la foule, sans savoir exactement pourquoi, curieuse de voir une page d'histoire qui vit encore, des couleurs brillantes qui tournoient dans le ciel.

Le biplan tombe en vrille, sur trois cents mètres, la tornade se faisant plus dense, plus serrée, plus bruyante à chaque seconde.

Jusqu'à... maintenant.

Je repousse le manche en avant, relève le pied gauche et enfonce énergiquement le palonnier du côté droit. Encore un tour, deux, puis l'avion cesse de vriller pour plonger tout droit, aussi vite que possible.

Elle sera là aujourd'hui, parce qu'elle est seule, elle aussi. Parce qu'elle a appris tout ce qu'elle voulait apprendre seule. Parce qu'il y a une personne au monde qu'elle est amenée à rencontrer, et que cette personne est en ce moment aux commandes de cet avion.

Virage serré, manette tirée, moteur coupé, hélice arrêtée... descendre en planant, flotter sans bruit jusqu'au sol, s'arrêter devant la foule.

Je la reconnaîtrai quand je la verrai, pensé-je, je la reconnaîtrai aussitôt.

Autour de l'avion, des hommes et des femmes, des familles, des gosses sur des vélos, qui regardaient. Deux chiens, près des enfants.

Je sors du cockpit, regarde les gens et les aime. J'écoutais ma propre voix, avec un détachement curieux, en même temps que je la cherchais dans la foule.

— Russel vu du ciel ! Venez le voir flotter dans les champs de l'Iowa ! Dernière occasion avant la neige ! Montez là où seuls les oiseaux et les anges volent...

Quelques personnes riaient et applaudissaient pour encourager un volontaire autre qu'eux-mêmes. Certains visages soupçonneux, emplis d'interrogations ; d'autres hardis et aventureux ; d'autres encore beaux, amusés ou curieux. Mais nulle part le visage que je cherchais. J'étais seul avec la foule.

— Vous êtes sûr que c'est sans risque ? demanda une femme. Après ce que j'ai vu, je ne suis pas certaine que vous soyez un pilote prudent ! Bronzée, yeux marron clair, elle voulait que je lui vende ma marchandise.

— Sans risque aucun, madame, dis-je doucement. En décembre, ça fera quarante-sept ans que ce Fleet vole — il peut sans doute faire encore un dernier vol avant de tomber en morceaux...

Elle cligna des yeux, surprise.

— Je plaisantais, dis-je. Il volera encore quand vous et moi serons partis depuis longtemps, je vous le garantis !

— Je pense que j'ai assez attendu. J'ai toujours voulu monter dans l'un de ces...

— Vous serez ravie.

Je lance l'hélice pour faire partir le moteur, l'aide à monter dans la cabine avant et à mettre sa ceinture de sécurité.

Impossible, pensai-je. Pas dans la foule ? Impossible qu'elle ne soit pas là !

Chaque jour, convaincu que c'est le bon ; et chaque jour déçu !

Trente autres promenades ont suivi la première, avant que le soleil ne se couche. J'avais piloté et parlé jusqu'à ce que tous soient rentrés dîner et passer la nuit les uns avec les autres en me laissant seul.

Seul.

Est-elle fictive ?

Une minute avant que l'eau ne bouille, je retire la casserole de mon feu de camp, y verse du chocolat en poudre, tourne avec un brin de paille. Fronçant les sourcils, je m'adresse à moi-même.

— Je suis un imbécile de la chercher ici.

J'embroche le pain aux raisins de la semaine dernière sur un bâton et le fais griller au-dessus du feu.

Cette aventure, traverser les années 1970 dans un vieux biplan. Autrefois, elle était épicée d'interrogations. Maintenant, elle est si banale et si peu dangereuse que j'ai l'impression de feuilleter un vieil album de photos. Après la centième descente en vrille, je peux les faire les yeux fermés. Après avoir cherché dans la foule pour la millième fois, je commence à douter que les âmes sœurs apparaissent dans les prés.

Je gagne suffisamment d'argent en promenant des passagers, je ne mourrai jamais de faim. Mais je n'apprends rien de neuf non plus, je m'accroche.

La dernière fois que j'ai vraiment appris quelque chose, c'était il y a deux ans. J'avais vu un biplan Travel Air, blanc et or, se poser dans un champ et j'avais fait la connaissance de Donald Shimoda, Messie à la retraite, ex-Sauveur du monde. Nous étions devenus amis, et pendant les derniers mois de sa vie il m'avait confié quelques-uns de ses étranges secrets.

Le journal que j'avais tenu au cours de cette saison s'était transformé en un livre, envoyé à un éditeur et publié il y avait peu de temps. J'avais fidèlement suivi la plupart de ses leçons, si bien que les épreuves nouvelles étaient effectivement rares, mais j'étais parfaitement incapable de résoudre le problème de l'âme sœur.

Près de la queue du Fleet, j'entends un petit craquement, des pas furtifs dans l'herbe, qui cessent dès que je me tourne pour écouter, puis avancent lentement vers moi.

Je scrute l'obscurité. Qu'est-ce que c'est ? Une panthère ? Un léopard ? Pas dans l'Iowa, il n'y a plus de léopards dans l'Iowa depuis...

Encore un pas dans la nuit. Ça ne peut être... qu'un *loup* !

Je plonge vers la caisse à outils, saisis un couteau, une grosse clef. Au même instant, derrière la roue de l'avion, apparaît un masque noir et blanc de bandit, des yeux brillants qui me dévisagent, un museau moustachu qui renifle du côté de la boîte à provisions. Pas de loup.

— Eh bien ! Bonjour... dis-je. Bienvenu !

Je ris de sentir mon cœur battre si fort et escamote la clef.

Les petits ratons laveurs, recueillis et élevés dans le Midwest, sont relâchés à l'âge d'un an, mais ils restent apprivoisés à jamais.

Il n'y a pas de mal, n'est-ce pas, à traverser les champs et à s'arrêter la nuit pour demander à un campeur s'il n'aurait pas un petit quelque chose de sucré à grignoter.

— Il n'y a pas de mal... approche, petit ! Tu as faim ?

N'importe quelle sucrerie sera parfaite, un carré de chocolat ou... des guimauves ? Je suis sûr que tu as des guimauves... Le raton laveur se dresse sur ses pattes arrière, remue le nez et s'efforce de déceler dans l'air les odeurs de nourriture, puis me regarde. *Le reste de guimauves, si tu ne les manges pas toi-même, ce sera parfait.*

Je sors le sac et verse un petit tas de ces pâtes molles et sucrées sur mon duvet.

— Voilà... Viens...

L'ours miniature s'installe bruyamment pour manger son dessert, se fourre des guimauves dans la bouche et se met à les mastiquer avec une grande satisfaction.

Il refuse ma brioche maison après une demi-bouchée, termine les guimauves, avale presque tout mon blé soufflé au miel, lape une casserole d'eau. Puis il s'assoit un instant, regardant le feu, et finit par me faire comprendre qu'il est temps pour lui de partir.

— Merci d'être passé, dis-je. Peut-être qu'on se reverra ?

Ses yeux noirs regardent solennellement les miens.

Merci pour le repas. Tu n'es pas un mauvais homme. Je te verrai demain soir. Ta brioche est infecte.

Sur ce, l'animal de peluche s'en va, et sa queue rayée disparaît dans l'ombre ; ses pas se font de plus en plus lointains, me laissant seul avec mes pensées et cette femme que je souhaitais trouver.

Elle n'est pas impossible, pensai-je. Ce n'est pas trop espérer !

Que me dirait Donald Shimoda s'il était assis sous l'aile cette nuit, s'il savait que je ne l'avais pas encore trouvée ?

Il dirait quelque chose d'évident. Ce qu'il y avait d'étrange dans ses secrets, c'était que chacun d'eux était simple.

Et si je lui disais que j'avais échoué dans ma quête ? Il chercherait l'inspiration dans son pain aux raisins, il se passerait la main dans ses cheveux noirs et il dirait : « Voler avec le vent, Richard, de ville en ville, il ne t'est jamais venu à l'esprit que ce n'est pas un moyen pour la trouver, c'est un moyen pour la perdre ? »

Simple. Et il attendrait sans un mot la réponse que je pourrais faire.

A cela j'aurais répondu : « D'accord, voler au-dessus des horizons n'est pas le bon moyen. Je renonce. Dis-moi. Comment je la trouve ? »

Il aurait fermé à demi les yeux, agacé que je ne m'interroge pas moi-même.

— Es-tu heureux ? Accomplis-tu en ce moment ton désir le plus cher ?

L'habitude aurait répondu bien sûr que je le suis, bien sûr que je mène ma vie exactement comme je l'entends.

Vint le froid de la nuit, cependant, et la même question ; mais quelque chose avait changé. *Est-ce que je fais en ce moment ce que je veux vraiment faire ?*

— *Non !*

— Quelle surprise ! aurait dit Shimoda. Que penses-tu que ça signifie ?

Je clignai des yeux, abandonnai mes vagabondages et dis à haute voix :

— Eh bien, ça veut dire que j'en ai fini de promener les gens en avion ! En ce moment je regarde mon dernier feu de camp ; le gosse de Russel au crépuscule, c'était mon dernier passager !

J'essayais de répéter :

— J'en ai fini de promener les gens en avion.

Choc silencieux. Une foule de questions.

Pendant un temps je goûtai ma nouvelle ignorance, la fis repasser sur ma langue. Que vais-je faire ? Que vais-je devenir ?

Après la sécurité de ce métier, un plaisir neuf et surprenant déferla sur moi, comme une vague fraîche venue des profondeurs. Je ne savais plus ce que je ferais !

Dès qu'une porte se ferme, une autre s'ouvre, dit-on. Je vois la porte qui vient de se fermer, elle portait l'inscription PROMENADES EN AVION et derrière elle se trouvent toutes les aventures qui m'ont changé de qui j'étais en qui je suis. Et maintenant, le moment est venu d'aller ailleurs. Où est la porte qui vient de s'ouvrir ?

Si j'étais une âme évoluée, à l'instant, non pas Shimoda, pensai-je, mais un moi évolué, que me dirais-je ?

Après un temps, je savais ce que je dirais.

— Regarde tout autour de toi, Richard, et demande-toi : « *Qu'est-ce qui ne va pas dans ce tableau ?* »

Je regardai autour de moi dans l'obscurité. Rien à redire au ciel : des étoiles explosant à un millier d'années-lumière au-dessus de ma tête, et moi qui voyais ce feu d'artifice d'un lieu sûr. Rien à redire à un avion aussi solide et fidèle que le Fleet, prêt à décoller et à m'emmener où je veux ? Rien à redire.

Ce qui ne va pas dans ce tableau, c'est qu'*elle n'est pas avec moi !* Et c'est ce que je vais essayer de changer à présent !

Lentement. Pour une fois, n'agis pas trop vite ! Réfléchis d'abord. Attentivement.

Et bien sûr. Il y avait une autre question dans l'obscurité, une question que je n'avais pas posée à Donald Shimoda, une question demeurée sans réponse.

Comment se fait-il que les gens les plus évolués, dont les enseignements, déformés en religions, ont traversé les siècles, comment se fait-il qu'ils aient toujours vécu seuls ?

Pourquoi ne voit-on jamais des épouses ou des époux rayonnants ou des gens qui, par miracle, leur ressemblent, partager leurs aventures et leur amour ? Elles sont entourées de disciples et de curieux, ces quelques personnes que nous admirons tant, harcelées par ceux qui attendent d'elles une guérison ou une illumination. Mais combien de fois trouve-t-on une âme sœur, un être aimé beau et fort à leurs côtés ? Parfois ?

J'avalai ma salive, la gorge soudain sèche.

Jamais.

Les gens les plus évolués, pensai-je, sont aussi les plus seuls !

Le ciel tournait comme une horloge froide, insouciant.

Ces êtres parfaits n'ont-ils pas d'âme sœur parce qu'ils ont dépassé les besoins humains ?

Pas de réponse de Véga la bleue, qui scintillait dans sa lyre d'étoiles.

Loin de moi l'idée d'atteindre à la perfection, mais ces gens sont censés nous montrer la voie. Ont-ils dit, oubliez les âmes sœurs parce que les âmes sœurs n'existent pas ?

Les criquets chantaient lentement : peut-être, peut-être.

Contre ce mur de pierre, ma soirée s'écrasait. Si c'est ce qu'ils ont dit, grognai-je pour moi-même, ils ont tort.

Je me demandais si elle serait d'accord, où qu'elle se soit trouvée à cet instant. Ont-ils tort, ma chère inconnue ?

Où qu'elle se soit trouvée, elle n'a pas répondu.

Le lendemain matin, les ailes avaient à peine eu le temps de dégivrer que j'avais déjà soigneusement rangé la couverture du moteur, la boîte à outils, les provisions et le réchaud sur le siège avant, tiré et attaché solidement la bâche. Le reste du petit déjeuner, je l'avais laissé pour le raton laveur.

Le sommeil avait trouvé ma réponse : ces êtres parfaits, ils peuvent me suggérer ce qu'ils veulent, mais c'est moi qui décide de ce que je fais. Et j'ai décidé de ne pas vivre ma vie seul !

J'ai mis mes gants, lancé l'hélice, fait démarrer le moteur pour la dernière fois, me suis installé dans le cockpit.

Que ferais-je si je la voyais maintenant, marchant dans l'herbe ? Sur une impulsion ridicule, avec un curieux frisson dans le cou, je me suis tourné pour regarder.

Le champ était vide.

Le Fleet décolla en rugissant, vira à l'est, et se posa à l'aéroport de Kankakee, Illinois. En moins d'une heure, l'avion était vendu — onze mille dollars en liquide, que j'ai fourrés dans mon duvet.

La main sur l'hélice pendant une longue minute, j'ai dit merci au biplan, adieu, et je suis vivement sorti du hangar sans me retourner.

Cloué au sol, riche et sans domicile, je me retrouvais dans les rues d'une planète de quatre milliards cinq cents millions d'âmes ; et à cet instant je commençai à chercher à plein temps cette femme unique, qui, d'après les meilleurs êtres qui aient jamais vécu, n'existait pas.

2

Tout ce qui nous enchante nous guide et nous protège. Pris d'une passion obsédante pour tout ce que nous aimons — voiliers, avions ou idées —, nous voyons un déferlement de magie aplanir la voie, abolir les lois, régler les dissensions, et nous porter avec elle par-dessus les abîmes, les craintes, les doutes. Sans la force de cet amour...

— Qu'est-ce que vous écrivez ?

Elle me regardait d'un air perplexe, comme si elle n'avait jamais vu personne avec un stylo et un carnet dans un car en route pour la Floride.

Quelqu'un trouble mon intimité avec des questions ; parfois je réponds sans expliquer, pour couper court.

— J'écris une lettre à celui que j'étais il y a vingt ans : *Choses que j'aimerais avoir sues quand j'étais toi.*

Malgré ma mauvaise humeur, je trouvais son visage agréable, comme éclairé par la curiosité, et par le courage de la satisfaire. Des yeux marron foncé, des cheveux sombres en cascade.

— Lisez-la moi, dit-elle sans crainte.

Je lui lus le dernier paragraphe, resté en suspens.

— Est-ce la vérité ?

— Citez-moi une chose dont vous ayez été vraiment éprise, dis-je. Je ne parle pas d'un simple penchant. Quelle passion obsédante, incontrôlable...

— Les chevaux, répondit-elle aussitôt, j'ai eu une véritable passion pour les chevaux.

— Et quand vous étiez avec vos chevaux, le monde était-il d'une autre couleur pour vous ?

Elle sourit.

— Oui. J'étais reine. Ma mère était obligée de m'arracher de la selle au lasso pour me ramener à la maison. Peur ? Jamais ! J'avais ce grand cheval sous moi — Sandy — c'était mon ami et personne ne pouvait me faire de mal tant qu'il était là ! J'adorais les chevaux. J'adorais Sandy.

Je pensais qu'elle s'était arrêtée de parler. Puis elle ajouta :
— Ce sentiment, je ne le retrouve plus maintenant, nulle part.

Je ne répondis pas, et elle sombra dans sa propre histoire, son passé avec Sandy. Je repris ma lettre.

Sans la force de cet amour, nous sommes des bateaux encalminés sur des mers d'ennui, et ce sont des mers mortelles.

— Comment allez-vous poster une telle lettre à vingt ans de distance ? demanda-t-elle.

— Je ne sais pas, lui dis-je en terminant d'écrire ma phrase. Mais ce serait terrible si le jour venait où l'on sache renvoyer un objet dans le temps et que je n'aie rien à envoyer. Je préfère donc préparer d'abord la lettre. Ensuite je me soucierai de la poster.

Que de fois me suis-je dit, quel dommage de ne pas avoir su à l'âge de dix ans, si seulement j'avais appris à douze ans, quel gâchis de comprendre avec vingt années de retard !

— Où allez-vous ? demanda-t-elle.
— Géographiquement ?
— Oui.
— Je fuis l'hiver. Je vais au sud. Au centre de la Floride.
— Qu'y a-t-il en Floride ?
— Je ne sais pas au juste. Je vais voir une amie, mais je ne sais pas exactement où elle se trouve.

Voilà, pensais-je, le plus bel euphémisme de la matinée.
— Vous la trouverez.

Je ris, puis la regardai.
— Vous vous rendez compte de ce que vous dites, « Vous la trouverez » ?
— Oui.
— Expliquez-moi, alors.
— Non, dit-elle en souriant mystérieusement.

Ses yeux sombres brillaient, presque noirs. Elle avait la peau lisse, bronzée, sans une ride, sans un signe qui l'aurait révélée ; si jeune qu'elle n'avait pas fini de modeler son visage.

— Alors c'est « non » ? dis-je en souriant à mon tour.
Le car filait sur la nationale, les fermes passaient ; le long de

la route, des palettes aux couleurs automnales. Le biplan aurait pu se poser dans ce champ, pensai-je. Les lignes du téléphone sont assez hautes, mais le Fleet aurait pu se faufiler...

Qui était cette inconnue à mes côtés ? Un sourire cosmique face à mes craintes, une coïncidence envoyée pour faire fondre mes doutes ? Possible. Tout est possible. Elle pouvait être Shimoda derrière un masque.

— Est-ce que vous pilotez des avions ? demandai-je nonchalamment.

— Est-ce que je serais dans ce car ? La seule idée m'en fait frémir, dit-elle. Les avions !

Elle haussa les épaules et secoua la tête.

— Je déteste l'avion.

Elle ouvrit son sac et y plongea la main.

— Est-ce que la fumée vous gêne ?

Je me recroquevillai, par réflexe.

— Est-ce que ça me gêne ? *Une cigarette ?* Par pitié, madame... ! Vous n'allez tout de même pas *enfumer* le peu d'air que nous avons ? Me forcer moi, qui ne vous ai fait aucun mal, *à respirer de la fumée ?*

Ces mots la glacèrent. Si elle était Shimoda, elle venait de découvrir ce que je pensais du tabac.

— Écoutez, je suis désolée, dit-elle enfin.

Elle ramassa son sac et changea de place. Elle était désolée, et blessée, et furieuse.

Dommage. Des yeux si sombres.

Je repris mon stylo, pour écrire à ce garçon d'autrefois. Que pouvais-je lui dire sur la quête d'une âme sœur ? Le stylo attendait au-dessus du papier.

J'ai grandi dans une maison entourée d'une clôture, et dans cette clôture s'ouvrait un portail blanc en bois lisse, avec deux grands trous percés en bas pour que le chien puisse voir à travers. Un soir tard, la lune était haute et je rentrais d'une soirée dansante à l'école ; je me rappelle m'être arrêté, une main posée sur le portail, et avoir parlé si bas à moi-même et à la femme que j'aimerais que même le chien n'aurait pu entendre.

— Je ne sais pas où tu es, mais tu vis en ce moment précis quelque part sur cette planète et viendra le jour où toi et moi poserons nos mains sur ce portail, là où se trouve la mienne maintenant. Ta main touchera ce bois, *ici !* Puis nous entrerons, pleins d'avenir et de passé, et nous serons l'un à l'autre comme personne ne l'a jamais été. Nous ne pouvons nous rencontrer maintenant, je ne sais pourquoi. Mais un jour nos questions seront des réponses et nous serons pris dans quelque chose de si brillant... Et chaque pas que je fais est un pas de plus sur ce pont qu'il nous faut emprunter pour nous rejoindre. S'il te plaît. Ne tarde pas trop !

Tant de mon enfance est oublié ; pourtant, cet instant passé au portail est resté, mot pour mot.

Que puis-je lui en dire ? Cher Dick, sais-tu que vingt années ont passé et que je suis toujours seul ?

Je posai le carnet et regardai par la vitre, sans voir. Sûrement que mon infatigable subconscient a maintenant des réponses pour lui. Pour moi.

Il n'avait que des excuses. C'est dur de trouver la femme idéale, Richard ! Tu n'es plus aussi malléable qu'autrefois, tu n'as plus l'esprit aussi ouvert. Les choses auxquelles tu as choisi de croire, pour lesquelles tu donnerais ta vie, semblent risibles à la plupart des gens, ou folles.

Ma compagne, pensai-je, devra avoir trouvé de son côté les mêmes réponses que moi, avoir appris à ne pas se fier aux apparences, avoir découvert que tout ce que nous tenons par la pensée devient vrai dans nos vies, que les miracles ne sont pas miraculeux. Elle et moi, nous ne nous entendrons jamais à moins que... Je clignai des yeux. *Elle devra être exactement pareille à moi !*

Beaucoup plus belle physiquement que moi, bien sûr, car j'aime tant la beauté, mais elle devra partager mes réserves de même que mes passions. Je ne peux m'imaginer auprès d'une femme qui traîne fumée et cendres où qu'elle aille. Si elle a besoin de réceptions et de cocktails pour être heureuse, ou de drogues, ou si elle a peur des avions, ou si un rien l'effraie, ou si elle n'est pas totalement indépendante, s'il lui manque le goût de l'aventure, si elle est insensible à mon humour, cela ne marchera pas. Si elle ne veut pas partager l'argent quand nous en aurons et le rêve quand l'argent nous fera défaut, si elle n'aime pas les ratons laveurs... Ce ne sera pas facile, Richard. Sans tout cela, et plus encore, mieux vaut rester seul !

A la fin du carnet, tandis que nous parcourions les cinq cents kilomètres qui séparent Louisville de Birmingham, je fis une liste : *la femme parfaite*. Au bout de la neuvième page, je commençai à me décourager. Chaque ligne que j'écrivais avait son importance, chaque ligne devait se réaliser. Et pourtant personne ne pourrait satisfaire... moi-même j'étais en dessous de mes propres exigences !

Une bouffée d'objectivité, cruelle : je ne trouverai jamais de compagne, encore mois une âme sœur !

Plus on devient lucide, et plus on a du mal à trouver une compagne pour la vie. Plus on apprend, plus il faut s'attendre à rester seul.

J'écrivais le plus vite possible. Dans le blanc qui restait au bas de la dernière page, j'ajoutai, presque sans m'en rendre compte : « Moi y compris. »

Mais pourquoi ne pas modifier ma liste ? Penser qu'elle est fausse ? Peu importe qu'elle fume ou qu'elle déteste les avions ou qu'elle ne puisse s'empêcher de prendre de temps à autre un peu de cocaïne ?

Non. Ça ne va pas.

Le soleil s'était couché et l'obscurité avait maintenant tout envahi. Dans le noir, je le savais, se trouvaient de petites fermes triangulaires, de petits champs polygonaux où même le Fleet ne pourrait se poser.

*Il ne t'est jamais donné un désir
sans que te soit donné aussi le pouvoir de le rendre réalité.*

Ah ! *le Guide du Messie*, pensai-je, où était-il donc maintenant ? Enfoui sans doute dans les mauvaises herbes où je l'avais lancé le jour où Shimoda était mort. Avec ses pages qui s'ouvraient sur ce que le lecteur avait le plus besoin de savoir. Je l'avais qualifié un jour de magique, et il s'était vexé. Tu peux trouver tes réponses partout, dans le journal de l'année dernière, avait-il dit. Ferme les yeux, pense à n'importe quelle question, prends n'importe quel texte, et tu tiens ta réponse.

Le texte imprimé le plus proche, dans le car, était mon propre exemplaire, défraîchi, du livre que j'avais écrit sur lui, les épreuves de la dernière chance que les éditeurs donnent à l'écrivain pour qu'il se souvienne que *dorloter* ne prend qu'un seul *t ;* et étais-je bien sûr de vouloir en faire le seul livre ou presque qui finisse par une virgule ?

Je posai le livre sur mes genoux, fermai les yeux et interrogeai. Comment trouver la Femme Parfaite ?

Je laissai les pleins feux sur la question, ouvris le livre, posai le doigt et lus.

Page 128. Mon doigt était posé sur le mot *entrer.* « Pour faire entrer quoi que ce soit dans ta vie, imagine que c'est déjà là. »

Un frisson glacé me parcourut le dos. Je n'avais pas essayé ce précepte depuis des années ; j'avais oublié son efficacité.

Je regardais la vitre transformée en miroir par l'éclairage intérieur du car, cherchant un reflet de ce qu'elle pourrait être. La vitre était vide. Je n'avais jamais vu une âme sœur, je ne savais comment l'imaginer. Fallait-il trouver une image physique, que je puisse garder en tête, comme si elle était un objet ? Grande mais pas trop, les cheveux longs et noirs, les yeux couleur de ciel, couleur de mer ; n'était-elle pas d'une beauté changeante, à chaque heure différente ?

Ou imaginer des qualités ? Une imagination chatoyante, l'intuition d'un être qui aurait vécu cent vies, une pureté de cristal, une volonté de fer ? Comment les visualiser ?

Aujourd'hui, il m'est facile de les visualiser ; mais à l'époque non. Les images se brouillaient et pourtant je savais qu'il me fallait des images nettes si je voulais leur donner vie.

J'essayai encore et encore de la voir, mais je ne percevais que des ombres, des fantômes qui ralentissaient à peine au carrefour de ma pensée. Moi qui étais capable de visualiser jusqu'au moindre détail de tout ce que j'osais imaginer, je ne pouvais à présent me représenter, même vaguement, l'être auquel j'accorderais la plus grande importance dans ma vie.

Une fois encore, j'essayai de la voir, de l'imaginer.

Rien. Des reflets de miroirs brisés, une obscurité mouvante. Rien.

Je ne peux voir qui elle est !

Je finis par renoncer.

Les pouvoirs psychiques, il suffit qu'on en ait besoin pour qu'ils s'évanouissent.

A peine m'étais-je endormi dans le car, épuisé par le voyage et l'effort, qu'une voix de l'esprit m'éveilla en sursaut :

— RICHARD ! Si cela peut te rassurer, écoute ! La femme qui, entre toutes, serait tienne ? Ton âme sœur ? *Tu la connais déjà !*

3

Je descendis du car à 8 h 40, en plein milieu de la Floride, affamé. Je n'avais pas de problème d'argent, évidemment, avec tous ces billets dans mon duvet. Ce qui m'inquiétait, c'était : Et maintenant ? Voici la Floride et sa chaleur. Sans âme sœur pour m'accueillir à l'arrêt du car, sans ami, sans maison, sans rien.

Dans le café où j'entrai, une pancarte disait qu'on se réservait le droit de refuser de servir.

Vous vous réservez le droit de faire absolument tout ce que vous voulez, pensai-je. Pourquoi l'afficher ? Vous avez l'air d'avoir peur. De quoi ? De voyous qui viendraient tout casser ? De la pègre ? Dans ce petit café ?

La garçon me regarda, moi, puis mon duvet. Ma veste en jean avait un petit accroc à la manche, le duvet n'avait que quelques petites taches de graisse et d'huile provenant du moteur du Fleet, mais je compris qu'il se demandait si ce n'était pas le moment de refuser de servir. Je lui souris.

— Comment ça va ? dis-je.

— Ça va.

Le café était presque désert. Il décida de me servir.

— Café ?

Du café au petit déjeuner ? Pouah ! Potion amère... faite d'écorce moulue, ou quelque chose de ce genre.

— Non merci, dis-je. Plutôt une part de cette tarte au citron, réchauffée trente secondes au four à micro-ondes ? Et un verre de lait.

— Bien sûr.

Il fut un temps où j'aurais commandé du jambon ou une

saucisse. Mais plus j'en étais venu à croire en l'indestructibilité de la vie, moins je voulais prendre part à des tueries, même illusoires. Si un porc sur un million avait une chance d'accéder à une vie contemplative plutôt que d'être abattu pour mon petit déjeuner, cela valait la peine de renoncer à la viande. Plutôt une tarte au citron chaude.

Je savourais la tarte en regardant la ville par la fenêtre. Avais-je des chances de trouver ici l'être aimé ? Non. Ici ou ailleurs, j'avais une chance sur des milliards.

Comment pouvais-je déjà la connaître ?

D'après les âmes les plus sages, nous connaissons tous les hommes de la planète, sans même les avoir rencontrés... mince consolation lorsqu'on essaie d'orienter sa quête. « Bonjour, mademoiselle ! Vous vous souvenez de moi ? La conscience n'est pas limitée par le temps et l'espace ; nous sommes de vieux amis... »

Présentation peu vraisemblable, pensai-je. La plupart des demoiselles savent qu'il y a sur terre quelques êtres bizarres dont elles préfèrent se méfier, et se présenter ainsi est certainement une façon d'être bizarre.

Je me remémorais toutes les femmes que j'avais rencontrées, remontant des années en arrière. Je ne les connaissais qu'à peine, pour la plupart. Celles dont j'étais resté l'ami avaient épousé des carrières, ou des hommes, ou des idées qui n'étaient pas les miennes.

Les femmes mariées se démarient parfois, les gens changent. Je pourrais appeler toutes les femmes que je connaissais...

— Allô, dirait-elle.
— Bonjour.
— Qui est-ce ?
— Richard Bach.
— Qui ?
— On s'est rencontrés au centre commercial. Vous lisiez un livre et j'ai dit c'est un livre formidable et vous avez répondu qu'en savez-vous, alors j'ai dit c'est moi qui l'ai écrit.
— Ah oui ! Bonjour.
— Vous êtes toujours mariée ?
— Oui.
— J'ai été très content de vous parler. Passez une bonne journée.
— Oui... d'accord...
— Au revoir.

25

Il y a sûrement une meilleure piste que cet échange téléphonique avec toutes les femmes que j'ai connues. Le moment venu, je la trouverai, pensai-je, le moment venu.

Le petit déjeuner se montait à soixante quinze cents. Je payai et sortis me promener au soleil. La journée s'annonçait chaude. Beaucoup de moustiques, sans doute, cette nuit. Mais quelle importance ? Cette nuit je dors à l'intérieur !

Je m'aperçus alors que j'avais oublié mon duvet sur une chaise au café.

La vie n'est pas la même au sol. D'habitude, il me suffit de rassembler mes affaires le matin, de les lancer dans la cabine et je m'envole pour la journée. Au sol, on porte toutes sortes de choses à bout de bras, ou alors on trouve un toit et on s'y abrite. Sans le Fleet, je n'étais plus le bienvenu dans les prés.

Il y avait une autre cliente dans le café, assise à la place que je venais de quitter. Elle leva les yeux, étonnée, lorsque j'avançai vers sa table.

— Pardon, dis-je en reprenant le duvet sur l'autre chaise. Je viens de l'oublier. J'aurais oublié mon âme si elle n'était attachée par un fil.

Elle sourit et se remit à lire la carte.

— Attention à la tarte au citron, ajoutai-je, à moins que vous ne l'aimiez pas très citronnée, auquel cas vous l'adorerez.

Je me retrouvai au soleil, en balançant le bras qui tenait le duvet, jusqu'à ce que je me rappelle que l'armée m'avait enseigné à ne jamais balancer un bras qui porte quelque chose. Même si on ne porte qu'une pièce de monnaie, à l'armée, on ne balance pas le bras. Sur une impulsion, en voyant un téléphone dans sa petite guérite de verre, je décidai d'appeler mon éditeur, à qui je n'avais pas parlé depuis longtemps. La maison qui avait publié mon livre était à New York, mais que m'importait la distance ? Il me suffisait de téléphoner en P.C.V. Chaque profession a ses privilèges — les pilotes se font payer pour voler au lieu d'être obligés de payer eux-mêmes ; les auteurs peuvent appeler leurs éditeurs en P.C.V.

Je demandai le numéro.

— Bonjour, Eleanor.

— Richard ! Où étiez-vous ?

— Attendez voir, dis-je. Depuis que nous nous sommes parlés ? Le Wisconsin, l'Iowa, le Nebraska. Le Kansas, le Missouri, puis retour dans l'Indiana, l'Ohio, l'Iowa à nouveau et l'Illinois.

J'ai vendu le biplan. Je suis en Floride maintenant. Laissez-moi deviner le temps qu'il fait à New York : un peu couvert, stratus morcelés à deux mille mètres, visibilité de cinq kilomètres dans la brume et la fumée.

— On vous a cherché partout ! Savez-vous ce qui se passe ?

— *Quatre* kilomètres dans la brume et la fumée ?

— Votre livre, dit-elle. Il se vend très bien ! Extrêmement bien !

— Je sais que ça paraît ridicule, dis-je, mais je bute sur quelque chose. Vous pouvez voir par la fenêtre ?

— Oui, Richard. Bien sûr, je peux voir par la fenêtre.

— Jusqu'où ?

— Il y a de la brume. A environ une dizaine de rues d'ici, une quinzaine. Vous entendez ce que je dis ? Le livre est un best-seller ! La télévision s'agite, elle vous demande pour des émissions ; les journalistes appellent pour des interviews, des émissions de radio ; les libraires veulent organiser des signatures. Nous en sommes à des centaines de milliers d'exemplaires ! Dans le monde entier ! Nous avons signé des contrats avec le Japon, l'Angleterre, l'Allemagne, la France. Aujourd'hui l'Espagne...

Que dire en entendant cela au téléphone ?

— Quelles bonnes nouvelles ! Félicitations !

— C'est moi qui vous félicite, répondit-elle. Comment pouvez-vous ne pas être au courant ? Je sais que vous vivez dans la savane, mais vous êtes sur la liste des meilleures ventes du *New York Times*, du *Publishers Weekly*, sur toutes les autres listes de best-sellers. Nous n'arrêtons pas d'envoyer des chèques à votre banque, avez-vous vérifié votre compte ?

— Non.

— Il faut le faire. Vous me paraissez terriblement loin, est-ce que vous m'entendez bien ?

— Parfaitement. Ce n'est pas la savane. Tout ce qui est à l'est de Manhattan, Eleanor, n'est pas en friche.

— Je vois jusqu'à New Jersey par la fenêtre du salon de réception, et de l'autre côté de la rivière, ça me paraît bien broussailleux.

Le salon de réception ! Elle vivait dans un autre monde !

— Vendu le biplan ? dit-elle, comme si elle venait seulement d'entendre. Vous ne renoncez pas aux avions ?

— Bien sûr que non, Eleanor.

— J'aime mieux ça. Je ne peux pas vous imaginer sans votre machine volante.

Quelle idée effrayante : ne plus jamais voler !

— Bien, dit-elle en revenant aux affaires. Quand pouvez-vous faire les émissions de télé ?

— Je ne sais pas. Est-ce que j'ai vraiment envie de les faire ?

— Réfléchissez-y, Richard. Ce serait bien pour le livre, vous pourriez dire à pas mal de gens ce qui s'est passé, leur raconter l'histoire.

Les studios de télévision sont en ville. La plupart des villes, je préfère les éviter.

— Laissez-moi y réfléchir, dis-je ; et je vous rappellerai.

— Rappelez-moi, s'il vous plaît. Vous êtes un phénomène, comme on dit, et tout le monde veut voir qui vous êtes. Soyez gentil de me donner une réponse dès que vous le pourrez.

— Entendu.

— Félicitations, Richard.

— Merci, répondis-je.

— Vous n'êtes pas heureux ?

— Si ! Je ne sais pas quoi dire.

— N'oubliez pas les émissions de télévision. J'espère que vous déciderez d'en faire au moins quelques-unes. Les plus importantes.

— D'accord, je rappellerai.

Je raccrochai et regardai par la vitre. La ville était toujours la même, et tout avait changé.

Étonnant, pensai-je. Le journal — ces pages que j'avais envoyées à New York sur un coup de tête ou presque, un best-seller ! Hourrah ! Mais les villes ? Les interviews ? La télévision ? Je ne sais pas...

Je me sentais comme un papillon dans un lustre — tant de possibilités à la fois, mais je ne savais pas au juste où voler.

Je repris le téléphone et vins à bout du labyrinthe de chiffres qu'il fallait traverser pour atteindre la banque à New York et convaincre une comptable que c'était bien moi qui appelais et que je voulais connaître le solde de mon compte chèque.

— Ne quittez pas, dit-elle. Il faut que je le demande à l'ordinateur.

— Combien ? Vingt mille, cinquante mille dollars ? Cent mille dollars ? Vingt mille. Plus onze mille dans le duvet, et je serais très riche !

— Monsieur Bach ? dit-elle.
— Oui, madame.
— Le solde de votre compte est d'un million trois cent quatre-vingt-dix-sept mille trois cent cinquante-cinq dollars et soixante-huit cents.

Il y eut un long silence.
— Vous en êtes sûre.
— Oui monsieur, répondit-elle, ajoutant après un bref silence, ce sera tout, monsieur ?

Silence.
— Ah ! Oui. Merci...

Au cinéma, quand on appelle quelqu'un et qu'il raccroche ensuite, la ligne sonne « occupé ». Mais, dans la réalité, quand l'interlocuteur raccroche, le téléphone se tait tout simplement. Aussi longtemps qu'on reste là à le tenir.

4

Au bout d'un certain temps, j'ai fini par raccrocher, j'ai ramassé mon duvet et commencé à marcher.

Ne vous est-il jamais arrivé, après avoir vu un film remarquable, admirablement écrit, joué et filmé, de sortir du cinéma ravi d'exister ; et vous vous dites : j'espère que le film rapportera beaucoup d'argent à cet acteur, à ce réalisateur ? Et vous retournez voir le film, heureux de savoir que les acteurs que vous voyez sur l'écran recevront vingt pour cent du billet que vous venez d'acheter ; rien qu'avec la part qui leur revient sur votre place, ils pourront s'acheter une glace au parfum de leur choix !

Les instants les plus sublimes dans l'art, dans les livres, les films ou la danse sont inestimables parce qu'on se voit dans le miroir de la gloire. Acheter des livres, aller au cinéma sont des façons d'applaudir, de remercier l'auteur d'un beau travail. On est ravi lorsqu'un film ou un livre qu'on aime figure sur la liste des meilleures recettes ou des meilleures ventes.

Mais un million de dollars pour moi ? Soudain, je savais ce qui se passait de l'autre côté, après tout ce que m'avaient donné tant d'auteurs, dont je lisais les livres depuis le jour où j'avais déchiffré à voix haute « *Bambi. Par Fe-lix Salt-en.* »

Je me sentais comme le surfer sur sa planche, alors que tout à coup une énergie monstrueuse s'accumule et s'empare de lui sans lui demander s'il est prêt. L'écume jaillit de la planche, et il se trouve pris par cette force profonde et massive, alors que le vent lui dessine un sourire sur le visage.

Il y a une certaine excitation à savoir que son livre est lu par une foule de gens. On peut oublier, chevauchant une vague gigantesque à cent à l'heure, que si l'on n'est pas terriblement habile, la surprise suivante est parfois de boire la tasse.

5

J'ai traversé la rue, demandé dans une pharmacie que l'on m'indique le chemin de cet endroit où je pourrais trouver ce dont j'avais besoin ; puis j'ai suivi Lake Roberts Road, sous des branches de mimosa, jusqu'à la bibliothèque Gladys Hutchinson.

Tout ce que l'on a besoin de savoir, on peut l'apprendre dans un livre. Il suffit de lire, d'étudier attentivement et de s'exercer un peu, et voilà qu'on lance des couteaux à la perfection, qu'on refait des moteurs, qu'on parle l'espéranto comme sa langue maternelle. L'auteur imprime sa personnalité à chaque page de ses livres, que l'on peut lire et intégrer à sa propre vie, si l'on veut, dans l'intimité des bibliothèques.

Je sentais la fraîcheur silencieuse de la grande salle de lecture, tapissée de livres, et frémissante du désir d'enseigner. J'étais à présent impatient de me plonger dans un exemplaire de *Vous possédez un million de dollars !*

Curieusement, le titre n'était pas au fichier. Je cherchai à *Vous*, à *Million*. Rien. Au cas où ç'aurait été *Que faire quand on devient soudain riche*, je regardai à *Que*, *Riche* et *Soudain*.

J'essayai ailleurs. D'après le *Catalogue des livres imprimés*, le problème n'était pas que le livre manquait dans cette bibliothèque, mais qu'il n'avait jamais été imprimé.

Impossible, pensai-je. Si je suis devenu riche du jour au lendemain, bien d'autres personnes ont dû se trouver dans la même situation ; l'une d'elles a sûrement écrit ce livre. J'avais besoin d'en savoir plus non sur les actions, les placements et les banques, mais sur les impressions qui en résultaient, les possibilités qui s'offraient à moi, les désastres qui me guettaient, les vautours qui fondaient sur moi à cet instant même. Il fallait à tout prix que quelqu'un me conseille.

Pas de réponse au fichier.

— Pardon, madame..., dis-je.

— Monsieur ?

Je lui demandai gentiment de m'aider. Depuis la huitième je n'avais pas vu de tampon dateur fixé sur un crayon à papier, et elle en avait un à la main en ce moment.

— Je cherche un livre sur la façon d'être riche. Non pas comment gagner de l'argent ; mais ce qu'il faut faire lorsqu'on a beaucoup d'argent. Pouvez-vous me conseiller... ?

Manifestement, elle avait l'habitude des questions étranges. Peut-être la question n'avait-elle rien d'étrange... les rois du citron, les baronnes terriennes, ... on devient millionnaire du jour au lendemain en Floride.

Les pommettes saillantes, des yeux noisette, des cheveux jusqu'aux épaules, en vagues couleur de chocolat noir. Réservée avec les nouveaux venus.

Elle m'observait tandis que je posais ma question, puis regarda en haut à gauche, comme lorsqu'on remonte loin dans sa mémoire. Lorsqu'on cherche des choses nouvelles, on regarde en haut à droite (j'ai lu cela dans un livre).

— Je ne me rappelle pas... dit-elle. Pourquoi pas des biographies de gens fortunés ? Je sais que nous avons beaucoup de livres sur les Kennedy, les Rockefeller. Nous avons aussi *Les riches et les plus que riches*.

— Ce n'est pas vraiment ça, je ne pense pas. Plutôt quelque chose comme *Comment faire face à une soudaine richesse*.

Elle secoua la tête solennellement, pensivement. Les gens pensifs sont-ils tous beaux ?

— Sarajean ? dit-elle à voix basse, en se tournant vers l'interphone sur le bureau, *Comment faire face à une soudaine richesse*. Est-ce qu'on en aurait un exemplaire ?

— Je n'en ai jamais entendu parler. Il y a *Comment j'ai gagné des milliards dans l'immobilier* ; nous en avons trois exemplaires...

Je ne me faisais pas comprendre.

— Je vais m'asseoir un instant et y réfléchir. Je ne peux pas croire que ce livre n'existe pas.

Elle regarda mon sac de couchage, qui se trouvait alors sous une lumière plutôt sale et tachée, puis moi.

— Si cela ne vous dérange pas, dit-elle calmement, pourriez-vous laisser votre sac à linge par terre ? Les sièges viennent d'être retapissés.

— Oui, madame.

Ces rayonnages abritent probablement le livre qui me dira ce que je suis censé faire maintenant, pensai-je. Seul un livre peut éviter que les imbéciles se trouvent très vite séparés de leur argent.

Quand il s'agissait de poser le Fleet en douceur sur un petit bout de champ, j'étais pratiquement imbattable ; mais à cet instant précis, à la bibliothèque Gladys Hutchinson, j'avais le sentiment que pour gérer une fortune, il n'y avait pas pire que moi ; ce serait peut-être un désastre incomparable. La paperasserie passait mal dans ma tête, et je doutais que tout s'arrange maintenant qu'il s'agissait d'argent.

Bien. Je me connais et je suis persuadé que mes faiblesses ne me changeront en rien, non plus que mes points forts. Une chose aussi insignifiante qu'un compte en banque ne pouvait décidément transformer le pilote tranquille que j'étais.

Plongé à nouveau dans le fichier depuis dix minutes, arrivé enfin à *Fortune — Heureuse et mauvaise*, je finis par renoncer. Incroyable ! Le livre dont j'avais besoin n'existait pas !

Gagné par le doute, je sortis au soleil et sentis les photons, les particules bêta et les rayons cosmiques rebondir et ricocher à la vitesse de la lumière, traverser silencieusement l'air matinal et mon corps.

J'étais pratiquement revenu dans le quartier du café lorsque je m'aperçus que je n'avais plus mon sac de couchage. Je retournai jusqu'à la bibliothèque, sous un soleil encore plus chaud, et allai récupérer l'objet au pied du fichier.

Excusez-moi, dis-je à la bibliothécaire.

— J'espérais que vous y penseriez.

Elle paraissait tellement soulagée de ne pas avoir à confier ce sac à linge aux objets trouvés, que je savais qu'elle me disait la vérité.

— Excusez-moi, redis-je.

Tous ces livres, et tant d'autres qui attendent d'être écrits ! Comme les cerises bien mûres tout en haut des arbres. Il n'est pas très agréable de grimper sur une échelle bancale, de se faufiler à travers les branches pour les cueillir ; mais une fois ce travail accompli, elles sont d'autant plus délicieuses !

Et la télévision, est-elle délicieuse ? Ou la publicité que je ferais pour mon livre allait-elle accentuer ma phobie des foules ? Comment m'échapper si je n'ai pas de biplan qui m'attend pour m'emmener au-dessus des arbres ?

Je pris le chemin de l'aéroport, le seul endroit dans une ville inconnue où un pilote se sente chez lui. Je l'avais repéré en observant le circuit d'atterrissage, les traces invisibles que les petits avions laissent en s'approchant du sol ou en le quittant. J'étais pratiquement sous le dernier virage, donc l'aéroport n'était pas bien loin.

L'argent est une chose ; mais les foules — être reconnu lorsqu'on veut être seul et tranquille —, c'est tout à fait autre chose. La célébrité, la gloire ? Cela pourrait être amusant un moment ; si on peut y mettre un terme. Mais si je fais ces émissions de télévision, où que j'aille ensuite, il se trouvera toujours quelqu'un pour me dire : « Je vous connais ! Vous êtes l'auteur de ce livre ! »

Les gens passaient en voiture, à pied, dans la lumière de midi, sans regarder. J'étais pratiquement invisible. Je n'étais pour eux qu'un individu marchant vers l'aéroport, portant un sac de couchage soigneusement roulé — et libre de le faire sans être suivi du regard.

En décidant d'être célèbre, on renonce à ce privilège. Mais un écrivain peut se préserver. Si nombreux que soient ses lecteurs, si connu que soit son nom, il peut encore passer inaperçu, contrairement aux acteurs, aux hommes de télévision ou aux gens qui font la une des journaux.

Si jamais je devenais une personnalité, aurais-je des regrets ? Je savais que oui. Dans une autre vie, peut-être, j'avais essayé d'être célèbre. *Rien de passionnant, de séduisant* — cette autre vie me mettait en garde ; passe à la télévision et tu le regretteras.

Voici la balise. Le projecteur vert et blanc qui tourne la nuit pour indiquer l'aéroport. Un Aeronca Champion amorçait son approche finale ; c'était un biplan d'entraînement de 1946, peint et entoilé, avec une roue à l'arrière au lieu de la roue avant. J'aimais l'aéroport avant même de l'avoir vu, rien qu'en apercevant le Champ.

Et qu'adviendrait-il de ma quête de l'être aimé, si je devenais tant soit peu célèbre ? La première réponse fut instantanée : elle serait anéantie. Tu ne sauras jamais si c'est toi qu'elle aime, ou ton argent et ta renommée. Richard. Écoute. Si tu veux la trouver, ne deviens jamais une célébrité.

Tout cela en l'espace d'un souffle.

La deuxième réponse paraissait tellement sensée que ce fut la seule que j'entendis. Mon âme sœur n'allait pas de ville en ville à la recherche d'un type qui vendait dans un pré à vaches des promenades en biplan. Mes chances de la trouver ne vont-elles pas s'améliorer une fois qu'elle saura que j'existe ? Voici une occasion peu ordinaire, qui arrive précisément au moment où j'ai besoin de la rencontrer !

Et le hasard conduira sûrement ma compagne éternelle à voir la bonne émission au bon moment. Puis la célébrité s'estompera. Il me suffira de me terrer pendant une semaine à Red Oak, dans l'Iowa, ou à Estrella Sailport dans le désert, au sud de Phoenix, pour recouvrer mon intimité ; et qui plus est, je l'aurais trouvée ! Où est le mal ?

J'ouvris la porte du bureau de l'aéroport.

— Bonjour, dit-elle. Que puis-je pour vous ?

Elle rédigeait des factures au guichet, avec un sourire étincelant.

Avec son sourire et sa question, elle m'avait laissé sans voix. Je ne savais que dire.

Comment lui expliquer que j'étais des leurs, que l'aéroport et la balise et le hangar et l'Aeronca et même la coutume du salut amical après un atterrissage faisaient partie de ma vie, depuis longtemps déjà ; que toutes ces choses changeaient à cause de ce que j'avais fait, que je n'étais pas sûr de vouloir qu'elles changent car je les connaissais et qu'elles étaient mon seul toit sur terre ?

Que pouvait-elle faire ? Me rappeler qu'on est chez soi dans tout lieu connu et aimé, qu'on est chez soi où qu'on choisisse d'être ? Me dire qu'elle sait qui je cherche, ou qu'un homme dans un Travel Air blanc et or s'est posé il y a une heure et a laissé pour moi le nom et l'adresse d'une femme ? Me donner de sages conseils pour gérer un million trois cent mille dollars ? Que pouvait-elle pour moi ?

— Je ne sais pas au juste ce que vous pouvez faire, dis-je. J'ai l'impression d'être un peu perdu. Y a-t-il de vieux avions dans le hangar ?

L'Aeronca s'arrêta devant la pompe à essence, le petit moteur se tut, l'hélice s'immobilisa, et l'avion se fit aussi silencieux que l'été au-dehors ; l'instructeur, dans le siège arrière, échangea quelques mots avec son élève, devant.

— Le Porterfield de Jill Handley est là-bas, il est assez vieux. Le Tiger Moth de Chet Davidson. Morris Jackson a un Waco,

35

mais il l'enferme dans un autre hangar... Les Champs ne sont plus tout jeunes, dit-elle en riant. Vous cherchez un Aeronca Champ ?

— C'est un des meilleurs avions au monde.

— Non, je plaisantais ! dit-elle en écarquillant les yeux. Je ne crois pas que Miss Reed vende jamais les Champs.

Je passais sans doute pour un acheteur. Existe-t-il un sens qui permette de détecter un million de dollars dans la poche d'un inconnu ?

Elle se remit à ses factures, et je remarquai son alliance, en or tressé.

— Je peux jeter un coup d'œil dans le hangar ?

— Bien sûr, dit-elle en souriant. Le mécanicien s'appelle Chet ; il doit être là-bas, quelque part, s'il n'est pas déjà parti déjeuner.

— Merci. C'est très gentil.

Au bout d'un couloir, j'ouvris la porte qui donnait sur le hangar. J'étais bel et bien chez moi. Un Cessna 172 rouge brique et crème en pleine révision annuelle ; les capots des moteurs ôtés, les bougies démontées, l'huile vidangée. Un Beech Bonanza, argenté avec une bande bleue sur le côté, délicatement hissé sur de grands crics jaunes pour les essais du train d'atterrissage. Je connaissais tous ces petits avions. Les histoires qu'ils racontaient, et celles que je pouvais leur raconter à mon tour. Un hangar désert fait naître la même douce tension qu'une clairière en pleine forêt... l'étranger sent des yeux qui le regardent, l'action suspendue, la vie qui retient son souffle.

Il y avait là un grand Grumman Widgeon amphibie, avec deux moteurs en étoile, le nouveau pare-brise en un morceau, les miroirs fixés aux flotteurs des ailes afin que le pilote puisse vérifier que les roues sont rentrées avant de se poser sur l'eau. Du jour où l'un d'eux s'était posé avec ses roues sorties, il s'était vendu beaucoup de petits miroirs aux pilotes d'amphibies.

J'étais debout à côté du Widge et regardais dans le cockpit, gardant les mains respectueusement dans le dos. Personne, dans l'aviation, n'aime qu'un inconnu touche à son avion sans y être autorisé — non pas tant parce qu'il pourrait l'endommager, mais parce qu'il s'agirait d'une familiarité que rien ne justifie — comme si un inconnu passait et abordait la femme d'un autre, pour voir sa réaction.

Je voyais deux volants de commande, dont un qui pouvait s'enlever du côté du copilote ; des manettes de gaz en hauteur ;

tout un tableau d'instruments et de radios pour la navigation par tous les temps. Il semblait en assez bon état, entretenu par quelqu'un qui préférait les vieux moteurs ronds aux moteurs modernes, horizontaux et opposés qu'arborent la plupart des Widgeons de nos jours. J'approuvais ce choix. Bel avion.

Au fond, près de la porte du hangar, se trouvait le Tiger Moth, dont l'aile supérieure dépassait les autres avions comme un mouchoir agité par un ami dans la foule. L'aile était peinte aux couleurs de l'avion de Shimoda — blanc et or ! Plus je m'en approchais, traversant le labyrinthe d'ailes, de queues, de matériel, plus j'étais frappé par la couleur de cette machine.

Les moments historiques qui avaient été vécus dans des Moths de Havilland ! Des hommes et des femmes qui étaient des héros à mes yeux, qui, dans des Tiger Moths, des Gypsy Moths et des Fox Moths, avaient fait tout le tour du monde en partant d'Angleterre. Amy Lawrence, David Garnett, Francis Chichester, Constantine Shak Lin, Nevil Shute lui-même — ces noms et les aventures qu'ils avaient connues m'attiraient vers le Moth. Quel beau petit biplan ! Tout blanc, avec des chevrons or de dix centimètres de large, des V pointant vers l'avant tels des flèches, se transformant en bandes dorées sur les ailes et le stabilisateur.

Les boutons de contact à l'extérieur de l'avion, bien sûr, et si la restauration était fidèle... oui, sur le plancher de la cabine, un compas monstre de l'armée britannique ! J'avais du mal à garder les mains dans le dos, tellement c'était une belle machine. Les pédales du palonnier devaient être garnies de...

— Cet avion vous plaît ?

Je faillis crier, tellement il m'avait surpris. L'homme était là depuis trente secondes, essuyant l'huile de ses mains et me regardant inspecter son Moth.

— S'il me plaît ? Il est magnifique !

— Merci. Ça fait un an maintenant qu'il est fini. Entièrement refait, de la tête à la queue.

J'examinais de près l'entoilage... la peinture en laissait voir la texture.

— On dirait de la Ceconite, dis-je. Beau travail.

Ces quelques mots suffisaient à me présenter... On n'apprend pas en un jour à faire la différence entre du coton de première qualité et du dacron sur de vieux avions.

— Et où avez-vous trouvé le compas ?

— Chez un brocanteur, dit-il avec un sourire, à Dothan, Alabama. Authentique compas de la Royal Air Force, 1942. Sept dollars cinquante. Je ne sais pas comment il est arrivé là, mais je sais que je l'en ai sorti !

Tandis que nous faisions le tour du Moth, et que je l'écoutais, je savais que je m'accrochais à mon passé, à ce monde familier et connu de l'aviation. Avais-je agi trop impulsivement en vendant le Fleet et en coupant les liens avec mon passé, pour me mettre en quête d'un amour inconnu ? Là, dans le hangar, c'était comme si mon monde était devenu un musée, ou une vieille photo, un radeau à la dérive, qui lentement s'éloignait, lentement entrait dans l'histoire.

Je secouai la tête, fronçai les sourcils, interrompis le mécanicien.

— Est-ce que le Moth est à vendre, Chet ?

Il ne me prenait pas au sérieux.

— Tout avion est à vendre. C'est une question de prix, comme on dit. Je suis un constructeur plutôt qu'un pilote, mais je demanderais beaucoup d'argent pour le Moth.

Je me baissai pour regarder sous l'avion. Pas la moindre trace d'huile sur le capot.

Entièrement refait il y a un an par un mécanicien spécialisé, et rangé dans ce hangar depuis. Le Moth était effectivement une découverte peu ordinaire. Pas un instant, je n'avais eu l'intention de cesser de voler. Je pourrais traverser tout le pays dans le Moth. Je pourrais me rendre à ces interviews télévisées dans cet avion, et, en route, je trouverais peut-être mon âme sœur !

Je posai mon sac de couchage par terre en guise de coussin. J'entendis des craquements au moment de m'asseoir.

— C'est combien, beaucoup d'argent, si c'est en liquide ?

Chet Davidson partit déjeuner avec une heure et demie de retard. Je pris les livres de bord et les manuels du Moth avec moi au bureau.

— Pardon, madame. Vous n'auriez pas un téléphone ?

— Bien sûr. C'est pour ici ?

— Non, c'est pour appeler New York.

— Il y a une cabine juste à la sortie.

— Merci. Vous avez un beau sourire.

— Merci !

C'est une belle tradition, de porter une alliance.

J'ai appelé Eleanor à New York pour lui dire que je ferais les émissions.

6

J'avais trouvé une sérénité riche d'enseignements, qui me venait des nuits passées dans les champs sous les ailes d'avions : les étoiles, la pluie et le vent donnent aux rêves les couleurs de la réalité. Dans les hôtels, je ne trouvais ni sérénité, ni enseignement.

J'avais découvert une alimentation équilibrée, en mélangeant de la farine à de l'eau de source, dans les vastes prairies de l'Amérique. Avaler des cacahuètes dans les taxis qui filent vers les studios de télévision est évidemment beaucoup moins sain.

J'ai toujours éprouvé un sentiment de fierté en voyant des passagers descendre indemnes d'un vieux biplan en ayant surmonté leur peur de l'altitude. Les bavardages de la télévision, coincés entre la publicité et le tic-tac de l'horloge, n'ont pas le même parfum de triomphe partagé.

Mais elle méritait bien ces hôtels, ces interviews soigneusement minutées, cette âme sœur insaisissable ; et je la trouverai si je continue à voyager, à regarder, à fouiller les studios de tous ces centres villes. Je n'ai jamais songé à mettre en doute son existence, car tout autour de moi je voyais des presqu'elles.

Les années passées en avion m'avaient appris que l'Amérique avait été colonisée par des femmes étonnament séduisantes, dont les filles se comptaient par millions aujourd'hui. Tel un romanichel de passage, je ne voyais en elles que de belles clientes, douces et agréables à regarder le temps d'une promenade en biplan.

Les mots que j'avais échangés avec elles étaient restés d'ordre pratique. L'avion est plus sûr qu'il ne paraît ; si vous vous mettez un ruban dans les cheveux, madame, ils seront plus faciles à coiffer après l'atterrissage. Oui, il y a beaucoup de vent — dix minutes, dans un cockpit ouvert à 130 km/h. Merci. Ça fera trois dollars, s'il vous plaît ! La promenade m'a beaucoup plu aussi.

Étaient-ce les émissions, était-ce le succès du livre, était-ce mon nouveau compte en banque, ou était-ce tout simplement le fait que je ne passais plus tout mon temps dans les airs ? Tout à coup je rencontrais les femmes les plus séduisantes. Tout entier à ma quête, je voyais chacune d'elles à travers un prisme d'espoir : elle était celle que je cherchais, jusqu'à preuve du contraire.

Charlene, un mannequin de télévision, aurait pu être mon âme sœur si elle n'avait été trop jolie. D'imperceptibles défauts dans son reflet me rappelaient que le monde des affaires est cruel, qu'il ne lui restait que quelques années pour s'assurer une retraite, pour économiser en vue d'une reconversion. On pouvait parler d'autre chose, mais pas longtemps. On revenait toujours aux affaires. Contrats, argent, voyages, agents. C'était sa façon à elle de dire qu'elle avait peur et qu'elle ne voyait pas d'issue à cette existence meurtrière.

Jaynie était sans craintes. Elle aimait sortir, elle aimait boire. Charmante comme le soleil au lever, elle s'est assombrie en découvrant que la vie mondaine n'était pas mon fort.

Jacqueline ne buvait ni ne sortait. Vive et intelligente par nature, elle ne croyait pas en ses qualités. Échec scolaire, disait-elle. Pas un seul diplôme. Sans diplômes, sans éducation, on doit accepter ce qui se présente et s'y accrocher, s'accrocher à la sécurité du métier de serveuse, si hostile qu'y soit son esprit. Je gagne bien ma vie, disait-elle. J'ai dû quitter l'école, tu comprends.

Lianne ne se souciait ni de diplômes, ni de métier. Elle voulait être mariée, et le meilleur moyen d'être mariée était de s'afficher en ma compagnie, en sorte que son ex-mari soit jaloux et revienne à elle. Le bonheur viendrait de la jalousie.

Tamara adorait l'argent ; et à sa façon elle était tellement éblouissante qu'elle était une femme parfaite pour le prix. Un visage de modèle, un esprit qui calculait, même lorsqu'elle riait. Elle avait beaucoup lu, beaucoup voyagé, parlait plusieurs langues. Son ex-mari était agent de change, et maintenant Tamara voulait ouvrir son propre bureau. Cent mille dollars auraient suffi à lancer son affaire. Rien que cent mille, Richard, peux-tu m'aider ?

Si seulement, me disais-je. Si seulement je pouvais trouver une femme avec le visage de Charlene mais avec le corps de Lianne, l'intelligence de Jacqueline, le charme de Jaynie et la fraîcheur de Tamara — ne serait-ce pas une âme sœur ?

L'ennui était que le visage de Charlene avait les craintes de Charlene, le corps de Lianne avait les problèmes de Lianne. Chaque nouvelle rencontre était intéressante, mais après quelques jours les couleurs passaient, l'intérêt se dissipait dans la forêt des idées que nous ne partagions pas. L'un pour l'autre, nous étions des pièces d'un puzzle incomplet.

N'y a-t-il pas une femme, pensai-je enfin, qui ne prouvera pas en un jour qu'elle n'est pas celle que je cherche ? La plupart de celles que je trouvais avaient eu un passé difficile, étaient submergées de problèmes et cherchaient de l'aide, avaient besoin de plus d'argent qu'elles n'en possédaient. Nous passions sur nos faiblesses et nos défauts, et à peine nous étions-nous rencontrés que nous nous considérions comme amis. C'était un kaléidoscope sans couleurs, dont chaque morceau était gris et changeant.

Une fois que la télévision s'est lassée de moi, j'ai acheté un biplan à ailes courtes, avec un gros moteur, pour tenir compagnie au Moth. Après un entraînement assidu, j'ai commencé à me produire dans des vols acrobatiques.

Les gens viennent par milliers aux meetings aériens de l'été, pensai-je, et si je ne peux pas la trouver à la télévision, peut-être que je pourrai la trouver lors d'un de ces meetings.

J'ai rencontré Katherine après mon troisième vol, à Lake Walls, en Floride. Elle émergea de la foule autour de l'avion comme si elle était une amie de longue date. Elle fit un sourire subtil et intime, aussi frais et proche que possible.

Ses yeux étaient calmes, malgré l'éclat du soleil de midi. Longue chevelure sombre, yeux vert foncé. Plus nos yeux sont foncés, dit-on, moins ils sont affectés par la lumière du soleil.

— Ç'a l'air amusant, dit-elle, montrant d'un signe de tête l'avion, sans prêter attention au bruit ni à la foule.

— C'est mieux que de mourir d'ennui, répondis-je. Avec le bon avion, on peut échapper à un ennui considérable.

— Ça fait quel effet de voler à l'envers ? Est-ce que vous prenez des passagers, ou est-ce que vous ne faites que des démonstrations ?

— Surtout des démonstrations. Pas beaucoup de promenades. Parfois. Une fois qu'on est persuadé qu'on ne va pas tomber, c'est amusant.

— Est-ce que vous me ferez faire un tour, si je demande comme il faut.

— Pour vous, peut-être, une fois que le meeting sera fini.

Je n'avais jamais vu d'yeux aussi verts.

— Comment faut-il demander ?

Elle sourit naïvement :

— S'il vous plaît ?

Elle ne s'éloigna pas beaucoup pendant le reste de l'après-midi, disparaissant de temps en temps dans la foule, puis revenant, avec son sourire et cette onde secrète. Le soleil était pratiquement couché et il ne restait plus qu'elle près de l'avion. Je l'ai aidée à monter dans le cockpit avant de la petite machine.

— Deux ceintures de sécurité, dis-je. Une seule vous tiendra dans l'avion quelles que soient les acrobaties qu'on fasse, mais on aime autant en avoir deux.

Je lui ai expliqué comment se servir du parachute au cas où nous serions contraints de nous éjecter, j'ai ajusté le harnais rembourré sur ses épaules, attaché la deuxième ceinture de sécurité.

— Assurez-vous que le harnais est aussi serré que possible. Dès que l'avion est à l'envers, il paraîtra beaucoup moins serré que maintenant.

Elle me sourit.

Le bruit du moteur, le soleil embrasé au bord du monde, être suspendue à l'envers dans les nuages, flotter sans poids en plein air, être écrasée par trois fois la pesanteur dans les loopings, elle adora tout cela ; elle était faite pour voler.

Nous avons atterri à l'approche de la nuit. Le temps que j'arrête le moteur, elle était déjà sortie du cockpit et avant même que je m'en rende compte, elle s'est jetée à mon cou et m'a embrassé !

— *J'ADORE ÇA !* dit-elle.

— Ma foi... je ne déteste pas ça non plus.

— Vous êtes un pilote merveilleux.

J'attachai l'avion à ses câbles dans l'herbe.

— La flatterie, mademoiselle, vous conduira où vous voudrez.

Elle a voulu m'emmener dîner pour payer sa promenade ;

nous avons parlé pendant une heure. Elle était divorcée, m'apprit-elle, et travaillait comme hôtesse dans un restaurant non loin de la maison que j'avais achetée au bord d'un lac. Avec son travail et sa pension, elle s'en sortait bien. Elle économisait maintenant pour finir ses études. Dans un an elle pourrait enseigner l'algèbre, la géométrie, la physique.

— La physique ! Dites-moi ce qui vous a amenée à la physique...

Elle était si attachante — optimiste, directe, motivée.

Elle prit son sac.

— Ça ne vous ennuie pas si je fume ?

Moins encore que sa question, ce fut ma réponse qui me stupéfia.

— Pas du tout.

Elle alluma sa cigarette et se mit à parler de physique, sans remarquer le carnage qu'elle avait causé dans ma tête. RICHARD ! QUOI ? QU'EST-CE QUE TU DIS, PAS DU TOUT, ÇA NE ME DÉRANGE PAS ? Cette femme allume une CIGARETTE ! Tu sais ce que ça veut dire sur les valeurs qu'elle respecte et son avenir dans ta vie. *Route barrée...*

Taisez-vous, dis-je à mes principes. Elle est intelligente et différente, vive comme l'éclair, avec des yeux verts, amusante à écouter, belle, chaleureuse, intéressante et je suis si fatigué de penser seul, de dormir avec des êtres d'un autre monde. Plus tard, je lui parlerai du tabac. Pas ce soir.

Mes principes disparurent si vite que j'en étais effrayé.

— ... bien sûr je ne ferai jamais fortune dans l'enseignement, mais je trouverai le moyen, d'une façon ou d'une autre, disait-elle. J'aurai mon propre avion, même s'il est vieux et usé ! Est-ce que je le regretterai ?

Les volutes de fumée, comme toujours, arrivaient directement sur moi. Je m'efforçais d'oublier et de me maîtriser.

— Vous achèterez d'abord l'avion, demandai-je en regardant ses yeux, puis vous apprendrez à le faire voler ?

— Oui. Je n'aurai alors que le moniteur à payer, au lieu du moniteur plus la location d'un avion. N'est-ce pas moins cher à long terme ? Ça ne vous semble pas sage ?

Je lui ai proposé de voler avec moi de temps en temps dans l'un de mes avions. Le nouveau Lake amphibie, pensai-je, si élancé qu'il semblait bâti pour parcourir l'avenir aussi bien que l'air et l'eau, en voilà un qui lui plaira.

Deux heures plus tard, j'étais étendu sur le lit, me demandant à quoi elle ressemblerait quand je la reverrais.

Je n'eus pas longtemps à attendre. Elle aurait l'air délicieux — un corps bronzé et sinueux couvert d'un peignoir.

Puis le peignoir tomba, elle se glissa sous les couvertures et se pencha pour m'embrasser. Un baiser qui disait aimons-nous cette nuit et voyons ce qui arrive.

Je savais ce qui arriverait. Mon côté pratique pensait obstinément qu'une fumeuse ne saurait être l'âme sœur d'un homme qui respire librement. Mais elle était agréable, et pour une nuit j'oubliai les âmes sœurs.

M'abandonner au plaisir, au lieu de désirer quelqu'un que je ne pouvais trouver.

7

— J'aimerais autant que tu ne fumes pas dans la maison, Kathy.

Elle leva les yeux, surprise, le briquet à quelques centimètres de sa cigarette.

— Hier soir, ça ne te gênait pas.

J'ai mis les assiettes dans le lave-vaisselle, passé l'éponge sur la table. Il faisait déjà chaud dehors, nuages épars à deux mille mètres, visibilité de vingt-cinq kilomètres dans une légère brume. Pas de vent.

Elle était aussi séduisante que la veille ; je voulais mieux la connaître. Le tabac allait-il éloigner cette femme que je pouvais toucher de mes mains et à qui je pouvais parler pendant plus d'une minute ?

— Laisse-moi te dire ce que je pense du tabac.

J'ai pris un long moment et lui ai expliqué.

— ... c'est dire à tout ton entourage, disais-je pour finir, c'est dire : « Tu m'importes si peu que cela m'est égal que tu ne puisses respirer. Meurs si tu veux, je fume ! » Ce n'est pas une habitude courtoise de fumer. Ce n'est pas une chose à faire avec ceux que tu aimes.

Au lieu de se froisser et de partir en claquant la porte, elle me donna raison.

— C'est une habitude terrible, je le sais. Je pensais arrêter. Bientôt, mais pas tout de suite. J'essaierai de ne pas fumer chez toi, d'accord ?

Elle referma son sac sur ses cigarettes et son briquet.

Au bout d'un certain temps elle renonça à la physique — elle voulait essayer d'être mannequin. Puis de chanter. Elle avait une belle voix, envoûtante comme celle d'une sirène dans une mer brumeuse. Mais, curieusement, une fois qu'il s'agissait, au-delà des souhaits, de trouver un métier, elle devenait moins passionnée et rêvait d'autre chose. En fin de compte, tout dépendait de moi — pourquoi ne l'aiderais-je pas à ouvrir une petite boutique ?

Kathy avait le cœur léger et l'esprit vif ; elle adorait le nouveau Lake amphibie, apprit à voler en un rien de temps et me resta désespérément étrangère. Elle était un corps étranger dans mon système, si ravissante qu'elle fût, et le système essayait souvent de la rejeter aussi délicatement que possible.

Ames sœurs, nous ne le serions jamais. Nous étions deux bateaux qui s'étaient rencontrés en plein océan, chacun changeant de cap pour naviguer un peu dans la même direction sur une mer vide. Des bateaux différents qui se rendaient dans des ports différents, et nous le savions. Mais, pendant un temps, nous avions choisi de naviguer ensemble.

J'avais la curieuse impression de marquer un temps, d'attendre quelque événement avant que ma vie ne puisse reprendre son cours étrange, son objectif et son cap.

Si j'étais une âme séparée de mon amour, pensai-je, j'attendrais d'elle qu'elle fasse au mieux sans moi, jusqu'à ce que nous puissions nous trouver l'un l'autre. Entre-temps, jumelle non encore découverte, attends-tu la même chose que moi ? Jusqu'où laisser s'approcher les inconnus les plus chaleureux ?

L'amitié avec Katherine est agréable pour l'instant, mais ne doit pas venir troubler mon amour, lui faire obstacle quand il arrivera.

Ma quête de la femme parfaite était sensuelle, sans cesse renouvelée. Pourquoi cette impression pesante d'un hiver précoce ? Si vif que fût le cours du temps par-dessus les rochers et les profondeurs, mon radeau était coincé dans des rapides. Ce n'est pas mortel d'être arrêté quelque temps — c'est du moins ce que j'espérais, ce que je pensais. Mais j'ai choisi cette planète et cette époque pour apprendre quelque leçon transcendantale, pour rencontrer une femme qui ne ressemble à aucune autre.

Malgré cet espoir, une voix intérieure me prévenait que l'hiver pourrait me transformer en glace, à moins que je ne me libère et que je ne la trouve.

8

J'avais l'impression d'être étendu sur la table de la cuisine, dans un avion à trois mille mètres ; puis d'être mis à la porte à coups de pied. Pendant un instant l'avion était grandeur nature, à quelques centimètres de mes doigts... Je tombais, mais je pouvais m'agripper et remonter à bord si j'en éprouvais désespérément le besoin.

L'instant d'après il était trop tard, l'objet le plus proche était à vingt mètres au-dessus de moi, s'envolant à trente mètres par seconde. Je tombais seul, tout droit. Tout droit, maintenant, et vite.

Suis-je vraiment sûr de vouloir faire cela ?

Lorsqu'on vit dans l'instant, le vol libre est un plaisir sans bornes. C'est lorsqu'on commence à songer à l'instant suivant qu'il se gâte.

Je tombais dans le tourbillon sauvage, regardais le sol, voyais comme il était grand, dur et plat, me sentais terriblement petit moi-même. Pas de cabine, rien où s'agripper.

Pas d'inquiétude, me disais-je. Sur ta poitrine, il y a la poignée d'ouverture que tu peux tirer quand tu veux et le parachute sort aussitôt. Il y a une autre poignée sur le parachute de secours, au cas où le principal ne fonctionnerait pas. Tu peux la tirer maintenant, si cela te rassure. Mais tu manquerais tout le plaisir de la chute libre.

Je jetai un coup d'œil sur l'altimètre que je portais au poignet : deux mille cinq cents mètres, deux mille quatre cents...

Tout en bas, au sol, il y avait une cible en gravier blanc sur laquelle je comptais me poser dans quelques secondes. Mais tout cet air vide entre maintenant et ensuite !

Une toute petite partie de soi-même reste toujours observateur et, quoi qu'il arrive, elle observe. Elle nous observe. Peu lui importe que l'on soit heureux ou malheureux, malade ou en bonne santé, vivant ou mort. Son seul travail est d'être sur notre épaule et de juger si nous sommes des êtres humains dignes de ce nom.

Mon observateur était perché sur mon harnais, avec sa propre combinaison et son parachute, et prenait des notes sur mon comportement.

> *Beaucoup plus nerveux qu'il ne devrait l'être à ce moment, écrivait-il sur un petit bloc. Yeux trop grands ouverts ; rythme cardiaque trop rapide. Une part de peur en trop mêlée à sa joie. Note provisoire pour le saut nº 29 : 4 sur 10.*

Mon observateur note sévèrement.

Altitude mille sept cents mètres... mille six cents. En poussant mes mains devant moi dans la tempête, je tomberais les pieds en bas ; les mains en arrière et je plongerais la tête la première vers le sol. C'est ainsi que je m'imaginais le vol sans avion, n'était le souhait désespéré de pouvoir remonter aussi vite qu'on descend. Ou même un peu moins vite.

> *Distrait pendant la chute libre, écrivait l'observateur. L'esprit erre sans but. Nouvelle note : 3.*

Altitude mille deux cents mètres. Encore haut, mais ma main cherche la poignée, l'accroche avec le pouce et tire fort. Le câble est libéré ; j'entends un bruit dans mon dos, qui doit être l'ouverture de l'extracteur.

> *A tiré trop tôt. Trop pressé d'être sous la voilure. 2.*

Le bruit ne cesse pas. J'aurais dû ressentir le choc — l'impression de tomber dans un tas de plumes — de l'ouverture du parachute principal. Rien. Sans raison, mon corps commence à tournoyer.

Quelque chose... pensai-je, quelque chose ne va pas ?

Je regarde par-dessus mon épaule. L'extracteur bat, coincé dans mon harnais. A la place de la voilure, un grand nœud de nylon emmêlé, rouge, bleu, jaune, pris dans un bruyant tourbillon.

Seize secondes — quinze — pour le réparer avant de toucher le sol. J'ai de fortes chances de tomber juste à côté de l'orangeraie. Peut-être dans les arbres, mais plus vraisemblablement à côté.

Couper tout, m'avait-on appris à l'entraînement. Je dois me libérer du parachute principal maintenant et déployer le parachute de secours que j'ai sur le ventre. Est-ce bien juste que mon parachute ne fonctionne pas pour mon vingt-neuvième saut ? Non, sûrement pas.

Esprit incontrôlé. Pas de discipline. 1.

C'est bien ma chance, alors, que le temps ralentisse. Une seconde met une minute à passer.

Mais pourquoi est-il si difficile de mettre la main sur les mousquetons et de me libérer du parachute en ruine ?

Mes mains pèsent des tonnes, et je progresse au ralenti jusqu'aux mousquetons sur mes épaules, au prix d'un effort énorme.

Cela en vaut-il la peine ? On ne m'avait pas dit que ce serait si difficile d'attraper les mousquetons ! Dans une colère sauvage contre mes moniteurs, je fais le dernier centimètre qui me sépare des mousquetons et les arrache.

Lent, lent. Bien trop lent.

Je cesse de tournoyer, roule sur le dos afin de déployer la réserve, et à ma grande stupéfaction je vois que le nylon emmêlé est toujours avec moi ! Je suis une chandelle romaine à l'envers, attaché à une flamme en tissu brillant, qui tombe comme une fusée tirée du ciel.

Le moniteur nous avait prévenus : « Cela ne vous arrivera sans doute jamais, mais n'oubliez pas : ne déployez jamais votre réserve dans un dorsal emmêlé, car celui-ci ne s'ouvrira pas non plus. Il se mettra en torche et ne vous ralentira même pas ! *DÉGAGEZ-VOUS TOUJOURS !*

C'est ce que j'ai fait, mais le parachute est toujours emmêlé, coincé dans le harnais !

Perd la raison sous pression. 0.

Je sens le sol remonter vers moi. L'herbe va me frapper la nuque à environ 200 km/h. Une mort instantanée, sûrement. Pourquoi ne vois-je pas ma vie défiler devant mes yeux, pourquoi ne quitté-je pas mon corps avant de toucher le sol, comme dans les livres ? TIRE LA POIGNÉE DU RÉSERVE !

Agit trop tard. Pose des questions stupides. Esprit fondamentalement médiocre.

Je tire la poignée de secours, et aussitôt le réserve m'explose au visage, comme une boule de canon tirée vers le ciel. Il monte le long du parachute principal ; évidemment, je suis maintenant attaché à deux chandelles qui plongent.

Puis, comme un coup de feu, le parachute s'ouvre, s'ouvre complètement, et me stoppe net dans l'air à cent mètres au-dessus de l'orangeraie ; pantin désarticulé, sauvé à la dernière seconde par ses fils.

Le temps se remet à accélérer, les arbres passent comme un coup de fouet ; je touche le sol avec mes bottes et tombe dans l'herbe, non pas mort, mais ayant du mal à respirer.

Me suis-je déjà écrasé, pensai-je, avant d'être remonté deux secondes en arrière par un parachute de secours et sauvé ?

La mort au bout d'une chute libre était un avenir que j'avais à peine réussi à éviter, et au moment où elle me quittait je voulais la saluer. Presque triste. Dans cet avenir, qui était déjà du passé, j'avais soudain des réponses à ma grande curiosité sur la mort.

A survécu, écrivit mon observateur. Avec beaucoup de chance et une brillante intervention de ses anges gardiens. Anges gardiens : 10. Richard : 0.

Je ramasse le parachute de secours et entasse amoureusement la boule de mousse à côté de l'autre. Puis je m'assois par terre sous les arbres et revis les dernières minutes, notant dans mon carnet ce qui s'est passé, ce que j'ai vu et pensé, ce que le méchant petit observateur a dit, le triste adieu à la mort, tout ce dont je peux me souvenir. Ma main ne tremble pas en écrivant.

Soit que je n'aie pas été traumatisé par le saut, soit que j'occulte le traumatisme pour me venger.

Rentré à la maison, je n'ai trouvé personne avec qui partager l'aventure, personne à qui poser les questions qui auraient pu révéler mes négligences. J'ai téléphoné à Kathy, qui était sortie, profitant de son soir de congé. Les enfants de Brigitte jouaient dans un spectacle à l'école. Jill était fatiguée après sa journée de travail.

Le mieux était de téléphoner à Rachel, en Caroline du Sud. Un plaisir de me parler, et je pouvais passer quand je voulais, dit-elle. Je n'ai rien dit du saut, du parachute en torche, et de l'autre avenir, ma mort dans l'orangeraie.

Pour fêter tout cela, je me suis fait ce soir-là un *Kartoffelkuchen*, d'après la recette de ma grand-mère : pommes de terre, crème, œuf, noix de muscade, vanille, le tout nappé d'un glaçage blanc et de chocolat amer fondu ; j'en ai mangé un tiers chaud, et seul.

Je repensais au saut, et j'en arrivais à conclure que je ne leur aurais de toute façon rien dit, je n'aurais raconté à personne ce qui était arrivé. N'aurais-je pas eu l'air de me vanter d'avoir échappé à la mort ? Et qu'aurait-on pu me dire ? « Mon Dieu ! Quelle histoire effrayante ! » « Il faut que tu sois plus prudent ! »

L'observateur se pencha à nouveau sur mon épaule et se mit à écrire. Je le regardai du coin de l'œil.

> *Il change. Chaque jour plus lointain, protégé, distant. Au lieu de chercher, il conçoit des épreuves pour l'âme sœur qu'il n'a pas trouvée ; il construit un mur, un labyrinthe, une forteresse et la met au défi de le trouver, caché au milieu de tout cela. Il excelle à se protéger lui-même de celle qu'il pourrait aimer et qui pourrait un jour l'aimer. Il est maintenant engagé dans une course... le trouvera-t-elle avant qu'il ne se tue ?*

Me tuer ? Me suicider ? Même nos observateurs nous connaissent mal. Ce n'était pas ma faute, la torche. Une défaillance monstrueuse, qui ne se reproduira pas !

Je n'ai pas pris la peine de me rappeler que c'était moi qui avais plié le parachute.

Une semaine plus tard, je dois atterrir pour faire le plein, après une journée où tout avait mal marché avec mon énorme et rapide Mustang P-51. Radio en panne, faiblesse du frein gauche, dynamo grillée, température de refroidissement inexplicablement dans le rouge, et redescendant non moins inexplicablement. Mauvaise journée, incontestablement ; et incontestablement le plus mauvais avion que j'aie jamais piloté.

On aime la plupart des avions ; mais il en est certains avec lesquels on ne s'entend jamais.

Me poser, faire le plein, réparer le frein et repartir aussi vite que possible. Un vol interminable, à regarder les instruments de bord indiquer tout ce qui ne marche pas derrière cette énorme hélice. Pas une pièce de cet avion qui coûte moins de cent dollars, et celles qui cassaient comme des brindilles en coûtaient des milliers.

Les roues de luxe du gros avion de combat flottent à quelques dizaines de centimètres de la piste de Midland, Texas ; puis elles la touchent. Le pneu gauche explose aussitôt, l'avion se trouve déporté sur le bord de la piste, et en l'espace d'un instant, quitte la piste pour la terre.

Pas de temps. Roulant encore assez vite pour voler, j'enfonce à fond la manette des gaz pour forcer l'avion à remonter.

Erreur. Je n'avance *pas* assez vite pour voler.

L'avion redresse le nez pendant une seconde environ, mais c'est tout ce qu'il consent à faire. L'armoise défile en dessous ; les roues se posent et aussitôt le train gauche casse net. L'hélice monstrueuse touche le sol, et en se tordant, fait hurler le moteur, qui explose.

C'est presque une impression familière, le temps qui retombe au ralenti. Et n'est-ce pas mon observateur, avec son papier et son crayon ! Ça fait des jours que je ne t'ai pas vu !

> *Bavarde avec l'observateur alors que l'avion est déchiqueté dans l'armoise. Sans doute le plus mauvais pilote que j'aie jamais vu.*

Je sais fort bien qu'un Mustang qui s'écrase est loin d'être un accident banal. Les machines sont si grosses, rapides et meurtrières qu'elles déchirent tout ce qui se trouve sur leur passage et explosent soudain en jolies boules de feu, jaunes comme une flamme, orange comme la dynamite, et noires comme un désastre, projetant boulons et pièces à un kilomètre autour du point d'impact. Le pilote ne sent jamais rien.

L'impact fonce sur moi à 130 km/h... un générateur Diesel en plein désert, une petite baraque à carreaux orange et blancs qui pense être à l'abri des accidents d'avion. Erreur.

Encore quelques secousses, l'autre train disparaît, la moitié de l'aile droite est tombée, et le damier heurte le pare-brise.

Pourquoi n'ai-je pas quitté mon corps ? D'après tous les livres...

Le choc m'a projeté en avant, sur le harnais, et le monde est devenu noir.

Pendant quelques secondes, je ne vois plus rien. Aucune douleur.

C'est calme, ici au ciel, me dis-je en me redressant et en secouant la tête.

Pas la moindre douleur. Un petit chuintement... Qu'est-ce qui peut *chuinter* au ciel ?

J'ouvre les yeux pour découvrir que le paradis ressemble à un abri de générateur en ruine, réduit à néant après l'accident d'un très gros avion.

Lent comme une tortue à comprendre ce qui se passe.

Un instant ! Peut-être... n'est-ce pas le paradis ? Je ne suis pas encore mort ! Je suis assis dans ce qu'il reste de la cabine et l'avion n'a pas encore explosé ! Dans deux secondes il va sauter et je suis prisonnier ici... Je ne vais pas exploser, *je vais être brûlé vif !*

Dix secondes plus tard je fuis l'épave fumante de ce qui fut autrefois un avion élégant, sinon fiable, bon marché ou agréable. A deux cents mètres de là, je trébuche et me jette par terre, le visage enfoui dans le sable, comme font les pilotes dans les films, juste avant que tout l'écran n'explose. Le visage caché, les mains sur la nuque, j'attends l'explosion.

Capable de se déplacer à une allure étonnante quand il finit par comprendre ce qui se passe.

Trente secondes. Rien. Trente autres secondes.

Je lève la tête et jette un coup d'œil.

Puis je me remets debout, et j'enlève le sable et l'armoise de mes vêtements. Sans raison, un très vieil air de rock'n roll se met à me trotter dans la tête. J'y prête à peine attention. Désinvolture affectée ?

Incroyable. Je n'avais jamais entendu parler d'un 51 qui n'ait pas explosé comme un baril de poudre, et la seule exception est cette épave que je pilotais il y a peu de temps. Maintenant il allait falloir remplir des papiers, rédiger des rapports... attendre des heures avant de trouver un avion de ligne qui puisse m'emmener à l'ouest. Et toujours cet air de rock'n roll dans la tête.

N'est pas très fortement traumatisé. Mérite un 9 pour le calme qu'il retrouve quand tout est fini.

Flatté, et tout en sifflant cet air, je retourne auprès de ce qui reste du Mustang, trouve mon sac de vêtements et ma trousse de toilette que je mets prudemment de côté.

Le cockpit est solide, c'est le moins qu'on puisse dire.

Et bien sûr ! L'avion n'a pas explosé parce que j'étais en panne sèche quand je me suis posé.

C'est alors que l'observateur s'évanouit, en secouant la tête, et que les camions de pompiers arrivent en vue. Sans prêter grande attention à ce que je peux leur dire — que l'avion est sans essence —, ils noient l'épave sous la neige carbonique, à titre de précaution.

Je m'inquiète pour les radios, dont certaines sont encore intactes dans la cabine, et dont chacune vaut une fortune.

— Essayez de ne pas mettre de neige dans la cabine, si possible. Les radios...

Trop tard. Par prudence, ils ont rempli la cabine.

Tant pis, pensai-je. Tant pis, tant pis, tant pis.

Après avoir parcouru à pied les deux kilomètres qui me séparent du terminal de l'aéroport, j'achète un billet pour le premier avion en partance, remplis le minimum de déclarations d'accident, dis aux casseurs où ramasser les pièces de la machine obstinée.

A l'instant précis où je leur note mon adresse, sur un bureau dans le hangar, je me souviens des paroles de cet air qui me trotte dans la tête depuis l'accident.

Ch-boum, ch-boum... et beaucoup de *ya-t-ta, ya-t-ta.*

Pourquoi fredonner cette chanson ? Après vingt ans, pourquoi maintenant ?

Indifférente, la chanson continuait : *La vie pourrait être un rêve. Si je pouvais t'emmener au paradis...*

La chanson ! C'était le fantôme du Mustang qui chantait, avec tous les effets sonores !

La vie pourrait être un rêve...

Bien sûr que la vie est un rêve, espèce de sorcière en ferraille ! Et tu as bien failli m'emmener au paradis !

N'y a-t-il rien qui nous traverse l'esprit sans signification ? Cet avion n'avait jamais pu me prendre au sérieux.

L'avion roulait au-delà de l'armoise pour le décollage. Par le hublot, de ma place, je regardais.

Le cadavre du Mustang, noyé dans la neige, était déjà sur un camion ; une grue soulevait les lambeaux d'ailes.

Tu veux jouer avec moi ? Tu veux que quelque chose casse à chaque vol ? Tu veux que nos volontés s'affrontent ?

Tu perdras ! Puisses-tu trouver quelqu'un qui oublie ton passé et un jour te répare, d'ici un siècle. Puisse-tu te rappeler cette heure et lui être agréable ! Moi, je le jure, je ne peux rien faire pour toi.

D'abord l'incident du parachute, maintenant l'accident d'avion. J'y songeais en volant vers l'ouest, et après un moment je compris que j'avais été divinement guidé, protégé, que je sortais sans une égratignure d'heures un peu plus aventureuses que je ne l'avais prévu.

N'importe qui d'autre y aurait perçu le contraire ; au lieu de voir la protection divine à l'œuvre lors de l'accident, il m'en aurait cru abandonné.

9

Je baignais dans l'argent. Dans le monde entier, on lisait mon livre, on achetait même les autres livres que j'avais écrits. Pour chaque exemplaire vendu, mon éditeur me reversait mes droits.

Les avions, je peux m'en occuper, pensai-je, mais l'argent, ça me rend nerveux. L'argent peut-il s'écraser ?

De l'autre côté de la fenêtre de son bureau, les feuilles des palmiers se balançaient au vent, le soleil chauffait les dossiers sur sa table.

— Je peux m'en occuper, Richard. Il n'y a pas de problème. Je peux m'en charger si tu veux.

Il mesurait à peine plus d'un mètre cinquante ; ses cheveux et sa barbe, autrefois roux, étaient devenus blancs avec les années, transformant cette espèce d'elfe doué en un Père Noël savant.

C'était un ami que j'avais connu du temps où j'écrivais pour les journaux, un chef de rubrique devenu conseiller financier. Je m'étais bien entendu avec lui dès le premier article qu'il m'avait confié, j'admirais son calme et son sens des affaires depuis la première fois que je l'avais vu. J'avais une entière confiance en lui, et rien de ce qu'il avait dit cet après-midi n'avait entamé cette confiance.

— Stan, je ne peux pas te dire comme je suis heureux... dis-je. Il faut faire les choses correctement, mais je ne sais pas quoi faire de l'argent ; et la paperasserie, et les impôts. Je n'y connais rien. Et je n'aime pas ça. A partir de maintenant, tu es engagé à plein temps comme administrateur financier, et je m'en lave les mains.

— Tu ne veux même pas que je t'en informe, Richard ?

Je regardai encore une fois les courbes de ses investissements. Elles étaient toutes ascendantes.

— Non. Disons que je veux savoir si je demande, ou s'il y a une décision importante que tu dois prendre. Mais presque tout ce que tu fais me dépasse largement...

— J'aimerais mieux que tu ne dises pas des choses pareilles, dit-il. Ce n'est pas de la magie, c'est une simple analyse technique des marchés commerciaux. La plupart des gens échouent dans les affaires commerciales parce qu'ils n'ont pas les capitaux pour se couvrir lorsque le marché est contre eux. Tu n'as pas — ou plutôt nous n'avons pas — ce problème. On commence par investir prudemment, avec un gros capital de réserve. A mesure que notre stratégie rapporte, on spécule davantage. En cas de fluctuation des cours pour un produit donné, on peut effectuer d'importants mouvements d'argent et gagner une fortune. Sans qu'il y ait besoin d'attendre longtemps, ce que beaucoup de gens oublient. Il y a autant d'argent à gagner à court terme.

Il sourit, en remarquant que j'étais déjà perdu. Puis il me montra une courbe.

— Sur ce tableau, tu as les prix du contreplaqué à la Chambre de commerce de Chicago. Ici, tu vois le début de la fluctuation, qui t'indique que les cours vont bientôt monter — ça se passe au mois d'avril dernier. Nous aurions alors vendu du contreplaqué, beaucoup de contreplaqué. Puis, quand le cours s'effondre, on en achète beaucoup. Vendre quand les cours sont hauts et acheter quand ils sont bas, c'est la même chose qu'acheter quand ils sont bas et vendre quand ils sont hauts. Tu comprends ?

Comment pouvait-on vendre...

— Comment peut-on vendre avant d'avoir acheté ? Ne faut-il pas acheter avant de vendre ?

— Non, expliquait-il avec tout le calme d'un professeur d'université. Ce sont des opérations à terme. On promet de vendre plus tard à ce prix, tout en sachant que le moment venu, on aura acheté du contreplaqué — ou du sucre, ou du cuivre, ou du maïs — à un prix bien inférieur.

— Ah bon !

— Puis on réinvestit. Et on diversifie. Des placements à l'étranger. Une société étrangère, ce serait peut-être une bonne idée. Mais le mieux est de commencer à la Chambre de commerce de Chicago, avec peut-être une petite place à la Bourse de commerce de la côte Ouest. On verra. Les honoraires des agents de change sont insignifiants. La diversification viendra ensuite ; il peut être sage de contrôler les actions d'une petite entreprise qui monte. Je ferai des recherches. Mais avec la quantité d'argent dont nous disposons, et une stratégie prudente vis-à-vis des marchés, il est difficile de se tromper.

Je le quittai convaincu. Quel soulagement ! Mon avenir financier ne risque pas de s'emmêler, comme mon parachute.

Je ne serais jamais capable de gérer l'argent comme Stan. Pas assez patient, ni assez sage ; et je n'ai pas de courbes qui montent vers la lune.

Mais j'ai la sagesse de connaître mes propres faiblesses, de trouver un vieil ami sûr, et de lui confier la gestion de mon argent.

10

Nous étions étendus au soleil, Donna et moi, sur mon voilier encalminé, dérivant avec le courant à cinquante kilomètres au nord de Key West.

— Aucune femme dans ma vie ne me possède, lui dis-je tranquillement, patiemment, et je n'en possède aucune. C'est d'une importance essentielle pour moi. Je te le promets : jamais je ne serai possessif avec toi, jamais jaloux.

— Ce sera nouveau, et agréable, dit-elle.

Elle avait les cheveux courts et noirs ; ses yeux marron se fermaient au soleil. Elle avait pris un bronzage couleur de teck au fil des étés qui avaient suivi son divorce, loin au nord.

— La plupart des hommes ne peuvent pas comprendre. Je vis comme je veux. Je suis avec eux si je le veux, et sinon je pars. Ça ne te fait pas peur ?

Elle fit glisser les bretelles de son maillot de bain, pour bronzer également.

— Peur ? Ça m'enchante ! Pas de chaînes, de cordes ou de nœuds, pas de disputes, pas d'ennui. Un cadeau du cœur ; *je suis ici non pas parce que je suis censé être ici, ou parce que je suis coincé ici, mais parce que c'est mon plus cher désir.*

L'eau frémissait légèrement. Au lieu d'ombres, des lumières brillantes étincelaient sur la voile.

— Tu trouveras en moi le plus sûr de tes amis, dis-je.

— Le plus sûr ?

— Comme je tiens à ma propre liberté, je tiens à la tienne aussi. Je suis extrêmement sensible. Si jamais je fais quelque chose qui ne te plaît pas, tu n'as qu'à murmurer le plus doux des « Non ». Je déteste les intrus, les briseurs d'intimité. Si jamais tu laisses entendre que j'en suis un moi-même, tu me trouveras parti avant d'avoir fini ta phrase.

Elle roula sur le côté, la tête sur le bras, et ouvrit les yeux.

— Ça ne sonne pas comme une demande en mariage, Richard.

— Ça n'en est pas une.

— Merci.

— On t'en fait beaucoup ? demandai-je.

— Quelques-unes, et c'est déjà trop. Un mariage, c'est assez. C'est même un de trop dans mon cas. Certaines personnes sont heureuses mariées ; pas moi.

Je lui ai raconté un peu le mariage que j'avais vécu, les temps heureux devenus durs et sinistres. J'avais appris la même leçon qu'elle et, comme elle, jamais je ne ferais la bêtise de me remarier.

Je scrutai la surface vitrée du Gulf à la recherche d'une risée. La mer était lisse.

— Quel dommage, Donna, que nous ne puissions être en désaccord sur rien.

Elle sourit.

— Pose ta main ici.

J'ai levé la main, perplexe, et posé le plus délicatement possible un seul doigt sur son épaule.

— Non, murmura-t-elle.

Sans réfléchir, j'ai aussitôt enlevé ma main. Avais-je mal entendu ? N'avait-elle pas dit pose ta main ici ?

En riant, elle reprit ma main et la reposa sur son épaule.

— C'était un exercice de désaccord, dit-elle. Je ne cours aucun risque !

Le bateau continua de dériver pendant une heure avant que le vent ne gonfle les voiles et nous permette de repartir. En remettant les pieds à terre, nous nous connaissions bien et nous promettions de nous revoir bientôt.

Il en allait avec Donna comme avec toutes les autres femmes de ma vie. Respect de la souveraineté, de l'intimité, de l'indépendance. C'étaient de douces alliances contre la solitude, des histoires d'amour froides et rationnelles, sans amour.

Certaines de mes amies ne s'étaient jamais mariées. Quelques-unes avaient survécu à des histoires malheureuses, battues par des hommes violents, terrifiées, précipitées dans des dépressions sans fin. L'amour, pour elles, était un malentendu tragique ; l'amour était un mot vidé de son sens par un époux-propriétaire, un amant-geôlier.

Si j'avais cherché au fond de ma pensée, j'aurais peut-être découvert un mystère : l'amour entre un homme et une femme ne s'avoue plus. Mais le mot a-t-il encore un sens ?

Je n'aurais pu répondre.

Les mois passèrent et je me désintéressais de l'amour, de ce que c'était ; de ce que ce n'était pas ; je n'avais donc plus de raison de chercher cette âme sœur fuyante. Peu à peu, une autre idée émergea, une idée aussi rationnelle et infaillible que celles sur lesquelles reposaient maintenant mes affaires.

Si la compagne parfaite est celle qui satisfait tous nos besoins, et si l'un de nos besoins est précisément la diversité, il n'est *personne qui puisse être la compagne parfaite !*

La véritable âme sœur se trouve dans plusieurs personnes différentes. La femme parfaite est en partie l'intelligence et la vivacité de telle amie, en partie la beauté stupéfiante de telle autre, en partie l'insouciance diabolique et aventureuse de telle autre encore. Si aucune de ces femmes n'était disponible pour la journée, les âmes sœurs étincelaient dans d'autres corps, ailleurs ; la perfection n'est pas nécessairement indisponible.

Richard, toute cette idée est bizarre ! Elle ne marchera jamais ! Si une voix intérieure me mettait en garde — et elle le faisait — je la réduisais au silence.

Montre-moi en quoi cette idée est mauvaise, disais-je. Montre-moi en quoi elle ne marchera pas. Et sans utiliser les mots *amour, mariage, engagement*. Fais-le pendant que je crie plus fort que toi la façon dont j'entends mener ma vie !

Cette idée de la femme parfaite en plusieurs femmes était insurpassable.

Une quantité infinie d'argent. Autant d'avions que je pouvais en désirer. La femme parfaite. C'était le bonheur !

11

Il n'y a pas d'erreurs. Les situations dans lesquelles nous nous mettons, si désagréables soient-elles, sont nécessaires pour que nous apprenions ce qu'il nous faut apprendre ; les pas que nous faisons sont indispensables pour parvenir là où nous avons choisi de nous rendre.

Je réfléchissais à tout cela, allongé par terre, enfoncé dans un épais tapis roux. Ces trois années n'ont pas été des erreurs. J'ai construit chaque année soigneusement, avec des milliers de décisions chacune, j'y ai mis avions et interviews et bateaux et voyages et films et réunions d'affaires et conférences et entretiens télévisés et manuscrits et comptes en banque et cours du cuivre. Le jour, démonstrations aériennes dans le nouveau petit jet ; la nuit, beaucoup de femmes, dont chacune était ravissante, dont aucune n'était *elle*.

J'étais convaincu qu'elle n'existait pas, et pourtant elle me hantait toujours.

Était-elle sûre que je n'existais pas ? Mon fantôme hantait-il ses convictions ? Y avait-il quelque part une femme étendue en ce moment sur un épais tapis dans une maison bâtie au-dessus d'un hangar abritant cinq avions, avec trois autres sur la pelouse et un amphibie amarré au bord de l'eau ?

J'en doutais. Mais il pouvait y en avoir une, seule au milieu des informations et des émissions télévisées, seule tout en étant entourée d'amants et d'argent, d'amis engagés comme conseillers, d'agents, d'avocats, de gestionnaires et de comptables ? C'était possible.

Son tapis était peut-être d'une autre couleur, mais le reste... elle pouvait être de l'autre côté du miroir, avoir trouvé l'homme parfait dans cinquante hommes et toujours marcher seule.

Je riais de moi-même. Comme le vieux mythe de l'amour unique est difficile à détruire !

Un moteur d'avion démarra sur la pelouse. Ce devait être Slim qui faisait tourner le Cessna bimoteur. Un compresseur du côté droit fuyait. Au-dessus de six mille mètres, la pression d'admission commençait à baisser, si bien qu'il me fallait tirer la commande des gaz du côté gauche pour conserver la puissance. Les compresseurs de rattrapage sont autant de problèmes supplémentaires, pensais-je, boulonnés à ce qui est sinon un très bon moteur.

Le Rapide et le planeur à moteur prennent la poussière. Il va bientôt falloir refaire le Rapide — travail monstrueux, vu la taille de ce biplan à cabine. Mieux vaut le vendre. Je ne le fais pas voler suffisamment. Je n'en fais voler aucun suffisamment. Un jour l'un, un jour l'autre. Ce sont des étrangers pour moi, comme tout le reste dans ma vie. Qu'est-ce que je cherche à apprendre ? Qu'après un certain temps, et en trop grand nombre, ce sont les machines qui commencent à nous posséder ?

Non, pensai-je, la leçon à en tirer est plutôt celle-ci : recevoir beaucoup d'argent, c'est recevoir une épée par la lame. Mieux vaut la manier très prudemment, très lentement, le temps de découvrir à quoi elle est destinée.

L'autre moteur du Cessna démarra. L'essai au sol avait dû être bon, et il avait décidé de faire un vol d'essai. Toute la puissance pour faire partir la machine ; puis le bruit du moteur s'estompa lorsqu'il roula vers la piste.

Qu'ai-je appris d'autre ? Que je n'avais pas survécu à la vie publique sans changer. Je n'aurais jamais pu croire, auparavant, que quelqu'un puisse garder de la curiosité pour ce que je pense, ce que je dis ; vouloir savoir de quoi j'ai l'air, où je vis, ce que je fais de mon temps et de mon argent ; ou que cela m'affecterait à ce point et me pousserait à me terrer.

Les victimes de la télévision ou de la presse, pensai-je, n'ont pas été prises au piège. Consciemment ou non, elles ont choisi de servir d'exemple aux autres, elles ont été des modèles volontaires. Un tel mène une vie merveilleuse ; tel autre est une épave. Un tel affronte l'adversité ou son talent avec calme et sagesse, un tel crie, un tel se précipite dans la mort, un tel rit.

Chaque jour, le monde impose des épreuves aux célébrités et

nous les observons, fascinés, incapables de nous en détacher. Parce que les épreuves que nos modèles affrontent sont aussi les nôtres. Ils aiment, ils se marient, ils apprennent, ils arrêtent et recommencent, ils sont ruinés ; ils nous transportent et sont transportés, par la caméra ou l'encre.

La seule épreuve qu'ils affrontent et à laquelle les autres échappent est celle de la célébrité. Et nous continuons de les regarder. Un jour, nous serons à notre tour sous le feu des projecteurs, et les exemples sont toujours les bienvenus.

Qu'est devenu le pilote des Champs du Midwest ? S'était-il transformé si rapidement en une espèce de dragueur prétentieux ?

Je me levai et traversai la maison vide jusqu'à la cuisine, trouvai un reste de pétales de maïs au fond d'un bol, retournai au fauteuil près de la fenêtre et regardai le lac.

Moi ? Ridicule ! Je n'ai pas changé, en moi-même, à peine.

Un Piper Club de l'école d'aviation voisine s'entraînait à se poser en douceur sur l'eau... la longue et lente descente, l'amerrissage délicat sur la surface lisse de Lake Theresa, puis le demi-tour avant de redécoller.

Les projecteurs m'avaient appris à me cacher, à m'entourer de murs. Chacun porte au fond de soi une cuirasse. Pour peu qu'un inconnu devienne soudain célèbre, et cette cuirasse devient une seconde peau ; il se raidit lorsqu'on le reconnaît, fronce les sourcils face à la caméra.

Pour les tempéraments expansifs, il est amusant d'être reconnu. Les caméras ne les gênent pas ; et derrière leurs objectifs se trouvent parfois des gens remarquables. Je peux rester poli aussi longtemps qu'eux, et même quelques minutes de plus.

Tels étaient les remparts qui m'entouraient, ce jour-là, en Floride. La plupart de ceux qui m'avaient connu à la suite d'un entretien, grâce à une couverture d'hebdomadaire ou un article de journal, ne savaient pas comme je leur étais reconnaissant de leur courtoisie, de leur respect pour ma vie privée.

J'étais surpris par le courrier que je recevais, heureux de découvrir une famille de lecteurs qui trouvaient un sens aux idées étranges que j'affectionnais. Il y avait là une foule de gens, des hommes et des femmes curieux, de tout âge, race et nation. La famille était bien plus grande que je ne l'avais imaginé !

A côté des lettres qui me ravissaient, il en arrivait parfois d'étranges : écrivez un livre d'après mon idée ; faites publier mon manuscrit ; donnez-moi de l'argent ou vous brûlerez en enfer.

Avec la famille, je me sentais heureux, chaleureux, proche ; j'envoyais des cartes postales en réponse ; contre les autres, je renforçais mes remparts. Je les hérissais de pointes.

Je tenais à mon intimité plus que je ne l'aurais jamais pensé. Était-ce que je me connaissais mal, ou que je changeais ? Dans un cas comme dans l'autre, si on se refuse à revêtir une chape de plomb pour aller chez l'épicier, on reste chez soi, comme j'avais choisi de le faire ce jour-là, ces mois-là, ces années-là. Coincé dans ma grande maison, avec neuf avions et des décisions que je ne prendrais plus jamais. Est-ce cela, le *succès* ?

Je levai les yeux sur les photos qui ornaient le mur. C'étaient des photos d'avions que j'avais aimés. Pas un seul être humain, pas une personne. Que m'était-il arrivé ? J'aimais celui que j'étais autrefois. M'aimais-je encore ?

Je descendis l'escalier jusqu'au hangar, sortis le biplan qui me servait pour les meetings et me glissai dans le cockpit. J'ai fait la connaissance de Kathy dans cet avion, pensai-je.

Harnais, ceintures de sécurité, mélange riche, pompe à essence, contact. Une si belle amitié, mais elle me poussait maintenant au mariage. Comme si je ne lui avais jamais décrit tous les maux qu'apporte le mariage, jamais montré que je n'étais qu'une partie de l'homme parfait.

« *Dégagez l'hélice !* » criai-je par habitude, dans le vide, avant d'actionner le démarreur.

Une demi-minute après le décollage, je roule inversé, montant de sept cents mètres par minute, le vent soufflant sur mon casque et mes lunettes. J'aime. Un rouleau très lent, d'abord. Ciel dégagé ? Prêt ? Maintenant !

Le sol vert et plat de la Floride ; les lacs et les marécages montent majestueusement, immensément de ma droite, tournent, grands et larges, par-dessus ma tête, se posent à ma gauche.

Horizontale. Puis VLAN ! VLAN ! VLAN ! VLAN ! le sol tourne encore brutalement seize fois. Montée tout droit jusqu'au décrochage, palonnier à gauche, piqué, le vent hurlant dans les haubans entre les ailes massives, manche en avant pour me rétablir à 250 km/h à l'envers. Je jette la tête en arrière et regarde la terre au-dessus. Le manche soudain complètement en arrière, le palonnier à droite à fond, le biplan se cabre, ses ailes droites décrochent et vrillent deux fois, double vrille, bleu de la terre, vert du ciel ; manche en avant, palonnier à gauche et il s'arrête, les ailes inversées.

Un S qui m'écrase dans le siège, réduit ma vision à un petit trou clair entouré de gris, piqué jusqu'à trente mètres au-dessus du marécage où je m'entraîne, puis toute la démonstration à basse altitude, comme pour un meeting aérien.

Cela éclaircit les idées, les herbes qui volent sur le pare-brise, un marécage plein de roseaux et d'alligators qui roulent autour du casque à trois cents degrés par seconde.

Le cœur reste solitaire.

12

Pendant plusieurs minutes, nous n'avons pas échangé un mot.

Leslie Parrish était tranquillement assise d'un côté de l'échiquier en noyer et pin, moi de l'autre. Pendant neuf coups d'un milieu de partie à couper le souffle, la pièce resta silencieuse, à l'exception du bruit mat d'un cavalier ou d'une dame qui se déplaçait, ou parfois d'un murmure lorsque des lignes de force s'ouvraient ou se refermaient soudain sur l'échiquier.

Les joueurs d'échecs tracent leur propre portrait en déplaçant leurs pièces. Leslie Parrish ne bluffait ni ne rusait. Son jeu était puissant, franc, direct.

Je la regardais à travers mes doigts entrelacés et souriais ; elle venait pourtant de prendre mon fou et menaçait au coup suivant de prendre un cavalier que je pouvais difficilement me permettre de perdre.

J'avais vu ce visage pour la première fois il y avait des années ; nous nous étions rencontrés de la façon la plus importante. Par hasard.

— Vous montez ? demanda-t-elle, avant de traverser le hall d'entrée, en courant, jusqu'à l'ascenseur.
— Oui.
J'ai tenu la porte jusqu'à ce qu'elle soit montée.
— Quel étage ?
— Troisième, s'il vous plaît.
Moi aussi, j'allais au troisième.
La porte marqua un temps, puis se referma lentement. De ses yeux bleu-gris, elle me remercia. Je l'ai regardée pen-

dant moins d'un quart de seconde, pour lui dire que ç'avait été un plaisir de l'attendre, puis j'ai détourné poliment les yeux. Maudite politesse, pensai-je. Quel beau visage ! L'avais-je vue au cinéma ? A la télévision ? Je n'osais demander.

Nous montions sans un mot. Elle m'arrivait à l'épaule ; ses cheveux d'or enroulés sous une casquette beige. Pas habillée comme une star de cinéma : chemise délavée sous un caban marin de surplus, jeans, bottes de cuir. Un si beau visage !

Elle est ici pour le film, pensai-je. Fait-elle partie de l'équipe technique ?

Quel plaisir ce serait de la connaître. Mais elle est si loin... N'est-il pas curieux qu'elle soit si loin ? Tu es à dix centimètres d'elle, et pourtant il n'y a pas moyen de jeter un pont et de lui dire bonjour.

Si seulement on pouvait inventer un moyen, avais-je pensé, si seulement on vivait dans un monde où des gens qui ne se sont jamais vus pourraient dire vous êtes charmante et j'aimerais bien savoir qui vous êtes. Avec un code pour dire non merci au cas où le charme ne serait pas réciproque.

Mais ce monde n'existait pas encore. En l'espace de trente secondes, nous étions arrivés au troisième étage, sans un mot. La porte s'ouvrit tout doucement.

— Merci, dit-elle.

Et d'un pas rapide, elle longea le couloir, ouvrit une porte, et disparut, me laissant seul dans le couloir.

J'aurais aimé que tu ne sois pas obligée de partir, pensai-je en entrant dans une autre pièce à deux portes de la sienne. J'aurais aimé que tu ne sois pas obligée de fuir.

En déplaçant mon cavalier, je pouvais modifier les pressions sur l'échiquier, amortir son attaque. Elle avait un avantage, mais elle n'avait pas encore gagné.

Bien sûr ! pensai-je. Cç3-b5 ! Avec la menace Cxa6, Cxé6 !

J'ai déplacé ma pièce, et regardé encore une fois ses yeux, d'une beauté étrangement insensible à ma contre-attaque.

Un an après notre rencontre dans l'ascenseur, j'avais intenté un procès contre le réalisateur de ce film, pour des modifications qu'il avait faites dans le script sans mon accord. Le tribunal lui avait imposé de retirer mon nom du générique et de rectifier certaines des modifications parmi les plus importantes ; mais je n'étais cependant pas disposé à en parler directement avec lui sans casser tous les meubles. Il fallait trouver un médiateur.

Le hasard voulut que ce soit Leslie Parrish, la femme avec qui j'étais monté du rez-de-chaussée au troisième étage.

En lui parlant, ma colère fondait. Elle était calme et raisonnable — je lui fis aussitôt confiance.

Hollywood voulait maintenant adapter le nouveau livre au cinéma. Je jurais que je préférerais brûler mon roman plutôt que de le laisser démolir à l'écran. Si on en faisait un film, le mieux n'était-il pas que ma propre compagnie s'en charge ? Leslie était la seule personne en qui j'avais confiance à Hollywood ; je me suis donc rendu en avion à Los Angeles pour lui en parler.

Sur une petite table dans son bureau, un échiquier.

Les échiquiers, dans les bureaux, sont le plus souvent un caprice du décorateur, des objets élégants avec des dames qui ressemblent aux fous qui ressemblent aux pions, des pièces éparpillées n'importe où. Ce jeu-ci était un Staunton de tournoi, en bois, avec un roi de neuf centimètres sur un échiquier de trente-huit centimètres, case blanche à droite du joueur, les cavaliers placés vers l'avant.

— Nous avons le temps de faire une petite partie ? demandai-je à la fin de notre entretien.

Je n'étais pas le meilleur des joueurs d'échecs, non plus que le plus mauvais. J'y jouais depuis l'âge de sept ans, et j'avais une espèce de confiance arrogante face à l'échiquier.

Elle regarda sa montre.

— D'accord.

Elle gagna la partie, à ma stupéfaction. Mais la manière dont elle avait gagné, sa façon de penser devant l'échiquier m'avaient charmé.

La fois suivante, nous avons rejoué au meilleur des trois parties.

Le mois suivant, nous formions une association. Elle se mit au travail pour trouver le moyen de réaliser le film avec *la plus faible probabilité de désastre, et nous jouions au meilleur des onze parties.*

Finalement nous n'avions plus besoin de nous réunir. Je m'attachais dans mon dernier avion, les huit tonnes d'un ancien avion d'entraînement de l'Air Force, je montais à douze mille mètres et volais de la Floride jusqu'à Los Angeles pour passer une journée à jouer aux échecs avec Leslie.

Nos parties devenaient moins officielles ; nous nous autorisions quelques mots, des petits biscuits, du lait.

— Richard, tu es un monstre, dit-elle en regardant le jeu. Elle était en difficulté.

— Oui, je suis un monstre futé.

— Mais... échec avec le cavalier, dit-elle ; et échec avec le fou, et *prends garde à ta dame !* Joli coup, non ?

Le sang quitta mon visage. L'attaque contre ma dame m'avait surpris.

— Joli coup, en effet, dis-je avec cette nonchalance que j'avais acquise au fil des années d'entraînement. Ma foi... un coup qui mérite d'être encadré, tellement il est joli. Mais je vais m'éclipser comme une ombre. Comme une ombre, madame Parrish, le monstre va s'éclipser...

Tantôt le monstre se libérait, tantôt il était pris et mis mat, pour renaître après un biscuit et essayer encore une fois de la prendre dans ses pièges.

Quelle étrange alchimie entre nous ! J'étais persuadé qu'elle était liée à beaucoup d'hommes, tout comme elle supposait que j'étais entouré de femmes. Nous nous contentions de suppositions ; ni l'un ni l'autre n'était indiscret, et nous gardions un respect infini pour l'intimité de l'autre.

Puis un jour, au milieu d'une partie d'échecs, elle me dit :

— Il y a un film ce soir à l'Académie que je dois voir. On devrait peut-être songer à son réalisateur. Tu veux m'accompagner ?

— Avec plaisir, répondis-je distraitement, réfléchissant à ma défense contre son attaque sur mon aile-roi.

Je n'étais jamais entré dans la salle de l'Académie des arts et sciences du cinéma ; j'étais émerveillé quand je passais devant l'immeuble. Mais voici que j'étais à l'intérieur, regardant un nouveau film avec une foule de stars. Comme c'est curieux, pensai-je. Ma vie toute simple de pilote se trouve tout à coup liée à Hollywood grâce à un livre, et à une amie qui me bat souvent à mon jeu préféré.

Après le film, elle nous conduisit sur Santa Monica Boulevard.

— Leslie, est-ce que ça te dirait de...
Le silence était si gênant qu'elle dit :
— Est-ce que ça me dirait de quoi ?
— Leslie, est-ce que ça te dirait de manger une *glace* ?
Elle était sidérée.
— Manger *quoi* ?
— Une... glace... et faire une partie d'échecs ?
— Quelle pensée dépravée ! dit-elle. La glace, je veux dire. Tu n'as pas remarqué que je vis de graines et de légumes crus et de yoghourts, que je mange rarement ne serait-ce qu'un seul biscuit pendant les parties d'échecs ?
— Bien sûr que je l'ai remarqué. C'est bien pour ça qu'il te faut une glace. Depuis combien de temps ? Sois honnête. Si c'était la semaine dernière tu dois dire la semaine dernière.
— La semaine dernière ? L'*année* dernière ! Ai-je l'air d'avoir mangé des glaces ? Regarde-moi !

Ce que je fis, pour la première fois. Je me suis reculé sur mon siège et j'ai fermé un peu les yeux pour découvrir ce que le plus borné des hommes voyait aussitôt, que j'étais à côté d'une femme extraordinairement belle, que la pensée qui avait modelé ce visage exquis lui avait aussi donné un corps à l'avenant.

Je la connaissais depuis des mois, et elle avait toujours été un esprit charmant et désincarné, un cerveau qui était un véritable défi, une encyclopédie vivante en matière de cinéma, de musique, de politique, de danse.

— Alors ? Est-ce que tu dirais que je me nourris de glaces ?
— Magnifique ! Je veux dire, non ! Ce n'est certainement pas un corps nourri de glaces ! C'est sûr...

Je rougissais. Quelle imbécillité, pensai-je, pour un homme adulte... Vite, parler d'autre chose.

— Une toute petite glace, dis-je rapidement, ne te ferait pas de mal ; ce serait le bonheur ! Si tu peux tourner ici, on pourra s'acheter deux glaces, deux petites, tout de suite...

Elle me regarda, avec un sourire pour m'assurer que notre amitié était indemne ; elle savait que je remarquais son corps pour la première fois, et elle ne m'en voulait pas. Mais ses amis, pensai-je, m'en voudraient peut-être.

Sans discussion, sans lui adresser un mot, j'effaçai l'idée de son corps de mon esprit. Pour l'amour j'avais ma femme parfaite ; il me fallait garder Leslie Parrish telle quelle, comme amie et comme associée.

13

— Ce n'est pas la fin du monde, dit Stan, tranquillement, avant même que je ne sois assis dans le fauteuil en face de son bureau. Disons que c'est ce qu'on appellerait un petit revers. La Bourse de commerce de la côte Ouest s'est effondrée hier. Ils ont déclaré faillite. Tu as perdu un peu d'argent.

Mon conseiller financier restait toujours calme et maniait volontiers l'euphémisme. C'est pourquoi ma mâchoire se contracta à ses mots.

— Nous avons perdu combien, Stan ?

— Un peu moins de six cent mille dollars, cinq cent quatre-vingt-dix mille et quelques.

— Partis ?

— Tu toucheras peut-être quelques cents par dollar au Tribunal de commerce, dit-il. Mieux vaut faire une croix dessus.

— Heureusement que nous nous sommes diversifiés. Comment vont les affaires à la Chambre de commerce de Chicago ?

— Tu y as connu quelques déceptions aussi. Provisoires, j'en suis sûr. Tu essuies la plus longue série de pertes que j'aie jamais enregistrée. Ça ne peut pas durer éternellement, mais pour l'instant ce n'est pas brillant. Tu as perdu à peu près huit cent mille dollars.

C'était plus d'argent que je n'en possédais ! Comment pouvais-je perdre plus que je ne possédais ? Sur le papier, sûrement. C'est une perte sur le papier. On ne peut pas perdre plus d'argent qu'on en possède.

Peut-être devrais-je faire l'effort de m'intéresser d'un peu plus près à mes affaires. Mais il me faudrait étudier pendant un mois ; et les finances, ce n'est pas comme les avions : c'est ennuyeux, et étouffant, compliqué.

— Ce n'est pas aussi mauvais que ça en a l'air, dit-il. Une perte d'un million de dollars réduit les impôts à zéro ; tu as perdu plus, donc tu ne paieras pas d'impôts cette année. Mais si j'avais à choisir, je préférerais ne pas les avoir perdus.

Je ne ressentais ni colère ni désespoir, comme si j'étais tombé dans une comédie, comme si, en faisant pivoter mon fauteuil, j'allais me trouver devant des caméras de télévision et un public plutôt que le mur du bureau de Stan.

Écrivain inconnu gagne des millions, les perd en une nuit. N'est-ce pas un cliché usé ? Est-ce vraiment ma vie ? Pendant que Stan m'expliquait le désastre, je songeais.

Les gens qui gagnaient des millions de dollars, ç'avait toujours été les autres. Moi, d'un autre côté, j'avais toujours été moi-même. Je pilote, je vends des promenades en avion. Je suis écrivain aussi rarement que possible, uniquement lorsqu'une idée trop belle pour ne pas être immortalisée m'y contraint... A quoi bon un compte en banque de plus de cent dollars, ce qui représente tout ce dont n'importe qui peut avoir besoin ?

— Autant te le dire pendant que tu es là, poursuivait-il tranquillement, le placement que tu as fait par l'intermédiaire de Tamara, cet emprunt à taux élevé, soutenu par l'État, destiné à l'aide à l'étranger ? Son client a disparu avec l'argent. Ce n'était que cinquante mille dollars, mais il valait mieux que tu saches.

Je ne pouvais le croire.

— C'est son ami, Stan ! Elle avait confiance en lui ! Et il est parti ?

— Sans laisser d'adresse, comme on dit.

Il scrutait mon visage.

— Tu as confiance en Tamara ?

Ah non. Par pitié, pas ce cliché. Belle femme arnaque riche imbécile de cinquante mille ?

— Stan, est-ce que tu penses que *Tamara* y était pour quelque chose... ?

— C'est possible. On dirait son écriture au dos du chèque. Un autre nom, la même écriture.

— Tu ne parles pas sérieusement ?

Il ouvrit un classeur, en sortit un dossier et me tendit un chèque encaissé. Il était endossé *Seakay Limited*, par *Wendy*

Smythe. Grandes majuscules, *y* élégants. Si je les avais vus sur une enveloppe, j'aurais juré que c'était un mot de Tamara.

— Ça pourrait être l'écriture de n'importe qui, dis-je en lui rendant l'enveloppe.

Stan ne dit plus un mot. Il était convaincu qu'elle avait l'argent. Mais Tamara, c'était mon affaire ; il n'y aurait pas d'enquête à moins que je ne le demande. Je ne demanderais jamais, je ne lui en dirais jamais rien. Et je ne lui ferais plus jamais confiance.

— Il te reste quand même un peu d'argent, dit-il. Et, bien sûr, tu as de nouvelles rentrées chaque mois. Après toute cette malchance, le marché doit évoluer. Tu pourrais investir les fonds restants en monnaies étrangères. J'ai le sentiment que le dollar pourrait très bientôt baisser par rapport au mark allemand, ce qui te permettrait de récupérer du jour au lendemain tout ce que tu as perdu.

— Ça me dépasse, répondis-je. Fais ce qui te paraît le mieux, Stan.

Avec tous ces feux qui clignotaient et toutes ces sonnettes d'alarme qui retentissaient, mon empire ressemblait à une centrale nucléaire sur le point de sauter.

Je me suis levé, j'ai ramassé mon blouson posé sur le bras du divan.

— Un jour on aura l'impression d'avoir été au creux de la vague, lui dis-je. Désormais, les choses ne peuvent que s'améliorer, n'est-ce pas ?

— Encore une chose que je voulais te dire, ajouta-t-il comme s'il n'avait pas entendu. Ce n'est pas facile. Tu connais le dicton : « Le pouvoir corrompt, et le pouvoir absolu corrompt absolument » ? C'est vrai. Je pense que ce pourrait être vrai pour moi aussi.

Je ne comprenais pas ce qu'il voulait dire, et j'avais peur de le lui demander. Son visage restait impassible. Stan, corrompu ? Impossible. Je le respectais depuis des années. « Ce pourrait être vrai pour moi aussi », cela signifiait uniquement qu'un jour il avait exagéré un peu une note de frais, par erreur. Il l'avait rectifiée, bien sûr, mais se sentait néanmoins coupable et tenu, par devoir, de me le dire. Et il était clair que s'il m'en parlait maintenant, c'est qu'il n'avait plus l'intention de commettre de telles erreurs.

— Ce n'est pas grave, Stan. Ce qui compte, c'est ce qui se passe à partir de maintenant.

— Bien sûr, répondit-il.

J'oubliai cet incident. L'argent qui restait était géré par Stan, et par des gens qu'il connaissait et en qui il avait confiance, des gens que nous payions bien pour leurs services. De telles personnes laisseraient-elles tomber toutes ces affaires financières compliquées ? Bien sûr que non, et à plus forte raison quand la situation était si peu brillante. Tout le monde peut essuyer quelques revers ; mais mes administrateurs ont l'esprit vif et trouveront des solutions, rapides et nombreuses.

14

— Jet un cinq cinq X-ray, dis-je, en appuyant sur le bouton du micro, quitte niveau de vol trois cinq zéro pour deux sept zéro, demande à descendre.

Je regardais par-dessus mon masque à oxygène, à une dizaine de kilomètres, le désert de Californie du Sud l'après-midi ; je m'assurais que le ciel était dégagé sous moi en faisant rouler lentement l'avion.

Je volais vers l'ouest, pour une journée de conférence à l'université de Los Angeles. J'étais cependant heureux d'avoir quelques jours d'avance.

— Roger cinq cinq X, répondit la tour de contrôle de Los Angeles, dégagé jusqu'à deux cinq zéro, descendez rapidement.

J'avançais à plus de 600 km/h et cela ne suffisait pas. J'étais extrêmement impatient de voir Leslie.

— Cinq cinq X, vous êtes dégagé jusqu'à un six mille.

J'ai répondu, fait piquer le nez de l'avion un peu plus, et un peu plus vite. L'aiguille dégringolait sur l'altimètre.

— Jet cinq cinq X-ray quitte niveau de vol un huit zéro, dis-je, et annule repère Fox.

— Roger, cinq cinq X-ray, vous êtes annulé à zéro cinq. Affichez V.F.R. Bonne journée.

J'avais encore les marques du masque à oxygène sur le visage lorsque je frappai à la porte de sa maison, à la limite de Beverly Hills. A l'intérieur, la chaîne stéréo faisait rugir un orchestre symphonique et trembler la grosse porte. Je sonnai, la musique cessa. Et voici qu'elle était là, les yeux emplis de mer et de soleil, étincelante. Pas de contact physique, pas même une poignée de main, et ni l'un ni l'autre ne trouvait cela étrange.

— J'ai une surprise pour toi, dit-elle en souriant à cette idée.

— Leslie, je déteste les surprises. Je suis désolé de ne te l'avoir jamais dit, mais je déteste totalement et complètement les surprises, je hais les cadeaux. Tout ce que je veux, je me l'achète. Ce que je n'ai pas, je n'en veux pas. Donc, par définition, dis-je pour résumer clairement, quand tu me fais un cadeau, tu me donnes quelque chose dont je ne veux pas. Tu n'auras pas de problème pour te le faire rembourser, n'est-ce pas ?

Elle alla dans la cuisine, sa chevelure déversant des lumières sur ses épaules et dans son dos. Son vieux chat vint à sa rencontre, persuadé que c'était l'heure du dîner.

— Pas encore, lui dit-elle doucement. Pas encore de dîner pour mon gros minou.

« Je suis surprise que tu ne t'en sois pas acheté une toi-même, dit-elle par-dessus son épaule, avec un sourire pour me faire savoir que je ne l'avais pas blessée.

— Il t'en faut sûrement une, mais si tu n'en veux pas, tu peux la mettre à la poubelle. Tiens.

Le cadeau n'était pas enveloppé. C'était une grande assiette creuse, toute simple, achetée dans un Prisunic, avec un cochon dessiné à l'intérieur.

— Leslie ! Si j'avais vu *ça* je l'aurais acheté ! C'est étonnant ! Qu'est-ce que c'est que cette... belle chose ?

— Je savais que tu l'aimerais ! C'est une assiette à bouillie ! Avec une cuillère assortie !

Et elle me mit dans la main une cuillère en inox, avec l'effigie d'un porc anonyme sur le manche.

— Et si tu regardes dans le freezer...

J'ouvris le réfrigérateur et trouvai dans le compartiment supérieur une énorme glace de cinq litres, et un litre de sauce au chocolat, avec un ruban rouge et un nœud. La vapeur glacée s'écoulait tout doucement du congélateur et tombait par terre au ralenti.

— Leslie !

— Oui ?

— Tu... je... penses-tu...

Elle riait, autant d'elle-même, pour la folie qu'elle avait faite, que de ma stupéfaction.

Ce n'était pas le cadeau qui me faisait bredouiller mais l'imprévu — qu'elle, qui ne mangeait que des graines et une petite salade, ait pu commander des desserts extravagants uniquement pour m'entendre bafouiller.

Je sortis le bac du réfrigérateur, le posai sur la table de la cuisine et arrachai le couvercle. Il était empli jusqu'au bord. De la glace à la vanille avec des copeaux de chocolat.

— J'espère que tu as une cuillère pour toi, dis-je sévèrement en y plongeant la mienne. Tu as commis un acte impensable, mais maintenant que c'est fait, il ne nous reste plus qu'à faire disparaître les pièces à conviction. Viens. Mange.

Elle sortit une cuillère minuscule d'un tiroir.

— Tu ne veux pas la napper de chocolat chaud ? Tu n'aimes plus ça ?

— J'en raffole. Mais après aujourd'hui, ni toi ni moi ne voudrons plus jamais en entendre parler aussi longtemps que nous vivrons.

Il n'est pas d'acte qui ne soit caractéristique de son auteur, pensais-je en mettant le chocolat dans une casserole pour le faire chauffer. Sa caractéristique serait-elle d'être imprévisible ? Quelle erreur de commencer à croire que je la connaissais !

Je me suis retourné et elle me regardait, la cuillère à la main, souriante.

— Sais-tu vraiment marcher sur l'eau ? demanda-t-elle. Comme tu l'as fait dans le livre avec Donald Shimoda ?

— Bien sûr. Et toi aussi. Je ne l'ai pas encore fait seul, dans cet espace-temps. Dans ma croyance actuelle. Ça devient compliqué, vois-tu. Mais j'y travaille.

Je tournais le chocolat qui collait à la cuillère.

— As-tu jamais été hors de ton corps ?

Elle ne sourcilla pas, ni ne me demanda d'expliquer.

— Deux fois. Une fois au Mexique. Une fois à Death Valley, au sommet d'une colline, la nuit, sous les étoiles. Je me suis penchée en arrière pour regarder et je suis tombée dans les étoiles...

Ses yeux s'emplirent soudain de larmes.

— Te souviens-tu, lui dis-je doucement, quand tu étais dans les étoiles, comme il était facile, simple, naturel, vrai d'être libre de ton corps.

— Oui.

— Marcher sur l'eau, c'est la même chose. C'est un pouvoir

qui nous appartient... c'est un sous-produit d'un pouvoir qui nous appartient. Facile, naturel. Il nous faut étudier durement et nous souvenir de ne *pas* utiliser ce pouvoir, faute de quoi les limites de la vie terrestre, que nous avons choisie pour de très bonnes raisons, deviennent confuses et incertaines, et nous sommes distraits de nos leçons. Le problème est qu'on se persuade tellement de ne pas utiliser ses vrais pouvoirs qu'après un certain temps on pense qu'on en est *incapable*. Avec Shimoda, on ne se posait pas de questions. Lorsqu'il n'a plus été là, j'ai arrêté de m'exercer. On en garde le goût pendant longtemps, j'ai l'impression.

— Comme le chocolat.

Je la regardais sévèrement. Se moquait-elle de moi ?

Le chocolat commençait à bouillonner dans la casserole.

— Non. Le chocolat dépasse le souvenir des réalités spirituelles fondamentales. Le chocolat est *ici* ! Le chocolat ne menace pas notre vision confortable du monde. Le chocolat est *maintenant* ! En veux-tu ?

— Un tout petit peu, dit-elle.

Le temps de finir notre dessert, nous étions en retard. Il fallut faire la queue sur toute la longueur de la rue pour prendre nos places de cinéma. Le vent venait de la mer et rafraîchissait la nuit. Pour éviter qu'elle n'ait froid, j'ai passé mon bras autour d'elle.

— Merci, dit-elle. Je ne pensais pas qu'on resterait dehors si longtemps. Tu as froid ?

— Pas du tout. Pas du tout.

Nous parlions du film que nous allions voir. Ou plutôt, elle parlait et j'écoutais ; ce qu'il fallait chercher, comment déceler les dépenses inutiles dans un film, et les économies. Elle détestait l'argent gaspillé. Tout en faisant la queue, nous commencions à parler aussi d'autres choses.

— Qu'est-ce que ça fait d'être une actrice, Leslie ? Je n'ai jamais su, je me suis toujours demandé.

— Ah ! une star ? dit-elle, en riant pour elle-même. Ça t'intéresse vraiment ?

— Oui. C'est un mystère pour moi ; c'est quel genre de vie ?

— Ça dépend. C'est parfois merveilleux, avec un bon script, une bonne équipe décidée à faire quelque chose qui en vaille la peine. Mais c'est rare. Le reste, c'est uniquement le travail. Le plus souvent, il n'apporte pas grand-chose au genre humain, j'en ai peur. Tu ne sais pas ce que c'est ? dit-elle en me regardant d'un air interrogateur. Tu n'as jamais assisté à un tournage ?

— Uniquement en extérieur, jamais en studio.

— La prochaine fois que je tourne, ça te dirait de venir voir ?

— Volontiers ! Merci !

Tout ce qu'il y aurait à apprendre d'elle, pensai-je. Ce qu'elle a appris de la célébrité... a-t-elle été transformée, blessée, poussée à se bâtir des murs aussi ? Il émanait d'elle une façon confiante, positive de saisir la vie, qui était magnétique, délicieuse, attirante. Elle a gravi des sommets que je n'ai qu'aperçus de loin ; elle a vu les lumières, elle connaît des secrets que je n'ai jamais découverts.

— Mais tu n'as pas répondu, repris-je. Mis à part les films — quelle est la vie d'une star, quelle impression cela fait ?

Elle leva les yeux sur moi, avec un peu de méfiance qui disparut bientôt.

— Au départ, c'est passionnant. On pense tout d'abord être différent, avoir quelque chose de spécial à offrir, et cela peut être vrai. Puis on se rappelle qu'on est la même personne, avec cette différence que l'on a sa photo partout et que les journaux publient des colonnes entières pour dire qui on est, ce qu'on a dit, où on va, et que les gens s'arrêtent pour vous regarder. Et on est une célébrité. Ou plus précisément une curiosité. Et on se dit à soi-même, je ne mérite pas toute cette attention ! Lorsque les gens font de toi une célébrité, ajouta-t-elle après un instant de réflexion, ce n'est pas toi-même qui leur importe. C'est autre chose. C'est *ce que tu représentes pour eux*.

Lorsqu'une conversation nous devient précieuse, une certaine excitation nous gagne, le sentiment de pouvoirs nouveaux qui grandissent rapidement. Écoute attentivement, elle a raison !

— Les autres pensent savoir qui tu es : la gloire, l'amour, l'argent, le pouvoir. C'est peut-être le rêve d'une attachée de presse, qui n'a rien à voir avec toi, c'est peut-être quelque chose que tu n'aimes même pas, mais c'est ce qu'on pense de toi. Les gens se précipitent vers toi, pensant qu'ils vont obtenir tout cela en te touchant. C'est effrayant, si bien que tu t'entoures de murs, de gros murs de verre, pendant que tu essaies de réfléchir, de reprendre ton souffle. Tu sais qui tu es, mais les gens ont une image de toi. Tu peux choisir de devenir cette image, abandonner ta personnalité, ou tu peux continuer à être toi-même et te sentir en porte-à-faux avec cette image.

— Ou tu peux tout arrêter. Si la vie d'actrice est si merveilleuse, je me demande pourquoi il y a tant d'alcooliques, de drogués, de divorces, de suicides au pays de la célébrité.

Elle me regarda, confiante et vulnérable.

— J'ai décidé que ça n'en valait pas la peine. J'ai pratiquement arrêté.

Tant d'honnêteté me donnait envie de la prendre dans mes bras et de l'embrasser.

— Et toi, l'auteur à succès ? dit-elle. As-tu la même impression ? Cela te paraît sensé ?

— Tout à fait. Il y a tant de choses que j'ai besoin de savoir. Et les journaux ont-ils publié des choses que tu n'avais jamais dites ?

— Des choses non seulement jamais dites, répondit-elle en riant, mais jamais pensées, jamais crues, qui ne te seraient jamais venues à l'idée. Un article sur toi, avec des citations, inventé de toutes pièces ! Pure fiction ! Tu n'as jamais vu le journaliste... pas même un coup de fil, et c'est imprimé ! On espère que les lecteurs ne croiront pas ce qu'ils verront dans les journaux.

— Tout ça est nouveau pour moi, mais j'ai une théorie.

— Laquelle ? demanda-t-elle.

Je lui ai alors parlé des célébrités qui seraient des exemples que les autres pourraient observer tandis que le monde leur impose des épreuves. Tout cela ne paraissait pas aussi clair que ce qu'elle avait dit.

Elle leva la tête vers moi et sourit. Lorsque le soleil se couchait, ses yeux, je l'avais remarqué, changeaient de couleur, comme un clair de lune sur la mer.

— C'est une belle théorie, ces exemples, dit-elle. Mais tout le monde sert d'exemple, non ? Chacun n'est-il pas le portrait de ce qu'il pense, de toutes les décisions qu'il a prises jusque-là ?

— C'est vrai. Mais je ne connais pas tout le monde ; un individu ne m'importe que lorsque je l'ai rencontré en personne, ou vu à l'écran, ou lorsque j'ai lu un article sur lui. Il y avait une émission à la télévision, il n'y a pas longtemps — un scientifique qui faisait des recherches sur ce qui donne son son au violon. J'ai pensé, quel besoin le monde a-t-il de ça ? Avec des millions d'hommes qui meurent de faim, quel besoin avons-nous de recherches sur le violon ?

« Puis j'ai changé d'avis. Le monde a besoin de modèles, de gens qui vivent des vies intéressantes, qui s'instruisent, qui changent les musiques de notre temps. Les gens qui ne sont pas frappés par la misère, le crime, la guerre, que font-ils de leur vie ? Nous avons besoin de connaître des gens qui ont fait des choix que nous pouvons faire aussi, pour devenir des êtres humains. Sinon à quoi cela nous servirait-il d'avoir toute la nourriture du monde. Des modèles ! On les aime ! Tu ne crois pas ?

— Sans doute, fit-elle. Mais je n'aime pas beaucoup ce mot, *modèle*.

— Pourquoi donc ?

Je savais aussitôt la réponse.

— J'ai travaillé comme mannequin à New York, dit-elle, comme si c'était un secret dont elle avait honte.

— Quel mal y a-t-il à cela ? Le mannequin est un exemple public de beauté hors du commun.

— C'est précisément ce qui ne va pas. C'est difficile de vivre avec cette idée. Ça fait peur.

— Pourquoi ? Peur de quoi ?

— La star que tu vois est devenue actrice parce que le studio pensait qu'elle était très belle, et depuis ce jour elle a peur que le monde ne découvre qu'elle n'est pas belle et ne l'a jamais été. C'est difficile d'être un modèle. C'est encore pire pour elle si tu la tiens pour un exemple public de beauté.

— Mais Leslie, tu *es* belle ! dis-je en rougissant. Je veux dire, c'est incontestable, tu es... tu es... extrêmement séduisante...

— Merci, mais peu importe ce que tu dis. Quoi que tu puisses lui dire, la star pense que la beauté est une image créée pour elle par quelqu'un d'autre. Et elle est prisonnière de cette image. Même pour aller chez l'épicier, il faut qu'elle soit toute maquillée. Sinon, il y aura sûrement quelqu'un pour la reconnaître et dire : « Il faut la voir en personne ! Elle n'est pas du tout aussi belle qu'on le pense ! » Et elle aura déçu. Toutes les actrices de Hollywood, ajouta-t-elle encore avec un sourire un peu triste, toutes les belles femmes que je connais font semblant d'être belles, et ont peur que le monde ne découvre la vérité sur elles, tôt ou tard. Moi aussi.

— Cinglées, dis-je en secouant la tête. Vous êtes toutes cinglées.

— C'est le monde qui est cinglé, dès qu'il est question de beauté.
— Je pense que tu es belle.
— Je pense que tu es cinglé.
Nous riions, mais elle ne plaisantait pas.
— Est-il vrai, lui demandai-je, que les belles femmes mènent une existence tragique ?
C'est en tout cas ce que m'avait incité à croire mon idée de la femme parfaite, avec ses nombreuses incarnations. Ou, sinon tragique, du moins difficile. Peu enviable. Douloureuse.
— Si elles pensent que leur beauté est elles-mêmes, dit-elle après avoir réfléchi, elles ne connaîtront qu'une existence vide. Lorsque tout dépend des apparences, on se perd à regarder dans les glaces et on ne se trouve jamais.
— Tu sembles t'être trouvée.
— Ce que j'ai pu trouver, ce n'est pas en étant belle que je l'ai fait.
— Raconte-moi.
Elle me raconta, et j'écoutais, étonné d'abord, puis vraiment stupéfait. La Leslie qu'elle avait trouvée n'était pas actrice, mais pacifiste, au sein d'un groupe qu'elle avait fondé et dirigé. La vraie Leslie Parrish prononçait des discours, menait des campagnes politiques, luttait contre un gouvernement américain en guerre.
Pendant que je pilotais des avions de combat de l'Air Force, elle organisait des marches pour la paix sur la côte Ouest.
Pour avoir osé s'opposer à cette institution qu'était la guerre, elle avait dû affronter les bombes lacrymogènes et les matraques des forces de l'ordre, les bagarres avec les groupuscules d'extrême droite. Elle continuait, organisant des manifestations de plus en plus importantes, réunissant des fonds considérables.
Elle avait aidé à faire élire des députés, des sénateurs, ainsi que le nouveau maire de Los Angeles. Elle avait été déléguée aux conventions présidentielles.
Cofondatrice de la K.V.S.T., chaîne de télévision de Los Angeles qui défendait les minorités opprimées de la ville, elle en avait assumé la direction lorsque la chaîne s'était trouvée en difficulté, lourdement endettée, et que les créanciers refusaient de patienter un jour de plus. Elle en payait parfois les factures sur ses revenus d'actrice ; la chaîne survécut et commença même à prospérer. Les gens la regardaient, et dans tout le pays

on rendait compte de cette noble expérience. Avec le succès vint la lutte pour le pouvoir. On lui reprocha d'être riche, raciste ; elle fut mise à la porte par les opprimés. La K.V.S.T. cessa d'émettre le jour où elle partit, définitivement. Aujourd'hui encore, me confia-t-elle, elle ne pouvait voir l'écran vide sur le Canal 68 sans souffrir.

L'actrice avait payé pour la personne que voulait être Leslie Parrish. Décidée à redresser les torts, à changer le monde, Leslie s'était rendue à pied, tard le soir, à des réunions politiques qui se déroulaient dans des quartiers de la ville que je n'avais pas le courage de survoler à midi. Elle avait fait le piquet pour les ouvriers agricoles, avait rassemblé pour eux de l'argent. Résistante non violente, elle s'était jetée dans certaines des luttes les plus violentes de l'Amérique moderne.

Elle refusait cependant de jouer nue dans les films.

— Je ne me déshabillerais pas dans mon salon un dimanche après-midi avec des amis. Pourquoi le ferais-je avec des inconnus dans un studio de cinéma ? Pour moi, être payée pour quelque chose d'aussi peu naturel aurait été de la prostitution.

Lorsque tous les rôles eurent leur scène déshabillée, elle saborda sa carrière cinématographique et se reconvertit dans la télévision.

Je l'écoutais comme si la biche innocente que j'avais découverte dans un pré avait grandi dans les feux de l'enfer.

— Il y avait un jour une manifestation à Torrance, dit-elle, une marche pour la paix. Les préparatifs étaient terminés, nous avions nos autorisations. Quelques jours avant, on nous a prévenus que des cinglés d'extrême droite allaient tirer sur un de nos leaders si nous osions défiler. Il était trop tard pour annuler...

— Il n'était pas trop tard pour annuler ! dis-je. Il ne fallait pas y aller !

— Trop de gens étaient déjà en route, il était trop tard. On ne pouvait pas les prévenir tous à la dernière minute. S'il n'y en avait plus eu que quelques-uns face à ces cinglés, ç'aurait été une tuerie, n'est-ce pas ? On a donc appelé les journaux et les chaînes de télévision, on leur a dit de venir voir le massacre à Torrance ! Nous avons défilé en donnant le bras à l'homme qui était menacé ; nous l'avons entouré et avons défilé. Il aurait fallu tuer tout le monde pour le toucher.

— Tu... ils ont tiré ?

— Non. Nous tuer en direct ne faisait pas partie de leur projet, je suppose. C'était une triste époque, non ? demanda-t-elle en soupirant.

Je ne savais que dire. A cet instant, debout dans cette file d'attente, j'avais mon bras autour d'une personne rare : un être humain que j'admirais entièrement.

Moi, le fuyard, j'étais sans voix en découvrant le contraste entre nous. Si d'autres souhaitent se battre et mourir à la guerre ou en manifestant contre elle, avais-je décidé, libre à eux. Le seul monde qui m'importe est le monde des individus, le monde que chacun de nous crée pour soi. J'essaierais de changer l'histoire plutôt que de sombrer dans la politique, de m'efforcer de convaincre d'autres gens de signer des pétitions ou de voter ou de défiler ou de faire quoi que ce soit qu'ils n'aient pas envie de faire.

Elle est si différente de moi, pourquoi ce respect terrifiant pour elle ?

— Tu penses à quelque chose de très important, dit-elle en fronçant les sourcils d'un air sévère.

— Oui, tu as raison. Tu as parfaitement raison.

Je la connaissais si bien à cet instant, et je l'aimais tant, que je lui ai dit de quoi il s'agissait.

— Je pense que c'est précisément la différence entre nous qui fait de toi la meilleure amie que j'aie.

— Ah ?

— Nous avons quelques petites choses en commun — les échecs, les glaces, le film que nous voulons faire —, mais nous sommes si différents à tous les autres égards que tu n'es pas une menace comme les autres femmes. Avec elles il y a un espoir de mariage, parfois, dans leur esprit. Un mariage m'a suffi. Plus jamais.

La file progressait lentement. Nous serions dans la salle dans moins de vingt minutes.

— C'est la même chose pour moi, dit-elle en riant. Je n'ai pas l'intention de te menacer, mais c'est une autre chose que nous avons en commun. J'ai divorcé il y a longtemps. Avant de me marier, j'étais très peu sortie ; si bien qu'après mon divorce, je suis sortie, sortie, sortie ! C'est impossible d'arriver à connaître quelqu'un de cette façon, tu ne crois pas ?

On peut arriver à le connaître un peu, me disais-je, mais mieux vaut écouter ce qu'elle en pense.

— J'ai fréquenté certains des hommes les plus intelligents,

les plus beaux, les plus brillants, les plus riches du monde, dit-elle, mais ils ne me rendaient pas heureuse. La plupart d'entre eux arrivent devant chez toi dans une voiture plus grosse que ta maison, ils sont très élégants et t'emmènent dans un restaurant chic où l'on se retrouve entre gens du même monde ; on te prend en photo, et tout ça a l'air si amusant et si étincelant ! Je pensais à chaque fois : je préférerais aller dans un *bon* restaurant, porter des vêtements que j'aime au lieu de subir la mode. Et surtout, j'aimerais mieux une conversation paisible ou une promenade en forêt. Un sens des valeurs différent, je suppose.

« Il nous faut une monnaie qui ait un sens pour nous, poursuivit-elle, sans ça tout le succès du monde ne sert à rien, n'apporte pas le bonheur. Si on te proposait un million de kopecks pour traverser la rue, et que les kopecks n'aient aucune signification pour toi, le ferais-tu ? Si on te promettait cent millions de kopecks ?

« C'est l'impression que me donnaient la plupart des choses hautement estimées à Hollywood — comme si on me parlait en kopecks. J'avais tout ce qu'il fallait, et pourtant je me sentais vide, je n'arrivais pas à m'y intéresser. Que vaut le kopeck ? je me demandais. Et pendant tout ce temps, j'avais peur, si je continuais à fréquenter tous ces hommes, de finir tôt ou tard par toucher le gros lot.

— C'est-à-dire ?

— J'épouserais Monsieur Comme-il-faut ; je suivrais la mode jusqu'à la fin de mes jours, serais l'hôtesse de tous les gens parfaits dans des réceptions parfaites : les siennes. Il serait mon trophée et moi le sien. Bientôt, on se plaindrait que notre mariage aurait perdu son sens, que nous n'étions pas aussi proches que nous devions l'être — alors que ce sens, cette proximité, nous ne les aurions jamais connus.

« Deux choses auxquelles je tiens beaucoup — l'intimité et la faculté d'être heureux — ne semblaient compter pour personne. Je me sentais comme une étrangère en pays étranger, et j'ai décidé qu'il valait mieux ne pas épouser les indigènes.

« C'est une autre chose que j'ai arrêté de faire. Sortir. Et maintenant... dit-elle... veux-tu que je te dise un secret ?

— Dis-moi.

— Maintenant j'aimerais mieux être avec mon ami Richard que sortir avec quiconque ! »

Je la serrai contre moi, d'un bras timide.

Leslie était unique dans ma vie, une sœur très belle, que j'admirais et en qui j'avais confiance, avec qui je passais des nuits entières au-dessus d'un échiquier, mais pas un instant au lit.

Je lui ai alors parlé de ma femme parfaite. J'avais l'impression qu'elle n'était pas d'accord, mais elle écoutait avec intérêt. Avant qu'elle ne puisse répondre, nous étions à l'intérieur du cinéma.

Dans l'entrée, à l'abri du froid, j'ai retiré mon bras.

Le film de ce soir-là, nous devions le revoir onze fois avant la fin de l'année. On y voyait une espèce de créature aux yeux bleus, couverte de fourrure, venue d'une autre planète, copilote d'un vaisseau spatial naufragé. Nous l'aimions comme si nous étions un des siens et que nous voyions notre idole à l'écran.

Lorsque j'atterris à Los Angeles la fois suivante, Leslie m'attendait à l'aéroport. J'étais à peine sorti du cockpit qu'elle me tendit une boîte ornée d'un ruban et d'un nœud.

— Je sais que tu détestes les cadeaux, dit-elle, alors je t'en ai fait un.

— Je ne te fais jamais de cadeaux, grognai-je plaisamment. C'est le cadeau que je te fais : je ne te fais jamais de cadeaux. Pourquoi ?...

— Ouvre-le, dit-elle.

— D'accord, pour cette fois seulement. Je l'ouvrirai, mais...

— Ouvre-le, dit-elle impatiemment.

C'était un masque en caoutchouc et en fourrure, avec des trous pour les yeux et les dents — imitation parfaite de notre héros cinématographique.

— Leslie... ! dis-je.

— Maintenant tu pourras chatouiller toutes tes amies avec ton visage poilu. Mets-le !

— Ici, à l'aéroport, en public, tu veux que... ?

— Mets-le. Pour moi. Mets-le.

Elle fit fondre mon hésitation. Je passai le masque, pour lui faire plaisir, et poussai quelques rugissements ; elle en riait aux larmes. Derrière mon masque je riais aussi, et songeais combien je tenais à elle.

— Viens, dit-elle en essuyant ses larmes et en me prenant spontanément la main. On va être en retard.

Fidèle à sa parole, elle nous conduisit de l'aéroport à la

M.G.M. où elle finissait un film pour la télévision. Après quelque temps, je remarquai que les passants me regardaient d'un air terrorisé et j'ôtai le masque.

Pour quelqu'un qui n'avait jamais pénétré dans un studio de cinéma, c'était un peu comme aller sur la lune. Câbles, pieds, caméras, chariots de travelling, rails, passerelles, projecteurs, échelles — un plafond à ce point incrusté d'énormes projecteurs qu'il semblait devoir s'effondrer. Des hommes s'agitaient partout, mettant le matériel en place, le réglant, ou étaient perchés au milieu en attendant le prochain coup de sonnette ou de lumière clignotante.

Elle sortit de sa loge dans une robe en lamé or, et se glissa jusqu'à moi, enjambant les câbles et les trappes au plancher comme si c'était des motifs sur un tapis.

— Tu vois bien d'ici ?
— Parfaitement.

J'observais les regards des machinistes, fixés sur elle ; elle les oubliait. J'étais tendu, nerveux ; elle était à l'aise. J'avais l'impression que la température était montée à quarante ; elle était calme, fraîche et vive.

— Comment fais-tu ? Comment peux-tu jouer avec tout ce qui se passe, tout le monde qui regarde ? Je pensais que c'était une affaire privée...
— *Attention !*

Deux hommes se précipitaient sur scène avec un arbre, et si elle ne m'avait pris par l'épaule pour que je m'écarte, j'aurais été balayé par les branches.

Elle me regarda :

— Il y aura beaucoup de temps morts pendant qu'ils mettent en place les effets spéciaux, dit-elle. J'espère que tu ne vas pas t'ennuyer.

— M'ennuyer ? C'est passionnant ! Et tu restes calme — tu n'es pas du tout inquiète ?

Un électricien la regarda du haut de la passerelle qui nous surplombait.

— La vue est bien dégagée aujourd'hui, George ! cria-t-il. *Magnifique !* Bonjour, Miss Parrish ! Comment ça va, en bas ?

Elle leva la tête et rajusta le haut de sa robe.

— Vous n'avez rien de mieux à faire ?

L'électricien me fit un clin d'œil.

— Privilège du travailleur !

— Le producteur est inquiet, reprit-elle. Ils ont un jour et demi de retard. On restera peut-être tard ce soir pour rattraper en heures supplémentaires. Si tu es fatigué et que je sois occupée, rentre à l'hôtel et je t'appellerai ensuite, s'il n'est pas trop tard.

— Ça m'étonnerait que je sois fatigué. Je ne veux pas te déranger si tu veux étudier ton texte...

— Pas de problème, dit-elle en souriant, jetant en même temps un coup d'œil vers le décor. Il faut que j'y aille maintenant. Amuse-toi bien.

— Première équipe ! En place, s'il vous plaît ! s'écria un type à côté de la caméra.

Pourquoi n'était-elle pas au moins un peu tendue pour son texte ? J'ai de la chance si j'arrive à retenir un texte écrit par moi-même sans être obligé de le relire des centaines de fois. Pourquoi n'était-elle pas inquiète, avec tout son rôle à savoir par cœur ?

Le tournage commença, une scène, puis une autre, puis une autre encore. Pas une seule fois elle ne regarda son script. J'avais l'impression d'être un esprit amical, qui regardait le rôle qu'elle jouait sur scène. Elle ne fit pas une erreur dans son texte. La regarder travailler, c'était regarder une amie qui en même temps était une inconnue. Je ressentais une curieuse appréhension — ma propre sœur, entourée de projecteurs et de caméras.

Est-ce que ça change mes sentiments pour elle, pensais-je, de la voir ici ?

Certainement. Il se passe quelque chose de magique. Elle a des talents et des pouvoirs que je n'ai pas encore acquis, et que je n'aurai jamais. Je ne l'aurais pas aimée moins si elle n'était pas actrice, mais je l'aimais plus parce qu'elle l'était. Je ressentais comme un plaisir électrique à rencontrer des gens qui savaient faire des choses dont j'étais incapable. J'étais très content que Leslie en soit.

— Puis-je emprunter ton téléphone ? lui demandais-je, le lendemain, à son bureau. Je voudrais appeler l'Association des écrivains...

— Cinq cent cinquante, dix zéro zéro, dit-elle négligemment en me tendant le téléphone, tout en lisant une proposition qui lui arrivait de New York.

— Qu'est-ce que c'est ?

— Le numéro de téléphone de l'Association des écrivains, dit-elle en levant les yeux.
— Tu le connais ?
— Oui.
— Comment ça se fait ?
— Je connais beaucoup de numéros.
Elle reprit sa lecture.
— Qu'est-ce que ça veut dire, « Je connais beaucoup de numéros » ?
— Je connais beaucoup de numéros, c'est tout, dit-elle gentiment.
— Et si je voulais appeler... les studios Paramount ?
— Quatre cent soixante-trois, zéro un zéro zéro.
Je la regardai de travers.
— Un bon restaurant ?
— La *Casserole magique*, ce n'est pas mauvais. Il y a un coin non-fumeurs. Deux cent soixante-quatorze cinquante-deux vingt-deux.
Je saisis l'annuaire et l'ouvris.
— Le Syndicat des comédiens ? dis-je.
— Huit cent soixante-seize, trente trente.
Elle avait raison.
Je commençais à comprendre.
— Tu n'as pas... Leslie, le script hier, tu n'as quand même pas une mémoire photographique ? Tu ne sais pas par cœur... *tout l'annuaire* ?
— Non. Ce n'est pas une mémoire photographique, dit-elle. Je ne vois pas, je ne fais que retenir. Ce sont mes mains qui retiennent les numéros. Demande-moi un numéro et regarde mes mains.
J'ouvris l'énorme annuaire, tournai les pages.
— Ville de Los Angeles, bureau du maire ?
— Deux cent trente-trois, quatorze cinquante-cinq.
Les doigts de sa main droite se déplaçaient comme si elle faisait un numéro sur un téléphone à touches, mais à l'envers, retirant les chiffres au lieu de les taper.
— Dennis Weaver, l'acteur.
— L'un des hommes les plus gentils d'Hollywood. Son numéro personnel ?
— Oui.
— J'ai promis de ne jamais le donner. Veux-tu *La vie saine*, la boutique de diététique de sa femme ?

— Pourquoi pas.

— Neuf cent quatre-vingt-six, quatre-vingt-sept cinquante.

Je cherchai le numéro ; évidemment, elle avait encore une fois raison.

— Leslie, tu me fais peur !

— N'aie pas peur. C'est une drôle de chose qui m'arrive. Je retenais des morceaux de musique par cœur quand j'étais petite, et toutes les plaques minéralogiques de la ville. En arrivant à Hollywood, je retenais les scripts, les numéros de téléphone, les horaires, les conversations, n'importe quoi. Le numéro de ton joli petit avion jaune est N un cinq cinq X. Le numéro de ton hôtel est deux cent soixante-dix-huit, trente-trois quarante-quatre ; tu as la chambre deux cent dix-huit. Quand nous avons quitté le studio hier soir tu m'as dit : « Rappelle-moi de te parler de ma sœur qui est dans le spectacle. » Je t'ai dit : « Est-ce que je peux te le rappeler maintenant ? », et tu m'as répondu : « Pourquoi pas, car je veux vraiment t'en parler. » Je t'ai demandé : « Est-ce que je sais... »

Elle arrêta de réciter et rit de me voir étonné.

— Tu me regardes comme si j'étais un monstre, Richard.

— Tu en es un, mais je t'aime bien quand même.

— Moi je t'aime bien aussi, dit-elle.

Son sourire me réchauffa.

En fin d'après-midi, je travaillais à un scénario pour la télévision, réécrivant les dernières pages, et les tapant sur la machine à écrire de Leslie, tandis qu'elle s'était glissée au jardin pour soigner ses fleurs. Une fois encore, nous étions tellement différents. Les fleurs sont de belles petites choses, mais leur consacrer tant de temps, devoir les arroser, les engraisser, laver les feuilles, que sais-je encore... c'est une contrainte qui n'est pas pour moi. Je ne serais jamais jardinier, et elle n'y renoncerait jamais.

Parmi les plantes dans son bureau, des étagères de livres qui reflétaient l'arc-en-ciel qu'elle était ; et au-dessus de son bureau les citations et les aphorismes qui lui tenaient à cœur :

Notre pays a raison ou tort. QUAND IL A RAISON, L'ENCOURAGER ; QUAND IL A TORT, LE RAMENER A LA RAISON. — Carl Schurz.

Ne pas fumer, ici ou ailleurs.

L'hédonisme n'a rien d'amusant.

Je tremble pour mon pays lorsque que je songe que Dieu est juste. — Thomas Jefferson.

Supposez qu'ils fassent une guerre, et que personne ne vienne ?

La dernière phrase était d'elle. Elle en avait fait un autocollant, qui avait été repris par le mouvement pacifiste et s'était répandu très vite dans le monde entier.

Je les étudiais de temps en temps entre les paragraphes de mon script, la connaissant mieux à chaque coup de binette, de sécateur ou de râteau venant de son jardin, avec le murmure de l'eau dans les tuyaux, qui étanchait la soif de sa famille de fleurs. Elle connaissait et aimait chaque bourgeon.

Différence, différence, différence, pensai-je en terminant le dernier paragraphe ; mais j'admire cette femme ! Ai-je jamais eu, malgré toutes nos différences, une amie comme elle ?

Je me levai et m'étirai, traversai la cuisine et passai la porte donnant sur le jardin. Elle arrosait ses plates-bandes en me tournant le dos, ses longs cheveux noués en queue de cheval pour travailler. J'avançai à pas feutrés et me trouvai à quelques mètres derrière elle. Elle chantait doucement pour son chat. Manifestement, le chat aimait la chanson, mais c'était un moment trop intime pour que je sois là sans être vu ; je lui demandai donc, comme si je venais d'arriver :

— Comment vont tes fleurs ?

Elle se retourna, le tuyau d'arrosage à la main, les yeux bleus trahissant sa peur de n'être pas seule dans son jardin. L'embout du tuyau était à hauteur de poitrine, mais il était réglé pour arroser un cône d'un bon mètre de diamètre, de ma tête à la ceinture. Ni l'un ni l'autre ne dit un mot, ni ne bougea pendant que le tuyau m'inondait comme si j'étais un incendie.

Elle avait été saisie de stupeur, d'abord par les mots que j'avais soudain prononcés, puis par l'eau qui détrempait ma veste et ma chemise. Je restais debout sans bouger, parce qu'il me paraissait inconvenant de crier, parce que j'espérais qu'avant trop longtemps elle déciderait de détourner son tuyau d'arrosage de mes habits de ville...

Aujourd'hui encore, la scène est très précisément gravée dans ma mémoire... le soleil, le jardin autour de nous, ses grands yeux étonnés de voir cet ours polaire dans ses plates-bandes, et ce tuyau pour seul moyen de défense. Si on arrose un ours polaire suffisamment longtemps, sans doute fera-t-il demi-tour et prendra-t-il la fuite...

Je n'avais pas l'impression d'être un ours polaire, si ce n'est que l'eau glacée m'inondait et me trempait. Je la vis enfin se rendre compte avec horreur de ce qu'elle faisait non à un ours polaire, mais à un associé et un invité. Malgré sa stupeur, elle reprit le contrôle de sa main et lentement détourna le jet.

— Leslie ! dis-je dans le silence, ce n'était que moi...

Puis elle se mit à pleurer de rire ; ses yeux imploraient le pardon. Elle tomba en riant et en pleurant à la fois contre ma veste ruisselante.

15

— Kathy a téléphoné de Floride aujourd'hui, dit Leslie, en remettant ses pièces en place sur l'échiquier pour une autre partie. Elle est jalouse ?
— C'est impossible, dis-je. La jalousie est exclue de mes relations avec les femmes.
Je me renfrognai. Après tant d'années, j'étais encore obligé d'ânonner « la dame sur sa couleur » pour placer correctement mes pièces.
— Elle voulait savoir si tu avais une amie ici, puisque tu viens si souvent à Los Angeles depuis quelque temps...
— Allez, dis-je. Tu plaisantes.
— Pas du tout.
— Qu'est-ce que tu lui as dit ?
— Je lui ai dit de ne pas s'inquiéter, que lorsque tu étais ici, tu ne sortais avec *personne*, que tu passais tout ton temps avec moi. Je crois qu'elle s'est sentie rassurée, mais peut-être que tu devrais revoir encore une fois ton accord de non-jalousie avec elle, pour être sûr.
Elle quitta la table quelques instants, pour passer en revue sa collection de bandes magnétiques.
— J'ai la *Première* de Brahms par Ozawa, Ormandy et Mehta. Tu as une préférence ?
— Ce qui sera le plus distrayant pour les échecs, dis-je innocemment.
Elle réfléchit une seconde, choisit une bande et la fit glisser dans le labyrinthe électronique de sa chaîne.
— Inspirant, corrigea-t-elle. Pour la distraction, j'ai d'autres musiques.

Nous jouions depuis une demi-heure une partie serrée depuis le premier coup. Elle venait de relire *Idées modernes dans l'ouverture aux échecs* et m'aurait écrasé si je n'avais pas fini deux jours plus tôt *Pièges, traquenards et ruses aux échecs*. Nous allions vers une partie nulle ; puis un coup brillant de ma part fit pencher la balance.

Pour autant que je pouvais le voir, tous les coups sauf un auraient été désastreux. Sa seule échappatoire était une obscure avancée de pion, pour contrôler la case cachée autour de laquelle j'avais bâti une subtile stratégie. Sans cette case, mon effort s'effondrait.

Le côté de moi-même qui prend les échecs au sérieux espérait qu'elle verrait le coup, qu'elle démolirait ma position et m'obligerait à lutter pour la vie de ces pièces de bois sculptées à la main. (Je joue mieux quand je suis dans une position difficile.) Et pourtant je ne voyais pas comment je pourrais m'en remettre si elle bloquait ce projet.

Le côté de moi-même qui savait que ce n'était qu'un jeu espérait qu'elle ne le verrait pas, car la stratégie que je préparais était d'une telle beauté, d'une telle élégance. Un sacrifice de dame, et mat en cinq coups.

J'ai fermé les yeux pendant une minute, tandis qu'elle examinait l'échiquier, puis les ai rouverts, frappé par une pensée singulière.

Là, devant moi, il y avait une table et une fenêtre pleine de couleurs ; au-delà, les scintillements du crépuscule de Los Angeles, la fin du mois de juin qui disparaissait dans la mer. Dessinée par ces scintillements et ces couleurs, la silhouette de Leslie était plongée dans la réflexion, immobile comme un cerf aux aguets, au-dessus d'un échiquier de miel fondu et de crème, dans les ombres d'un soir encore à venir. Vision douce et chaleureuse, pensai-je. D'où vient-elle, qui en est l'auteur ?

Un petit piège verbal, un filet d'encre sur cette idée avant qu'elle ne s'évanouisse.

De temps en temps, écrivais-je, *il est amusant de fermer les yeux et de se dire dans cette obscurité : « Je suis le sorcier, et lorsque j'ouvrirai les yeux je verrai un monde que j'ai créé, et dont je suis seul responsable. » Lentement, les paupières s'ouvrent comme un rideau de scène. Et voilà notre monde, tel que nous l'avons bâti.*

J'ai noté cela à toute vitesse, dans la pénombre. Puis, fermant les yeux, j'ai essayé encore une fois : « *Je suis le sorcier...* », rouvrant lentement les yeux.

Les coudes sur la table, le visage dans les mains, Leslie Parrish apparut, ses yeux grands et sombres face aux miens.

— Qu'est-ce que tu écris ?

Je lui ai lu.

— La petite cérémonie dans le noir, dis-je, c'est une façon de nous rappeler qui mène le jeu.

Elle essaya : « *Je suis la sorcière...* » Puis sourit en ouvrant les yeux.

— Ça t'est venu à l'instant ?

J'ai fait oui de la tête.

— Je t'ai créé ? demanda-t-elle. Je t'ai fait entrer en scène ? Le cinéma ? Les glaces ? Les échecs et les conversations ?

J'ai fait oui, encore.

— Tu ne crois pas ? Tu es à l'origine du moi que tu connais. Personne d'autre ne connaît le Richard qui est dans ta vie. Personne ne connaît la Leslie qui est dans la mienne.

— C'est joli. Tu peux me lire d'autres notes, ou est-ce indiscret ?

J'ai allumé une lumière.

— Je suis content que tu comprennes que ce sont des notes très intimes...

C'était dit d'un ton léger, c'était vrai. Savait-elle que c'était un autre lien de confiance entre nous, d'abord qu'elle, si respectueuse de mon intimité, me demande de lire ces notes, et, ensuite, que je les lui lise ? J'avais le sentiment que oui.

— Nous avons quelques titres de livres, dis-je. *Plumes froissées, l'exposé d'un scandale national par un amateur d'oiseaux.* Et aussi *Qu'est-ce qui fait voler les canards ?* Et Tao Jones : *La Méthode Zen pour faire de gros profits à Wall Street.*

J'ai tourné la page, sauté une liste de courses à faire, tourné encore une page.

— *Regarde dans un miroir, et une chose est sûre : ce que tu vois n'est pas qui tu es.* C'était après notre conversation sur les miroirs, tu t'en souviens ?

« *Lorsqu'on regarde en arrière, les jours ont passé en un éclair. Le temps est compté. Notre temps nous est compté. Quelque chose ponte le temps — Quoi ? Quoi ? Quoi ?* Tout ça est encore imparfait...

« *La meilleure façon de payer un beau moment est d'en profiter.*

« *Pourquoi ne pas s'exercer à vivre comme si nous étions extrêmement intelligents ? Comment agirions-nous si nous étions plus évolués spirituellement ?*

« *Qu'est-ce que je cherche à apprendre de ceux qui vivent pour la mode, la drogue ou les soirées ? Est-ce que j'espère être illuminé ? Comprendre ?* Ça vient d'une autre conversation que nous avons eue en faisant la queue au cinéma.

J'arrivais à la première page des notes du mois.

— *Comment sauver les baleines ? EN LES ACHETANT. Si l'on achète les baleines et qu'on en fasse des citoyens américains, ou français, ou australiens, ou japonais, plus un pays au monde n'osera lever la main sur elles !*

J'ai levé les yeux vers elle, par-dessus le carnet.

— C'est à peu près tout pour ce mois-ci.

— On les achète ? demanda-t-elle.

— Je n'ai pas encore élaboré les détails. Chaque baleine porterait le pavillon du pays auquel elle appartient, une espèce de passeport géant. Imperméable, bien sûr. L'argent provenant de la vente des citoyennetés est destiné à un grand Fonds des baleines, ou quelque chose de ce genre. Ça pourrait marcher.

— Qu'est-ce que tu en fais ?

— On les laisse aller où elles veulent. Faire des petites baleines...

Elle rit.

— Je veux dire, qu'est-ce que tu fais de tes notes ?

— Ah ! A la fin de chaque mois, je les lis, pour voir ce qu'elles essaient de me dire. Peut-être que quelques-unes finiront dans une nouvelle ou dans un livre. Peut-être que non. Être une note, c'est mener une vie très incertaine.

— Les notes de ce soir, est-ce qu'elles te disent quelque chose ?

— Je ne sais pas encore. Quelques-unes d'entre elles me disent que je ne suis pas trop sûr d'être chez moi sur cette planète. Tu n'as jamais l'impression d'être sur terre en touriste ? Tu descends dans la rue et soudain c'est comme une carte postale qui se déplace autour de toi. *C'est ainsi que les hommes vivent ici, dans des boîtes pour être à l'abri de la « pluie » et du « vent », avec des trous découpés dans les côtés pour qu'ils puissent voir dehors. Ils se déplacent dans des boîtes plus petites, peintes de couleurs différentes, avec des roues aux coins. Ils ont besoin de cette culture de boîtes car chaque per-*

sonne se pense comme enfermée dans une boîte appelée « corps », avec des bras et des jambes, des doigts pour manier les crayons et les outils, des langues parce qu'ils ont oublié comment communiquer, des yeux parce qu'ils ont oublié comment voir. Curieuse petite planète. J'aimerais que tu sois là. Je rentre bientôt. Ça ne t'est jamais arrivé ?

— Parfois. Mais pas exactement de cette façon, répondit-elle.

— Est-ce que je peux te rapporter quelque chose de la cuisine, un petit gâteau ?

— Non, merci.

Je me suis levé et, après avoir trouvé la boîte de gâteaux, j'ai posé une pile chancelante de sablés au chocolat sur une assiette pour chacun de nous.

— Du lait ?

— Non, merci.

J'ai apporté les gâteaux et le lait jusqu'à la table.

— Les notes sont des aide-mémoire. Elles m'aident à me souvenir de ce que c'est d'être un touriste sur terre, me rappellent les drôles de coutumes qu'on a ici, combien j'aime cet endroit. Ainsi, je peux presque me rappeler comment c'est, là d'où je suis venu. Il y a un aimant qui m'attire, qui m'attire contre les bornes de ce monde. J'ai le curieux sentiment que nous venons de l'autre côté des bornes.

Leslie avait des questions à me poser à ce sujet, et elle avait des réponses auxquelles je n'avais pas songé. Elle connaissait un monde-tel-qu'il-est, sans guerres, dans quelque dimension parallèle. L'idée nous étonna, nous fit perdre la notion du temps.

J'ai pris un sablé, l'ai imaginé tiède, l'ai croqué doucement. Leslie a reculé sur son siège avec un curieux petit sourire, comme si elle s'intéressait à mes notes, aux pensées que moi-même je trouvais bizarres.

— Est-ce qu'on a déjà parlé d'écriture ? demandai-je.

— Non.

Elle finit par prendre un sablé, sa résistance brisée par la proximité sans merci de ses biscuits préférés.

— J'aimerais que tu me racontes. Je suis sûr que tu as commencé tôt.

Que c'est étrange pour moi, pensai-je. Je veux qu'elle sache qui je suis !

— Oui. Partout, à la maison, quand j'étais gosse, il y avait des livres. Dès que j'ai su avancer à quatre pattes, il y en avait à la hauteur de mon nez. Lorsque j'ai su marcher, il y en avait à perte de vue. Des livres en allemand, latin, hébreu, grec, anglais, espagnol.

« Mon père était pasteur ; il a grandi dans le Wisconsin en parlant l'allemand, a appris l'anglais à l'âge de six ans, a étudié les langues bibliques qu'il parle encore. Ma mère a habité à Porto Rico pendant des années.

« Papa me lisait des histoires en allemand en les traduisant au fur et à mesure ; Maman me parlait en espagnol, même quand je ne pouvais pas comprendre. Si bien que j'ai grandi dans un univers de mots. Délicieux !

« J'adorais ouvrir les livres pour voir comment ils commençaient. Les écrivains créent des livres comme nous écrivons nos vies. L'écrivain peut faire vivre à n'importe quel personnage n'importe quel événement pour n'importe quelle raison et à n'importe quelle fin. Que fait tel ou tel écrivain d'une première page blanche ? Que fait-il de mon attention et de mon esprit lorsque je lis ses mots ? M'aime-t-il, me déteste-t-il ou n'a-t-il que faire de moi ? J'avais découvert que certains écrivains sont du chloroforme, mais d'autres du poivre et du gingembre.

« Puis je suis entré au lycée, où j'ai appris à détester la grammaire anglaise ; elle m'ennuyait tellement que je bâillais soixante-dix fois pendant un cours de soixante-quinze minutes, et sortais à la fin en me donnant des claques sur le visage pour me réveiller. En terminale, au lycée Woodrow Wilson, Long Beach, Californie, j'ai choisi le cours de création littéraire pour échapper aux tourments de la littérature anglaise. Ça se passait salle 410.

Elle recula un peu sa chaise de la table, écoutant toujours.

— Le professeur s'appelait John Gartner, l'entraîneur de football. Mais John Gartner, Leslie, était aussi un écrivain ! En personne, un véritable écrivain ! Il écrivait des articles de revue, des livres pour adolescents : *Rock Taylor — entraîneur de football*, *Rock Taylor — entraîneur de base-ball*. C'était un ours d'un mètre quatre-vingt-quinze, avec des mains grandes comme ça ; dur et juste et drôle et coléreux parfois ; on savait qu'il aimait son travail et qu'il nous aimait, aussi.

Tout à coup, j'avais une larme au bord de l'œil, que j'ai essuyée, vivement, trouvant tout cela étrange. Je n'ai pas repensé à John Gartner... il est mort depuis dix ans et maintenant j'ai cette curieuse sensation dans la gorge. J'ai repris aussitôt, en espérant qu'elle n'avait rien remarqué.

— « D'accord, les gars, dit-il le premier jour. Je sais que vous êtes ici pour couper à la littérature anglaise. » On entendait une espèce de murmure coupable dans la classe. « Il faut que je vous dise, reprit-il, que la seule façon d'obtenir un A sur son bulletin est de me montrer le chèque que vous aurez reçu pour un texte écrit et vendu au cours du semestre. » Ce qui déclencha un chœur de pleurs et de cris... « Monsieur Gartner, ce n'est pas juste, nous sommes de simples lycéens, comment pouvez-vous nous demander — ce n'est pas juste, monsieur Gartner ! » qu'il fit taire d'un mot, ou plutôt d'un rugissement.

« Il n'y a rien à redire à un B. B, c'est " au-dessus de la moyenne ". On peut être " au-dessus de la moyenne " sans vendre ce qu'on a écrit, n'est-ce pas ? Mais A, c'est " excellent ". Vous ne croyez pas que si vous réussissez à vendre quelque chose de votre plume, ce serait excellent et mériterait un A ? »

J'ai pris l'avant-dernier gâteau dans l'assiette.

— Est-ce que je suis en train de t'en raconter plus que tu ne veux en savoir ? lui demandais-je. Réponds-moi honnêtement.

— Je te dirai d'arrêter, répondit-elle. Tant que je ne t'ai rien dit, continue. D'accord ?

— Eh bien, je me souciais beaucoup des notes à cette époque-là.

Le souvenir des bulletins scolaires l'a fait sourire.

— J'ai beaucoup écrit, et envoyé des articles à des journaux et à des revues ; juste avant la fin du semestre, j'ai donné un article au supplément du dimanche du *Long Beach Press-Telegram*. C'était un article sur un club d'astronomes amateurs : *Ils connaissent l'homme dans la lune*.

« Imagine mon étonnement ! J'arrive de l'école, je rentre la poubelle, je donne à manger au chien et Maman me tend une lettre du *Press-Telegram !* Le sang se glace instantanément dans mes veines ! Je l'ouvre en tremblant, j'en dévore les mots, puis je recommence en lisant depuis le début. *Ils m'achètent* mon article ! Ci-joint un chèque de vingt-cinq dollars !

« Pas moyen de dormir, d'attendre que l'école reprenne le lendemain. L'heure du cours finit par arriver, et je le pose bruyamment et théâtralement sur son bureau. PAF ! Voici votre chèque, monsieur Gartner.

« Son visage... son visage s'est éclairé et il m'a serré la main de telle sorte que pendant une heure je n'ai pas pu la bouger. Il a annoncé à la classe que Dick Bach avait vendu un article, et moi je me sentais tout petit. J'ai eu mon A en " création littéraire " sans autre effort. Et je pensais que l'histoire s'arrêtait là.

Je songeais à ce jour... il y a vingt ans ou hier ? Qu'arrive-t-il au temps dans nos esprits ?

— Mais ce n'était pas la fin, dit-elle. Ce n'était pas la fin de l'histoire.

— Non. John Gartner nous a montré ce que c'était d'être un écrivain. Il travaillait à un roman sur les enseignants. *Cri de septembre*. Je me demande s'il l'a fini avant sa mort...

A nouveau, la gorge bizarrement serrée ; je pensais qu'il valait mieux me dépêcher d'en finir avec cette histoire et changer de sujet.

« Chaque semaine il apportait un chapitre de son livre, le lisait à haute voix et nous demandait comment l'améliorer. C'était son premier roman destiné aux adultes. Il y avait mis une histoire d'amour, et son visage devenait écarlate à la lecture de certains passages ; il riait et secouait la tête au milieu d'une phrase qui lui paraissait un peu trop vraie et trop tendre pour qu'un entraîneur de football puisse la partager avec sa classe d'écriture. Il avait le plus grand mal à parler des femmes. Dès qu'il s'éloignait trop du sport, on le sentait à sa façon d'écrire, qui paraissait soudain plus fragile. On s'amusait à lui faire des critiques " Monsieur Gartner, la femme ne nous semble pas aussi vraie que Rock Taylor. N'y a-t-il pas moyen de nous la *montrer* plutôt que de nous la *raconter* ? "

« Il éclatait alors de rire, se tapotait le front avec son mouchoir, et nous donnait raison. Parce que lui-même nous avait répété cent fois, tapant du poing sur la table : Ne racontez pas ; montrez ! Incident ! et exemple !

— Tu l'aimais beaucoup, n'est-ce pas ?

J'ai écrasé une autre larme.

— Ah ! C'était un bon professeur !

— Si tu l'aimais, quel mal y a-t-il à dire que tu l'aimais ?

— Je n'y avais jamais songé sous cet angle. C'est vrai que je l'aimais, que je l'aime !

Sans même me rendre compte de ce que je faisais, je me suis retrouvé à genoux, les bras autour de ses jambes, la tête posée sur elle, pleurant un professeur dont j'avais appris la mort de cinquième main, sans sourciller, des années plus tôt.

Elle me passa la main dans les cheveux.

— Remets-toi, dit-elle doucement, remets-toi. Il doit être si fier de toi, de tes livres. Il doit t'aimer aussi.

Quelle étrange impression, pensai-je. Voilà l'effet que cela fait de pleurer ! Depuis si longtemps, je m'étais contenté de raidir ma mâchoire et de me blinder contre la souffrance. La dernière fois que j'avais pleuré ? Je ne m'en souvenais pas. Le jour où ma mère est morte, un mois avant que je ne devienne élève aviateur, parti gagner mes galons parmi les pilotes de l'Air Force. Du jour où je me suis engagé dans l'armée, étude intensive dans le domaine de la maîtrise des émotions : monsieur Bach, désormais vous saluerez toutes les mites et les mouches. Pourquoi saluerez-vous toutes les mites et les mouches ? Vous saluerez toutes les mites et les mouches parce qu'elles ont des ailes et que vous n'en avez pas. Vous voyez cette mouche sur la fenêtre là-bas. Monsieur Bach, demi-tour : DROITE ! En avant : MARCHE ! HALTE ! SALUEZ ! Otez ce sourire de votre visage, monsieur. Écrasez-le, tuez ce sourire. TUEZ-LE. Maintenant, ramassez-le et enterrez-le dehors. Vous pensez que ce programme est une plaisanterie ? *Qui contrôle vos émotions, monsieur Bach !*

Telle était la base de ma formation : qui a le contrôle !

Qui a le contrôle ? C'est moi ! Moi le rationnel, moi le logique, filtrant et pesant et jugeant et choisissant la façon d'agir, la façon d'être. Jamais le moi rationnel ne s'était soucié du moi émotionnel, minorité méprisée, jamais il ne lui laissait prendre le dessus.

Jusqu'à ce soir, où je partageais des miettes de mon passé avec une sœur qui était ma meilleure amie.

— Pardonne-moi, Leslie, dis-je en me redressant et en m'essuyant le visage. Je ne m'explique pas ce qui s'est passé. Ça ne m'était jamais arrivé. Je suis désolé.

— Qu'est-ce qui ne t'était jamais arrivé ? Te soucier de la mort de quelqu'un ou pleurer ?

— Jamais pleuré. Depuis longtemps.

— Mon pauvre Richard... peut-être que tu devrais pleurer plus souvent.

— Non, merci. Je ne pense pas que je serais d'accord avec moi-même si je le faisais trop.

— Tu crois que c'est mal, pour un homme, de pleurer ?

Je me suis reculé dans mon fauteuil.

— Les autres hommes peuvent pleurer, s'ils veulent. Je ne pense pas que ce soit bien pour moi.

— Ah, dit-elle.

Je sentais qu'elle y réfléchissait et qu'elle me jugeait. Qui pourrait se prononcer contre un homme qui ne souhaite pas contrôler ses émotions ? Une femme amoureuse, peut-être, qui en savait beaucoup plus sur les émotions et leur expression que moi. Après une minute, sans avoir rendu de verdict, elle reprit :

— Que s'est-il passé ensuite ?

— Ensuite ? Ah ! j'ai quitté l'université après ma première, et unique, année perdue. Pas tout à fait perdue. J'ai suivi des cours de tir à l'arc, où j'ai rencontré Bob Keech, mon moniteur de pilotage. L'université était une perte de temps, mais les leçons de pilotage ont transformé ma vie. J'ai cessé d'écrire jusqu'à ce que je quitte l'Air Force ; je me suis marié, et j'ai découvert que j'étais incapable de conserver un emploi. N'importe quel emploi. Je devenais fou d'ennui et je partais. Plutôt mourir de faim que de vivre avec le bruit de la pointeuse, deux fois par jour.

Puis, enfin, j'ai fini par comprendre ce que John Gartner nous avait appris : *voilà ce que c'est de vendre un papier !* Des années après sa mort, j'ai saisi son message. Si le lycéen réussit à vendre un article, pourquoi l'adulte ne peut-il en vendre d'autres ?

Je m'observais moi-même, curieux. Jamais je n'avais parlé ainsi, à personne.

— J'ai donc commencé à collectionner les lettres de refus. Vendre un papier ou deux, essuyer quantité de refus, jusqu'à ce que je commence à mourir de faim. Trouver un petit travail de coursier, de bijoutier, ou de rédacteur technique, le garder jusqu'à ce que je ne puisse plus le supporter. Recommencer à écrire, à vendre un papier ou deux, refus, jusqu'à ce que mon bateau coule à nouveau ; trouver un autre emploi... Encore et encore. A chaque fois je coulais un peu moins vite, jusqu'à être capable de survivre ; je ne regardais jamais trop en arrière. C'est comme ça que je suis devenu écrivain.

Il lui restait une pile de gâteaux sur son assiette, et à moi des miettes. Je me léchais le bout du doigt et le posais sur les miettes, que je mangeais ainsi méticuleusement, l'une après l'autre.

Sans rien dire, tout en écoutant, elle mit ses gâteaux dans mon assiette, n'en gardant qu'un pour elle-même.

— J'avais toujours souhaité une vie aventureuse, dis-je. J'ai mis longtemps à comprendre qu'il ne fallait compter que sur moi-même pour cette vie aventureuse. Alors j'ai fait ce que j'avais envie de faire, et j'écrivais des livres et des articles.

Elle m'observait attentivement, comme si j'étais un homme qu'elle avait connu mille ans auparavant.

Je me sentais soudain coupable.

— Je n'arrête pas de parler, dis-je. Que m'as-tu fait ? Comment pourras-tu me croire si je te dis que je suis un homme qui écoute, et non un homme qui parle.

— Nous écoutons tous deux, dit-elle. Tous deux nous parlons.

— Mieux vaut finir notre partie d'échecs. A toi de jouer.

J'avais oublié mon splendide piège ; il me fallut aussi longtemps à moi pour me le rappeler qu'à elle pour examiner sa position et jouer.

Elle n'avança pas le pion qui aurait été essentiel pour sa survie. J'étais triste et réjoui. Du moins verrait-elle mon merveilleux piège de velours fonctionner. C'est ça, apprendre, en fin de compte, me disais-je : ce n'est pas perdre ou non la partie ; tout est dans la manière de perdre et la façon dont on réagit, dans les leçons qu'on en tire. Perdre, curieusement, c'est aussi gagner.

Malgré tout, une partie de moi-même restait triste pour elle. Ma dame se déplaça et ôta son cavalier de l'échiquier, alors même qu'il était protégé. Maintenant son pion prendrait ma dame, pour le sacrifice. Vas-y, prends ma dame, petit diable, profites-en pendant qu'il est encore temps...

Son pion ne prit pas ma dame. Au lieu de quoi, après un temps, son fou traversa l'échiquier en diagonale, alors que ses yeux bleu nuit observaient la réaction des miens.

— Échec et mat ! murmura-t-elle.

Incrédule, j'ai pris soudain un teint cendreux. Puis j'ai étudié ce qu'elle avait fait, saisi mon carnet et rempli une demi-page.

— Qu'as-tu noté ?

Une nouvelle idée, dis-je. *C'est ça, apprendre, en fin de compte, ce n'est pas perdre ou non la partie ; tout est dans la manière de perdre et la façon dont on réagit, dans les leçons qu'on en tire. Perdre, curieusement, c'est aussi gagner.*

Elle était assise sur le canapé, avait enlevé ses chaussures et replié ses jambes sous elle. J'étais assis dans le fauteuil en face et j'avais posé délicatement mes chaussures sur la table basse, pour ne pas laisser de traces sur le verre.

Elle a appris le javanais comme on apprend à skier. Elle acquit d'abord les principes qu'elle mit ensuite en pratique. Enfant, il m'avait fallu des jours entiers pour l'apprendre, au détriment de l'algèbre.

— *Avalavors, Laveslavie,* dis-je, *evast-cave quave tavu cavompravends cave quave jave davis ?*

— *Pavarfa... pavarfa... pavarfavaitavemavent !* répondit-elle. *Cavommavent davit-ovan* « minou » *evan javavavanavais ?*

— *Mavais, mavinavou, évavidavemmavent !*

La vitesse à laquelle elle apprenait était un vrai plaisir ! La seule façon d'être à sa hauteur était d'avoir étudié quelque chose qui lui était inconnu, d'inventer de nouvelles règles de communication, de compter sur la pure invention. J'y comptais, ce soir-là.

— Je devine que tu joues du piano depuis longtemps. Il suffit de voir la musique, les sonates de Beethoven sur le papier jauni avec les vieilles indications au crayon parmi les notes. Laisse-moi deviner... depuis que tu étais au lycée ?

Elle fit non de la tête.

— Avant. Quand j'étais petite fille, j'ai fait un clavier en papier pour travailler, car on n'avait pas les moyens d'acheter un piano. Plus tôt encore, avant de pouvoir marcher, j'avais rampé, dit ma mère, jusqu'à un piano et essayé d'en jouer. A partir de là, la musique était la seule chose que je désirais. Mais j'ai attendu longtemps. Mes parents étaient divorcés ; ma mère est tombée malade ; mon frère et moi, nous sommes allés de tuteur en tuteur pendant un certain temps.

Je serrais la mâchoire. Triste enfance, pensai-je. Que lui a-t-elle fait ?

— Quand j'ai eu onze ans, ma mère est sortie de l'hôpital et nous avons emménagé dans ce que tu appellerais les ruines d'une maison d'avant la guerre d'Indépendance — d'énormes murs de pierre qui s'effondraient, des rats, des trous dans les planchers, des cheminées murées. On la louait pour douze dollars par mois, et Maman essayait de l'arranger. Un jour on lui a parlé d'un vieux piano droit qui était à vendre, et elle me l'a acheté ! Ça lui a coûté une fortune, quarante dollars. Mais mon univers était changé ; il n'a plus jamais été le même.

Je me suis risqué un peu plus loin :

— Tu te souviens de la vie d'avant, où tu jouais du piano ?

— Non, répondit-elle. Je ne suis pas trop sûre de croire aux autres vies. Mais il y a une chose curieuse. La musique jusqu'à Beethoven, jusqu'aux premières années du XIXe siècle, c'est comme si je réapprenais, c'est facile, j'ai l'impression de la connaître au premier regard. Beethoven, Schubert, Mozart — comme si je rencontrais de vieux amis. Mais pas Chopin, pas Liszt... c'est de la nouvelle musique pour moi.

— Jean-Sébastien ? C'était un compositeur ancien, du début du XVIIIe...

— Non. Lui aussi, je dois l'étudier.

— Un pianiste des années 1800, demandai-je, devait nécessairement connaître Bach, n'est-ce pas ?

Elle secoua la tête.

— Non. Sa musique fut perdue, oubliée jusqu'en 1840 à peu près, lorsque Schumann découvrit ses manuscrits et les publia. En 1810, 1820, personne ne savait rien de Bach.

Mes cheveux frémissaient sur ma nuque.

— Est-ce que tu aimerais savoir si tu vivais alors ? J'ai lu ça dans un livre, une façon de se rappeler les vies antérieures. Simple affaire d'imagination. Tu veux essayer ?

— Un jour, peut-être.

Pourquoi hésite-t-elle ? Comment une personne aussi intelligente peut-elle ne pas être persuadée que notre être est plus qu'un simple éclair dans l'éternité ?

Peu après, à 11 heures et quelques du soir, j'ai regardé ma montre. 4 heures du matin.

— Leslie ! Tu sais quelle heure il est ?

Elle se mordit la lèvre, fixa longuement le plafond.

— 9 heures ?

16

Me réveiller à 7 heures et partir en avion pour la Floride, voilà qui ne serait pas bien agréable, pensais-je une fois qu'elle était repartie dans l'obscurité après m'avoir reconduit à l'hôtel. Je n'avais pas l'habitude de veiller après 10 heures du soir ; c'était un reste de l'époque où une heure après le crépuscule je me couchais sous l'aile de mon avion. Me coucher à 5 heures, me lever à 7 et parcourir cinq mille kilomètres, c'était un défi.

Mais auprès d'elle il y avait tant de choses à écouter, à dire !

Un peu de sommeil en moins, ce n'est pas mortel, pensai-je. Avec combien de personnes de ce monde pouvais-je rester à écouter et à parler jusqu'à 4 heures, alors que le dernier biscuit avait disparu depuis longtemps, et ne pas me sentir le moins du monde fatigué ? Avec Leslie, et avec qui d'autre ? Je posais la question.

Je me suis endormi sans réponse.

17

— Leslie, excuse-moi de t'appeler si tôt. Tu es réveillée ?

C'était le même jour, un peu après 8 heures du matin à sa montre.

— Maintenant, je le suis. Comment vas-tu ce matin ?

— Tu as du temps aujourd'hui ? On n'a pas assez parlé hier soir, et je pensais que si ton emploi du temps le permettait, on pourrait déjeuner ensemble. Et dîner, peut-être.

Il y eut un silence. Je savais aussitôt que je m'imposais. Je n'aurais pas dû appeler.

— Tu avais dit que tu repartais en avion pour la Floride aujourd'hui.

— J'ai changé d'avis. Je partirai demain.

— Je suis désolée, Richard. Je dois déjeuner avec Ida, puis j'ai une réunion cet après-midi. Et un rendez-vous pour dîner ensuite. Je suis désolée, j'aimerais beaucoup être avec toi, mais je pensais que tu serais parti.

Ça m'apprendra, pensai-je, à faire des suppositions. Qu'est-ce qui me permet de penser qu'elle n'a rien d'autre à faire que de me parler ? Soudain je me sentais seul.

— Ce n'est pas grave, dis-je. Il vaut mieux que je décolle maintenant de toute façon. Mais laisse-moi te dire que la soirée d'hier m'a vraiment fait plaisir. Je pourrais t'écouter, te parler jusqu'à ce qu'il ne reste plus que des miettes du dernier petit gâteau. Tu le sais ? Si tu ne le sais pas, laisse-moi te le dire !

— Moi aussi. Mais tous ces gâteaux que tu me fais manger ; il faut que je jeûne pendant une semaine si je veux que tu me reconnaisses ; j'ai tellement grossi. Pourquoi est-ce que tu n'aimes pas les graines et le céleri ?

— La prochaine fois, j'apporterai des graines de céleri.

— N'oublie pas.
— Rendors-toi. Je suis désolé de t'avoir réveillée. Merci pour hier soir.
— Merci, dit-elle. Et au revoir.

Je raccrochai le téléphone, commençai à ranger mes vêtements dans mon sac. Est-il déjà trop tard pour quitter Los Angeles et voler si loin avant la nuit ?

Je n'aimais pas trop voler de nuit dans le T-33. Une extinction de moteur, un atterrissage forcé dans un avion lourd et rapide est assez difficile en plein jour ; s'il fait nuit noire au-dehors, c'est franchement désagréable.

Si je décolle à midi, pensai-je, je serai à Austin, Texas, à 5 heures, heure locale, reparti à 6 heures, pour arriver en Floride à 9 h 30, 10 heures, heure locale. Qu'est-ce qu'il reste comme lumière à cette heure-là ? Rien.

Qu'importe. Le T a toujours été un avion fiable jusqu'à présent... une petite fuite mystérieuse dans le circuit hydraulique, le seul problème que je n'avais pas réglé. Mais je pouvais perdre tout le liquide hydraulique sans que ce soit un désastre. Les aérofreins ne marcheraient pas, les ailerons seraient difficiles à manier, les freins des roues seraient faibles. Mais l'avion resterait contrôlable.

J'avais un très vague pressentiment en finissant mes bagages et en pensant au vol. Je ne me voyais pas atterrir en Floride. Que pouvait-il arriver ? La météo ? J'ai juré de ne plus voler sous les orages ; c'est donc une chose que je ne ferais sans doute pas. Défaillance du système électrique ?

Ce pourrait être un problème. Sans électricité dans le T, je perds l'usage des pompes à essence des réservoirs de l'aile et du bord d'attaque, ce qui ne laisse que l'essence des réservoirs du bout d'aile et du fuselage pour voler. Puis tous les instruments se taisent, sauf l'anémomètre et l'altimètre, et l'indicateur de température de sortie et le compte-tours. Toutes les radios et le système de navigation sont hors service. Pas d'aérofreins, pas de volets. Une défaillance électrique oblige à un atterrissage à haute vitesse, nécessite une longue piste. Tous les feux s'éteignent, bien sûr.

Le générateur, le système électrique n'a jamais lâché, n'a jamais murmuré qu'il comptait lâcher. Cet avion n'est pas le Mustang. Pourquoi m'inquiéter ?

Je m'assis sur le bord du lit, fermai les yeux, me détendis et visualisai l'avion, l'imaginai flottant devant moi. Je le scrutai attentivement de la tête à la queue, à la recherche d'un éventuel défaut. Il n'apparut que quelques petites taches... l'un des pneus était presque lisse, un verrou à fermeture rapide du pot d'équilibrage était usé, la minuscule fuite hydraulique en plein milieu du compartiment moteur que nous n'avions pas trouvée. Rien en tout cas qui prévenait, par télépathie, que le système électrique, ou quelque autre système allait exploser. Et pourtant, lorsque j'essayais de me représenter arrivant en Floride cette nuit-là, je n'y parvenais pas.

Bien sûr. Je n'arriverai pas en Floride. Je me poserai avant la nuit, ailleurs.

Même. Je ne me voyais pas m'éloignant du T-33 cet après-midi, où que ce soit. Ce devrait être si facile de regarder dans mon esprit. Je suis là, moteur coupé ; tu vois ? Tu coupes le moteur dans un aéroport où tu t'es posé...

Je ne voyais pas.

Et l'approche finale ? Tu vois sûrement la piste surgissant majestueusement, le train sorti, avec trois petites images de roues indiquant qu'il est verrouillé ?

Rien.

Diable, pensai-je. Ce n'est pas mon système électrique qui est défaillant aujourd'hui, mais mon système psychique.

Je pris le téléphone et appelai la station météo. Beau temps jusqu'à New Mexico, dit l'employée, puis j'aborderais un front froid, orages montant jusqu'à treize mille mètres. Je passerai au-dessus à quatorze mille mètres, si le T peut monter jusque-là. Pourquoi ne pouvais-je visualiser un atterrissage en sécurité ?

Un dernier coup de fil, au hangar.

— Ted ? Bonjour, c'est Richard. Je descends dans une heure à peu près. Peux-tu sortir le T, voir si le plein est fait ? Vérifier l'oxygène, l'huile. Il faut peut-être rajouter un quart de litre de liquide hydraulique.

Je posai les cartes sur le lit, notai les fréquences de navigation, les caps et les altitudes dont j'aurais besoin en vol. Je calculai les temps de vol et la consommation de carburant. Je pourrais monter à quatorze mille s'il le fallait, mais tout juste.

Je ramassai cartes et bagages, quittai l'hôtel et pris un taxi pour l'aéroport. La prochaine fois que je revois Los Angeles... trois semaines, peut-être ? Ce sera bien de revoir mes amies de Floride, je pense que ce sera bien.

Les bagages rangés dans l'avion, les portes des soutes fermées

à double tour et verrouillées, je grimpai dans la cabine à l'aide de l'échelle, pris mon casque de son sac et l'accrochai à l'arceau de la verrière. Difficile à croire. Dans vingt minutes cet avion et moi monterons à six mille mètres en nous rapprochant de la limite de l'Arizona.
— RICHARD ! cria Ted de la porte du bureau. Téléphone ! Tu veux le prendre ?
— Non ! Dis que je suis parti !
Puis, par curiosité :
— Qui est-ce ?
Il demanda au téléphone et cria.
— Leslie Parrish.
— Dis-lui de ne pas quitter !
Je laissai le casque et le masque à oxygène prêts et courus répondre.

Le temps qu'elle vienne me chercher à l'aéroport, les goupilles de sécurité étaient remises en place ; les entrées d'air et les tuyères recouvertes ; la verrière refermée, verrouillée et couverte, et la grosse machine rentrée dans le hangar pour encore une nuit.

C'est pour cela que je ne pouvais pas visualiser mon atterrissage, pensai-je. Je ne pouvais visualiser cet avenir parce qu'il n'allait pas arriver !

Une fois les bagages mis dans le coffre, je me glissai dans le siège à ses côtés.
— Bonjour, lui dis-je. Je suis content de te voir. Comment as-tu fait pour te libérer ?

Leslie conduisait une voiture de luxe couleur de sable. Après avoir vu le film, nous avions rebaptisé la voiture Bantha, d'après une espèce de mammouth des sables. Elle s'éloigna en douceur du trottoir et rejoignit la rivière des Banthas de différentes couleurs qui migraient toutes en même temps.
— Je me suis arrangée, on a si peu de temps ensemble. Il faut quand même que je passe prendre des choses à l'Académie, et après je suis libre. Où voudrais-tu m'emmener déjeuner ?
— Où tu veux. A *la Casserole magique*, s'il n'y a pas trop de monde. Il y a un coin non-fumeurs, tu m'as dit ?
— Il faut compter une heure d'attente, à midi.
— Combien de temps avons-nous ?
— Combien de temps veux-tu ? demanda-t-elle. Dîner ? Cinéma ? Échecs ? Parler ?
— Tu es un ange ! Tu as tout annulé aujourd'hui pour moi ? Tu ne sais pas ce que ça veut dire pour moi.

— Ça veut dire que je préfère être avec toi qu'avec quiconque. Mais plus de glaces ni de gâteaux, plus rien de mauvais ! Tu peux manger des choses horribles si tu veux, mais je me remets au régime pour racheter mes péchés !

En voiture, je lui racontai la curieuse expérience de la matinée, mes vérifications extra-sensorielles de l'avion et du vol, et les fois passées où elles s'étaient révélées d'une précision remarquable.

Elle écouta poliment, attentivement, comme elle faisait toujours lorsque j'évoquais des expériences paranormales. J'avais cependant l'impression que, au-delà de la politesse, elle écoutait pour trouver des explications à des événements qu'elle n'avait jamais osé examiner auparavant. Elle écoutait comme si j'étais une espèce d'explorateur amical, ramenant des photos d'un pays dont elle aurait entendu parler sans l'avoir vu.

— J'en ai pour une minute, me dit-elle, une fois la voiture garée près des bureaux de l'Académie du cinéma. Tu m'attends ou tu m'accompagnes ?

— Je t'attends. Ne te presse pas.

Je la regardais s'éloigner, dans une foule de piétons marchant sous le soleil de midi. Elle était habillée sans recherche, d'un chemisier d'été blanc sur une jupe blanche. Mais que de têtes se retournaient ! Tous les hommes dans un rayon de trente mètres ralentissaient pour la regarder. Ses cheveux couleur de blé et de miel flottaient libres et éclatants, tandis qu'elle se pressait pour traverser avant que le feu ne change. Elle remercia d'un geste un automobiliste qui l'avait laissée passer, et qui lui fit un signe en retour, bien récompensé.

Quelle femme captivante, pensai-je. Dommage qu'on ne se ressemble pas plus.

Elle disparut dans l'immeuble, et je m'étirai sur le siège en bâillant. Pourquoi ne pas profiter de ce temps, me disais-je, pour prendre une nuit de repos ? Une sieste autohypnotique de cinq minutes suffisait.

Je fermai les yeux, pris une inspiration profonde. *Mon corps est complètement détendu : maintenant.* Une autre inspiration. *Mon esprit est complètement détendu : maintenant.* Une autre. *Je suis dans un sommeil profond : maintenant. Je me réveillerai à l'instant où Leslie sera de retour ; aussi frais qu'après huit heures de sommeil profond, normal.*

L'autohypnose, pour le repos, est particulièrement efficace lorsqu'on n'a dormi que deux heures la nuit précédente. Mon esprit plongea dans l'obscurité ; les bruits de la rue s'évanouirent. Pris dans un épais goudron noir, le temps s'arrêta. Puis au milieu de ce noir d'ébène.

!! *Lumière* !!

Comme si une étoile m'était tombée dessus, dix fois plus lumineuse que le soleil, et que l'éclat de sa lumière m'avait assommé.

Ni ombre ni couleur ni chaleur ni éclat ni corps ni ciel ni terre ni espace ni temps ni choses ni gens ni mots rien que *Lumière !*

Je flottais engourdi dans la splendeur. Ce n'était pas de la lumière, je le savais, cette luminosité immense et incessante qui traversait ce qui autrefois était moi, ce n'est pas de la lumière. La lumière ne fait que représenter quelque chose de plus brillant que la lumière — l'*Amour !* si intense que l'idée même d'intensité ne pesait que le poids d'une plume à côté de cet immense amour qui m'engouffrait.

JE SUIS !
TU ES !
ET L'AMOUR EST TOUT CE QUI IMPORTE !

La joie explosa en moi et je me déchirais en atomes dans l'amour de cette joie, une allumette tombée au soleil. Joie trop intense pour être supportable un instant de plus. J'étouffais. Non !

Aussitôt, l'Amour se retira, disparut dans la nuit de Beverly Hills en plein midi, hémisphère nord de la troisième planète d'une petite étoile d'une galaxie mineure d'un univers mineur, petite déformation d'une croyance dans un espace-temps imaginaire. J'étais une forme de vie microscopique, infiniment grande, apercevant une fraction de seconde sa propre réalité et se vaporisant presque sous le choc.

Je me suis réveillé dans la Bantha, le cœur battant, le visage baigné de larmes.

— AIE !! dis-je à haute voix. *Aïe-aïe-aïe !*

L'amour ! Si intense ! S'il était vert, il serait d'un vert si transcendantalement vert que même le principe du vert n'aurait pu imaginer... comme si j'étais debout sur une immense boule, debout sur le soleil mais non le soleil, sans fin, sans horizon, si lumineux et SANS ÉCLAT, je regardais les yeux grands ouverts la plus grande lumière... et pourtant je n'avais pas d'yeux. Je ne pouvais supporter la joie de cet *Amour*... C'était comme si j'avais fait tomber ma dernière bougie dans une caverne noire et qu'après quelque temps une amie, pour m'aider à voir, eût allumé une bombe à hydrogène.

A côté de la lumière, ce monde... ; à côté de cette lumière, l'idée de vie et de mort est tout simplement — insignifiante.

J'étais assis dans la voiture, clignant des yeux, essoufflé. Il me fallut dix minutes pour réapprendre à respirer. Quoi... Pourquoi... !

Éclair d'un sourire au-dessus du trottoir ; les têtes qui se tournaient dans la foule pour regarder ; et Leslie ouvrit la portière, empila des enveloppes sur le siège, se glissa derrière le volant.

— Désolée d'avoir été si longue. Il y avait beaucoup de monde. Tu n'as pas fondu ici ?

— Leslie, il faut que je te dise. La plus... il s'est passé quelque chose...

Inquiète, elle se tourna vers moi.

— Richard, tu te sens bien ?

— Bien, dis-je. Bien bien bien bien.

Je m'efforçai de lui dire, par bribes, avec des silences.

— J'étais assis ici quand tu es partie, j'ai fermé les yeux... lumière, qui n'était pas lumière. Plus lumineux que la lumière, mais sans éclat, sans blessure. Amour, non pas syllabe brisée et mensongère, mais Amour qui est ! comme aucun amour que j'aie jamais imaginé ; et l'amour ! est tout ce qui importe ! Mots qui n'étaient pas des mots, ou même des idées. Cela t'est-il jamais... connais-tu ?

— Oui, dit-elle.

Et après un long moment, elle reprit :

— Là-haut dans les étoiles, quand j'ai quitté mon corps. Être un avec la vie, avec un univers si beau, un amour si fort que la joie m'a fait pleurer.

— Mais pourquoi cela s'est-il produit ? J'allais faire une petite sieste hypnotique, je l'ai fait cent fois ! Cette fois-ci, PAF ! Peux-tu t'imaginer une joie si grande que tu ne puisses la supporter, que tu la supplies de cesser ?

— Je sais, dit-elle. Je sais...

Nous sommes restés assis côte à côte, sans un mot. Puis elle fit démarrer la Bantha qui se perdit dans la circulation.

Nous fêtions déjà le temps passé ensemble.

18

Mis à part les parties d'échecs qui nous opposaient, il n'y avait pas vraiment d'action. Nous n'escaladions pas de montagnes ensemble, ni ne descendions de rivières, ni ne faisions de révolutions, ni ne risquions nos vies. Nous ne pilotions même pas d'avions. La plus grande aventure que nous partagions était de plonger dans la circulation de Cienga Boulevard après le déjeuner. Pourquoi m'enchante-t-elle ainsi ?

— As-tu remarqué, demandais-je tandis qu'elle prenait à gauche sur Melrose Avenue pour rentrer, que notre amitié est complètement... sans action ?

— Sans action ?

Elle me regarda aussi étonnée que si j'avais posé la main sur elle.

— Avec toi, c'est parfois difficile de savoir quand tu plaisantes. Sans action !

— Non, vraiment. Ne faudrait-il pas faire du ski de fond, ou du surf à Hawaii, quelque chose d'énergique ? Le sport le plus violent, pour nous, c'est de déplacer une dame en annonçant « échec » en même temps. C'est juste une constatation. Je n'ai jamais eu d'amie vraiment comme toi auparavant. Est-ce qu'on n'est pas horriblement cérébraux ? Est-ce qu'on ne parle pas trop ?

— Richard, dit-elle. Je veux jouer aux échecs et parler, s'il te plaît ! Pas donner des réceptions, jeter de l'argent par les fenêtres, qui est le sport préféré de cette ville.

Elle tourna dans une petite rue, arriva chez elle, coupa le moteur.

— Excuse-moi un instant, Leslie. Je rentre chez moi brûler tous les dollars que j'ai. J'en ai pour une minute...

Elle sourit.

— Tu n'es pas obligé de les brûler. C'est bien d'avoir de l'argent. Ce qui importe à une femme, c'est que tu ne t'en serves pas pour l'acheter. Prends garde de ne jamais essayer.

— Trop tard, dis-je. C'est déjà fait. Et plus d'une fois.

Elle se tourna vers moi, le dos contre la portière, qu'elle n'ouvrit pas.

— Toi ? Pourquoi est-ce que ça me surprend tellement ? Je ne te vois pas... Dis-moi. Est-ce que tu en as acheté de bien ?

— Moi non, mais l'argent oui. Ça me fait peur de regarder, de voir ça m'arriver directement, non pas au cinéma, mais dans la vie réelle, concrète. C'est comme si j'étais le troisième personnage dans un triangle amoureux, essayant de me forcer un passage entre une femme et mon argent. C'est encore tout nouveau pour moi d'avoir beaucoup d'argent. Arrive une femme très bien qui n'a pas grand-chose pour vivre, qui est pratiquement fauchée, dont le loyer est en retard. Est-ce que je lui dis : « Je ne dépenserai pas un centime pour t'aider ? »

Il me fallait une réponse. A cette époque, trois amies qui se battaient pour survivre faisaient partie de ma femme parfaite.

— Tu fais ce que bon te semble, répondit-elle. Mais ne vas pas croire que quelqu'un va t'aimer parce que tu auras payé son loyer ou que tu lui auras acheté à manger. Une façon d'être sûr qu'elles ne t'aimeront pas est de les laisser dépendre financièrement de toi. Je sais de quoi je parle !

Je hochai la tête. Comment le sait-elle ? A-t-elle des hommes qui lui donnent de l'argent ?

— Ce n'est pas de l'amour, dis-je. Aucune d'elles ne m'aime. On a plaisir à être ensemble. D'heureux parasites l'un de l'autre.

— Pouah !

— Pardon ?

— *Pouah* : expression de dégoût. Les « parasites », ça me fait voir des petites bêtes.

— Excuse-moi. Je n'ai pas encore résolu ce problème.

— La prochaine fois, ne leur dis pas que tu as de l'argent, reprit-elle.

— Ça ne marche pas. Je ne sais pas donner le change. Je vais pour prendre mon carnet et des billets de cent dollars tombent

117

sur la table et elle dit : « Comment ça ? Tu m'as dit que tu étais au chômage ! » Que faire ?

— Peut-être que tu es coincé. Mais fais attention. Il n'y a pas de ville qui te montre mieux que celle-ci toutes les façons dont sont écrasés les gens qui ne savent pas manier l'argent.

Elle finit par ouvrir sa portière.

— Est-ce que tu as envie de quelques graines, de quelque chose de sain ? Ou est-ce que tu préfères une glace ?

— Je n'en mange plus. Est-ce qu'on peut partager une graine ?

A l'intérieur, elle mit une sonate de Beethoven, fit une gigantesque salade de légumes avec du fromage ; et nous avons recommencé à parler. Après avoir manqué le coucher du soleil, manqué un film, après une partie d'échecs, notre temps était écoulé.

— Ça doit être mon décollage de bonne heure demain matin qui me préoccupe, dis-je. As-tu l'impression que mon jeu est au niveau ? J'ai perdu trois parties sur quatre. Je ne sais pas ce qui m'arrive...

— Tu joues aussi bien que d'habitude, dit-elle sans sourciller. C'est moi qui m'améliore. Le 11 juillet, tu t'en souviendras comme du jour où tu as gagné ta dernière partie d'échecs contre Leslie Parrish !

— Ris pendant qu'il est encore temps, friponne. La prochaine fois que tu rencontreras cet esprit, il aura appris *Pièges malicieux aux échecs* et tout le monde t'attendra sur l'échiquier.

Je soupirai sans m'en rendre compte.

— Il vaut mieux que je rentre. Est-ce que la conductrice de la Bantha me ramènera à mon hôtel ?

— Oui, répondit-elle, mais sans quitter la table.

Pour la remercier de la journée, je lui ai pris la main, et l'ai tenue légèrement, chaudement ; elle ne semblait pas gênée.

Pendant un long moment nous nous sommes regardés et personne n'a rien dit, personne n'a remarqué que le temps s'était arrêté. Le silence lui-même disait ce que nous n'avions jamais traduit en mots.

On se tenait l'un l'autre, on s'embrassait doucement, doucement.

Il ne m'est alors pas le moins du monde venu à l'esprit qu'en tombant amoureux de Leslie Parrish je perdrais la seule sœur que j'avais jamais eue.

19

Je me suis réveillé au matin pour voir la lumière du soleil, filtrée et dorée, à travers sa chevelure qui tombait en cascade sur l'oreiller. Je me suis réveillé et j'ai vu son sourire.

— Bonjour, dit-elle, si proche et si chaleureuse que je la comprenais à peine. Tu as bien dormi ?

— Oui. Oui, merci, très bien dormi ! J'ai fait ce rêve superbe, hier soir, où tu devais me conduire à l'hôtel ? Je n'ai pu m'empêcher de te faire un petit baiser, un tout petit baiser grand comme ça et alors... et alors tu... et alors je... quel beau rêve !

Pour une fois la femme à côté de moi au lit n'était pas une inconnue. Pour une fois, cette personne était parfaitement à sa place, et moi aussi.

Je lui ai touché le visage.

— Dans une minute, n'est-ce pas, tu te volatiliseras ? Ou le réveil sonnera, ou le téléphone sonnera et tu me demanderas si j'ai bien dormi. Attends un peu. Je veux rêver encore un peu.

— Dring, dring ! fit-elle d'une voix minuscule.

Elle repoussa les couvertures, s'empara d'un téléphone imaginaire. Le soleil sur son sourire, sur ses épaules nues avait fini de me réveiller.

— Dring ? Allô, Richard ? Comment as-tu dormi ?

Elle se transforma aussitôt en une séductrice innocente, pure et entière — un esprit éclatant dans le corps d'une déesse de l'amour. J'étais émerveillé par l'intimité de chaque geste, chaque phrase, chaque regard.

La vie avec une actrice ! Je n'avais pas imaginé — combien de Leslie différentes s'agitaient dans celle-ci, combien il y en avait à toucher, à connaître, apparaissant soudain dans cette personne unique.

— Tu es... si... belle !

Je trébuchais sur les mots.

— Pourquoi ne pas m'avoir dit que tu étais aussi... belle ?

Le téléphone lui disparut des mains, le visage innocent se tourna vers moi avec un sourire mystérieux.

— Tu n'as jamais semblé intéressé.

— Ça va être une surprise pour toi, mais tu ferais mieux de t'y habituer, parce que je suis écrivaillon, et je ne peux pas m'empêcher de cracher parfois un peu de poésie ; c'est ma nature et je ne peux pas être autrement : *Je pense que tu es formidable.*

Elle hochait la tête lentement, solennellement.

— C'est très bien. Merci. Je pense que tu es formidable aussi.

En une fraction de seconde, une idée différente avait pris le dessus dans son esprit.

— A titre d'exercice, essayons de dire la même chose sans mots.

Mourir de bonheur maintenant, pensai-je, ou attendre un peu ?

L'attente semblait la meilleure voie. Je volais au bord de la mort de joie, presque muet, pas tout à fait.

Je n'aurais pu inventer une femme aussi parfaite pour moi, me disais-je, et la voici pourtant vraie et vivante, cachée en une Leslie Parrish que je connais depuis des années, masquée derrière mon associée, ma meilleure amie. Cet émerveillement fit surface, pour être balayé aussitôt par l'image d'elle au soleil.

Lumière et caresses, ombres douces et murmures, ce matin devenu midi devenu soir nous avait réunis après une vie de séparation. Flocons d'avoine pour dîner. Et enfin on pouvait à nouveau parler à l'aide de mots.

Combien de mots, combien de temps faut-il pour dire qui es-tu ? Combien de temps pour dire pourquoi ? Plus que nous n'en avions avant trois heures du matin, avant que le soleil ne se lève à nouveau. Le décor du temps avait disparu. Il y avait de la lumière à l'extérieur de la maison ou il n'y en avait pas. Il pleuvait ou il faisait sec, les horloges disaient dix heures et on ne savait pas, du matin ou du soir, quel jour, quelle semaine. Le matin on se réveillait alors que les étoiles recouvraient la ville noire et silencieuse ; la nuit on se tenait l'un l'autre et on rêvait alors que Los Angeles vivait ses heures de pointe.

L'âme sœur est impossible, je l'avais appris au fil des années, depuis que j'avais vendu le Fleet. Impossible pour des gens qui courent dans dix directions à la fois, impossible pour ceux qui dévorent la vie. Me serais-je trompé ?

Je retournai dans sa chambre, l'un de nos matins vers minuit, avec un plateau de tranches de pommes, de fromage et des biscottes.

— Oh ! dit-elle. Comme tu es adorable !

Elle s'assit, ouvrit les yeux, lissa ses cheveux qui retombaient sur ses épaules nues.

— J'aurais pu être plus adorable encore, mais je n'ai pas trouvé dans ta cuisine la crème et les pommes de terre pour faire un Kartoffelkuchen.

— *Kartoffelkuchen* ! dit-elle étonnée. Quand j'étais petite, ma mère en faisait ! Je pensais qu'elle était la seule personne au monde à s'en souvenir ! Tu sais faire ça ?

— La recette est soigneusement enfermée dans cet esprit extraordinaire, transmise par grand-mère Bach. Tu es le seul être à m'avoir répété le mot en vingt ans ! Il faudrait faire une liste de tout ce que nous avons en...

Je disposai quelques coussins et m'installai de manière à bien la voir. Comme j'aime sa beauté, pensai-je !

Elle me vit regarder son corps, et délibérément elle se redressa un instant dans le lit, pour me voir reprendre mon souffle. Puis elle remonta les draps sous le menton.

— Est-ce que tu répondrais à mon annonce ? dit-elle, soudain timide.

— Oui. Quelle annonce ?

— C'est une petite annonce.

Elle posa une tranche transparente de fromage sur une demi-biscotte.

— Tu sais ce qu'elle dit ?

— Dis-moi.

Ma biscotte craquait sous le poids du fromage, mais me paraissait de structure solide.

— *Recherche : homme à cent pour cent. Doit être brillant, créatif, drôle, capable d'intimité et de joies intenses. Pour partager musique, nature, vie tranquille et joyeuse. Pas de tabac, pas d'alcool, pas de drogue. Doit aimer apprendre et vouloir grandir éternellement. Beau, grand, mince, mains fines, sensible, doux, aimant. Aussi affectueux et sensuel que possible.*

— Quelle annonce ! Oui ! Je réponds !

— Ce n'est pas encore fini, dit-elle. *Doit être stable émotionnellement, honnête, digne de confiance, positif, constructif. Hautement spirituel, mais sans religion organisée. Doit aimer les chats.*

— C'est moi tout craché ! J'aime même ton chat, encore que j'aie peur que ce ne soit pas réciproque.

— Laisse-lui le temps, dit-elle. Il va être un peu jaloux pendant quelque temps.

— Ah ! Tu t'es trahie.

— Comment ça trahie ? demanda-t-elle.

Elle laissa retomber le drap, se pencha en avant et ajusta les coussins.

Ces simples gestes suffisaient à me plonger dans la glace et le feu. Tant qu'elle restait immobile, elle était d'une sensualité que je pouvais endurer. Dès qu'elle bougeait, la douceur, les courbes, les lumières changeantes bousculaient joyeusement tous les mots dans ma tête.

— Heu... ? fis-je en regardant.

— Espèce de bête, je t'ai demandé ce que j'avais trahi.

— Si tu restes tout à fait immobile, on peut parler gentiment. Mais il faut que je te dise qu'à moins que tu ne sois habillée, il suffit que tu bouges un peu pour me faire dérailler.

Je regrettai aussitôt. Elle tira le drap pour se couvrir et me regarda d'un air pincé par-dessus sa biscotte.

— Ah ! oui, dis-je. Tu t'es trahie, parce qu'en disant que ton chat serait jaloux, tu avoues penser que je satisfaisais aux exigences de ton annonce.

— Je voulais me trahir, répondit-elle. Je suis contente que tu aies marché.

— Tu n'as pas peur qu'en sachant ça, j'en profite ?

Elle lâcha quelques centimètres de drap, arqua un sourcil.

— Est-ce que tu aimerais en profiter ?

Au prix d'un énorme effort mental, je tendis le bras vers elle et remontai le tissu blanc.

— J'ai remarqué qu'il tombait, madame, et pour ménager une minute de conversation, j'ai pensé qu'il valait mieux m'assurer qu'il ne tombe pas davantage.

— Comme c'est aimable.

— Crois-tu, lui demandai-je, aux anges gardiens ?

— Pour nous protéger et nous surveiller et nous guider ? Oui, parfois.

— Alors dis-moi : pourquoi un ange gardien se soucierait-il de notre vie amoureuse ?

— Facile ! dit-elle. Pour un ange gardien, l'amour compte plus que tout. Pour lui, notre vie amoureuse est plus importante que toute autre vie que nous ayons ! De quoi les anges s'occuperaient-ils, sinon ?

Bien sûr, pensai-je. Je plaisantais à moitié, mais elle a raison.

— Penses-tu qu'il soit possible, dis-je, pour des anges gardiens de prendre des formes humaines l'un pour l'autre, de s'aimer au cours de certaines vies ?

Elle croqua sa biscotte en y réfléchissant.

— Oui.

Et elle ajouta, après un temps :

— Est-ce qu'un ange gardien répondrait à mon annonce ?

— Oui. Sûrement. Tous les anges gardiens masculins du pays y répondraient s'ils savaient que c'est toi qui l'avais passée.

— Un seul me suffit, dit-elle. Tu as une annonce ?

Je hochai la tête et me surpris moi-même.

— Ça fait des années que je la rédige : *Recherche ange gardien cent pour cent féminin dans corps humain. Indépendante, aventureuse, grande sagesse requise. Préférence faculté de s'exprimer et de répondre créativement dans de nombreuses formes de communication. Doit parler le javanais.*

— C'est tout ?

— Non, dis-je. *Seul ange avec yeux splendides, visage étourdissant et longue chevelure dorée devra répondre. Curiosité brillante, faim de connaissances exigées. Préférence profession dans plusieurs domaines artistiques et commerciaux, expérience des postes à haute responsabilité. Sans crainte, acceptant de prendre tous risques. Bonheur garanti à long terme.*

Elle écoutait attentivement.

— Le côté visage étourdissant, longue chevelure dorée, ce n'est pas un peu terre à terre pour un ange ?

— Pourquoi pas un ange avec un visage étourdissant et de longs cheveux ? Est-ce que ça la rend moins angélique, moins parfaite, moins compétente ?

Et pourquoi les anges gardiens ne seraient-ils pas ainsi ? pensai-je, en regrettant de ne pas avoir mon carnet. Pourquoi pas une planète d'anges illuminant la vie les uns des autres d'aventure et de mystère ? Pourquoi pas quelques-uns, du moins, qui pourraient se trouver l'un l'autre de temps en temps ?

— On se fait alors le corps que notre humain trouve le plus délicieux ? dit-elle. Quand la maîtresse est jolie, les élèves écoutent ?

— Absolument ! Attends une seconde...

Je trouvai le carnet par terre près du lit, notai ce qu'elle disait, mis un tiret puis un *L* pour Leslie.

— Tu n'as jamais remarqué, après que tu as connu quelqu'un depuis un certain temps, comme il change d'apparence ? Ce peut être le plus bel homme du monde, mais il devient ordinaire lorsqu'il n'a rien à dire. Et l'homme le plus ordinaire dit ce qui lui tient à cœur et en deux minutes il est si beau qu'on a envie de l'embrasser.

J'étais curieux.

— Tu es sortie avec beaucoup d'hommes ordinaires ?

— Pas beaucoup.

— Mais pourquoi pas, s'ils deviennent beaux pour toi ?

— Parce que c'est la star qu'ils voyaient, qui s'était faite belle pour affronter la caméra, et qu'ils pensaient qu'elle ne regardait que leur beauté. Ils demandaient rarement à sortir avec moi, Richard.

Les imbéciles, pensai-je. *Ils demandaient rarement.* Parce qu'on se fie au superficiel, on oublie ce qu'il cache. Lorsqu'on trouve un ange à l'esprit éblouissant, son visage devient encore plus beau. Puis, « N'oublie pas, dit-elle, j'ai ce corps... »

Je notai tout cela dans mon carnet.

— Un jour, dit-elle en posant le plateau du petit déjeuner sur la table de nuit, je te demanderai de me lire d'autres notes. Le drap était encore retombé. Elle leva les bras, s'étira avec volupté.

— Je ne te le demanderai pas maintenant, dit-elle en se rapprochant. Plus de questions pour aujourd'hui.

Comme je ne pouvais plus penser, c'était aussi bien.

20

Ce n'était pas de la musique, c'était un vacarme insoutenable. A peine avait-elle fini de régler le volume de sa chaîne au maximum que je me répandai en protestations.

— Ce n'est pas de la musique !
— PARDON ? dit-elle, noyée dans le son.
— JE DIS QUE CE N'EST PAS DE LA MUSIQUE !
— BARTÓK !
— QUOI ?
— BÉLA BARTÓK !
— PEUX-TU BAISSER UN PEU, LESLIE ?
— CONCERTO POUR ORCHESTRE !
— PEUX-TU BAISSER LE VOLUME, UN PEU OU BEAUCOUP ? PEUX-TU BAISSER LE VOLUME BEAUCOUP ?

Si elle ne saisit pas les mots, du moins comprit-elle l'idée et baissa le niveau.

— Merci, dis-je. Est-ce... honnêtement, est-ce que tu tiens ça pour de la musique ?

Si j'avais regardé attentivement, au-delà de ce corps délicieux dans un peignoir à fleurs, les cheveux noués et couverts d'une serviette en guise de turban pour qu'ils sèchent, j'aurais vu dans ses yeux un peu de déception.

— Tu ne l'aimes pas ? demanda-t-elle.
— Tu adores la musique, tu as étudié la musique toute ta vie. Comment peux-tu appeler musique ces espèces de dissonances ?
— Mon pauvre Richard, dit-elle, tu as bien de la chance ! Tu as tant de choses à apprendre sur la musique ! Tant de beaux concertos, symphonies, sonates que tu peux entendre pour la première fois !

Elle arrêta le magnétophone, rembobina la bande et la retira de l'appareil.

— Peut-être qu'il est un peu tôt pour Bartók. Mais je te le promets. Le jour viendra où tu écouteras ce que tu viens d'entendre et tu trouveras que c'est une merveille.

Elle passa en revue sa collection de bandes, en choisit une qu'elle mit sur le magnétophone à la place de Bartók.

— Que dirais-tu d'un peu de Bach... la musique de ton arrière-grand-papa.

— Tu vas sans doute me mettre à la porte de chez toi pour ce que je vais te dire, mais je ne peux pas en écouter plus d'une demi-heure sans être perdu et m'ennuyer un peu.

— T'ennuyer ? En écoutant Bach ? C'est que tu ne sais pas écouter, mon pauvre ; tu n'as jamais appris à l'écouter !

Elle appuya sur un bouton et la bande se mit à tourner ; grand-papa sur un orgue monstre, c'était net.

— D'abord il faut bien t'asseoir. Ici. Viens t'asseoir ici, entre les haut-parleurs. C'est ici qu'on s'assoit quand on veut entendre toute la musique.

J'avais l'impression d'être au jardin d'enfants musical, mais j'aimais bien être avec elle, être assis tout près d'elle.

— Rien que sa complexité devrait te la rendre irrésistible. La plupart des gens écoutent la musique horizontalement, en suivant la mélodie. Mais tu peux écouter *structurellement*, aussi ; tu n'as jamais essayé ?

— Structurellement ? Non.

— La musique ancienne était toujours linéaire, dit-elle, par-dessus une avalanche de notes, de simples mélodies déroulées une à la fois, des thèmes primitifs. Mais ton arrière-grand-papa a pris des thèmes complexes, avec de petits rythmes subtils, et les a assemblés à des intervalles bizarres pour créer des structures imbriquées, qui avaient en même temps une signification verticale — l'*harmonie !* Certaines des harmonies de Bach sont aussi dissonantes que du Bartók, et Bach se les permettait cent ans avant que quiconque ne se préoccupe de dissonances.

Elle arrêta le magnétophone, se glissa sur le banc du piano, et, sans hésiter, sa main sur le clavier enchaîna avec le dernier accord sorti des haut-parleurs.

— Voilà.

Ça paraissait plus clair au piano que sur la chaîne.

— Tu vois ? Voici un motif...

Elle le joua.

— En voici un autre... et un autre. Maintenant, regarde comment il fait sa construction. On commence avec le thème A à la main droite. Quatre mesures après, A rentre à nouveau à la main gauche ; tu entends ? Les deux mains continuent ensemble jusqu'à... et voici B. Avec A en dessous, à l'instant. Puis A rentre à nouveau à droite. Et maintenant... C !

Elle énonçait les thèmes, un par un, puis les assemblait. Lentement, d'abord, puis plus vite. Je suivais à peine. Ce qui était calcul élémentaire pour elle me paraissait une algèbre complexe ; en fermant les yeux et en m'écrasant les tempes entre les mains, je parvenais presque à comprendre.

Elle recommença, expliquant pas à pas. A mesure qu'elle jouait, une lumière commençait à briller dans une partie de moi-même qui était restée dans l'ombre toute ma vie.

Elle avait raison ! Il y avait des thèmes parmi d'autres thèmes, qui dansaient, comme si Jean-Sébastien avait enfermé des secrets dans sa musique pour le plaisir personnel de ceux qui apprenaient à voir sous les surfaces.

— Tu es parfaite ! dis-je, heureux de comprendre ce qu'elle disait. J'entends ! Tout est là !

Elle était aussi contente que moi, oubliant de s'habiller ou de se coiffer. Elle remit sur le pupitre du piano une partition qui était cachée par d'autres. Sur la couverture, *Johann Sebastian Bach* ; puis un déluge de notes, de points, de dièses, de bémols, de liaisons, de trilles et de soudaines injonctions en italien. Dès le début, avant même que la pianiste ne puisse décoller et affronter cet orage, elle était touchée par un *con brio*, ce qui me paraissait signifier qu'elle devait jouer soit avec brillant, soit avec froid, soit, assez curieusement, avec un fromage.

Terrifiant. Cette amie, avec qui je venais seulement d'émerger de draps tièdes et d'ombres voluptueuses, avec qui je parlais l'anglais avec aisance, l'espagnol pour rire, l'allemand et le français avec beaucoup d'hésitations, comme une expérience créatrice, cette amie venait soudain de se mettre à chanter une langue nouvelle et compliquée, que je commençais à l'instant à apprendre.

La musique jaillissait du piano comme l'eau claire et fraîche d'un rocher touché par un prophète ; elle se déversait autour de nous tandis que ses doigts bondissaient et s'écartaient, se courbaient et se raidissaient, fondaient et voltigeaient, comme des éclairs magiques, au-dessus du clavier.

Elle ne m'avait jamais rien joué jusque-là, prétendant qu'elle n'était pas en doigts, trop gênée pour découvrir le clavier de l'instrument quand j'étais dans la pièce. Il s'était cependant passé quelque chose entre nous... puisque nous étions amants, maintenant ; était-elle libre de jouer, ou le professeur était-il si désireux d'aider son ami sourd que rien ne pouvait l'éloigner de sa musique ?

Ses yeux dessinaient chaque goutte de pluie de cet orage ; elle avait oublié qu'elle avait un corps, il n'en restait que ces mains, ces doigts en mouvement — un esprit qui avait trouvé son chant dans le cœur d'un homme mort il y a plus de deux cents ans, ressuscité de sa tombe par son désir de musique vivante.

— Leslie ! Mon Dieu ! Qui es-tu ?

Elle ne tourna que légèrement la tête vers moi et sourit à moitié, ses yeux et sa pensée et ses mains toujours à cet ouragan musical.

Puis elle me regarda ; la musique cessa aussitôt, mis à part quelques cordes frémissantes à l'intérieur du piano.

— Et ainsi de suite, ainsi de suite, dit-elle.

La musique scintillait dans ses yeux, dans son sourire.

— Est-ce que tu vois ce qu'il fait ici ? Est-ce que tu vois ce qu'il a fait ?

— Un tout petit peu, répondis-je. Je pensais te connaître ! Tu me laisses sans voix ! Cette musique est... c'est... tu es...

— Ça fait longtemps que je n'ai pas travaillé, dit-elle. Les doigts ne marchent pas comme ils...

— Non, Leslie. Arrête. Écoute. Ce que je viens d'entendre est pure... écoute !... pure splendeur. Une splendeur que tu as prise dans des nuages et des aubes et que tu as distillée en une lumière que je peux entendre ! Sais-tu comme c'est bien, comme c'est beau ce que tu fais au piano ?

— Ce serait mon rêve ! Tu sais que c'est la carrière que j'avais choisie, le piano ?

— Le savoir c'est une chose, mais tu n'avais jamais joué, avant ! Tu m'ouvres un autre... paradis, tout à fait différent !

Elle sourcilla.

— Alors ne sois plus jamais ennuyé par la musique de ton grand-papa !

— Plus jamais, dis-je timidement.

— Évidemment, plus jamais, dit-elle. Ton esprit ressemble trop au sien pour ne pas comprendre. Chaque langage a sa clef, y compris celle de ton arrière-grand-père.

Intimidé, je lui promis de progresser. Elle accepta ma promesse et partit se coiffer.

21

Elle leva les yeux de la machine à écrire, et, en souriant, se tourna vers moi, installé avec ma tasse de chocolat et un brouillon de scénario.

— Tu n'es pas obligé de tout avaler d'un trait, Richard, tu peux boire lentement, et faire durer ton plaisir plus longtemps.

Je riais avec elle. Pour Leslie, pensai-je, je dois avoir l'air d'un tas de jonchets sur le divan de son bureau.

Sa table était parfaitement rangée, ses dossiers nets, pas un trombone qui n'était à sa place. Elle-même était aussi soignée : pantalon beige moulant, chemisier transparent, un soutien-gorge tout aussi léger, avec des fleurs blanches. Ses cheveux étaient d'or. Voici, pensai-je, un soin à mon goût !

— Nos tasses ne sont pas des presse-papiers, dis-je. Le chocolat chaud, la plupart des gens le boivent. Toi, tu le pouponnes. Je peux boire assez de chocolat pour m'en dégoûter jusqu'à la fin de mes jours dans le temps qu'il te faut pour faire connaissance avec une tasse !

— Tu ne préfères pas boire quelque chose d'amical, dit-elle, plutôt qu'une chose que tu connaîs à peine ?

Intime avec son chocolat, avec sa musique, avec son jardin, sa voiture, sa maison, son travail. J'étais lié aux choses que je connaissais par des fils de soie ; elle était attachée aux siennes par des câbles en argent tressé. Pour Leslie, rien de proche n'était sous-estimé.

Ses robes de comédienne étaient suspendues dans ses armoires, classées par couleur et par nuance, avec une housse en plastique sur chacune d'elle. Par terre, les chaussures assorties ; sur l'étagère au-dessus, les chapeaux assortis.

Les livres classés dans les rayonnages par sujet ; les disques et les bandes par compositeur et par orchestre.

Une araignée maladroite tombe dans l'évier ? Tout s'arrête. Elle fait glisser une feuille de papier en guise d'échelle et, une fois que l'araignée y est montée, elle la pose délicatement dans le jardin, avec quelques mots de réconfort et des conseils de prudence.

J'étais tout le contraire. J'étais beaucoup moins préoccupé par l'ordre. Il faut évidemment sauver les araignées tombées dans les éviers, mais on n'a pas besoin de les dorloter. Si on les sort et qu'on les laisse tomber par terre, elles n'ont pas à se plaindre.

Les choses disparaissent en un clin d'œil ; un courant d'air et elles sont parties. Ses câbles d'argent... nous attachent si solidement aux choses et aux gens ; lorsqu'ils ne sont plus là, une partie de nous-mêmes ne s'est-elle pas en allée aussi ?

— Mieux vaut s'attacher à des pensées éternelles qu'à des objets éphémères, lui dis-je, tandis qu'elle nous conduisait vers le Centre musical. Tu n'es pas d'accord ?

Elle hocha la tête, dépassant de 10 km/h la vitesse limite, prenant tous les feux au vert.

— La musique est une chose éternelle, dit-elle.

J'étais nourri de la crème de la musique classique, pour laquelle elle était persuadée que j'avais une oreille et des aptitudes.

Elle posa le doigt sur l'autoradio dont jaillirent aussitôt des violons, au milieu d'un air guilleret. Encore une devinette, pensai-je. J'aimais bien nos devinettes.

— Baroque ? classique ? moderne ? demanda-t-elle en se faufilant dans une file dégagée vers le centre-ville.

J'écoutais la musique, à la fois avec mon intuition et ma récente formation. Structure trop profonde pour de la musique baroque, musique pas assez peignée et formelle pour être classique, pas assez cassante pour être moderne. Romantique, lyrique, légère...

— Néo-classique, risquai-je. On dirait un grand compositeur, mais qui m'amuse ici. Écrit, je dirais, en 1923 ?

J'étais persuadé que Leslie connaissait époque, date, compositeur, œuvre, mouvement, orchestre, chef d'orchestre, premier violon. Une fois qu'elle avait entendu un morceau de musique, elle le savait ; elle chantonnait avec chacune des mille exécutions qu'elle avait collectionnées. Elle sifflotait, presque sans s'en rendre compte, du Stravinsky, qui me paraissait totalement imprévisible.

— Bonne réponse, dit-elle. Compositeur ?

— Certainement pas allemand.

Ce n'était pas assez lourd pour être allemand. C'était amusant, donc ce n'était pas russe. Ça ne paraissait pas non plus français de goût, ni italien d'atmosphère, ni anglais d'apparence. Ce n'était pas coloré comme l'Autriche, pas assez doré. On s'y sentait chez soi ; moi-même je pouvais en fredonner l'air ; mais ce n'était pas un chez-soi américain. C'était dansant.

— Polonais ? J'ai l'impression que ça a été écrit dans les champs à l'est de Varsovie.

— Pas mal ! Ce n'est pas polonais. Un peu plus à l'est. C'est russe.

Elle était contente de moi.

La Bantha ne ralentissait pas ; les feux verts étaient au service de Leslie.

— Russe ? Où est la nostalgie ? Où est le pathos ? Russe ! Mon Dieu !

— Pas si vite avec les généralités, dit-elle. Tu n'as jamais entendu de musique russe heureuse jusqu'à présent. Tu as raison, celui-ci s'amuse.

— Qui est-ce ?

— Prokofiev.

— Tiens ! dis-je. Rus...

— LE CON !

Les freins hurlèrent, la Bantha dévia sauvagement, passa à un mètre seulement d'un camion qui la croisa soudain comme un éclair.

— Tu as vu ce salaud ? Carrément au rouge ! Il a failli nous tuer... NOM DE DIEU, où il se croit !...

Avec des réflexes dignes d'un pilote de course, elle avait évité la voiture qui était déjà à cinq cents mètres sur Crenshaw Boulevard. Ce qui m'avait stupéfait, ce n'était pas le camion, mais son vocabulaire.

Elle me regarda, les sourcils encore froncés, vit mon visage, regarda encore une fois, perplexe, essaya de faire disparaître un sourire, sans succès.

— Richard ! Je t'ai choqué ! Je t'ai choqué en disant nom de Dieu !

Elle fit un effort immense pour dissimuler son amusement.
— Ah ! Le pauvre garçon ! J'ai juré devant lui ! Pardon !
J'étais à la fois furieux et amusé.
— D'accord, Leslie Parrish, c'est bon ! Profite bien de cette occasion, parce que c'est la dernière fois que tu me verras choqué par un *nom de Dieu* !

Même lorsque je prononçais ces mots, ils me paraissaient étranges dans ma bouche, des syllabes maladroites. Comme un non-buveur disant *scotch* ; un non-fumeur disant *cigarette* ou *joint*, ou tout mot de ces jargons qui viennent facilement aux habitués. Quel que soit le mot, si on ne l'emploie jamais, il paraît maladroit. Même le mot *fuselage* sonne drôlement venant de quelqu'un qui n'aime pas les avions. Mais un mot est un mot, est un son dans l'air et il n'y a pas de raison que je ne puisse prononcer n'importe quel mot sans devenir chèvre.

Je ne dis rien pendant plusieurs secondes, tandis que ses yeux pétillaient de malice.

Comment s'entraîner à jurer ? Sur la mélodie de Prokofiev, toujours à la radio, j'essayai, doucement.

— Nom de Dieu, nom de nom, nom de nom de Dieu, nom de Dieu, et nom et nom et nom de Dieu, de Dieu de Dieu de nom de nom de Dieu, et nom de nom de nom de nom, nom de Dieu, de Dieu de Dieu de nom de nom, et nom et nom et nom de nom de nom de nom de Dieu !

Lorsqu'elle entendit ce que je chantais, et la résolution et le sérieux que j'y mettais, elle s'écroula de rire sur le volant.

— Ris si tu veux, lui dis-je. Je vais apprendre ces nom de Dieu d'expressions correctement ! Comment s'appelle cette foutue musique ?

— Ah ! Richard, dit-elle en cherchant son souffle et en essuyant ses larmes. C'est *Roméo et Juliette*...

Je continuai ma chanson, imperturbable, et, après quelques strophes, les mots finirent de fait par perdre toute signification. Quelques lignes encore et je serais à même de jurer comme un charretier. Et ensuite, d'autres mots à conquérir ! Que n'avais-je pensé à travailler les jurons il y a trente ans ?

Elle réussit à endiguer ma grossièreté avant que nous n'entrions dans la salle de concert.

Ce n'est qu'en remontant en voiture, après une soirée de Tchaïkovski et de Samuel Barber, par Zubin Mehta dirigeant Itzhak Perlman et le Los Angeles Philharmonic, que je pus exprimer mes sentiments.

— Sacrée nom de Dieu de musique ! Tu n'as pas trouvé que c'était bien... je veux dire, que ce n'était pas de la merde !
Elle leva les yeux au ciel.
— Qu'ai-je fait ? dit-elle. Qu'ai-je fait ?
— Je ne sais pas ce que tu as fait, dis-je, mais tu t'y prends foutrement bien !

Nous étions toujours associés pour le travail, que nous voulions faire avancer durant ces quelques semaines passées ensemble. Nous avions donc choisi un film et étions partis de bonne heure faire la queue pour la séance de l'après-midi. Les voitures murmuraient et ronronnaient dans la rue pendant que nous attendions, et pourtant elles n'étaient pas là, comme si une brume magique nous enrobait ; tout devenait fantomatique alentour et nous isolait sur notre planète.

Je n'avais pas remarqué la femme qui nous regardait, pas très loin dans la brume ; mais tout à coup elle prit une décision qui m'effraya. Elle avança tout droit vers Leslie, lui toucha l'épaule, détruisant notre monde.

— Vous êtes Leslie Parrish !

Aussitôt le beau sourire de mon amie changea. C'était encore un sourire, mais soudain figé. Prudente, elle avait battu en retraite en elle-même.

— Excusez-moi, mais je vous ai vue dans *La Grande Vallée* et *L'Ouest sauvage* et *Voyage dans les étoiles* et... j'adore ce que vous faites et je pense que vous êtes ravissante...

Elle était à la fois sincère et timide, si bien que les murs s'ébréchaient.

— Merci !

La femme ouvrit son sac.

— Pourriez-vous... si ce n'est pas trop vous demander, pourriez-vous me donner un autographe pour ma fille Corrie ? Elle me tuerait si elle savait que je vous ai abordée sans...

Elle ne réussissait pas à trouver de papier où écrire.

— Il doit bien y en avoir un petit morceau...

Je proposai mon carnet, que Leslie accepta d'un signe de tête.

— Voilà, dit-elle à la dame, ajoutant pour moi : Merci, monsieur.

Elle écrivit un mot pour Corrie et signa, arracha la page et la tendit à la femme.

— Vous étiez aussi Daisy Mae dans *Le P'tit Abner*, reprit la femme, comme si Leslie avait pu oublier. Et *L'Homme de Mandchourie*, j'ai adoré.

— Vous vous en souvenez encore, après tout ce temps. C'est très gentil...

— Merci, merci beaucoup. Corrie va s'évanouir en voyant ça !

— Embrassez-la pour moi.

La femme regagna sa place dans la file d'attente et nous laissa silencieux pendant un temps.

— Ne dis pas un mot, grogna Leslie.

— C'était touchant ! dis-je. Je ne plaisante pas. Vraiment.

Elle s'adoucit.

Elle était gentille et sincère. Lorsqu'on me dit « Vous n'êtes pas quelqu'un de connu ? », je dis non et essaie de me dérober. « Non, vous êtes quelqu'un, je le sais, qu'est-ce que vous avez fait ? » Ils veulent qu'on fasse état de ses titres...

Elle secoua la tête, perplexe.

— Que faire ? Il n'y a pas de façon sensible de traiter les gens insensibles ? Si ?

— Intéressant ! Je n'ai pas ce problème.

— C'est vrai ? Personne de grossier n'a jamais essayé de briser ton intimité ?

— Jamais personnellement. Aux écrivains, les gens insensibles envoient des demandes écrites, et ils adressent des manuscrits. Ça représente un pour cent, même pas. Le reste du courrier est amusant.

Je regrettais que la file d'attente avance si vite. En moins d'une heure il nous fallut couper court à nos découvertes pour aller nous asseoir dans un cinéma et voir un film, pour des raisons professionnelles. Il y a tant à gagner auprès d'elle, pensai-je, tenant sa main dans l'obscurité, mon épaule contre la sienne, tant à dire ! Et maintenant, la douceur sauvage de cette vie amoureuse qui nous transformait, nous complétait.

Voici une femme sans égale dans mon histoire, me disais-je en la regardant dans le noir. Je ne peux m'imaginer ce qu'il faudrait pour briser, pour menacer le bien-être que je ressens auprès d'elle. Voici la seule femme de toutes les femmes que je connaisse avec qui il ne peut jamais y avoir de questions, de doutes quant au lien qui nous unit, tant que nous vivons.

N'est-il pas étrange que les certitudes précèdent toujours les brisures ?

22

Une fois de plus le lac était là, la Floride étincelante sous mes fenêtres. Les hydravions s'entraînaient, comme des éphémères colorés par le soleil, planant sur l'eau et dans l'air. Rien n'avait changé, pensai-je en posant mon sac sur le canapé.

Un mouvement au bord de mon œil, et je bondis en le voyant dans l'entrée : un autre moi-même que j'avais oublié, cuirassé, armé et, à cet instant, dégoûté. Comme si je rentrais chez moi d'une promenade dans les champs, des marguerites dans les cheveux, les poches vides, pour découvrir un guerrier en cotte de mailles m'attendant froidement à la maison.

— Tu as sept semaines de retard, dit-il. Tu ne m'as pas dit où tu étais. Tu seras blessé par ce que je dois te dire, et j'aurais pu t'épargner des souffrances. Richard, tu as assez vu Leslie Parrish. As-tu oublié tout ce que tu as appris ? Ne vois-tu pas le danger ? Cette femme est une menace pour tout ton mode de vie !

La chape en acier se déplaça, l'armure grinça.

— C'est une femme splendide, dis-je, tout en sachant qu'il ne comprendrait pas, qu'il me rappellerait que j'avais beaucoup de femmes splendides.

Silence. Un autre grincement.

— Où est ton bouclier ? Perdu, je suppose ? Tu as de la chance d'en être revenu vivant !

— On a commencé à parler...

— Imbécile. Tu crois qu'on porte une armure pour s'amuser ?

Les yeux brillaient dans le casque. Un doigt ganté de fer montrait les coups reçus par le métal.

— Chaque marque est celle d'une femme. Tu as été presque détruit par le mariage, tu t'en es sorti par miracle, et sans armure tu aurais été tué dix fois depuis par des amitiés devenues obligations devenues oppressions. Tu as droit à un miracle. Mais ne compte pas en obtenir des douzaines.

— J'ai porté mon armure, grognai-je. Mais tu veux que... tout le temps ? A chaque instant ? Il y a aussi un temps pour les marguerites. Et Leslie est spéciale.

— Leslie *était* spéciale. Toute femme est spéciale pour un jour, Richard. Mais le spécial devient lieu commun, l'ennui s'installe, le respect disparaît, la liberté est perdue. Ta liberté perdue, que te reste-t-il à perdre ?

Le personnage était massif, mais plus rapide qu'un chat au combat, et d'une force immense.

— Tu m'as fait pour être ton ami le plus proche, Richard. Tu ne m'as pas fait joli, ou rieur, ou chaleureux. Tu m'as fait pour te protéger d'histoires devenues affreuses ; tu m'as fait pour assurer ta survie en tant qu'âme libre. Je ne peux te sauver qu'à condition que tu fasses comme je dis. Peux-tu me montrer un seul mariage heureux ? Un seul ? De tous les hommes que tu connais, y en a-t-il un seul dont le mariage ne serait pas plus heureux après un divorce immédiat, remplacé par l'amitié ?

Il me fallut avouer :

— Pas un seul.

— Le secret de ma force, dit-il, est que je ne mens pas. Jusqu'à ce que tu puisses me montrer que j'ai tort, changer les faits que j'avance en fiction, je serai avec toi, je te guiderai et te protégerai. Leslie est belle à tes yeux aujourd'hui. D'autres femmes te paraissaient belles hier. Chacune d'elles t'aurait détruit dans le mariage. Il y a une femme parfaite pour toi, mais elle repose en beaucoup de corps différents...

— Je sais. Je sais.

— Tu sais. Quand tu trouveras une femme au monde qui peut te donner plus que ne peuvent faire beaucoup de femmes, je disparaîtrai.

Je ne l'aimais pas, mais il avait raison. Il m'avait sauvé d'attaques qui auraient tué celui que j'étais alors. Je n'aimais pas son arrogance, mais elle lui venait de ses certitudes. C'était glaçant d'être dans la même pièce que lui, mais lui demander de se dégeler, c'était devenir victime chaque fois que je découvrais que telle femme ou telle autre n'était pas mon âme sœur.

Aussi loin que je pouvais m'en souvenir, liberté signifiait bonheur. Un peu de protection, c'est un petit prix pour le bonheur.

Évidemment, pensai-je, Leslie a son propre personnage d'acier pour la garder... beaucoup plus d'hommes avaient projeté sa capture que de femmes n'avaient fait la mienne. Si elle vivait sans armure, elle serait mariée aujourd'hui, et ne goûterait pas l'amour heureux que nous avions découvert. Sa joie était aussi fondée sur la liberté.

Comme nous méprisions les gens mariés qui parfois nous regardaient pour des histoires extra-conjugales ! Il faut agir selon ses croyances, quelles qu'elles soient — si on croit au mariage, il faut le vivre honnêtement. Sinon, il faut se démarier au plus vite.

Étais-je en train d'épouser Leslie, à dépenser pour elle tant de ma liberté ?

— Je suis désolé, dis-je à mon ami cuirassé. Je n'oublierai plus.

Il me jeta un long regard noir avant de partir.

Je répondis à du courrier pendant une heure, travaillai à un article de journal pour lequel je n'avais pas d'échéance. Puis, incapable de rester en place, je descendis les marches qui menaient au hangar.

Au-dessus de cet endroit immense, flottait une très vague impression de quelque chose qui n'allait pas... une vapeur si légère qu'il n'y avait rien à voir.

Le petit jet BD-5 avait besoin de voler, pour se débarrasser des toiles d'araignée qui encombraient les surfaces de contrôle.

Moi aussi je suis couvert de toiles d'araignée, pensai-je. Il n'est pas bon de perdre la main avec un avion, de s'en éloigner trop longtemps. Le petit jet était exigeant, le seul avion que j'aie piloté qui était plus dangereux au décollage qu'à l'atterrissage.

Quatre mètres du nez à la queue ; je le fis sortir du hangar en le poussant comme le petit chariot d'un marchand de glaces, aussi inanimé. Pas tout à fait sans vie, pensais-je. Il est renfrogné. Je le serais aussi, si on me laissait seul pendant des semaines, avec des toiles d'araignée dans le train d'atterrissage.

Ôter le capot de la verrière, vérifier le carburant, procéder à l'inspection avant le vol. Il y avait de la poussière sur les ailes.

Je devrais engager quelqu'un pour épousseter les avions, pensais-je dégoûté. Quelle paresse — engager quelqu'un pour épousseter mes avions !

Autrefois j'étais intime avec un avion unique, et maintenant je vivais avec un harem de ferraille ; je suis le cheik qui vient parfois leur rendre visite. Le Cessna bimoteur, le Widgeon, le Meyers, le Moth, le Rapide, le Lake amphibie, le Pitts Special... une fois par mois, et encore, je fais tourner les moteurs. Seul le T-33 avait des heures de vol récentes inscrites dans son livre de bord — le retour de Californie.

Prudence. S'éloigner de l'avion que l'on pilote, ce n'est pas un gage de longévité.

Je me glissai dans le cockpit du petit jet, regardai un tableau de bord devenu peu familier avec le temps.

Autrefois, je passais chaque jour avec le Fleet, je me mettais à quatre pattes dans la cabine pour ramasser la paille par terre, je me couvrais les manches de graisse en nettoyant le moteur et en réglant les soupapes, en serrant les boulons du cylindre. Aujourd'hui je suis aussi intime avec mes nombreux avions qu'avec mes nombreuses femmes. Ami de chacun, intime d'aucun.

Qu'en penserait Leslie, elle qui accorde de l'importance à tout ? N'étions-nous pas intimes, elle et moi ? Pourquoi n'est-elle pas là ?

— Dégagez la tuyère ! criai-je par habitude.

Puis j'appuyai sur le démarreur. Les bougies étincelaient, et enfin le bruit du carburant qui flambait dans les chambres de combustion. La température de sortie grimpa, l'aiguille du minuscule compte-tours se mit à tourner.

Tant de choses sont affaire d'habitude. Une fois qu'on a appris à connaître un avion, les mains et les yeux savent le faire marcher bien après que la tête a oublié. Si quelqu'un dans le cockpit m'avait demandé comment faire démarrer le moteur, je n'aurais pas pu répondre... une fois seulement que mes mains auraient effectué toutes les opérations dans l'ordre, j'aurais pu expliquer ce qu'elles avaient fait.

L'odeur âcre de kérosène brûlé s'infiltra dans le cockpit... avec les souvenirs de mille autres vols. Continuité. Cette journée fait partie d'une vie passée pour l'essentiel en vol.

Tu sais ce que signifie aussi s'envoler ? *S'échapper. Fuir.* Qu'est-ce que je fuis, et qu'est-ce que je trouve ces jours-ci ?

Je roulai jusqu'à la piste, vis quelques voitures s'arrêter à la clôture de l'aéroport pour regarder. Il n'y avait pas grand-chose à voir. Le jet était si petit, sans le dispositif de fumée utilisé pour les meetings aériens, qu'il serait hors de vue avant d'avoir atteint l'extrémité de la piste.

Le décollage est délicat, rappelle-toi. La main légère sur le manche à balai. Accélérer jusqu'à 85 nœuds, puis lever le nez de quelques centimètres et le laisser décoller tout seul. Essayer de décoller en force, et c'est la mort.

Descendant le long de la ligne médiane blanche de la piste, la verrière fermée et verrouillée, j'enfonçai à fond la manette des gaz et la petite machine se mit à avancer. Avec son moteur minuscule, le jet prenait de la vitesse à peu près aussi vite qu'un fiacre. A la moitié de la piste, il avançait, mais encore endormi... 60 nœuds étaient loin de suffire pour voler. Bien après on était à 85 nœuds, avec la plus grande partie de la piste derrière nous.

Je décollai du bitume la roue avant, tout doucement, et quelques secondes plus tard nous étions en l'air, à peine, avançant lentement et péniblement, au bout de la piste, faisant des efforts pour éviter les arbres.

Train d'atterrissage rentré.

Les branches défilaient trois mètres plus bas. Anémomètre à 100 nœuds, 120 nœuds, 150 nœuds et enfin la machine se réveilla et je commençai à me détendre dans le cockpit. A 180 le petit avion ferait tout ce que je voudrais. Avec la vitesse et un ciel libre, c'était un plaisir.

Comme c'était important pour moi de voler ! Ça représentait tout ce que j'aimais. Ça semble magique, mais c'est une habileté qu'on apprend, qu'on acquiert, avec un partenaire qu'on peut aimer. Des principes à connaître, des lois à respecter, une discipline qui mène, curieusement, à la liberté. Ça ressemble tellement à la musique, de voler ! Leslie adorerait.

A l'écart des routes aériennes, au nord d'une ligne de cumulus formée sur un front d'orages. En dix minutes, on glissait sur leurs dômes lisses, en plein air, trois kilomètres au-dessus de la campagne.

Enfant, je me cachais dans l'herbe et je regardais les nuages ; je voyais perché là-haut un autre moi, qui agitait un drapeau pour le garçon dans l'herbe, criant *salut Dickie !* sans jamais être entendu à cause de l'altitude. Des larmes dans les yeux tant il souhaitait vivre une minute sur un nuage.

Le jet vira, grimpa, puis bondit vers le sommet des nuages,

comme un skieur autrichien sur un tremplin de saut. Les ailes plongèrent rapidement dans la brume durcie, l'avion se cabra et roula. Bien sûr, derrière nous, un drapeau ondulé de nuage blanc qui marquait le saut. *Salut Dickie !*, pensai-je plus fort qu'un cri. A travers le temps, pour l'enfant dans l'herbe trente ans plus tôt. Garde ta passion pour le ciel, et je te le promets : ce que tu aimes trouvera le moyen de te soulever du sol, et te faire monter vers les réponses joyeuses et effrayantes à chaque question que tu peux poser.

Le paysage de nuages changeait à toute vitesse autour de nous.

M'entendait-il ?

Me rappelais-je avoir entendu alors la promesse que je venais de faire à cet enfant dans l'herbe d'une autre année ? Peut-être. Pas les mots, mais la certitude inébranlable qu'un jour je volerais.

L'avion ralentit, roula, plongea tout droit sur une longue distance. Quelle idée ! Si on pouvait se parler d'une époque à l'autre, le Richard de maintenant encourageant le Dick d'alors, communiquant à l'aide non pas de mots mais de souvenirs profonds d'aventures encore à venir. Comme une radio psychique, transmettant les souhaits, écoutant les intuitions.

Tant à apprendre, si je pouvais passer une heure, vingt minutes avec qui je serai ! Tant à dire à qui j'étais !

Doucement, tout doucement, simplement le doigt qui effleure le manche à balai, et le petit avion sortit de son piqué. Lorsque l'anémomètre est dans le rouge, on ne fait rien de brusque avec un avion, sous peine de le voir se désintégrer en pièces détachées en plein vol.

Les nuages bas passaient en éclats ; une route isolée apparut au sol et disparut aussitôt.

Quelle expérience ! Saluer tous les autres Richard qui s'étaient envolés avant moi dans le temps, trouver le moyen d'écouter ce qu'ils disaient ! Et les différents moi dans des avenirs différents, ceux qui auraient pris d'autres décisions le long du chemin, qui auraient pris à droite quand j'ai pris à gauche, qu'auraient-ils à me dire ? Leur vie est-elle ou non meilleure ? En quoi la changeraient-ils, sachant ce qu'ils savent maintenant ? Et tout cela ne concerne pas, pensai-je, les Richard d'autres vies, dans les lointains avenirs et les lointains passés de ce présent. Si nous vivons tous maintenant, pourquoi ne pouvons-nous parler ?

Lorsque l'aéroport était en vue, le petit jet m'avait pardonné mes négligences et nous étions de nouveau amis. Il était plus difficile de me pardonner à moi-même ; c'est souvent le cas.

Après avoir ralenti, nous entrions dans l'aire d'atterrissage, la même que j'avais vue le jour où j'étais descendu du car et où j'avais marché jusqu'à l'aéroport. Est-ce que je le vois maintenant, avançant avec son duvet et la nouvelle qu'il était millionnaire ? Qu'ai-je à lui dire ? Qu'ai-je à dire ?

Autant le décollage est subtil, autant l'atterrissage est facile ; le BD-5, après une approche finale en douceur, posa ses roues miniatures sur le sol, et roula tout droit jusqu'à la dernière voie de circulation. Puis il tourna et en une minute nous étions de retour au hangar ; une fois le moteur coupé, la turbine tourna de plus en plus lentement, puis finit par s'arrêter.

Je lui donnai une petite tape sur l'arceau de la verrière et le remerciai pour le vol — habitude de tout pilote qui a volé plus longtemps qu'il ne pensait le mériter.

Les autres avions regardaient jalousement. Ils voulaient voler aussi ; ils avaient besoin de voler. Le pauvre Widgeon, par exemple, qui avait une fuite d'huile à son moteur droit. Le joint s'était desséché, à force d'être resté si longtemps immobile.

Pouvais-je écouter l'avenir des avions aussi bien que le mien ? Si j'avais connu alors son avenir, je ne me serais pas senti triste. Il allait devenir un avion vedette de la télévision, débutant chaque épisode d'un feuilleton très célèbre ; il s'envolait vers une île splendide, se posait sur l'eau, avançait jusqu'au quai étincelant et élégant, sans aucune fuite d'huile. Et il ne pouvait connaître cet avenir sans le présent qu'il vivait maintenant, couvert de poussière dans mon hangar après avoir volé quelques centaines d'heures avec moi.

De même, il y avait pour moi un certain avenir qui ne pouvait arriver sans que je vive d'abord ce présent, libre et solitaire.

Je remontai l'escalier jusqu'à la maison, songeant à cette possibilité de communiquer avec d'autres aspects de moi, Richard d'avant, Richard à venir, les je d'autres vies, d'autres planètes, d'autres espaces-temps hypnotiques.

Aucun d'entre eux aurait-il cherché une âme sœur ? Aucun d'eux l'aurait-il trouvée ?

L'intuition — le moi de toujours, du passé, de l'avenir — me souffla à cet instant, dans l'escalier :

— Oui.

23

J'ai ouvert le placard, sorti une boîte de soupe et quelques pâtes, avec l'intention de me préparer un excellent déjeuner italien en quelques minutes. Peut-être pas tout à fait italien. Mais chaud et nourrissant, vu le genre de questions que j'avais à régler.

Regarde autour de toi, Richard. Ce que tu vois, est-ce le genre de vie que tu souhaites vraiment mener ?

Je me sens horriblement seul, pensai-je, en versant la soupe dans une casserole, sur une plaque que j'avais oublié d'allumer. Leslie me manque.

J'entendis un bruit d'armure, puis je soupirai.

Ne t'inquiète pas, pensai-je, ne te fatigue pas ; je sais ce que tu vas dire, je ne peux pas prendre ta logique en défaut. La vie à deux est un anéantissement. Ce n'est sans doute pas Leslie qui me manque, mais ce qu'elle représente pour moi en ce moment.

Le guerrier disparut.

Puis vint à sa place une autre idée : *le contraire d'être seul, ce n'est pas être deux, c'est être intimes.*

Le monde partit à la dérive, une bulle d'argent sur une mer noire.

C'est cela !

Qui me manque !

Ma femme parfaite à plusieurs corps a la chaleur de la glace. C'est la communication sans sollicitude ; c'est le sexe sans amour ; c'est l'amitié sans engagement.

De même qu'elle ne peut blesser ou être blessée, elle est incapable d'aimer ou d'être aimée. Elle est incapable d'*intimité*.

Et l'intimité... m'importait peut-être autant que la liberté elle-même. Était-ce la raison pour laquelle j'étais resté sept semaines avec Leslie, alors que trois jours avec toute autre femme étaient trop ?

Je laissai la soupe froide sur la cuisinière, trouvai un fauteuil et m'assis, les genoux ramenés sous le menton, regardant par la fenêtre au-dessus du lac. Les cumulus s'étaient maintenant transformés en véritables cumulo-nimbus, qui masquaient le soleil. L'été, en Floride, on peut régler sa montre sur les orages.

Vingt minutes plus tard, j'avais le regard perdu dans un mur de pluie.

J'avais en quelque sorte parlé aujourd'hui avec Dick. Si loin dans mon passé, j'avais réussi à lui transmettre un message. Comment puis-je entrer en relation avec un Richard de l'avenir ? Que sait-il de l'intimité ? A-t-il appris l'amour ?

Certainement que les autres aspects de nous-mêmes sont nos meilleurs amis... qui pourrait être plus proche de nous que nous-mêmes dans d'autres corps, nous-mêmes sous des formes spirituelles ? Si nous sommes chacun enroulé autour d'un fil d'or, quel est le brin de moi-même qui mène à tous les autres ?

Je devenais de plus en plus lourd, m'enfonçant dans le fauteuil et en même temps je m'élevais. Quelle curieuse sensation, pensais-je. Ne lutte pas, ne bouge pas, ne pense pas. Laisse-la t'emmener. Une rencontre serait d'une grande aide.

> *Je descendais d'une passerelle de lumière argentée dans une immense arène, avec des sièges vides disposés en demi-cercles, des allées vides comme des rayons autour de la scène. Non loin de la scène, un seul personnage assis, le menton sur les genoux. J'ai dû faire du bruit, car il a levé les yeux, a souri, s'est déplié et m'a fait un signe de la main.*
>
> *— Non seulement tu es ponctuel, dit-il, tu es en avance !*
>
> *Je ne pouvais distinguer son visage, mais l'homme était à peu près de ma taille, habillé de ce qui me paraissait une tenue de ski, une combinaison en nylon noir d'une pièce, avec des rayures jaunes et orange vif sur la poitrine et le long des manches. Poches à fermeture Éclair, bottes de cuir à fermeture Éclair. Un air familier.*
>
> *— Bien sûr, répondis-je avec toute la nonchalance pos-*

sible. On dirait que le spectacle ne commence pas tout de suite.

Quel était ce lieu ?

Il rit.

— Le spectacle est commencé. Il vient de démarrer. Si on partait ?

— D'accord, dis-je.

Sur l'herbe, à l'extérieur de l'arène, il y avait un petit avion qui ne devait pas peser plus de cent kilos. Les ailes étaient couvertes de nylon orange et rouge, de grandes gouvernes de direction arc-en-ciel à l'extrémité de chaque aile, une gouverne de profondeur peinte aux mêmes couleurs, perchée sur des tubes d'aluminium à l'avant des sièges, et un petit moteur à hélice arrière monté derrière. Je connaissais beaucoup d'avions, mais je n'avais jamais rien vu de tel.

Ce n'était pas une combinaison de ski qu'il portait, mais une combinaison de vol assortie à son avion.

— Mets-toi à gauche, si tu veux.

Quelle courtoisie, quelle confiance ! M'offrir la place du pilote.

— Je me mettrai à droite, dis-je, en me faufilant à la place du passager.

Nous étions un peu serrés, car tout dans cet avion était minuscule.

— Peu importe. On peut le piloter des deux côtés. Contrôles standard. Mais pas de palonnier. Tout est dans le manche. La gouverne de profondeur est très sensible. Autant, dis-toi, que le manche cyclique d'un hélicoptère, et tu auras compris.

Par habitude, il fit dégager l'hélice, tira une fois une petite poignée située en hauteur et le moteur tournait, aussi silencieux qu'un ventilateur. Il se tourna vers moi :

— Prêt ?

— Allons-y, dis-je.

Il enfonça une manette plus petite encore que celle du minuscule jet, et sans plus de bruit que celui d'une douce brise, la machine bondit en avant. En vingt mètres elle avait décollé, puis se cabra et grimpa. Le sol tombait : le grand plancher vert se trouvait trois cents mètres plus bas. Il poussa le manche un peu vers l'avant, retira un peu la manette jusqu'à ce que l'hélice tourne tranquillement, derrière nous dans le vent. Puis il lâcha les commandes, me fit signe que je pouvais les reprendre.

— A toi.

— Merci.

J'avais l'impression de piloter un parachute, si ce n'est que nous ne tombions pas du ciel. Nous avancions peut-être à 50 km/h, d'après le vent, dans une merveilleuse petite machine qui ressemblait plus à un fauteuil de jardin qu'à un avion. Sans parois ni plancher, il était si ouvert qu'en comparaison les biplans semblaient murés comme des tombes. Je fis virer et grimper l'engin. Il était effectivement aussi sensible qu'il me l'avait dit.

— Est-ce qu'on peut couper le moteur ? Se servir de cette machine comme d'un planeur ?

— Bien sûr.

Il manœuvra un interrupteur sur la manette des gaz et le moteur s'arrêta. Nous planions sans bruit dans ce qui devait être un courant d'air ascendant... je ne pouvais pas mesurer de perte d'altitude.

— Quel petit avion parfait ! C'est magnifique ! Comment faire pour m'en procurer un ?

Il me regarda d'un air étrange.

— Tu n'as pas deviné, Richard.

— Non.

— Tu sais qui je suis ?

— Plus ou moins.

Je ressentis une soudaine frayeur.

— Rien que pour t'amuser, dit-il, traverse le mur qui sépare ce que tu sais de ce que tu oses dire. Et dis-moi à qui est cet avion et avec qui tu voles.

J'inclinai le manche à droite et l'avion pencha en douceur, vira en direction d'un cumulus au sommet de son thermique. C'était une seconde nature, de chercher les ascendances moteur coupé, alors même que la machine poids-plume ne perdait pas d'altitude.

— S'il me fallait deviner, je dirais que l'avion est à moi dans l'avenir, et que tu es le type que je vais être.

Je n'osais pas le regarder.

— Pas mal, répondit-il. Je dirais la même chose.

— Tu dirais ? Parce que tu ne sais pas ?

— Ça devient compliqué si on y pense trop. Je suis un de tes avenirs, tu es un de mes passés. Je pense que tu es le

Richard Bach en pleine tempête financière, n'est-ce pas ? Le nouvel auteur à succès ? Neuf avions, n'est-ce pas, et une idée sans faille que tu as conçue, la femme parfaite ? Tu lui es d'une fidélité absolue, et pourtant elle te laisse froid ?

L'aile droite toucha l'ascendance thermique et l'avion s'inclina profondément.

— Ne serre pas trop, dit-il. De toute façon, le rayon de virage est tellement petit, il suffit de pencher un peu pour rester dans l'ascendance.

— D'accord.

Cette merveille serait à moi ! Et lui serait moi. Tout ce qu'il doit savoir !

— Écoute, repris-je. J'ai quelques questions à te poser. Tu es loin dans le futur ? Vingt ans ?

— Plutôt cinq. Qui en paraissent cinquante. Je pourrais t'en épargner quarante-neuf si tu m'écoutais. Il y a une différence entre nous. J'ai les réponses dont tu as besoin, mais tu n'écouteras rien avant d'avoir été écrasé par le rouleau compresseur de l'expérience.

Mon cœur s'effondra.

— Tu penses que j'ai peur de ce que tu me diras, tu es sûr que je ne t'entendrai pas ?

— Qu'en penses-tu ?

— A qui puis-je me fier plus qu'à toi ? Bien sûr que je t'écouterai !

— M'écouter, peut-être ; agir, non. On se rencontre maintenant parce qu'on est tous deux curieux, mais je doute que tu me laisses t'aider.

— Si !

— Non, dit-il. C'est comme cet avion. A ton époque, il n'a pas de nom, il n'existe pas encore. Une fois qu'il sera inventé, on l'appellera U.L.M., ultra-léger motorisé, et il va révolutionner l'aviation sportive. Tu ne vas pas acheter cette machine toute prête, Richard, ni engager quelqu'un pour te la monter. Tu vas l'assembler toi-même, pièce par pièce, première étape, deuxième étape, troisième étape. Même chose pour tes réponses, exactement. Tu ne peux pas les acheter toutes prêtes, tu ne les prendrais pas si je te les donnais pour rien, si je te les disais mot pour mot.

Je savais qu'il se trompait.

— *Tu oublies, dis-je, comme j'apprends vite. Donne-moi une réponse et regarde ce que j'en fais !*

Il donna un petit coup sur le manche, pour indiquer qu'il voulait faire voler un peu notre cerf-volant. Nous avions gagné trois cents mètres dans le thermique, pratiquement jusqu'à la base du nuage. Champs, prés, forêts, collines, rivières en dessous de nous. Pas de routes. Un doux murmure. Le plus léger des vents autour de nous, tandis que nous gagnions en hauteur.

— *Tu veux trouver ton âme sœur ? me demanda-t-il avec le sourire calme du joueur qui bluffe.*

— *Oui ! Depuis toujours, tu le sais !*

— *Ton armure, reprit-il. Elle te protège de toute femme qui te détruirait, bien sûr. Mais si tu n'y renonces pas, elle te protégera aussi de la seule qui puisse t'aimer, te nourrir, te sauver de tes propres défenses. Il y a une femme parfaite pour toi. Elle est au singulier, pas au pluriel. La réponse que tu cherches, c'est renoncer à la liberté et à ton indépendance et épouser Leslie.*

Heureusement qu'il avait repris les commandes avant de me parler.

— *Tu me dis... QUOI ?*

Cette idée me coupa le souffle.

— *Tu... Tu me dis... ME MARIER. C'est impossible... Tu sais ce que je pense du mariage ? Tu ne sais pas que dans mes conférences, je dis qu'après la guerre et les religions organisées, le mariage est la plus grande source de malheur... et tu crois que je ne le pense pas ? Renoncer à ma LIBERTÉ ! A mon INDÉPENDANCE ? Tu me dis que la réponse serait de ME MARIER ? Tu es... je veux dire... QUOI ?*

Il éclata de rire. Je ne voyais rien de drôle. Je regardais l'horizon.

— *Tu as vraiment peur, n'est-ce pas ? demanda-t-il. Mais voilà ta réponse. Si tu écoutais ce que tu sais au lieu de ce que tu crains...*

— *Je ne crois pas.*

— *Peut-être que tu as raison, dit-il. Je suis ton avenir le plus probable, mais pas le seul.*

Il se retourna sur son siège, tendit le bras vers le moteur, tira une commande de richesse de mélange.

— *Mais il y a de grandes chances que ma femme, Leslie,*

soit un jour la tienne. Elle dort en ce moment, à mon époque, comme ton amie Leslie dort à la tienne, avec un continent qui vous sépare. Chacune des nombreuses femmes, avec tout ce que tu as appris d'elles, te fait le présent de cette femme unique. Comprends-tu ? Veux-tu d'autres réponses ?

— *Si c'en est un avant-goût, répondis-je, je n'en suis pas sûr. Renoncer à ma liberté ? Mon vieux, tu n'as pas la moindre idée de qui je suis. Des réponses comme celle-là, je m'en passe. Merci !*

— *Ne t'inquiète pas, tu oublieras ce vol. Tu ne t'en souviendras que bien plus tard.*

— *Pas moi, dis-je. Une mémoire d'éléphant.*

— *Mon vieux, dit-il tranquillement, je te connais si bien. Tu ne te lasses donc jamais de te contredire ?*

— *Si. Mais si c'est ce qu'il faut pour vivre ma vie comme je veux la vivre, alors je me contredirai.*

Il rit, et laissa notre machine glisser au sommet du thermique. Nous traversions lentement la campagne, comme un ballon plutôt qu'un avion. Je n'avais que faire de ses réponses ; elles me menaçaient, m'effrayaient, m'irritaient. Mais les détails de l'U.L.M., les tubes d'aluminium, la courbure de l'aile, les câbles en inox et même le curieux emblème de ptérodactyle peint sur la gouverne, je les ai gravés dans ma mémoire, pour les reconstituer à partir de rien s'il le fallait.

Il trouva un courant descendant qui lui permit de redescendre en cercles. La rencontre touchait à sa fin.

— *D'accord, dis-je. Énonce d'autres réponses.*

— *Non, répondit-il. Je voulais te mettre en garde, mais je crois que je renonce.*

— *Je t'en prie. Rappelle-toi qui je suis. Pardonne-moi mes contradictions.*

Il attendit un long moment avant de se décider à parler.

— *Avec Leslie, tu seras plus heureux que tu ne l'as jamais été, dit-il. Heureusement, Richard, car tout le reste s'effondre. Ensemble, vous serez tous deux traqués par l'État pour de l'argent que vos administrateurs ont perdu. Tu ne pourras rien écrire sans que le fisc ne saisisse jusqu'aux mots que tu couches sur le papier. Tu seras nettoyé. La faillite. Tu perdras tes avions, tous ; ta maison, ton* argent, tout. Tu seras cloué au sol, pendant des années. C'est ce qui pouvait t'arriver de mieux.

Ma bouche se desséchait à l'écouter.

— C'est une réponse ?

— Non. Mais de là viendra une réponse.

Il passa au-dessus d'un pré, sur la crête d'une colline, regarda en bas. Dans l'herbe, une femme attendait, qui nous observait en faisant des signes de la main.

— Tu veux le poser ? demanda-t-il en me proposant les commandes.

— Le champ est un peu petit pour un premier atterrissage. Vas-y.

Il arrêta complètement le moteur, dessina un grand cercle en planant. Une fois passés les derniers arbres avant le pré, il fit plonger le nez vers l'herbe, puis il remonta en douceur. Au lieu de grimper, l'U.L.M. flotta une seconde, posa ses roues et s'arrêta à côté d'une Leslie encore plus époustouflante que celle que j'avais quittée en Californie.

— Bonjour, vous deux, dit-elle. Je pensais bien te trouver ici avec ton avion.

Elle se pencha pour embrasser l'autre Richard et lui passer la main dans les cheveux.

— Tu lui prédis son avenir ?

— Il perdra une fortune et en trouvera une autre, dit-il. Si belle, douce ! Il va penser que tu es un rêve.

Ses cheveux étaient plus longs que ce que j'avais connu, son visage plus doux. Elle était habillée de soie jaune, un chemisier qui lui remontait haut dans le cou, et qui aurait paru un peu raide si la soie n'avait été aussi légère ; une large ceinture d'étoffe. Un pantalon de toile blanche qui la couvrait jusqu'aux extrémités de ses sandales. Mon cœur faillit s'arrêter, mes défenses s'effondrer sur place. Si je dois passer mes années sur terre avec une femme, que ce soit celle-ci !

— Merci, dit-elle. Je me suis habillée pour l'occasion. Ce n'est pas souvent qu'on peut rencontrer ses ancêtres...

Elle l'entoura de ses bras une fois qu'il était descendu de l'avion, puis se tourna vers moi en souriant.

— Comment vas-tu, Richard ?

— Je suis très envieux, répondis-je.

— C'est inutile, dit-elle. L'avion sera à toi.

Je n'envie pas l'avion de ton mari, dis-je. Je lui envie sa femme.

Elle rougit.

— Mais tu détestes le mariage, non ? Le mariage, c'est « l'ennui, la stagnation, l'inévitable irrespect ».

— Peut-être pas inévitable.

— C'est encourageant, dit-elle. Tu penses changer d'avis au sujet du mariage un jour ?

— Si j'en crois ton mari, oui. Je ne vois pas comment, sauf quand je te regarde.

— Après aujourd'hui, ce n'est pas juste de regarder, dit l'autre Richard. Tu oublieras cette rencontre aussi. Il faut que tu apprennes à ta façon, pour le meilleur ou pour le pire.

Elle leva les yeux sur lui.

— Riche ou pauvre, ajouta-t-elle.

Il esquissa un sourire à son adresse :

— Jusqu'à ce que la mort nous rapproche encore plus.

Ils se moquaient gentiment de moi et je les aimais tous les deux.

Puis, pour moi, il ajouta :

— Le temps que nous avions est écoulé. Voilà la réponse que tu dois oublier. Fais voler l'avion, si tu veux. Il nous faut retourner au pays du réveil, dans un temps si loin du tien, si proche. Je suis en train d'écrire un nouveau livre et si j'ai de la chance, la première chose que je ferai en me réveillant, c'est de noter ce rêve.

Il tendit la main très lentement vers son visage, comme pour le toucher, puis disparut.

La femme soupira, triste d'être au bout de son rêve.

— Il est réveillé. Dans une minute, ce sera mon tour.

Elle fit un pas vers moi et me surprit en m'embrassant doucement.

— Ce ne sera pas facile pour toi, mon pauvre Richard, dit-elle. Pas facile pour elle non plus, la Leslie que j'étais. Des jours difficiles en perspective ! N'aie pas peur. Si tu veux de la magie, renonce à ton armure. La magie est tellement plus forte que l'acier !

Des yeux comme le ciel du crépuscule. Elle en savait tant !

Au milieu de son sourire, elle s'évanouit. Je me retrouvais seul dans le pré avec l'U.L.M. Je ne m'en suis pas resservi.

Je restais dans l'herbe à me rappeler tout ce qui s'était passé, le gravant dans ma mémoire — son visage, ses mots — jusqu'à ce que la scène fonde.

A mon réveil, la vitre était noire, tachetée de gouttes de pluie, avec une ligne courbe de lumières de l'autre côté du lac. J'étendis les jambes, assis dans l'obscurité, essayant de me souvenir.

Rêve de vol. Bête préhistorique volante, adorable, plumes de couleur, qui m'a déposé face à la plus belle femme que j'aie jamais vue. Elle a dit un mot : « Magie. » Le plus beau visage...

Magie. Il y avait autre chose, je le savais, mais je ne pouvais m'en souvenir. La sensation qui me restait était amour amour amour. Elle n'était pas un rêve. C'était une vraie femme que j'avais touchée ! Habillée de soleil, pas en rêve. Une femme vivante, et je ne peux pas la trouver !

Où es-tu ?

Agacé, je jetai le bloc contre la fenêtre. Il rebondit, vola, s'écrasa contre mes cartes de Californie du Sud.

— Alors, bon Dieu ! Où es-tu *MAINTENANT* ?

24

J'étais à Madrid quand c'est arrivé — une tournée publicitaire pour l'édition espagnole du livre, qui m'amusait. Je donnais des interviews dans une langue qui faisait rire les présentateurs de télévision, les journalistes. Pourquoi pas ? N'étais-je pas charmé quand un Espagnol séjournant aux États-Unis, ou un Allemand, un Français, un Japonais ou un Russe, refusant les services d'un traducteur, donnait des interviews en anglais ? La syntaxe est un peu curieuse, les mots choisis pas tout à fait comme le ferait un autochtone ; mais qu'il est agréable de voir ces gens, en équilibre sur des cordes raides, essayer de nous parler !

— Les événements et les idées que vous exposez, y croyez-vous, Señor Bach ?

La caméra attendait, avec un vague murmure, que je traduise la question dans ma tête.

— Il n'y a pas un écrivain au monde, dis-je lentement, qui puisse rédiger un livre où figurent des idées auxquelles il ou elle ne croit pas. On n'écrit rien de vrai sans y croire véritablement. Je n'excelle pas à... comment dit-on « prouver » en espagnol ?... vivre les idées comme je le voudrais, mais je progresse chaque jour !

Les langues sont comme d'immenses coussins qui séparent les gens — ce que les autres disent est assourdi et presque perdu ; et lorsqu'on essaie de parler avec leur grammaire, on se retrouve avec des plumes plein la bouche. Ça en vaut la peine. Quel plaisir d'exprimer une idée, même en termes enfantins, et de la laisser s'échapper dans une autre langue, vers un être humain qui parle autrement !

Le téléphone sonna dans ma chambre d'hôtel tard le soir. Avant d'avoir pu réfléchir et trouver le mot espagnol, j'avais dit « allô ».

Une voix minuscule, très lointaine.

— Bonjour, c'est moi.

— Quelle merveilleuse surprise ! Comme c'est gentil d'appeler !

— J'ai peur qu'il n'y ait de terribles problèmes ici, et il fallait que j'appelle.

— Quels problèmes ?

Je ne pouvais m'imaginer de problèmes d'une importance telle que Leslie téléphone à Madrid à minuit.

— Ton comptable essaie de te joindre, dit-elle. Au sujet de la D.S.F. ? Quelqu'un t'a dit ? Ton homme d'affaires ne t'a rien dit ?

La ligne craquait, sifflait.

— Non, rien. La T.S.F. ? Que se passe-t-il ?

— La Direction des services fiscaux. Elle te réclame un million de dollars d'ici lundi, faute de quoi elle fait saisir tout ce que tu possèdes !

La menace était trop énorme pour être vraie.

— Tout saisir ? D'ici lundi ? Pourquoi lundi ?

— Ils ont envoyé une lettre recommandée il y a trois mois. Ton homme d'affaires ne t'a rien dit. Il prétend que tu n'aimes pas les mauvaises nouvelles...

Elle parlait avec une telle tristesse que je savais qu'elle ne plaisantait pas. A quoi bon engager ces professionnels ? Je n'avais certainement pas besoin d'engager des experts pour me faire saisir par le fisc. J'aurais pu le faire tout seul.

— Est-ce que je peux t'aider, Richard ?

— Je ne sais pas.

Quelle curieuse impression, des scellés sur les avions, sur la maison.

— Je ferai tout ce que tu voudras, dit-elle. Il y a sûrement quelque chose à faire. Je crois qu'il faudrait voir un avocat.

— Bonne idée. Téléphone à mon avocat à Los Angeles, demande-lui s'il a quelqu'un dans son bureau qui s'y connaît en impôts. Et ne t'inquiète pas. C'est sûrement une erreur. Tu te rends compte, un million de dollars d'IMPÔTS ? Ce qui s'est passé, c'est que j'ai *perdu* un million de dollars et que je n'aurai PAS d'impôts à payer. Il y a eu un malentendu. Je parlerai à l'administration à mon retour pour voir ce qui se passe et tirer cette histoire au clair.

— D'accord, dit-elle sans conviction. Je téléphone à ton avocat. Dépêche-toi de rentrer, s'il te plaît, le plus tôt possible.

Elle avait l'air tendue et craintive.

— Je dois rester encore deux jours. Ne t'inquiète pas. On va régler cette affaire et je te verrai bientôt !

— Ne t'inquiète pas non plus, dit-elle. Je suis sûre de pouvoir faire quelque chose...

Comme c'est étrange, pensai-je, retournant sous mes couvertures à Madrid. Elle parlait avec un tel sérieux ! Comme si elle était concernée !

Je songeais aux administrateurs que j'avais engagés. Si cette histoire était vraie, chacun d'eux avait échoué. Je suis bien sûr que cette femme a un sens des affaires bien meilleur que nous tous réunis.

Je n'avais pas réussi à acheter leur loyauté avec ma confiance. Non plus qu'avec des gros salaires, des titres, des responsabilités ou des notes de frais. Et lorsque ces hommes que j'ai engagés échouent, c'est moi, et non eux, qui suis réduit en poussière !

Ah, Richard, qué tonto ! Estoy un burro, estoy un burro estupido.

Intéressant. Moins de quinze jours en Espagne et je pensais déjà dans la langue !

25

C'était dans un dossier marqué *Richard* sur son bureau, et, pensant que c'était pour moi, j'ai ouvert le dossier et lu.

> *Bleu paisible, lumineux de l'aube*
> *Intensifié par le jour*
> *Comme le bonheur,*
> *Bleu... plus bleu... très bleu,*
> *Bouffées blanches de gaieté,*
> *Débordements de joie.*
>
> *Jusqu'au coucher*
> *Qui nous enroba de rose tendre*
> *Fondus dans un*
> *Au revoir passionné,*
> *Âme terrestre et âme cosmique*
> *éclatantes de beauté.*
>
> *Quand vint la nuit,*
> *Une petite lune*
> *Riait dans le noir.*
> *Je ris à mon tour*
> *Et pensai :*
>
> *De l'autre côté du monde*
> *Ton ciel*
> *Est empli de ce même*
> *Rire d'or,*
> *Espérant que tes*
> *Yeux bleus étincelants,*
> *Voyaient et entendaient,*

155

*Pour que tous trois
Nous soyons réunis dans notre bonheur,
Chacun dans son espace
Ensemble séparément,
Distance sans signification.*

*Et je dormais
Dans un monde
Empli de sourires...*

J'ai lu une fois, puis une autre, puis une autre encore, lentement.

— Qui a écrit le poème avec la petite lune qui rit dans le noir ? Dans le dossier sur ton bureau. C'est toi ?

Elle répondit du salon, où elle s'était entourée de montagnes de formulaires, de feuilles de comptes, de talons de chéquiers ; un colon en pays hostile, entouré de papiers ennemis.

Elle avait réussi à ajourner la saisie du fisc. Et maintenant elle travaillait à mettre au plus vite de l'ordre dans les dossiers, pour que les négociations puissent commencer, jeudi en quinze.

— Pardon ? dit-elle. C'est moi. NE LE LIS PAS, S'IL TE PLAÎT.

— Trop tard, répondis-je, assez bas pour qu'elle n'entende pas.

On se demande parfois si on peut jamais connaître notre amie la plus proche, savoir ce qu'elle pense et ressent au fond de son cœur. Puis on découvre qu'elle a ouvert son cœur à quelque papier secret, aussi limpide qu'un ruisseau de montagne.

Je relus le texte encore une fois. Il était daté du jour où j'étais parti pour l'Espagne ; et voici qu'au lendemain de mon retour, j'apprenais ce qu'elle avait ressenti et qu'elle n'avait confié qu'à ce papier. Quel poète ! Intime, douce, sans crainte. L'écriture me touche lorsqu'elle est intime ; de même que les avions, le cinéma, les conversations, les contacts qui paraissent accidentels, mais qui ne le sont pas.

Elle était la seule personne avec qui j'osais être parfois aussi enfantin, aussi drôle, aussi amoureux, aussi proche. Si l'amour n'était un mot déformé et mutilé par la possession et l'hypocrisie, si c'était un mot qui disait ce que je voulais dire, j'aurais été sur le point de penser que j'avais de l'amour pour elle.

Je relus encore ses mots.

— C'est un poème magnifique, Leslie.

J'avais l'air condescendant. Sait-elle que je suis sincère ?

Sa voix partit comme un coup de fouet :

— Merde, Richard ! Je t'ai demandé de ne pas le lire ! C'est *privé* ! Quand je voudrai que tu le lises, je te le ferai savoir ! Est-ce que tu veux bien sortir du bureau maintenant, sortir et venir m'aider ?

Le poème vola en éclats dans mon esprit, comme un pigeon d'argile. Éclair de fureur. Qui es-tu pour crier après moi ? PERSONNE ne crie après moi, ou alors il ne me revoit plus jamais ! Tu ne veux pas de moi, tu ne m'auras pas ! Adieu... adieu... adieu... ADIEU !

Après ces quelques secondes de rage, c'est contre moi que j'étais en colère. Moi qui fais si grand cas de l'intimité, j'avais lu son poème ! J'avais forcé l'intimité de son écriture — qu'aurais-je ressenti si elle avait forcé la mienne ? Impensable. Elle avait tous les droits de me mettre à la porte de chez elle pour de bon ; je m'en voulais, car elle était l'être le plus proche à avoir jamais touché...

Les mâchoires serrées, sans dire un mot, j'entrai dans le salon.

— Je suis vraiment désolé, dis-je. Je te présente mes excuses. C'était impardonnable et je ne recommencerai jamais. Je te le promets.

La fureur retomba. Le poème était en miettes.

— Tout ceci t'est indifférent ?

Elle ne décolérait pas.

— Les avocats ne peuvent pas t'aider tant qu'ils n'ont rien pour travailler, et ce... fouillis !... c'est censé être tes dossiers !

Elle triait les papiers, en posait une pile ici, une pile là.

— Tu as des doubles de tes déclarations d'impôts ? Tu sais où ils sont ?

Pas la moindre idée. S'il y avait une chose que je détestais, avec la guerre, les religions organisées et le mariage, c'était bien la gestion financière. Voir une déclaration d'impôts, c'était voir Méduse : j'étais aussitôt pétrifié.

— Ils sont sûrement ici, quelque part, dis-je avec maladresse. Je vais les chercher.

Elle jeta un coup d'œil à une liste qu'elle tenait sur ses genoux, leva son crayon.

— A combien se montaient tes revenus l'année dernière ?

— Je ne sais pas.

— Approximativement. A dix mille dollars près ?
— Je ne sais pas.
— Richard ! Allons ! A cinquante mille dollars près, cent mille dollars près ?
— Je t'assure, Leslie, je ne sais vraiment pas !

Elle reposa le crayon, me regarda comme si j'étais un échantillon biologique rapporté de l'Arctique.

— Plus ou moins d'un million de dollars, dit-elle très lentement et distinctement. Si tu as gagné moins d'un million de dollars l'année dernière, dis « Moins d'un million de dollars » ; si tu as gagné plus d'un million de dollars, dis « Plus d'un million de dollars ».

Elle parlait patiemment, comme à un enfant stupide.

— Plus d'un million, peut-être, répondis-je. Mais peut-être moins et peut-être deux.

Sa patience était à bout.

— *Richard ! Je t'en prie ! Ce n'est pas un jeu ! Tu ne vois pas que j'essaie de t'aider ?*

— Tu ne vois pas que *je ne sais pas ?* Je n'ai pas la MOINDRE IDÉE DE CE QUE J'AI GAGNÉ, ÇA NE M'INTÉRESSE PAS !... J'AVAIS ENGAGÉ DES GENS DE CONFIANCE POUR TOUTES CES HISTOIRES, JE DÉTESTE M'EN OCCUPER MOI-MÊME, *JE NE SAIS PAS LE FAIRE !*

On aurait dit une scène tirée d'un scénario.

— Je ne sais pas.

Elle me regarda et, après un long silence, me dit :

— Tu ne sais vraiment pas ?
— Non.

Je me sentais incompris, renfrogné et seul.

— Je te crois, dit-elle doucement. Comment peux-tu ne pas savoir si c'est *plus ou moins d'un million de dollars ?*

Elle aperçut mon visage et agita la main pour effacer ce qu'elle venait de dire.

— D'accord, d'accord ! Tu ne sais pas.

A contrecœur, je fouillais dans des boîtes. Des papiers, que des papiers. Des nombres écrits par des mains inconnues, par des machines différentes, et qui étaient cependant censés *me* concerner. Placements, actions, courtiers, impôts, comptes en banque...

— Voici les impôts ! dis-je. Tout un dossier impôts !
— C'est bien ! dit-elle, comme si elle félicitait un épagneul.
— Ouah ! fis-je.

Elle ne répondit pas, parcourant les déclarations, vérifiant les entrées.

Je restais silencieux pendant qu'elle lisait, bâillant sans ouvrir la bouche — un truc que j'avais appris pendant les cours d'anglais au lycée. Moi qui détestais tant la paperasserie, allait-on m'obliger à apprendre maintenant ce qui était bien plus mortel que la grammaire ? Pourquoi ? Je n'avais rien négligé, j'avais engagé des gens pour s'en occuper ! Après les avoir engagés et payés, pourquoi devais-je m'en mêler, chercher les déclarations d'impôts ; pourquoi Leslie devait-elle reprendre le travail de six employés bien rémunérés ? Quelle injustice !

Lorsqu'on écrit un best-seller, ou qu'on chante une chanson à succès ou qu'on joue dans un beau film, on devrait se voir remettre un épais manuel en même temps que les chèques, les lettres d'admirateurs et les liasses de billets :

AVERTISSEMENT

Félicitations pour ce que vous avez fait pour gagner tout cet argent ! Bien qu'il semble vous appartenir et que vous pensiez qu'il doive vous appartenir en échange de ce que vous avez donné à la société, seul un dixième finira entre vos mains, **A CONDITION QUE VOUS AYEZ UN CERTAIN TALENT POUR LA PAPERASSERIE.**

Le reste ira aux agents, aux impôts, aux administrations, aux États, aux syndicats, aux employés qu'il vous faudra embaucher pour s'occuper de tout ceci et servira aussi à payer les charges sociales pour ces employés. Peu importe que vous ne sachiez où engager les gens, en qui avoir confiance, que vous ne connaissiez pas toutes les personnes qu'il vous faut rémunérer ; de toute façon, il faut payer.

Commencez à la page 1 et lisez jusqu'à la page 923, en apprenant chaque ligne par cœur. Vous pouvez alors sortir pour un dîner d'affaires, garder l'addition et noter le nom de votre invité. Faute de quoi il vous en coûtera le double de ce que vous avez effectivement déboursé.

Désormais, vivez votre vie en accord avec les règles ci-dessus, et l'État vous permettra peut-être de survivre un peu plus longtemps. Sinon, abandonnez tout espoir en entrant ici.

Pas même une plaquette. On est supposé être expert-comptable, tenir les comptes des crédits et débits, affronter les agences invisibles de la ville, de l'État, de la nation. Si on n'est pas fait pour ces tâches, ou doué d'un esprit ordonné qui sache tenir des livres, l'étoile qui brillait au firmament finit dans une cellule de prison. Il faut employer tout son talent à maîtriser ces histoires assommantes, malgré leur arrière-goût de papier mâché ; il faut passer des années dans l'obscurité avant que cette étoile ne puisse renaître, si du moins il en reste une petite étincelle.

Que d'énergie gaspillée ! Que de films, de livres, de musiques qui ne se font pas pendant ces heures, ces mois et ces années perdues dans les bureaux luxueux d'avocats, de comptables, de conseillers payés en désespoir de cause.

Du calme, Richard. Tu aperçois ton avenir. Si tu choisis de rester dans ce pays, l'argent sera comme un garrot autour de ton cou. Si tu résistes, tu seras étranglé. Il faut rester calme, marcher doucement, être d'accord avec chaque bureau et chaque agent, sourire gentiment... pour pouvoir respirer sans être étranglé.

Mais ma *liberté* ! Ma liberté est un choix maintenant, entre fuir vers un autre pays et ramasser lentement, soigneusement ce tas de verre cassé qui fut mon empire. Le Richard d'autrefois a pris quelques décisions aveugles que le Richard de maintenant devra payer.

J'observais Leslie, qui étudiait les déclarations d'impôts, prenant des pages et des pages de notes pour les avocats.

Le Richard de maintenant, pensai-je, ne fait strictement rien. C'est Leslie qui fait tout, alors qu'elle n'est pas le moins du monde responsable de ce qui est arrivé. Leslie n'a pas piloté les avions ; elle n'a même pas eu l'occasion de sauver cet empire du désastre. Elle essaie de recoller les morceaux. Quelle récompense à son amitié avec Richard Bach !

Et lui qui se fâche parce qu'elle a élevé la voix, alors qu'il lisait ses écrits intimes !

Richard, n'as-tu jamais pensé que tu n'étais peut-être qu'un vaurien, un salaud ? Pour la première fois de ma vie, je me posais sérieusement la question.

26

La seule différence était peut-être qu'elle était plus calme que d'habitude, mais je n'avais rien remarqué.

— Je n'arrive pas à croire que tu n'aies pas ton propre avion, Leslie. Une réunion à San Diego, ce n'est qu'à une demi-heure !

Je vérifiai l'huile dans le moteur du Meyers 200 que j'avais pris pour venir la voir à l'ouest, cette fois, m'assurai que les bouchons des réservoirs étaient bien serrés et les caches fermés et verrouillés.

Elle chuchota sa réponse, debout au soleil près de l'aile gauche. Elle portait un tailleur sable qui avait dû être fait sur mesure, et pourtant elle avait l'air mal à l'aise près de mon avion d'affaires.

— Pardon, dis-je, je n'ai pas bien compris.

— Je dis que j'ai réussi à me passer d'avion jusqu'à maintenant, répondit-elle après s'être raclé la gorge.

Je mis son porte-documents à l'arrière, me glissai dans le siège gauche, l'aidai à s'installer à droite et fermai la portière de l'intérieur, tout en lui parlant.

— La première fois que j'ai vu ce tableau de bord, je me suis dit : « Mince ! Regarde tous les cadrans, les boutons, les jauges, les radios ! » C'est vrai que le Meyers a plus d'instruments que la moyenne, mais on finit par s'y habituer au bout de quelque temps et tout paraît simple.

— Bien, dit-elle d'une voix minuscule.

Elle regardait le tableau de bord à peu près comme moi j'avais regardé le studio de tournage le jour où elle m'avait emmené à la M.G.M.

— DÉGAGEZ L'HÉLICE ! criai-je.

Elle me regarda avec de grands yeux, surprise de me voir crier comme si quelque chose n'allait pas. Sant doute qu'elle n'était pas habituée aux avions plus petits que les jumbo-jets.

— Tout va bien, lui dis-je. On sait qu'il n'y a personne près de l'avion, mais on hurle tout de même *Dégagez l'hélice !* ou *Attention à l'hélice !* ou quelque chose de ce genre, pour que quiconque nous entend sache que notre moteur va partir et s'écarte. Une vieille courtoisie du monde de l'aviation.

— C'est bien, approuva-t-elle.

Interrupteur général, mélange riche, manette des gaz poussée d'un centimètre, pompe à essence (je lui montrai la jauge de pression d'essence), contact, démarreur.

L'hélice fit quelques tours ; le moteur se mit aussitôt en route, entraînant brutalement quatre cylindres, puis cinq, puis six, avant de se mettre à ronronner comme un lion content d'être réveillé. Les aiguilles étaient en mouvement sur tout le cadran : pression d'huile, manomètre, ampèremètre, voltmètre, indicateur de cap, horizon artificiel, instruments de navigation. Des lumières s'allumaient pour indiquer les fréquences radio ; des voix se faisaient entendre par les haut-parleurs. Une scène que j'avais jouée quelque dix mille fois dans un avion ou un autre depuis que j'étais sorti du lycée, et j'y prenais toujours autant de plaisir.

Je pris les renseignements pour le décollage à la tour de contrôle, bavardai avec les contrôleurs au sol en leur précisant que nous étions un Meyers et non un petit Navion, desserrai le frein et parcourus le kilomètre qui nous séparait de la piste. Leslie regardait le tableau de bord, les autres avions qui roulaient, se posaient, décollaient. Et elle me regardait.

— Je ne comprends pas un mot de ce qu'ils disent, dit-elle.

Ses cheveux étaient coiffés sévèrement en arrière, sous un béret beige. J'avais l'impression d'être un pilote de ligne qui accueillait pour la première fois à bord un hôte de marque.

— C'est le langage de l'air, une espèce de code, dis-je. On le comprend car on sait exactement ce qui va se dire : numéros d'avion, numéros de pistes, ordres de décollage, vents, trafic. Il suffit de dire quelque chose que la tour de contrôle n'attend pas : « Ici Meyers trois neuf Mike, nous mangeons des sandwichs au fromage ! » Et le contrôleur répondra : « Pardon ? Pardon ? Répétez ! » Sandwich au fromage ne fait pas partie de leur vocabulaire.

Entendre, c'est écouter ce qu'on attend et oublier le reste. Je suis habitué à entendre le langage aérien, elle la musique. Est-ce la même chose pour ce que nous voyons ? Les yeux filtrent-ils les visions, les auras, les O.V.N.I. et les esprits ? Nos goûts, nos sens filtrent-ils le monde physique pour en faire ce que nous attendons, sans autres miracles ? Que serait la vie si on voyait les infrarouges et les ultraviolets, ou l'avenir, le passé ?

Elle écoutait la radio, essayant de démêler le jargon de la tour de contrôle, et moi je songeais à l'étendue croissante des aventures paisibles que je vivais avec elle.

N'importe qui en ce moment ne verrait que la belle femme d'affaires, partie discuter du financement d'une production cinématographique, du calendrier et des lieux de tournage. Pourtant, en fermant à moitié les yeux, je pouvais la voir telle qu'elle était une heure plus tôt, habillée uniquement d'air chaud provenant de deux sèche-cheveux, après sa douche, me faisant un clin d'œil au moment où je passais devant sa porte, riant une seconde plus tard lorsque je heurtais le mur.

Quel dommage, pensai-je, que de tels plaisirs aboutissent toujours aux présomptions, aux grimaces, aux disputes, aux massacres du mariage, que l'on soit marié ou non.

J'actionnai le bouton du micro sur le volant de commande :

— Meyers deux trois neuf Mike prêt à partir sur deux un.

— Trois neuf Mike autorisé à décoller. Manœuvrez rapidement. Appareil en approche finale.

— Mike, Roger, dis-je.

Je tendis le bras par-dessus mon hôte de marque, vérifiai que sa portière était fermée et verrouillée.

— Prête ?

— Oui, répondit-elle, regardant droit devant.

Le ronronnement du Meyers se transforma en un rugissement de trois cents chevaux. Nous étions cloués sur nos sièges tandis que l'avion bondissait sur la piste, quittant déjà le bitume et les lignes, au-dessus d'un Santa Monica qui s'éloignait dans le flou.

J'actionnai le levier de commande du train.

— Les roues remontent maintenant, dis-je à Leslie. Et maintenant les volets... tu les vois se rétracter dans l'aile ? On reprend le régime de montée, et ce sera un peu moins bruyant ici.

Je réglai les gaz, puis la manette de pas, puis le contrôle de mélange pour faire remonter la température de sortie des gaz au bon niveau.

Trois voyants rouges brillaient sur le tableau de bord... Les roues étaient rentrées et verrouillées. Levier de commande du train au point mort, pour couper la pompe hydraulique. L'avion s'installa dans son ascension, montant à un peu moins de trois cents mètres par minute. Il ne grimpait pas comme le T-33, mais il ne brûlait pas non plus deux mille trois cents litres à l'heure.

La côte avançait, avec des centaines de personnes sur la plage. Si le moteur a une défaillance maintenant, pensai-je, nous avons assez d'altitude pour faire demi-tour et nous poser sur le terrain de golf, ou maintenant, sur la piste elle-même. Grand virage au-dessus de l'aéroport, et cap sur San Diego. Ce qui nous fit passer au-dessus de l'aéroport international de Los Angeles ; Leslie me montra du doigt quelques avions de ligne qui s'apprêtaient à se poser.

— Est-ce qu'on les gêne ?

— Non, répondis-je. Il y a un couloir au-dessus de l'aéroport ; nous y sommes en ce moment. L'endroit le plus sûr pour nous, c'est juste au-dessus des pistes, car tous les gros jets arrivent d'un côté pour se poser, et partent de l'autre côté pour décoller, tu vois ? Des colliers de perles, les contrôleurs les appellent. La nuit, ce sont des colliers de diamants, avec leurs feux allumés.

Je réduisis la puissance, prenant l'allure de croisière, et le moteur se fit encore plus silencieux. Avec ses yeux, elle m'interrogeait dès que je modifiais quelque chose dans l'avion, et je lui expliquais ce qui se passait.

— Nous sommes maintenant au bon niveau. Tu vois l'aiguille du Badin qui se déplace ? Elle viendra jusqu'ici à peu près, 300 km/h. Le cadran nous donne notre altitude. La petite aiguille indique les milliers et la grande les centaines. Nous sommes à combien ?

— Mille... deux cents ?

— Dis-moi sans le point d'interrogation.

Elle se pencha sur moi pour voir l'altimètre de face.

— Mille deux cents.

— Bien.

Un Cessna 182 volait vers nous dans le couloir, à trois cents mètres au-dessus de notre altitude.

— Tu vois ? Il vole à quinze cents mètres, dans la direction opposée. On suit certaines règles pour éviter de voler trop près l'un de l'autre. Malgré tout, dès que tu vois un avion, même si tu sais que je le vois aussi, montre-le moi. Il faut constamment avoir les yeux ouverts, voir et être vu. Il y a des feux stroboscopiques à la pointe de la queue et sur le ventre, pour aider les autres avions à nous voir.

Elle hocha la tête, cherchait d'autres avions. L'air était lisse comme une mer d'huile — sans le murmure du moteur, nous aurions pu être dans une capsule spatiale longeant la planète Terre à basse vitesse. Je tendis le bras et ajustai la commande de compensation sur le tableau de bord. Plus l'avion allait vite, plus il fallait compenser sa tendance à grimper.

— Tu veux le faire voler ?

Elle s'éloigna, comme si elle pensait que j'allais lui passer le moteur.

— Non, merci. Je ne sais pas.

— L'avion vole tout seul. Le pilote ne fait que lui montrer où aller. Doucement, doucement. Mets ta main sur le volant devant toi. Très légèrement. Le pouce et deux doigts, uniquement. C'est bien. Je te promets que je ne te laisserai rien faire de mal.

Elle posa délicatement ses doigts sur le volant, comme si c'était un piège armé pour lui broyer la main.

— Il suffit d'appuyer, tout doucement, sur le côté droit du volant.

Elle me regarda, d'un air interrogateur.

— Vas-y. Crois-moi, l'avion adore ça ! Donne une légère pression à droite.

Le volant s'inclina d'un centimètre sous ses doigts, et le Meyers pencha légèrement à droite, commençant à virer.

Elle reprit son souffle.

— Appuie maintenant sur le côté gauche du volant.

Elle le fit comme si elle réalisait une expérience de physique dont l'issue était parfaitement inconnue. Les ailes reprirent leur position, et elle me fit un petit sourire de soulagement.

— Essaie maintenant de tirer, doucement, sur le volant...

Quand l'aéroport de San Diego apparut à l'horizon, elle avait terminé sa première leçon de pilotage, m'avait montré des avions de la taille de poussières, à vingt-cinq kilomètres. Ses yeux étaient aussi précis que beaux ; c'était un vrai plaisir de voler à ses côtés.

— Tu seras un bon pilote, si jamais tu décides de t'y mettre. Tu manies l'avion en douceur. La plupart des gens, lorsqu'on leur dit pour la première fois d'appuyer doucement, s'agrippent aux commandes et le malheureux avion se met à faire des embardées... Si j'étais un avion, j'adorerais être piloté par toi.

Elle me regarda de côté, se mit à chercher d'autres avions alors que nous descendions vers San Diego.

De retour à Los Angeles le même soir, après un vol aussi agréable que celui de la matinée, elle s'effondra sur le lit.

— Laisse-moi te confier un secret, dit-elle.

— Vas-y. Quel est ton secret ?

— Je suis terrifiée par les avions ! TERRIFIÉE ! ! Surtout par les petits. Jusqu'à maintenant, si quelqu'un était venu me menacer d'un revolver en me disant : « Vous montez dans ce petit avion ou je tire », j'aurais répondu : « Tirez ! » Je n'arrive pas à croire à ce que j'ai fait aujourd'hui. J'étais morte de peur, et je l'ai fait.

Quoi ? pensai-je.

— Terrifiée ? Pourquoi ne m'en as-tu rien dit ? On aurait pu prendre la Bantha...

Je n'arrivais pas à y croire. Une femme qui compte tant pour moi, *et qui a peur des avions* ?

— Tu m'aurais détestée, répondit-elle.

— Je ne t'aurais pas détestée ! Je t'aurais pris pour une sotte, mais je ne t'aurais pas détestée. Beaucoup de gens n'aiment pas voler.

— Ce n'est pas que je n'aime pas ça, dit-elle. *Je ne supporte pas* de voler ! Même dans un gros avion, un jet. Je prends toujours les plus gros avions, et uniquement quand j'y suis vraiment obligée. J'entre, je m'assois et je m'agrippe aux accoudoirs en essayant de ne pas pleurer. Et ça, c'est avant qu'ils ne mettent les moteurs en route !

Je la serrai doucement dans mes bras.

— Pauvre petite ! Et tu n'as pas dit un mot. Pour toi, c'étaient les dernières minutes de ta vie quand tu es montée dans le Meyers, n'est-ce pas ?

Elle hocha la tête dans mon épaule.

— Tu es vraiment une fille courageuse ! Et maintenant tout est fini ! Toute cette peur s'est envolée, et désormais nous irons partout en avion. Tu apprendras à piloter et tu auras ton petit avion à toi...

Elle avait arrêté de hocher la tête et s'était reculée pour me jeter un regard angoissé, les yeux grands ouverts, le menton tremblant. Puis nous avons tous deux éclaté de rire.

— Mais Richard, c'est vrai ! Je ne plaisante pas ! J'ai peur de l'avion, plus que de toute autre chose ! Tu connais maintenant mes sentiments pour mon ami Richard...

Je la conduisis à la cuisine, ouvris le congélateur, posai la glace et la sauce au chocolat sur la table.

— Il faut fêter ça, dis-je pour cacher l'embarras où elle m'avait mis : « Maintenant tu connais mes sentiments pour mon ami Richard. » Pour surmonter une telle frayeur, il fallait une confiance et une affection aussi fortes que l'amour, et l'amour est un passeport pour la catastrophe.

Chaque fois qu'une femme me disait qu'elle m'aimait, nous allions vers la fin de notre amitié. Allais-je perdre mon amie Leslie dans le feu de la possession jalouse ? Elle ne m'avait jamais dit qu'elle m'aimait, et en mille ans je ne le lui aurais jamais dit.

J'avais mis en garde des centaines de fois le public : « Dès que quelqu'un dit qu'il vous aime, méfiez-vous ! » Personne n'était obligé de me croire, chacun pouvait le voir dans sa propre vie : les parents qui maltraitent leurs enfants, et qui leur crient combien ils les aiment ; les époux qui s'entretuent verbalement, qui se disputent à couteaux tirés, et qui s'aiment. Les incessantes humiliations, les éternelles déceptions qu'une personne fait vivre à l'autre qu'elle prétend aimer. Que le monde soit délivré d'un tel amour ! Pourquoi un mot aussi prometteur était-il déformé par les obligations, les devoirs, l'hypocrisie, les habitudes ? Avec « Dieu », « amour » est le mot le plus embrouillé dans toutes les langues. La forme la plus haute de relations entre êtres humains est l'amitié, et quand arrive l'amour, l'amitié meurt.

Je lui versai la sauce au chocolat. Ce n'était sûrement pas ce qu'elle voulait dire. Elle voulait parler de confiance et de respect, de ces sommets que les amis peuvent gravir. Elle ne parlait pas d'amour. Non ! Je ne voulais pas la perdre !

27

Les étoiles sont toujours des amies fidèles, pensai-je. Une poignée de constellations, découvertes quand j'avais douze ans ; celles-là et les planètes visibles et quelques étoiles, amies aujourd'hui comme si pas une nuit n'avait passé depuis que nous nous étions rencontrés.

Verts doux et lumineux, tordus et déformés dans le sillage du voilier qui traversait l'encre nocturne, minuscules tourbillons et tornades brillant un instant, puis s'évanouissant.

Naviguant seul le long de la côte Ouest de la Floride, du sud de Sanibel vers les Keys, je ramenai le bateau un peu à tribord, pour serrer la constellation du Corbeau contre le mât. Une voile d'étoiles. Trop petite pour nous donner beaucoup de vitesse.

Petite brise, ouest-sud-ouest.

Me demande s'il y a des requins dans l'eau. Détesterais tomber par-dessus bord, pensai-je spontanément. Mais est-ce que je détesterais vraiment tomber par-dessus bord ?

Cela fait quel effet de se noyer ? Les gens qui ont failli se noyer disent que ce n'est pas si mal ; au bout de quelque temps, on y trouve une certaine paix. Beaucoup ont été ranimés à deux doigts de la mort. La mort est le plus beau moment de la vie, disent-ils, et ils ont perdu toute peur de mourir.

Ai-je vraiment besoin des feux quand je suis si seul ici ? Gaspillage d'énergie, qui fatigue les batteries.

Dix mètres, c'est la bonne taille pour un bateau. Plus grand, il faut un équipage. Content de ne pas avoir besoin d'équipage.

Seul seul seul. Seuls, une si grande partie de nos vies. Leslie a raison. Je la tiens à distance, dit-elle.

— Je me tiens à distance de tout le monde ! Ce n'est pas à cause de toi, c'est que je ne laisse personne s'approcher trop de moi. Je ne veux m'attacher à personne.

— Pourquoi ?

Sa voix trahissait son irritation. De plus en plus souvent, à présent, sans prévenir, nos conversations déraillaient et elle se fâchait pour les moindres broutilles.

— Qu'y a-t-il de si terrible à s'attacher à quelqu'un ?

Je pourrais investir énormément d'espoir en un être humain et tout perdre. Je pense savoir qui elle est et puis je découvre qu'elle est tout autre ; il faut alors que je reparte à zéro et après quelque temps, j'arrive à la conclusion qu'il n'y a personne que je puisse connaître parfaitement en dehors de moi. C'est le problème. Les autres ne sont fidèles qu'à eux-mêmes. S'ils doivent faire éclater de temps en temps d'étranges colères, le mieux est de me reculer un peu pour ne pas être déchiré par l'explosion. N'est-ce pas évident, clair comme le jour ?

— Parce que je ne serais pas aussi indépendant que je voudrais l'être, dis-je.

Elle avait penché la tête et me regardait attentivement.

— Est-ce que tu es persuadé de me dire la vérité ?

Il y a des moments, pensais-je, où il est assez désagréable de voir sa meilleure amie lire dans sa pensée.

— Peut-être qu'il est temps que je parte un peu.

— C'est ça, dit-elle. Pars ! C'est aussi bien. Tu es distant même quand tu es là. Tu me manques. Tu es ici et tu me manques.

— Je n'y peux rien, Leslie.

Je crois qu'il est temps que je parte. Il faut que je descende le bateau à Key West, de toute façon. Que je rentre voir ce qui se passe en Floride.

Elle fronça les sourcils.

— Tu ne pourrais jamais rester avec une même femme pendant plus de trois jours, tu disais ; tu deviendrais fou d'ennui. On est restés des mois ensemble et on a pleuré quand il a fallu se séparer ! Plus heureux que jamais, l'un comme l'autre ! Que s'est-il passé ? Qu'est-ce qui a changé ?

Le Corbeau quittait sa place sur le mât : un petit coup de barre l'y remit. Mais si je l'y laissais toute la nuit, je me retrouverais quelque part au large du Yucatán à l'aube, au lieu d'être en direction de Key West. A naviguer toujours d'après la même étoile, sans vouloir en changer, non seulement on quitte son cap, mais on se perd.

Bon sang, est-ce que le Corbeau se met de son côté ? J'ai soigneusement mis au point cet excellent système, cette idée de femme parfaite, et il fonctionnait très bien jusqu'à ce que Leslie commence à poser des questions auxquelles je n'ose pas songer, et encore moins répondre. Bien sûr que je veux t'aimer, mais comment savoir ce que tu ferais alors ? Je l'ai vu des centaines de fois, sans exception aucune. Le bonheur, le respect, la passion, la joie de la découverte qui se transforment en routine, en stagnation, en possession ; une mer étincelante devient marais et deux personnes se retrouvent enfoncées dans la boue jusqu'aux genoux, fatiguées l'une de l'autre. J'ai juré que cela ne m'arriverait plus jamais. Jamais.

Quelle impression cela ferait, de tomber par-dessus bord maintenant ? Je serais là, petite éclaboussure vert phosphorescent dans l'océan ; l'immense bateau au-dessus de moi un instant et à l'instant suivant hors de portée, puis parti dans le noir, les lumières de son sillage s'évanouissant.

Je nagerais jusqu'à la côte, voilà ce que je ferais ! J'étais à dix miles à peine de la côte, et si je suis incapable de nager dix miles dans une eau tiède, c'est que je mérite de me noyer.

Mais si j'étais à mille kilomètres des côtes ?

Un jour, il te faudra apprendre à dominer ces pensées absurdes. Ne pas te conduire comme le petit garçon avec l'aviateur qui s'était posé dans son champ :

— Monsieur, qu'est-ce que vous feriez *si le moteur s'arrêtait ?*
— Eh bien, je descendrais en planant et je me poserais. L'avion plane bien, et n'a pas besoin pour cela de moteur.
— Mais *si les ailes tombaient ?*
— Si les ailes tombaient, il faudrait que je m'éjecte, et que j'utilise le parachute.
— Oui, mais *si le parachute ne s'ouvrait pas ?*
— Alors j'essaierais de tomber dans une botte de foin.
— Oui, mais *s'il n'y avait que des cailloux partout ?*

Les enfants sont des vautours. Comme je l'étais moi-même. Comme je le suis toujours — « Mais si j'étais à mille kilomètres des côtes ? » Je suis si curieux que l'enfant qui est en moi veut courir voir ce qu'il y a de l'autre côté de la mort tout de suite. Il sera temps de le faire avant trop longtemps. Ma mission est à peu près accomplie, les livres écrits ; peut-être y a-t-il encore une ou deux leçons à apprendre de ce côté-ci de la mort.

Comment aimer une femme, par exemple. Richard, tu te souviens du jour où tu as vendu ton avion pour trouver ton âme sœur, ton amie ultime à travers un million d'existences ? Cela paraît si loin. Et si tout ce que j'avais appris sur l'amour était faux, s'il existait *une* femme dans le monde entier ?

Le vent se leva, le bateau pencha à tribord. Je lâchai le Corbeau et pris au compas le cap de Key West.

Pourquoi tant de pilotes d'avions font-ils aussi de la voile ? Les avions ont la liberté dans l'espace, les voiliers la liberté dans le temps. Ce n'est pas la quincaillerie qui nous intéresse, c'est l'absence de liens. Ce ne sont pas les gros avions, mais la vitesse et la puissance que donne la maîtrise de son vol. Ce n'est pas le ketch, mais le vent, l'aventure, la pureté qu'exigent la mer, le ciel. Libéré des contraintes extérieures. On peut naviguer des années sur un voilier sans s'arrêter, si on veut.

Le temps leur appartient. Faire voler un avion au-delà de quelques heures, c'est un exploit. Il faudrait inventer un avion qui ait autant de liberté qu'un voilier.

J'ai obtenu ma liberté de toutes mes autres amies ; pourquoi pas de Leslie ? Elles ne me reprochent pas d'être distant, de partir quand j'en ai envie ; pourquoi le fait-elle ? Ne sait-elle pas ? Trop longtemps ensemble, et même la politesse est partie... les gens sont plus polis envers des inconnus qu'envers leur propre femme ou mari ! Deux personnes attachées l'une à l'autre comme des chiens affamés, qui se battent pour le moindre morceau. Tu as élevé la voix ! Je ne suis pas entré dans ta vie pour que tu te fâches. Si tu ne m'aimes pas comme je suis, dis-le et je m'en irai ! Trop longtemps ensemble, et c'est les chaînes, les devoirs, les responsabilités, plus de joies, plus d'aventures, non, merci !

Quelques heures plus tard dans la nuit, la première lueur au sud. Non pas l'aube, mais les lumières de Key West qui s'élevaient de la brume.

La voile, c'est bien trop lent. On change d'avis, on voudrait être ailleurs. En avion, on peut y remédier, on parcourt de grandes distances en peu de temps. En bateau, on ne peut même pas toucher terre et descendre ! On ne peut pas planer si on est trop haut, grimper si on est trop bas. Toujours la même altitude. Pas de changement. L'ennui. Le changement, c'est l'aventure, avec les bateaux comme avec les femmes. Quelle autre aventure que le changement ?

Leslie et moi étions convenus de certaines règles d'amitié : égalité totale, liberté, courtoisie, respect, entente non exclusive. Si elle n'est plus d'accord avec ces règles, qu'elle me le dise. Toute cette histoire devient trop sérieuse.

Bien sûr, elle me dira Richard Bach, n'y a-t-il pas de place dans ta vie pour autre chose que des règles ?

Si je pouvais lui dire non et partir.

Si je pouvais lui en parler maintenant.

Si les voiliers étaient plus rapides, s'ils pouvaient voler.

28

— Tu es prêt ? dit-elle.
Je passe trop de temps avec elle à nouveau, bien trop. Elle est parfaitement organisée... tout ce qui la concerne est ordonné, honnête, limpide. Si belle qu'elle m'aveugle encore ; drôle, chaleureuse, affectueuse. Mais la règle me dit que je me détruirai si je passe trop de temps avec une seule femme, et je passe trop de temps avec elle.

— Tu es prêt ? redit-elle.
Elle était vêtue d'un tailleur couleur d'ambre, avec un foulard de soie doré autour du cou ; ses cheveux étaient coiffés et noués en arrière, en perspective d'une longue réunion d'affaires.

— Bien sûr, répondis-je.
Curieux. C'est elle qui essaie de me sauver du naufrage, elle qui fait le travail de tous les employés que j'avais mis à la porte.

Stan, resté calme jusqu'au bout, m'avait dit en partant qu'il était désolé que nous ayons perdu autant d'argent. Ce sont des choses qui arrivent, dit-il, le marché se retourne contre vous.

L'avocat de Stan s'était excusé d'avoir laissé passer la date limite du fisc, disait que c'était injuste... il n'avait que deux semaines de retard dans le dépôt de sa réclamation, et ils avaient refusé de l'examiner. Autrement, il aurait pu leur prouver que je ne leur devais pas un sou.

Harry, l'administrateur, souriait, disait que le problème avec le fisc était regrettable ; qu'il n'en était pas plus heureux que moi, qu'il avait fait de son mieux pour m'en tenir à l'écart aussi longtemps que possible. A ce propos, si je pouvais lui verser un mois d'indemnités, il apprécierait grandement.

Si ce n'avait été pour Leslie, je serais parti pour l'Antarctique, tellement j'étais dégoûté par l'argent, les impôts, les comptes, les registres. J'avais envie de déchirer tous les papiers où je voyais des chiffres.

— Au revoir, dit-elle au moment où je montais dans la voiture.

— Au revoir ?

— Tu es encore parti, Richard. Au revoir.

— Pardon, dis-je. Tu crois que je devrais demander la nationalité antarctique ?

— Pas encore, dit-elle. Après cette réunion, peut-être. A moins que tu ne puisses trouver un million de dollars, plus les intérêts.

— Je n'en reviens pas ! Comment est-ce que je peux devoir tant en impôts ?

— Peut-être que tu ne les devais pas, mais la date limite est passée ; il est trop tard pour discuter. Bon sang, ça me met hors de moi ! Si j'avais été avec toi avant qu'il ne soit trop tard. Ils auraient au moins pu te le dire !

— Je le savais à d'autres niveaux, dis-je. Je crois qu'une partie de moi-même souhaitait que tout ça se trouve balayé. Ça ne marchait pas, je n'étais pas heureux.

— Je suis étonnée que tu le saches.

Richard ! pensai-je. Tu ne sais rien de la sorte ! Bien sûr que tu étais heureux ! N'avais-tu pas tous les avions... ne les as-tu pas encore ? Et ta femme parfaite ? Bien sûr que tu étais heureux !

Quel mensonge. Mon château tapissé de billets de banque par des amateurs, dont j'étais moi-même le plus incompétent, était maintenant en ruine. J'avais goûté à cette vie de château, épicée d'un peu d'arsenic. Et maintenant le poison faisait son effet.

— Ça aurait pu se passer autrement, dit-elle. Tu aurais bien mieux fait de n'engager personne. De continuer à être toi-même.

— J'étais moi-même. J'avais de nouveaux jouets, mais j'étais toujours moi-même. Je n'ai jamais su tenir des comptes.

Nous étions installés autour du bureau de John Marquart, l'avocat que Leslie avait engagé pendant que j'étais en Espagne. On avait fait venir des chocolats chauds, comme si quelqu'un pressentait que la réunion allait durer. Elle ouvrit son attaché-case, sortit ses notes, mais l'avocat s'adressa à moi.

— Vous avez fait une déclaration de revenus déficitaire, dit-il. C'est ça le problème, en un mot ?

— Le problème, je crois, c'est que j'ai engagé une espèce de sorcier qui en savait encore moins que moi sur les finances, c'est-à-dire moins que rien. L'argent qu'il plaçait, ce n'était pas des nombres sur un papier, c'était vraiment de l'argent qui — paf ! — s'est volatilisé. Le fisc n'a pas prévu de case pour ça dans ses formulaires. Voilà le problème, en quelques mots. Pour être honnête, je ne sais pas ce que ce type a déclaré. J'espérais un peu que vous me donneriez des réponses au lieu de me poser des questions. Après tout, c'est moi qui vous engage, et c'est censé être votre spécialité...

Marquart prit son café et me regarda par-dessus sa tasse, comme s'il espérait qu'elle allait le protéger d'un client dément.

C'est alors que Leslie intervint, et j'entendis sa voix dans ma tête, me demandant de rester assis et de me taire, si possible.

— Si j'ai bien compris, dit-elle, le mal est fait. Le conseiller fiscal de Richard — le conseiller fiscal que son administrateur financier a engagé pour lui — n'a pas répondu dans les délais, si bien que la D.S.F. a bénéficié d'un jugement par défaut. Elle veut maintenant un million de dollars. Richard n'a pas un million de dollars disponible. La question est de savoir si on peut payer en plusieurs fois ? Est-ce qu'il peut leur verser un acompte et promettre de payer le reste à mesure qu'il liquide ses biens, lui laissera-t-on le temps de le faire ?

L'avocat se tourna vers elle, manifestement soulagé.

— Je ne vois rien qui l'en empêche. C'est un cas relativement courant, qu'on appelle une offre de compromis. Avez-vous apporté les chiffres que je vous ai demandés ?

Je la regardais, étonné de ce qu'elle se sente à ce point chez elle dans le bureau d'un avocat.

Elle posa des feuilles sur son bureau.

— Voici l'argent disponible maintenant, ceci est la liste des biens devant être liquidés, et voici les revenus prévisionnels sur les cinq prochaines années, dit-elle. Avec ceci et les nouveaux revenus, ces chiffres montrent qu'il peut payer toute la somme en deux ans, trois tout au plus.

Pendant que je naviguais, Leslie avait cherché des plans de paiement pour mes impôts ! J'étais en train de me faire nettoyer, et non de m'enrichir — pourquoi s'en souciait-t-elle à ce point ?

Bientôt, tous deux analysaient mes problèmes comme si je n'étais pas dans la pièce. Je n'y étais pas. Je me sentais comme un moustique dans un coffre-fort... Je ne voyais aucun moyen de traverser l'horrible grisaille des retenues, des biens, des liquidations, des plans de paiement. Dehors le soleil brillait. On pourrait aller se promener, acheter des petits biscuits...

— J'aimerais autant étaler le paiement sur cinq ans au lieu de trois, disait Marquart, au cas où ses revenus ne correspondraient pas tout à fait à vos prévisions. S'il peut payer plus tôt, c'est parfait. Mais avec un revenu pareil, il sera lourdement imposé, et il faut être sûr de ne pas lui créer de nouveaux problèmes en cours de route.

Leslie hocha la tête, et ils continuèrent à parler, mettant au point les détails. Une calculatrice crachait des chiffres sur le bureau qui les séparait ; les notes de Leslie défilaient en ordre sur un sous-main bleu.

— Je comprends leur point de vue, dit-elle pour finir. Peu leur importent les gens que Richard a engagés, peu leur importe qu'il ait su ou non ce qui se passait. Ils veulent leur argent. Et ils l'auront, avec des intérêts, s'ils attendent un tout petit peu. Vous pensez qu'ils attendront ?

— C'est une excellente proposition, dit l'avocat. Je suis sûr qu'ils l'accepteront.

Au moment où nous partions, le désastre avait été enrayé. Un jour, j'avais trouvé un million de dollars sur mon compte en un seul coup de téléphone ; réunir une somme aussi modeste en cinq ans, rien de plus simple. Vendre la maison en Floride, vendre les avions, tous sauf un ou deux, réaliser le film... rien de plus simple.

Et maintenant que j'ai Leslie et un avocat de Los Angeles pour mettre de l'ordre dans ma vie, plus rien ne risque de casser.

Il y avait eu une tempête en mer ; j'étais tombé à l'eau. Cette femme s'était jetée dans les vagues et m'en avait sorti, m'avait sauvé la vie, financièrement parlant.

Nous quittions le bureau de l'avocat pleins d'espoir.

— Leslie ? dis-je en lui tenant la porte au moment de sortir de l'immeuble.

— Oui, Richard ? dit-elle.

— Merci.

— Ce n'est rien, ce n'est rien du tout.

29

— Est-ce que tu peux venir ?
Sa voix paraissait faible au téléphone :
— J'ai peur d'avoir besoin de ton aide.
— Je suis désolé, Leslie, ce soir je ne peux pas.
Pourquoi était-ce si désagréable de lui dire ? Je connais les règles. C'est moi qui les ai fixées. Sans elles, pas d'amitié possible. C'était pourtant dur à dire, même au téléphone.
— Je me sens très mal, dit-elle. J'ai des vertiges, je suis malade et je me sentirais bien mieux si tu étais là. Tu ne veux pas être mon docteur, venir me soigner ?
La partie de moi-même qui souhaitait la soigner, je l'enfermai à double tour.
— Je ne peux pas. J'ai rendez-vous ce soir. Demain, c'est parfait, si tu veux...
— Tu as un *rendez-vous* ? Tu vas sortir alors que je suis malade et que j'ai besoin de toi ? Richard, je ne te crois pas !
Dois-je lui redire ? Notre amitié est non possessive, ouverte, fondée sur la liberté réciproque de s'absenter quand on veut, pour toute raison ou sans raison. Maintenant j'avais peur. Je n'avais pas vu d'autre femme à Los Angeles depuis si longtemps, je nous sentais glisser vers un mariage tacite, oublier qu'il nous fallait des moments de séparation aussi bien que des moments passés ensemble.
Le rendez-vous devait tenir. Si je me sentais obligé d'être avec Leslie uniquement parce que j'étais à Los Angeles, quelque chose n'allait pas dans notre amitié. Si j'avais perdu ma liberté d'être avec qui je voulais, notre relation n'avait plus de sens. Je priais qu'elle comprenne.

— Je peux rester avec toi jusqu'à sept heures, dis-je.
— Jusqu'à sept heures ? Richard, tu ne me comprends pas. J'ai *besoin* de toi. J'ai besoin que tu m'aides, cette fois !

Pourquoi me forçait-elle la main ? La meilleure chose à dire, pour elle, c'était que tout irait très bien et qu'elle me souhaitait une bonne soirée. Sinon, ne sait-elle pas ? C'est une erreur fatale ! Je ne me laisserai pas forcer la main, je ne serai possédé par personne, où que ce soit, quelles que soient les conditions.

— Je suis désolé. Si j'avais su plus tôt. Il est trop tard maintenant pour annuler. Ça m'est impossible, je ne peux pas.
— Est-ce qu'elle compte tant que ça pour toi, cette... Comment s'appelle-t-elle ?

Leslie était jalouse !

— Deborah.
— Est-ce que Deborah t'importe au point que tu ne puisses l'appeler et lui dire que ton amie Leslie est souffrante et lui demander si tu peux remettre ce fameux rendez-vous à demain, ou à la semaine prochaine ou à l'année prochaine ? Est-ce qu'elle a une telle importance que tu ne puisses l'appeler et lui dire ça ?

Il y avait de l'angoisse dans sa voix. Mais elle me demandait une chose que je ne pouvais lui donner sans détruire mon indépendance. Et ses sarcasmes ne m'aidaient pas non plus.

— Non, dis-je. Elle n'a pas une telle importance. C'est le principe qu'elle représente — que nous sommes libres d'être avec qui nous voulons...

Elle pleurait.

— Au diable, ta liberté, Richard Bach ! Je travaille comme une damnée pour éviter que ton maudit empire ne se trouve entièrement balayé, je n'en dors plus, inquiète de ce qu'il y ait un moyen auquel je n'ai pas pensé, auquel personne n'a pensé... pour te sauver... parce que tu comptes beaucoup... Je suis tellement fatiguée que je tiens à peine debout et tu refuses d'être avec moi quand j'ai besoin de toi, parce que tu as un rendez-vous avec une certaine Deborah que tu as à peine vue, et qui représente un foutu *principe* ?

Je parlais à travers des murs de pierre d'un mètre d'épaisseur.

— C'est ça.

Il y eut un long silence au téléphone.

Sa voix changea. Finie la jalousie, finie l'angoisse, elle était calme et détendue.
— Au revoir, Richard. Passe une bonne soirée.
Alors que je la remerciais de comprendre quelle importance... elle raccrocha.

30

Elle ne répondit pas au téléphone le lendemain, ni le surlendemain. Le jour d'après, cette lettre :

Mercredi soir, le 21/12

Mon cher Richard,

C'est si difficile de savoir comment et par où commencer. J'ai réfléchi si longtemps, si durement, à travers tant d'idées, essayant de trouver une voie...

Il m'est finalement venu une petite idée, une métaphore musicale, qui m'a permis d'y voir clair, de trouver une certaine compréhension, à défaut de satisfaction, que je voudrais partager avec toi. Je te demande donc de rester avec moi le temps d'une autre leçon de musique.

La forme la plus couramment employée pour les grandes œuvres classiques est la forme sonate. Elle sert de base à presque toutes les symphonies et les concertos. Elle est composée de trois sections principales : l'exposition, dans laquelle de petites idées, des thèmes, des petits morceaux sont énoncés et présentés les uns aux autres ; le développement, dans lequel ces petits motifs et idées sont explorés, agrandis, passant souvent du majeur (gai) au mineur (triste), développés et entremêlés dans une complexité croissante, jusqu'à la réexposition, dans laquelle les minuscules idées sont redites avec toute la richesse et la maturité qu'elles ont acquises au cours du processus de développement.

Comment cela s'applique-t-il à nous ? me demanderas-tu, si tu n'as pas encore deviné.

Je nous vois coincés dans une interminable exposition. Au

début, c'était un véritable ravissement. C'est la partie d'une relation où tu es à ton mieux : amusant, charmant, passionné, passionnant, intéressant, intéressé. C'est le moment où tu es le plus à l'aise et le plus affectueux, car tu ne ressens pas le besoin de mobiliser tes défenses, si bien que ta partenaire se trouve en face d'un être chaleureux et non d'un cactus géant. C'est un moment de ravissement pour l'un comme pour l'autre, et il n'est pas étonnant que tu y tiennes, au point de t'efforcer de faire de ta vie une succession d'expositions.

Mais les débuts ne peuvent se prolonger indéfiniment ; dire et redire les mêmes choses. Il faut aller vers le développement — ou mourir d'ennui. Ce n'est pas vrai, dis-tu. Tu dois t'échapper, changer, voir d'autres gens, d'autres lieux pour pouvoir revenir à une relation comme si elle était neuve, et vivre constamment de nouveaux commencements.

Nous avons vécu une succession de recommencements. Certains ont été provoqués par des séparations nécessaires pour des raisons professionnelles, mais étaient d'une dureté et d'une sévérité inutiles pour deux personnes aussi proches que nous l'étions. D'autres ont été fabriqués par toi afin de susciter d'autres occasions encore de retourner à la nouveauté que tu désires tant.

Manifestement, tu as jeté l'anathème sur le développement. Car c'est là que tu pourrais t'apercevoir que tu n'as qu'un ensemble d'idées très limitées, qui ne fonctionneront pas, quelle que soit la créativité que tu leur apportes ou — pire encore pour toi — que tu as de quoi réaliser quelque chose de splendide — une symphonie — auquel cas il y a du travail à accomplir ; des profondeurs à sonder, des entités séparées à tisser soigneusement, pour qu'elles se mettent en valeur les unes les autres. J'ai l'impression que c'est un peu comme cet instant dans l'écriture où on ne peut échapper à une idée.

Nous sommes sans aucun doute allés plus loin dans notre développement que tu n'as jamais eu l'intention de le faire. Et nous nous sommes arrêtés avant ce qui me paraissait notre prochaine étape logique. Avec toi, j'ai eu un développement constamment interrompu, et j'en suis venue à croire que nous ne ferions guère que des tentatives sporadiques pour réaliser notre potentiel d'apprentissage, nos étonnantes similitudes d'intérêt, quel que soit le nombre d'années que nous passerons ensemble — car nous ne disposerons jamais d'un temps ininterrompu ensemble. Si bien que le développement auquel nous tenons tant, et dont nous savons qu'il est possible, devient impossible.

Nous avons l'un et l'autre la vision de quelque chose de merveilleux qui nous attend. Et pourtant nous ne pouvons y accéder. Je suis confrontée à un mur de défenses qui s'étend de maintenant à jamais — pour t'emprunter une expression, je crois — et toi tu ressens le besoin de bâtir de plus en plus de défenses. J'aspire à la richesse et à la plénitude du développement — et toi tu chercheras des moyens de l'éviter tant que nous serons ensemble. Nous sommes tous deux frustrés ; toi, incapable de reculer, et moi d'avancer, dans un état de lutte constante, avec des nuages et des ombres noires au-dessus du peu de temps que tu nous permets de passer ensemble.

Sentir ta résistance constante à mon égard, au développement de ce quelque chose de merveilleux, comme s'il s'agissait d'une perspective horrible — et vivre les diverses formes que prend cette résistance, cruelles parfois — me fait souvent souffrir à un niveau ou à un autre. J'ai tenu un journal du temps que nous avons passé ensemble, et je l'ai regardé longuement et honnêtement. Il m'a attristée, et même choquée, mais il m'a aidée à regarder la vérité en face.

Je regarde les jours de début juillet, et les sept semaines qui ont suivi, comme notre seule époque vraiment heureuse. C'était l'exposition, et elle était belle. Puis vinrent les séparations, avec leurs ruptures brutales et, pour moi, inexplicables — et la non moins brutale résistance à tes retours.

Éloignés et séparés ou proches et séparés, c'est trop malheureux. Je me vois devenir un être qui pleure beaucoup, qui doit pleurer beaucoup, car il semble presque que la pitié soit nécessaire avant que la gentillesse ne soit possible. Et je ne suis pas arrivée si loin dans la vie pour devenir pitoyable.

En t'entendant dire qu'annuler ton rendez-vous pour m'aider dans un moment de crise « t'est impossible », la vérité m'est tombée dessus — avec la force d'une avalanche. En regardant les faits aussi honnêtement que possible, je sais que je ne peux pas continuer, quel que puisse être le désir que j'en aie ; je ne peux plier davantage sans me rompre.

J'espère que tu ne verras pas ici la rupture d'un accord, mais plutôt le prolongement des nombreuses, très nombreuses conclusions que tu as amorcées. Je crois que c'est une chose dont nous savons l'un comme l'autre qu'elle doit arriver. Je dois accepter d'avoir échoué dans mon effort pour te faire connaître les joies de l'affection.

Richard, mon cher ami, je dis ceci avec douceur, et même avec tendresse et amour. Et cette douceur ne masque pas une colère sous-jacente : elle est réelle. Il n'y a pas d'accusations, pas de reproches, pas de fautes. J'essaie simplement de comprendre, et d'arrêter la souffrance. Je dis ce que je suis forcée d'accepter : toi et moi, nous ne connaîtrons jamais de développement, à plus forte raison les sommets splendides d'une relation pleinement épanouie.

J'avais le sentiment que si quelque chose dans ma vie méritait que je m'écarte des formules précédemment établies, d'aller au-delà de toutes les limites connues, c'était bien cette relation. Je suppose que j'aurais des raisons de me sentir humiliée d'être allée si loin dans l'espoir de la faire réussir. Au lieu de quoi je me sens fière de moi-même et heureuse d'avoir aperçu l'occasion rare et belle qui se présentait à nous, d'avoir donné tout ce que je pouvais, au sens le plus pur et le plus noble, pour la préserver. Tout cela me réconforte maintenant. Dans ce moment sinistre où notre histoire se termine, je peux honnêtement dire que je ne vois pas une chose que je pourais faire, ou avoir faite, pour nous amener vers cet avenir merveilleux que nous aurions pu connaître.

Malgré la souffrance, je suis heureuse de t'avoir connu de cette façon particulière, et j'attacherai toujours une grande valeur aux instants que nous avons partagés. J'ai grandi avec toi, et appris beaucoup de toi, et je sais que je t'ai apporté des éléments positifs. Nous nous sommes tous deux améliorés au contact l'un de l'autre.

A ce point, il me semble qu'une comparaison avec les échecs ne serait pas inutile non plus. Les échecs sont un jeu dans lequel chaque camp a son objectif propre lorsqu'il affronte l'autre ; un milieu de partie où la lutte se développe et s'intensifie et où chaque côté perd des pièces, se trouve diminué ; une fin de partie où l'un se trouve piégé et paralysé par l'autre.

J'ai l'impression que tu vois la vie comme une partie d'échecs ; et moi comme une sonate. Et en raison de toutes ces différences, le roi et la reine sont perdus, et le chant est réduit au silence.

Je reste ton amie, et toi le mien. Je t'écris ceci le cœur plein de cet amour profond et tendre et de cette haute estime que tu sais que j'ai pour toi, mais aussi de l'immense regret qu'une possibilité à ce point emplie de promesses, si rare et si belle, ne puisse se réaliser.

Leslie

Je restais à regarder par la fenêtre ; le bruit rugissait dans ma tête.

Elle a tort. Bien sûr qu'elle a tort. Cette femme ne comprend pas qui je suis ni ce que je pense.

Dommage.

J'ai froissé sa lettre et l'ai jetée.

31

Une heure plus tard, rien n'avait changé par la fenêtre.
Pourquoi me mentir à moi-même ? Elle a raison, et je sais qu'elle a raison, même si je ne le reconnais jamais, même si je ne dois plus jamais penser à elle.
Son histoire de symphonie, d'échecs... pourquoi n'avais-je rien vu ? Moi qui ai toujours été si intelligent, sauf pour les impôts, si perspicace, pourquoi ne puis-je voir ces choses qu'elle voit ? Ne suis-je pas aussi vif qu'elle ? Mais puisqu'elle est si futée, où est son système, son bouclier pour la protéger de la souffrance ? J'ai ma...
Au diable, ta Femme Parfaite ! C'est un paon d'une demitonne que tu as inventé, avec de fausses plumes de couleurs bizarres, et qui ne volera jamais. Il peut courir, battre des ailes, hurler au lieu de chanter, mais il ne quittera jamais le sol. Toi, terrifié par le mariage, sais-tu que tu t'es marié avec cela !
L'image était vraie ! Une photo de mariage de moi avec un paon de dix mètres ! J'étais marié à une idée qui était fausse.
Mais la restriction de ma liberté ! Si je reste avec Leslie, je vais m'ennuyer !
A ce moment, je me suis séparé en deux personnes différentes : celle qui décidait de tout, depuis longtemps, et un nouveau venu qui cherchait à la détruire.
L'ennui est le moindre de tes soucis, espèce de salaud, dit le nouveau venu. Ne vois-tu pas qu'elle est plus intelligente que toi, qu'elle entrevoit des mondes que tu as peur d'approcher ? Tu peux toujours me bâillonner et m'emmurer, comme tu fais avec les parties de toi-même qui osent dire que tes théories toutes-puissantes sont fausses ! Tu es libre de le faire. Et libre

de passer le reste de ta vie en mondanités superficielles avec des femmes qui ont peur de l'intimité autant que toi. Qui se ressemble s'assemble. A moins que tu n'aies une parcelle de bon sens, tu dois rester avec ton mythe de la Femme Parfaite, jusqu'à ce que tu meures de solitude.

Tu es cruel. Tu dois rester avec ton échiquier et tes avions ; tu as gâché une occasion magnifique avec cet empire stupide dont il ne reste que des ruines saisies par l'État !

Leslie Parrish représentait une occasion infiniment plus belle, mais tu as peur d'elle parce qu'elle est plus intelligente que tu ne le seras jamais, alors tu vas la laisser tomber. Ou est-ce elle qui t'a laissé tomber ? Ça ne lui fera pas de mal, car ce n'est pas une perdante. Elle sera triste et pleurera un peu car elle n'a pas peur de pleurer lorsque meurt une occasion qui aurait pu être belle, mais elle s'en remettra, elle s'en sortira.

Toi aussi, dans une minute. Tu n'as qu'à tirer ton rideau de fer et ne plus penser à elle. Au lieu de remonter, tu iras droit au fond, tu réussiras brillamment des tentatives de suicide inconscientes, et tu te réveilleras malheureux d'avoir réduit à néant une vie de feu, d'argent, de diamant. Tu es face au plus grand choix de ta vie et tu le sais. Elle est décidée à ne pas supporter ta peur sauvage et stupide, et elle est heureuse en ce moment d'être libérée de ton poids mort.

Vas-y, fais ce que tu fais toujours. Cours à l'aéroport, fais démarrer l'avion et décolle dans la nuit. Vole, vole ! Cours, espèce de lâche. Cours pour me faire taire. La prochaine fois que tu me verras, ce sera le jour de ta mort, et tu pourras me dire comme c'était amusant de mettre le feu au seul pont...

J'ai claqué les portes pour faire cesser le bruit, et la pièce devint aussi silencieuse qu'une mer calme.

— Que de sentimentalité, dis-je à voix haute.

Je repris la lettre, recommençai à la lire, la laissai retomber dans la corbeille.

Si elle n'aime pas celui que je suis, c'est gentil de le dire. Quel dommage... si seulement elle était différente, nous aurions pu rester amis. Mais je ne supporte pas la jalousie ! Pense-t-elle que je suis sa propriété ? Je lui ai dit clairement qui j'étais, ce que je pensais et ce qu'elle pouvait espérer de moi, même si ce n'est pas la comédie des je t'aime qu'elle attend de moi. Pas de je t'aime. Je resterai fidèle à moi-même, même si cela me coûte les débordements de joie des moments heureux que nous avons partagés.

Une chose que je n'ai jamais faite, chère Leslie — je ne t'ai jamais menti ; j'ai vécu selon mes convictions comme je te l'ai dit. Si cela te paraît maintenant inacceptable, tant pis ; je le regrette et j'aurais souhaité que tu me le dises un peu plus tôt, pour nous épargner bien des peines à l'un et à l'autre.

Je serai parti demain à l'aube. Jeter quelques affaires dans l'avion et partir pour un lieu où je n'ai jamais vécu. Le Wyoming peut-être, le Montana. Laisser l'avion pour le fisc s'il réussit à le trouver et disparaître. Emprunter un biplan et m'évanouir.

Changer de nom. Winnie-the-Pooh vivait sous le nom de Sanders, pourquoi pas moi ? Rien de plus amusant. James Sanders. Je leur laisse les comptes en banque et les avions et tout ce qu'ils veulent. Personne ne saura jamais ce qui est arrivé à Richard Bach.

Si je dois encore écrire, ce sera sous mon nouveau nom. Je peux le faire, si je le veux. Tout laisser tomber. Peut-être que James Sanders se retrouvera au Canada, ou en Australie. Du côté d'Alberta, ou tout au sud, à Sunbury, ou à Whittlesea, aux commandes d'un Tiger Moth, prenant quelques passagers, juste assez pour survivre.

Puis...

Puis...

Puis quoi ? Est-ce l'État qui assassine Richard Bach ou toi ? Veux-tu le tuer parce que Leslie l'a lâché ? Sa vie sera-t-elle vide sans elle, au point qu'il t'importera peu qu'il meure ?

J'y ai réfléchi longtemps. Partir et changer de nom, cela ne manquait pas de piquant. Mais est-ce ce que je désire le plus ?

Est-ce ta vérité suprême ? aurait-elle demandé.

Non.

Je me suis assis par terre, m'appuyant contre le mur.

Non, Leslie, ce n'est pas ma vérité suprême.

Ma vérité suprême, c'est que j'ai encore beaucoup de chemin à faire pour apprendre à aimer une autre personne. Ma vérité suprême, c'est que ma Femme Parfaite ne me sert qu'à repousser ma solitude. Elle ne représente pas l'amour auquel rêvait l'enfant auprès du portail, il y a si longtemps.

Je savais ce qui était juste quand j'étais enfant, et aussi quand j'ai vendu l'avion : trouver la compagne de ma vie, l'ange devenu femme. La femme unique qui m'exorciserait, qui me forcerait à changer, à grandir ; autrement je prendrais la fuite.

Leslie Parrish n'est peut-être pas la bonne personne. Elle n'est peut-être pas mon âme sœur venue à ma rencontre. Mais elle est la seule... elle a l'esprit de Leslie dans le corps de Leslie, une femme sur laquelle je n'ai pas à m'apitoyer, que je n'ai pas besoin de sauver, d'expliquer à qui que ce soit, où que j'aille. Au pire, je pourrais beaucoup apprendre avant qu'elle ne me quitte.

Si un homme est suffisamment cruel, suffisamment opposé à la vie, même son âme sœur recule et le laisse seul, attendant une nouvelle vie avant de lui redire bonjour.

Mais si je ne m'enfuis pas ? Qu'ai-je à perdre si ce n'est des tonnes d'armure, censées me protéger de la souffrance ? Si je déploie mes ailes sans armure, je pourrais peut-être voler suffisamment bien pour ne pas être abattu. La prochaine fois, je pourrais changer mon nom en James Sanders et partir pour Port Darwin.

L'insolent que j'avais enfermé avait raison. Je lui ai ouvert les portes, me suis excusé, lui ai rendu sa liberté ; mais il n'a plus dit un mot.

J'étais face au plus grand choix de mon existence, il n'avait pas besoin de me le redire.

Pouvait-ce être une épreuve, prévue par une centaine d'autres aspects de moi-même venus de différentes planètes et époques ? Sont-ils rassemblés derrière une glace sans tain à me regarder, à parier sur ce que je vais faire ?

Dans ce cas, ils sont bien silencieux. Pas un bruit. Même le rugissement dans ma tête s'était tu.

La route se divisait en deux devant moi.

Les deux avenirs représentaient deux vies différentes : Leslie Parrish ou ma Femme Parfaite ?

Il faut choisir. Maintenant. Dehors la nuit tombe. Laquelle ?

32

— Allô ?

Sa voix était essoufflée, noyée dans un son de guitares et de batteries.

— Leslie ? C'est moi, Richard. Je sais qu'il est tard, mais est-ce que tu aurais le temps de parler un peu ?

Pas de réponse. La musique explosait tandis que j'attendais le déclic de son téléphone au moment où elle raccrocherait. Toute cette lutte avec les choix, alors que son choix à elle est déjà fait ; je n'intéressais plus du tout Leslie.

— Oui, dit-elle enfin. Laisse-moi baisser la musique. J'étais en train de danser.

Le téléphone se tut, et l'instant d'après elle était de retour.

— Bonjour.

— Bonjour. J'ai reçu ta lettre.

— Bien.

Je faisais les cent pas dans la pièce, sans m'en rendre compte, en tenant le téléphone.

— Tu veux vraiment tout arrêter, comme ça ?

— Pas du tout, dit-elle. J'espère qu'on travaillera encore ensemble sur le film. J'aimerais te considérer comme mon ami, si tu es d'accord. Tout ce que je veux arrêter, c'est la souffrance.

— Je n'ai jamais voulu te blesser. Il ne m'est pas possible de te blesser. Tu ne peux être blessée que si tu te *perçois blessée* d'abord...

— Eh bien, j'étais quand même blessée, dit-elle. J'ai l'impression que je ne suis pas faite pour les liaisons libres. Au début, ça allait ; mais ensuite nous étions si *heureux* ensemble !

Nous partagions un tel ravissement ! Pourquoi le déchirer continuellement pour des gens qui ne comptaient pas, ou pour des principes abstraits ? Ça ne marchait pas.

— Et pourquoi ?

— J'avais autrefois une chatte, dit-elle. Ambre. Une chatte persane. Ambre et moi, chaque minute que j'avais à la maison, nous la passions ensemble. Elle dînait en même temps que moi, on s'asseyait et on écoutait de la musique ensemble, elle dormait sur mon épaule la nuit ; chacune savait ce que l'autre pensait. Puis Ambre a eu des petits. Mignons comme tout. Mais ils prenaient son temps et son affection, et ils prenaient mon temps et mon affection. Ambre et moi n'étions plus seules, il fallait s'occuper des chatons, il fallait partager notre affection. Je n'ai jamais été aussi proche d'elle, ni elle de moi après qu'elle a eu ses petits, jusqu'au jour où elle est morte.

— La profondeur de l'intimité que nous ressentons envers l'autre serait inversement proportionnelle au nombre d'autres personnes dans notre vie ? dis-je.

Puis, de crainte qu'elle n'y voit une moquerie :

— Tu penses que notre relation aurait dû être exclusive ?

— Oui. J'ai accepté tes nombreuses amies, au début. Ce que tu faisais quand tu étais parti ne regardait que toi. Mais quand Deborah est venue, le principe de Deborah, comme tu disais, j'ai soudain compris que tu transportais ton harem sur la côte Ouest et que tu voulais que j'en fasse partie. Et ça, je ne le veux pas, Richard.

« Sais-tu ce que j'ai appris de toi ? J'ai appris ce qui était *possible*, et maintenant je dois renoncer à ce que je pensais que nous avions. Je veux être très proche de quelqu'un que je respecte et admire et aime, de quelqu'un qui ressent la même chose pour moi. Ça ou rien. J'ai compris que je ne cherchais pas la même chose que toi. Tu ne veux pas ce que je veux.

Je cessai de marcher, m'assis sur le bras du fauteuil. L'obscurité gagnait les fenêtres autour de moi.

— Qu'est-ce que tu penses que je veux ? demandai-je.

— Ce que tu as, exactement. Beaucoup de femmes que tu connais un peu et qui ne t'importent pas trop. Des flirts superficiels, se servir l'un de l'autre, aucune chance d'amour. C'est mon idée de l'enfer. L'enfer est un lieu, une époque, une conscience, Richard, où il n'y a pas d'amour. Du sexe, de la beauté, de l'excitation, peut-être, mais pas *d'amour* ! Quelle horreur ! Ce n'est pas pour moi.

Elle parlait comme si sa décision était prise, et la mienne aussi. Comme s'il n'y avait aucun espoir de changement. Elle ne demandait rien ; elle me disait sa vérité suprême, sachant que je ne pouvais être d'accord.

— J'avais pour toi le plus grand respect et la plus grande admiration, reprit-elle. Je pensais que tu étais l'être le plus merveilleux que j'aie jamais connu. Je commence maintenant à voir des choses en toi que je ne veux pas voir. J'aimerais en finir en pensant que tu es merveilleux.

— Ce qui me faisait peur, Leslie, c'était qu'on commençait à se posséder l'un l'autre. Ma liberté est aussi importante pour moi que...

— Ta liberté de faire quoi ? Ta liberté de n'être intime avec personne ? Ta liberté de ne pas aimer ? Ta liberté de chercher le répit dans la joie, l'agitation et l'ennui ? Tu as raison... si nous étions restés ensemble, je n'aurais pas voulu que tu choisisses ces libertés.

Bien dit, pensai-je, comme si elle venait d'avancer une pièce dans une partie d'échecs.

— Tu as assez bien montré..., dis-je. Je comprends ce que tu dis, et je ne le comprenais pas auparavant. Merci.

— De rien, dit-elle.

Je pris le téléphone de l'autre main. Un jour, on inventera certainement un téléphone plus commode...

— Je crois qu'il y a beaucoup à dire. Est-ce qu'il y a moyen de se voir et de parler un peu ?

— Je n'y tiens pas, dit-elle après un silence. Je veux bien parler au téléphone, mais je ne veux pas te voir en personne, pendant quelque temps. J'espère que tu comprends...

— Bien sûr. Pas de problème. Tu es pressée ?

— Non, je peux rester en ligne.

— Est-ce que tu vois un moyen de rester proches l'un de l'autre ? Je n'ai jamais rencontré personne comme toi, et je crois que ton idée de l'amitié, c'est une lettre cordiale et une poignée de main à la fin de chaque année fiscale.

Elle rit.

— Oh, ce n'est pas à ce point. Une poignée de main deux fois par an. Ou quatre, puisqu'on était si bons amis. Ce n'est pas parce que notre histoire d'amour n'a pas duré qu'elle a échoué. On en a appris ce qu'on devait en apprendre.

— Peut-être que la liberté dont je parlais, dis-je, c'est en grande partie, peut-être, la liberté de changer, d'être différent la semaine prochaine de ce que je suis aujourd'hui. Et si deux personnes changent dans des directions différentes...

— Si nous changeons dans des directions différentes, dit-elle, alors nous n'avons pas d'avenir, n'est-ce pas ? Je crois qu'il est possible à deux personnes de changer ensemble, de grandir ensemble et de s'enrichir au lieu de se diminuer l'une l'autre. La somme de un plus un peut être infinie ! Mais il arrive si souvent qu'une personne soit à la traîne de l'autre ; l'une veut monter comme un ballon et l'autre est un poids mort. Je me suis toujours demandé ce qui se passerait si les deux, si un homme et une femme voulaient tous deux monter comme des ballons !

— Tu connais des couples de ce genre ?
— Pas beaucoup, répondit-elle.
— Tu en connais ?
— Deux. Trois.
— Je n'en connais aucun, lui dis-je. Enfin... j'en connais un. Parmi tous les gens que je connais, un seul mariage heureux. Les autres sont... soit l'homme est un fardeau, soit l'inverse, ou alors tous deux sont des fardeaux. Deux ballons, c'est plutôt rare.

— Je pense que nous aurions pu, dit-elle.
— Ç'aurait été bien.
— Oui.
— Qu'est-ce que tu crois qu'il faudrait, demandai-je. Qu'est-ce qui pourrait nous ramener comme on était ?

Je sentais qu'elle voulait répondre « Rien », mais ne le disait pas, parce que ç'aurait été trop sinistre. Elle y réfléchissait, et je ne la pressais pas.

— Nous ramener comme on était, je ne crois pas que ce soit possible. Je ne le souhaite pas. J'ai fait de mon mieux pour changer, j'ai même essayé de sortir avec d'autres hommes quand tu étais parti, pour voir si je pouvais trouver l'équivalent de ta Femme Parfaite avec mon Homme Parfait. Ça n'a pas marché. Triste, triste, triste. Perte de temps stupide.

« Je ne suis pas une de tes courtisanes, Richard, reprit-elle lentement. J'ai changé autant que je veux changer. Si tu veux être proche de moi, c'est à toi de changer.

Je me raidissais.

— Quel genre de changement aurais-tu à me proposer ?

Au pire, elle me proposerait une chose que je ne pouvais accepter. Je n'avais rien à perdre.

Elle réfléchit quelque temps.

— Je propose que nous envisagions une liaison exclusive, toi et moi seulement. L'occasion de voir si nous sommes deux ballons.

— Je ne serais pas libre... Je cesserais tout à coup de voir toutes mes amies ?

— Oui. Toutes les femmes dont tu partages le lit. Pas d'autres histoires.

C'était à moi de me taire, et à elle de laisser le silence planer sur la ligne. Je me sentais comme un cerf aux abois. Les hommes que je connaissais et qui avaient accepté ces termes l'avaient regretté. On leur avait tiré dessus et ils avaient réussi à rester en vie, mais à peine.

Et pourtant, comme c'était différent, avec Leslie ! Avec elle, et elle seule, je pouvais être le genre de personne que j'aimais le plus être. Je n'étais pas timide avec elle, ni maladroit. Je l'admirais, j'apprenais auprès d'elle. Si elle voulait m'apprendre l'amour, je pouvais du moins essayer.

— Nous sommes si différents, toi et moi.

— Nous sommes différents, nous sommes pareils. Tu pensais que tu ne trouverais jamais un mot à dire à une femme qui n'aimait pas les avions. Je ne pouvais m'imaginer passant du temps avec un homme qui n'aimait pas la musique. Peut-être qu'il importe moins d'être semblables que d'être curieux ? Parce qu'on est différents, on peut s'amuser à échanger nos mondes, à se transmettre l'un à l'autre nos amours et nos passions. Tu peux apprendre la musique, et moi à voler. Et ce n'est qu'un début. Je pense que ça durerait toute notre vie.

— Réfléchissons-y, dis-je. Réfléchissons-y. Nous avons tous deux connu le mariage et le quasi-mariage ; nous avons tous deux nos cicatrices, nous avons juré de ne plus commettre d'erreurs. Tu ne vois pas d'autre moyen pour nous d'être ensemble que d'essayer... que d'essayer d'être mariés ?

— Fais-moi des propositions, dit-elle.

— Nous étions assez heureux jusque-là, Leslie.

— Ça ne suffit pas. Je peux être plus heureuse toute seule, et sans t'écouter trouver des excuses pour t'enfuir, m'éviter, dresser des murs contre moi. Je serai ton seul amour, ou je ne serai plus ton amour. J'ai essayé de m'arrêter comme toi à mi-chemin et ça ne marche pas — pas pour moi.

— C'est si difficile, le mariage a de telles limites...

— Je déteste le mariage autant que toi, Richard, quand il

rend les gens ternes, lorsqu'il en fait des menteurs ou les enferme dans des cages. Je l'ai évité pendant plus longtemps que toi ; ça fait seize ans que j'ai divorcé. Mais je m'écarte de toi sur le point suivant — je pense qu'il existe une autre sorte de mariage qui nous rend plus libres qu'on ne peut jamais l'être seul. Il y a très peu de chances que tu t'en rendes compte, mais je pense que toi et moi, nous aurions pu y arriver. Il y a une heure, j'aurais dit qu'il n'y avait *aucune* chance. Je ne pensais pas que tu téléphonerais.

— Allons. Tu savais que j'allais appeler.

— Non, dit-elle. Je pensais que tu jetterais ma lettre et partirais en avion.

Télépathie, pensai-je. Je me revoyais fuyant dans le Montana. Beaucoup d'action, de nouvelles liaisons, de nouvelles femmes. Mais c'était ennuyeux, rien que d'y penser. Je l'ai déjà fait, je sais ce que c'est, ça reste complètement superficiel ; ça ne m'émeut pas, ne me change pas, ne m'importe pas. Ce sont des gestes qui ne veulent rien dire. Je pars en avion... et après ?

— Je ne serais pas parti sans un mot, alors que tu étais fâchée.

— Je ne suis pas fâchée.

— Assez fâchée pour mettre un terme à la plus belle amitié que j'aie jamais connue.

— Écoute, Richard, vraiment. Je ne suis pas fâchée contre toi. L'autre soir, j'étais furieuse, et dégoûtée. Puis j'étais triste, et j'ai pleuré. Mais après un certain temps, j'ai arrêté de pleurer et j'ai beaucoup pensé à toi, et j'ai fini par comprendre que tu étais l'être le meilleur que tu saches être ; que tu dois vivre ainsi jusqu'à ce que tu changes, et que personne n'y pourra rien sauf toi. Comment pourrais-je être fâchée alors que tu fais de ton mieux ?

Je sentais une vague de chaleur sur mon visage. Quelle pensée difficile, affectueuse ! Qu'elle comprenne, en ce moment, que je faisais de mon mieux ! Qui d'autre au monde aurait compris ? Le respect pour elle me fit douter de moi-même.

— Et si je ne fais pas de mon mieux ?

— Alors, je suis fâchée.

Elle riait presque, et je me détendais un peu, sur le divan. Si elle pouvait rire, ce n'était pas la fin du monde, pas encore.

— Est-ce qu'on pourrait rédiger un contrat, parvenir à un accord clair et précis sur les changements que nous voulons ?

— Je ne sais pas, Richard. J'ai l'impression que tu joues à un jeu, et ceci est trop important. Les jeux, tes vieilles litanies, tes vieilles défenses, je n'en veux plus. Si tu dois te défendre contre moi, si je dois continuellement prouver que je suis ton amie, que je ne vais pas te détruire ni te blesser ni t'ennuyer à mourir, c'est trop. Je crois que tu me connais assez bien, et que tu sais ce que tu ressens pour moi. Si tu as peur, tu as peur. Je t'ai laissé partir, et je me sens bien, vraiment bien. Restons-en là. Nous sommes amis, d'accord ?

Je réfléchissais à ce qu'elle disait. J'avais tellement l'habitude d'avoir raison, de prendre le dessus dans les débats. Mais ici, je ne pouvais trouver de failles à son raisonnement. Son argumentation ne s'effondrait que si elle me mentait, que si elle cherchait à me blesser, à me tromper ou à m'anéantir. Je ne pouvais le croire. Je ne l'avais jamais vue tromper ou blesser délibérément qui que ce soit, même des gens qui n'avaient pas manqué de cruauté à son endroit. Elle leur avait pardonné, à tous, sans rancune.

Si je m'étais permis le mot, à cet instant, je lui aurais dit que j'étais amoureux d'elle.

— Tu fais de ton mieux, toi aussi, n'est-ce pas ? dis-je.
— Oui.
— Il ne te paraît pas étrange que nous soyons des exceptions, toi et moi, alors que presque personne ne réussit à vivre dans l'intimité d'un autre sans crier, sans claquer les portes, sans irrespect, sans ennui ?
— Tu ne crois pas que tu es un être exceptionnel ? dit-elle. Et moi aussi ?
— Je n'ai jamais rencontré de gens comme nous, dis-je.
— Si je me mets en colère, je ne vois pas quel mal il y a à crier ou à claquer les portes. A lancer des objets, si ma colère est assez forte. Mais ça ne veut pas dire que je ne t'aime pas. Et ça te paraît absurde ?
— Tout à fait. Il n'y a pas de problème qu'on ne puisse résoudre par une discussion calme et rationnelle. En cas de désaccord, il suffit de dire : « Leslie, je ne suis pas d'accord, pour telle et telle raison. » Et : « Entendu, Richard, tes arguments m'ont convaincue, tu as raison. » Et c'est fini. Pas de morceaux cassés à balayer. Pas de portes à réparer.
— Si je crie, c'est que j'ai peur, et que je pense que tu ne m'entends pas. Peut-être que tu entends mes mots, mais tu ne *comprends* pas ; j'ai peur que tu fasses quelque chose qui nous

blesse tous les deux et que nous regrettions, je vois un moyen de l'éviter et, si tu n'entends pas, il faut que je le dise assez fort.

— Tu me dis que si je t'écoute, tu n'auras pas besoin de crier ?

— Oui, sans doute, dit-elle. Et si je le fais, ça ne dure que quelques minutes. Une fois que c'est sorti, je me calme.

— Et moi, pendant ce temps, je suis comme un chat suspendu aux rideaux...

— Si tu ne veux pas de colère, Richard, alors ne la provoque pas. Je suis devenue une personne relativement calme et bien équilibrée. Je n'explose pas à la moindre broutille, mais tu es une des personnes les plus égoïstes que j'aie jamais connues ! J'ai eu besoin de ma colère pour éviter de me faire piétiner par toi, pour nous faire savoir à tous les deux que ça suffisait.

— Je t'ai dit que j'étais égoïste, il y a longtemps. Je t'ai promis d'agir suivant ce que je pensais être mon propre intérêt, et j'espérais que tu en ferais autant...

— Épargne-moi tes formules, je t'en prie ! dit-elle. Ce n'est pas en pensant toujours à toi-même, si tu y parviens, que tu pourras un jour être heureux. Jusqu'à ce que tu fasses une place dans ta vie pour quelqu'un d'aussi important que toi-même, tu seras toujours seul et perdu...

Nous avons parlé pendant des heures, comme si notre amour était un fugitif prêt à sauter du douzième étage dès que nous renoncerions à essayer de le sauver.

Continuer de parler, pensai-je. Si on continue de parler, il ne sautera pas et ne s'écrasera pas sur le bitume. Pourtant, ni l'un ni l'autre ne voulait que le fugitif vive, à moins qu'il ne devienne sain et fort. Chaque remarque, chaque idée partagée était un peu de vent — tantôt notre avenir était au bord du gouffre, tantôt il tremblait le long du mur.

Qu'est-ce qui serait mort s'il tombait ? Les chaudes heures en dehors du temps, où nous comptions tant l'un pour l'autre, les heures de ravissement ; elles n'auront conduit à rien, pire que rien : à cette perte terrible.

Le secret de l'amour, m'avait-elle dit un jour, est d'abord dans l'amitié. Nous avions été les meilleurs des amis avant d'être amants. J'avais pour elle de l'amitié, de l'admiration, de la confiance, de la *confiance*... Tant de bien penchait maintenant dans la balance.

Si notre fugitif glissait, finis à jamais la sorcière, la déesse, la Bantha, les glaces, les échecs, les films, les couchers de soleil.

Ses doigts sur le clavier. Je n'entendrais plus la musique de Jean-Sébastien, ses harmonies secrètes, parce que je les avais apprises d'elle ; plus de devinettes, plus de fleurs sans penser à elle, plus personne d'aussi proche. D'autres remparts, d'autres pointes, d'autres remparts encore, et encore d'autres pointes...

— Tu n'as pas besoin de *tes remparts*, Richard ! Si on ne se revoit plus jamais, sache que les remparts ne te protègent pas. Ils t'*isolent* !

Elle essaie de m'aider. Dans les derniers instants de cette rupture, elle veut que j'apprenne. Comment se quitter ?

— Et tu sais, dit-elle... Je te promets... Tous les 11 juillet... Je ferai... Je penserai...

Sa voix s'était brisée ; je l'entendis appuyer le téléphone contre un oreiller. J'écoutais le silence étouffant. Doit-elle disparaître, notre ville enchantée, ce mirage unique va-t-il s'évanouir dans la brume et la vie de tous les jours ? Qui nous assassine ?

Si un étranger essayait de nous séparer, nous le mettrions en pièces. Maintenant, c'est une histoire intérieure, l'étranger, c'est moi !

Si nous étions des âmes sœurs ? pensai-je alors qu'elle pleurait. Si nous étions ceux que nous avons cherchés toute notre vie ? Nous avons vu et partagé le goût fugace de ce que peut être l'amour sur terre, et maintenant, à cause de mes craintes, nous allons nous séparer et ne plus nous revoir ? Vais-je passer le reste de mes jours à chercher celle que j'ai déjà trouvée, et que j'ai eu peur d'aimer ?

Les coïncidences impossibles, qui nous ont conduits à nous rencontrer à un moment où ni l'un ni l'autre n'était marié, ne consacrait tout son temps à militer pour telle ou telle cause, n'était trop occupé par son métier d'actrice ou d'écrivain, par des aventures. Nous nous sommes rencontrés sur la même planète, à la même époque, au même âge, élevés dans la même culture. Si nous nous étions rencontrés des années plus tôt, cela ne se serait pas passé ainsi... nous nous étions rencontrés des années plus tôt, croisés dans un ascenseur... ce n'était pas le bon moment. Et ce ne le sera plus jamais.

J'arpentais tranquillement la pièce, parcourant un demi-cercle au bout du cordon du téléphone. Si je décide dans dix ou vingt ans que je n'aurais pas dû la laisser partir, où sera-t-elle ? Si je reviens dans dix ans pour dire Leslie, pardon ! et que je découvre qu'elle est madame Leslie Untel ? Si je ne la trouve pas, si sa maison est vide, si elle a déménagé sans laisser d'adresse ? Si elle est morte, tuée par quelque chose qui ne l'aurait jamais tuée si je n'étais pas parti demain matin.

— Je suis désolée, dit-elle en reprenant le téléphone. C'est ridicule. J'aimerais bien avoir ta maîtrise, parfois. Tu t'en sors bien, des adieux. Comme s'ils n'avaient pas d'importance.

— Il suffit de décider qui est responsable, lui expliquai-je, heureux de changer de sujet. Si on laisse ses émotions prendre le dessus, les moments comme celui-ci ne sont plus très drôles.

— Non, dit-elle, pas très drôles.

— Pense qu'on est demain, ou le mois prochain, et comment tu te sens ? J'essaie, et je ne me sens pas mieux sans toi. J'imagine la vie seul, personne avec qui parler pendant neuf heures au téléphone. Tu me manqueras beaucoup !

— Toi aussi, dit-elle. Richard, comment faire pour que quelqu'un aperçoive un chemin auquel il n'est pas encore arrivé ? La seule vie qui vaille d'être vécue est la vie magique, et celle-ci est magique ! Je donnerais tout si tu voyais ce qui pourrait nous attendre...

Elle s'arrêta un instant, cherchant ses mots.

— Mais si tu ne vois pas, je suppose que ça n'existe pas, n'est-ce pas ? Ça n'est pas vraiment là, même si je le vois.

Elle semblait fatiguée, résignée. Elle était sur le point de raccrocher.

Je ne saurai jamais si c'est la fatigue ou la peur — ou les deux — qui provoqua un déclic dans ma tête.

Richard ! Qu'est-ce que tu fais ? Tu es fou ? Ce n'est pas une image au bord du gouffre, c'est toi ! C'est ton avenir, et s'il tombe tu es un mort vivant, en attendant de te tuer pour de bon. Ça fait neuf heures que tu t'amuses au téléphone. Pourquoi penses-tu que tu es sur cette planète, pour piloter des avions ? Tu es ici, monstre arrogant, pour apprendre à aimer ! Elle est ton professeur, et dans vingt-cinq secondes elle va raccrocher et tu ne la verras plus jamais ! Ne reste pas assis, imbécile ! Dans dix secondes elle est partie ! Deux secondes ! Parle !

— Leslie, dis-je. Tu as raison. J'ai tort. Je veux changer. On a essayé à ma façon et ça n'a pas marché. Essayons à la tienne. Pas de Femme Parfaite, pas de remparts. Rien que toi et moi. Voyons ce qui se passe.

La ligne restait silencieuse.

— Tu es sûr ? demanda-t-elle. Tu es sûr, ou tu dis ça comme ça ? Ce serait encore pire. Tu le sais, n'est-ce pas ?
— Je le sais. J'en suis sûr. Est-ce qu'on peut en parler ?
— Bien sûr. Tu n'as qu'à raccrocher et venir ici prendre le petit déjeuner.
— D'accord. A tout de suite.
Une fois qu'elle eut raccroché, je me suis confié au téléphone vide : « Je t'aime, Leslie Parrish. »
Dans l'intimité la plus stricte, sans personne qui entende, ces mots que j'avais tant méprisés, que je n'employais jamais, étaient d'une vérité lumineuse.
Je reposai le téléphone. « Fait », criai-je dans la pièce vide. C'est fait. Notre fugitif était à nouveau dans nos bras. Je me sentais aussi léger qu'un planeur dans la stratosphère.
Il y a un autre moi en ce moment, pensai-je, qui s'éloigne, qui a pris à gauche sur la route là où j'ai pris à droite. Dans un temps autre, ce Richard-là a raccroché, au bout d'une heure ou de dix heures, ou alors il ne l'a même pas appelée. Il a jeté sa lettre au panier, pris un taxi pour l'aéroport, décollé, volé à trois mille mètres, a fui vers le Montana. Ensuite, quand je l'ai cherché, tout est devenu noir.

33

— Je n'y arrive pas, dit-elle. J'essaie ; je suis morte de peur, mais j'essaie quand même. Je commence la vrille, on pique tout droit en tournoyant et je perds connaissance ! Puis on reprend le vol à plat et Sue, la monitrice, me demande : « Leslie ! Ça va ? »

Elle me regardait, dépitée, sans espoir.

— Comment apprendre les vrilles si je perds connaissance ?

Hollywood avait disparu six cents kilomètres à l'ouest. Ma maison en Floride était vendue. Nous vivions dans une caravane au milieu de dix mille kilomètres carrés de montagnes et d'armoise de l'Arizona, au bord d'un aéroport pour planeurs. Estrella Sailport. Coucher de soleil comme des nuages trempés d'essence et enflammés par une allumette silencieuse. Planeurs rangés comme des éponges sous la lumière, ruisselants de rouge et d'or dans le sable.

— Tu le sais, lui dis-je, tu le sais, il est inutile de nier la vérité : il n'y a rien que Leslie Parrish ne puisse faire quand elle y est décidée. Une chose aussi simple qu'apprendre à faire des vrilles en planeur n'a aucune chance de pouvoir lui résister. C'est toi qui es maître à bord de cette machine volante !

— Mais je m'évanouis, répondit-elle. C'est difficile d'être maître quand on est inconscient.

J'allai jusqu'au petit placard de notre caravane, trouvai le petit balai, l'apportai à Leslie qui s'était assise au bord du lit.

— Voici ton manche à balai, dis-je. Travaillons ensemble, faisons des vrilles ici sur le sol jusqu'à ce que tu t'en lasses.

— Je ne m'ennuie pas, je suis terrifiée !

— Tu ne le seras plus. Tu tiens ton manche à balai, tes pieds sont sur le palonnier. Tu es maintenant en plein ciel, tu voles tout droit, à l'horizontale. Tu tires alors doucement sur le manche, lentement, et le nez du planeur remonte, l'avion se cabre comme tu veux ; tu gardes le manche tiré et le nez pique et MAINTENANT tu écrases le palonnier à droite ; c'est ça, tu tiens le manche en arrière et tu comptes chaque fois que le sommet de Montezuma Peak fait le tour du nez. Trois, et tu écrases le palonnier de l'autre côté, en même temps tu ramènes le manche à l'avant, juste au-delà du point mort ; la vrille a déjà cessé et tu remets doucement le nez à la bonne hauteur. C'est tout. Qu'y a-t-il de difficile ?

— Rien, dans la caravane.

— Fais-le encore et ça deviendra facile dans l'avion aussi, je te le promets. Je suis passé par là et je sais de quoi je parle. J'avais une peur bleue des vrilles, moi aussi. Recommence, maintenant. On vole à l'horizontale et tu tires doucement sur le manche...

Les vrilles, la leçon la plus effrayante dans le pilotage de base. Au point que l'État les a supprimées des programmes, il y a des années. Les élèves arrivaient aux vrilles, puis renonçaient à piloter. Mais Laszlo Horvath, le champion de planeur qui possède Estrella, tient à ce que tous les élèves apprennent les vrilles avant de partir seuls. Combien de pilotes s'étaient tués parce qu'ils étaient tombés en vrille et ne savaient pas s'en sortir ? Trop, pensait-il, et cela ne devait pas se produire chez lui.

— Tu *veux* tomber ici, lui dis-je. C'est ce qui doit se passer. Tu veux que le nez pique tout droit et que le monde se mette à tournoyer ! Sinon, c'est que tu t'y prends mal ! Recommence...

L'épreuve de Leslie consistait à faire face à cette peur, à la surmonter et à apprendre à piloter un avion qui n'avait même pas de moteur pour le garder en l'air.

Mon épreuve me confrontait à une autre peur. J'avais promis d'apprendre d'elle à aimer, de laisser tomber ma Femme Parfaite et de permettre à Leslie d'être aussi proche de moi qu'elle me laisserait être proche d'elle. Chacun avait confiance en la douceur de l'autre. Pas de barbelés, pas de poignards.

La caravane dans le désert, c'était mon idée. Si cette expérience exclusive devait exploser, je voulais qu'elle explose rapidement et en finir. Quoi de mieux, comme épreuve, que de vivre tous les deux dans une pièce minuscule, sous un toit en plastique, sans un recoin où se retrouver seul ? Quel défi pour des gens qui tenaient tant à leur intimité ! Si nous y prenions plaisir, mois après mois, nous avions vécu un miracle.

Vivre ainsi l'un avec l'autre, c'était le bonheur parfait.

Nous courions ensemble à l'aube, marchions dans le désert avec des guides de fleurs dans les poches, pilotions des planeurs, parlions pendant deux jours, pendant quatre jours, étudiions l'espagnol, respirions l'air pur, photographiions les couchers de soleil, commencions à nous efforcer de comprendre un être humain et un seul en dehors de soi-même : d'où venions-nous, qu'avions-nous appris, comment bâtirions-nous un monde différent si c'était à nous de le faire ?

Nous nous habillions de notre mieux pour dîner, avec des fleurs du désert sur notre table éclairée à la bougie.

— L'ennui entre deux personnes, dit-elle un soir, ne vient pas d'être ensemble, physiquement. Il vient d'être séparés, mentalement et spirituellement.

Cette idée, évidente pour elle, était si surprenante pour moi que j'en pris note. Jusqu'à maintenant, pensai-je, nous n'avons pas à nous soucier d'ennui. Mais pour l'avenir, on ne peut jamais jurer...

Le moment vint. Je restai au sol à la regarder affronter le dragon, debout dans le vacarme de l'avion remorqueur qui tirait son planeur pour des exercices de vrilles. En quelques minutes, la croix blanche du planeur s'était libérée du câble de remorquage et se trouvait loin au-dessus de ma tête, seul et silencieux. Il ralentit, s'arrêta dans l'air, le nez piqua et les ailes tournèrent — comme un akène d'érable — puis sortit de son plongeon pour ralentir, s'arrêter dans l'air et commencer une autre vrille.

Leslie Parrish, prisonnière il n'y a pas si longtemps de sa peur des petits avions, aujourd'hui aux commandes du plus léger des avions, lui imposant les pires choses : vrilles à droite, vrilles à gauche, demi-tours et rétablissement, trois tours et rétablissement ; jusqu'à l'altitude minimum, avant de venir se poser.

Le planeur toucha le sol, roula doucement sur sa roue unique vers une bande blanchie à la chaux sur la piste de terre, s'arrêta à quelques dizaines de centimètres. L'aile gauche s'inclina tout doucement pour venir s'appuyer au sol et son examen était fini.

Je courus vers elle sur la piste, entendis un cri de triomphe venant de l'intérieur de la cabine, les félicitations de sa monitrice.

— Tu as réussi tes vrilles, seule ! Leslie ! Bravo !

Puis la verrière bascula et elle était là, le sourire aux lèvres, attendant timidement ce que je pourrais dire. Je l'embrassai.

— Vol parfait, vrilles parfaites ! Je suis fier de toi !

Le lendemain, elle vola seule.

Quelle étrange fascination de regarder en spectateur son amie la plus chère sur scène ! Un esprit différent était entré dans son corps et s'en était servi pour venir à bout d'une peur monstrueuse qui y était terrée depuis des dizaines d'années, et cet esprit se lisait maintenant sur son visage. Dans ses yeux bleu de mer il y avait des étincelles dorées, de l'électricité qui dansait. Elle est la force, pensai-je. N'oublie jamais, Richard : ce n'est pas une femme ordinaire que tu regardes, ce n'est pas un être humain conventionnel, ne l'oublie jamais !

Je ne réussissais pas aussi bien mes examens qu'elle.

De temps en temps, sans raison, j'étais froid, silencieux, je la repoussais sans savoir pourquoi.

Elle était alors blessée et le disait.

— Tu t'es conduit grossièrement aujourd'hui ! Tu parlais à Jack quand je me suis posée, j'ai couru vous rejoindre, tu m'as vue et *tu m'as tourné le dos*, comme si je n'étais pas là ! Comme si j'étais là et que tu ne le souhaitais pas !

— Leslie, s'il te plaît. Je ne savais pas que tu étais là. On parlait. Est-ce que tout doit s'arrêter pour toi ?

Je *savais* qu'elle était là, mais n'avais rien fait, comme si elle était une feuille morte ou un courant d'air. Pourquoi étais-je agacé ?

Cela se renouvela, entre les promenades et les musiques et les vols et les bougies. Par habitude, j'élevais de nouveaux remparts, me cachais, me servais de vieux boucliers contre elle. Ce n'est pas tant la colère qui la gagnait alors que la tristesse.

— Ah, Richard ! Es-tu possédé par un démon qui déteste tant l'amour ? Tu as promis de lever les barrières, pas d'en dresser de nouvelles entre nous !

Elle quitta la caravane, fit l'aller retour le long de la piste, dans l'obscurité. L'aller retour, sur des kilomètres.

Je ne suis pas possédé, pensai-je. Un moment de distraction et elle dit que je suis possédé. Pourquoi faut-il qu'elle exagère ?

Sans un mot, plongée dans ses pensées à son retour, elle écrivit dans son journal pendant des heures.

C'était la semaine d'entraînement pour la course de planeurs à laquelle nous nous étions inscrits. J'étais pilote et Leslie équipière au sol. Debout à cinq heures pour laver et faire briller l'avion avant que la température ne dépasse les quarante degrés, le mettre à sa place sur la piste, le remplir de lest d'eau. Elle me mettait de la glace autour du cou, enrobée dans des serviettes, jusqu'au moment du décollage, tandis qu'elle-même restait au soleil.

Après mon décollage, elle restait en contact avec la radio lorsqu'elle allait en ville pour les courses et l'eau, prête à venir nous chercher, moi et l'avion, au cas où je serais forcé de me poser à cent kilomètres de là. Elle était là avec du coca frais quand je me posais, m'aidait à ranger le planeur à sa place pour la nuit. Puis elle servait un dîner aux chandelles en écoutant mes aventures de la journée.

Elle m'avait dit un jour qu'elle était sensible à la chaleur, mais elle n'en donnait maintenant aucun signe. Elle travaillait comme un légionnaire, cinq jours de suite, sans relâche. A l'entraînement, nos temps étaient excellents, et le mérite lui en revenait pour une bonne part. Elle était une équipière parfaite, comme tout ce qu'elle décidait d'être.

Pourquoi avoir choisi ce moment pour m'éloigner d'elle ? Je venais de me poser, elle était venue à ma rencontre ; je me suis mis à parler avec quelques autres pilotes et n'ai remarqué qu'une demi-heure plus tard qu'elle était partie. Il me fallut ranger le planeur tout seul, ce qui n'est pas une mince tâche au soleil, mais la colère la rendait plus facile.

Lorsque je suis entré dans la caravane, elle était allongée par terre, feignant d'être épuisée.

— Bonjour, dis-je, fatigué par le travail. Merci de ton aide.

Pas de réponse.

— C'est juste ce qu'il me fallait, après un vol vraiment dur.

Rien. Elle restait allongée par terre, refusant de dire le moindre mot.

Elle avait sans doute remarqué que j'étais un peu distant, lisant dans ma pensée, et s'était fâchée.

Ces jeux de silence sont ridicules, pensai-je. Si quelque chose la gêne, si elle n'aime pas ce que je fais, que ne le dit-elle ? Elle refuse de parler, moi aussi.

J'enjambai son corps sur le sol, allumai le ventilateur. Puis je m'étendis sur le divan, ouvris un livre et lus, pensant que nous n'avions pas beaucoup d'avenir si elle continuait à agir ainsi.

Après quelque temps, elle finit par bouger. Puis elle se leva, infiniment lasse, se traîna jusqu'à la salle de bains. J'entendais marcher les pompes à eau. Elle gaspillait l'eau parce qu'elle savait qu'il me fallait aller la chercher en ville et remplir moi-même les réservoirs de la caravane. Elle voulait me donner du travail.

L'eau s'arrêta de couler.

Je posai mon livre. La vie merveilleuse avec elle dans le désert était-elle rongée par des acides qui remontaient de mon passé ? Ne puis-je apprendre à lui pardonner ses épines ? Elle a mal compris, et elle est blessée. Je peux avoir la grandeur d'âme de lui pardonner.

Pas un bruit venant de la salle de bains ; la pauvre petite pleure, sans doute.

J'avançai jusqu'à la petite porte, frappai deux fois.

Je suis désolé, dis-je. Je te pardonne...

Une bête explosa à l'intérieur. Les bouteilles volèrent en éclats contre le bois ; les pots, les brosses, les sèche-cheveux lancés contre les murs.

— ESPÈCE DE SALAUD ! JE TE DÉTESTE. JE NE VEUX PLUS JAMAIS TE REVOIR ! JE SUIS PAR TERRE ÉVANOUIE, PRATIQUEMENT MORTE D'INSOLATION APRÈS AVOIR TRAVAILLÉ SUR TON FOUTU PLANEUR ET TU ME LAISSES LÀ PENDANT QUE TU LIS *UN LIVRE*. J'AURAIS PU *CREVER* ET TU T'EN TAPES ! EH BIEN, JE M'EN TAPE AUSSI, RICHARD BACH DE MERDE ! FOUS-MOI LE CAMP ET LAISSE-MOI SEULE, ESPÈCE DE PORC ÉGOÏSTE !

Jamais ; personne ; de ma vie ; ne m'avait parlé ainsi. Je n'avais jamais non plus vu personne agir ainsi. Elle *cassait*.

Dégoûté, furieux, je quittai la caravane en claquant la porte, courut au Meyers garé au soleil. La chaleur était infernale ; je la remarquais à peine. Qu'est-ce qui lui prend ? Pour elle j'avais renoncé à ma Femme Parfaite ! Quel imbécile !

Autrefois, du temps où je prenais des passagers, le remède à ma phobie des foules était simple : m'en éloigner aussitôt, décoller et me retrouver seul. Solution efficace, au point que je commençais à l'utiliser en cas de phobie personnelle, qu'elle soignait tout aussi bien. Quand je n'aimais pas quelqu'un, je le quittais, et plus jamais je n'en entendais parler.

Le plus souvent, ça marche parfaitement — le départ est un

remède instantané. Sauf, bien entendu, si par hasard la personne qui vous incommode se trouve être votre âme sœur.

Je me sentais prisonnier. Je voulais courir, courir, courir. Sauter dans l'avion, faire démarrer le moteur sans vérifier la météo, sans rien vérifier. Décoller, pointer le nez dans n'importe quelle direction, mettre les gaz à fond et PARTIR ! Me poser n'importe où, refaire le plein, refaire démarrer le moteur, décoller et PARTIR !

Personne n'a le droit de me crier après ! Une fois et une seule. Après, l'occasion ne s'en présente plus car je suis *parti* pour de bon. Fini, terminé.

Pourtant je restais là, les doigts sur la poignée brûlante de la portière de l'avion.

Ma tête, cette fois-ci, ne m'autorisait pas à courir.

D'accord, elle est fâchée contre moi. Elle en a le droit. J'ai encore fait quelque chose d'inconsidéré.

Je me suis mis à marcher dans le désert, à marcher pour calmer ma rage, mes blessures.

C'est une de mes épreuves. Je montrerai que je suis en train d'apprendre si je ne prends pas la fuite. Nous n'avons pas de véritable problème. Elle est simplement un peu... plus expressive que moi.

J'ai marché pendant quelque temps, avant de me rappeler qu'on pouvait mourir d'un excès de soleil.

Est-elle restée trop longtemps au soleil ? S'est-elle effondrée sous l'effet non pas du dépit mais de la chaleur ? La colère disparut. Leslie évanouie à cause de la chaleur, et j'avais cru qu'elle faisait semblant ! Quel imbécile !

Je me suis précipité vers la caravane. En chemin, j'aperçus une fleur comme nous n'en avions jamais vu, la déterrai rapidement du sable et l'enveloppai dans une page de mon carnet.

Au moment où j'entrais, elle était allongée sur le lit et pleurait.

— Je suis désolé, dis-je doucement en lui passant la main sur les cheveux. Je suis vraiment désolé. Je ne savais pas...

Elle ne répondit pas.

— J'ai trouvé une fleur... Je t'ai apporté une fleur du désert. Tu crois qu'elle a besoin d'eau ?

Elle s'assit, essuya ses larmes, examina la petite plante d'un air grave.

— Oui, elle a besoin d'eau.

J'apportai une tasse pour mettre la plante, et un verre d'eau pour lui donner à boire.

— Merci pour la fleur, dit-elle après un instant. Merci pour les excuses. Et essaie de t'en souvenir, Richard : si tu veux garder quelqu'un dans ta vie, jamais de présomption !

Tard dans l'après-midi du vendredi, elle se posa, heureuse de son vol, belle et affectueuse ; elle était restée en l'air pendant plus de trois heures et avait atterri non pas parce qu'elle ne trouvait pas d'ascendance, mais parce qu'un autre élève avait besoin du planeur. Elle m'embrassa, contente et affamée, me racontant ce qu'elle avait appris.

Je préparais une salade en l'écoutant.

— J'ai encore regardé ton atterrissage, dis-je. Comme je t'avais regardée devant la caméra. Tu t'es posée avec la légèreté d'un moineau !

— J'aimerais bien, dit-elle. J'avais l'aérofrein à fond pendant toute l'approche finale, sinon j'aurais roulé dans l'armoise. Erreur de jugement !

Elle était fière de son atterrissage, cependant, je le voyais bien. Lorsqu'on lui faisait un compliment, elle trouvait souvent un détail qui n'était pas tout à fait parfait, pour qu'il soit plus facile à accepter.

C'est le moment, pensai-je, de lui dire.

— Tu sais, je crois que je vais partir un peu.

Elle comprit aussitôt ce que je voulais dire, me regarda d'un air effrayé, me donna la possibilité de changer d'avis au dernier instant en me répondant à un autre niveau :

— Ce n'est pas la peine de décoller maintenant. Les thermiques sont tous froids.

Au lieu de faire demi-tour, je plongeai en avant :

— Je ne veux pas dire décoller en planeur. Je veux dire partir. Après la course, demain ; qu'en dis-tu ? J'ai besoin d'être seul un peu. Toi aussi, non ?

Elle posa sa fourchette, recula sur son siège.

— Où vas-tu ?

— Je ne sais pas au juste. Peu importe. N'importe où. J'ai besoin d'être seul pendant une semaine ou deux, c'est tout.

Souhaite-moi un bon voyage, pensai-je. Dis-moi que tu comprends, que toi-même, tu as besoin d'être seule, que tu retourneras peut-être à Los Angeles tourner un petit film pour la télé ?

Elle me regarda d'un air interrogateur.

— Mis à part quelques problèmes, nous vivons l'époque la plus heureuse de nos vies, nous sommes plus heureux que nous ne l'avons jamais été, et tu veux tout à coup partir n'importe où et être seul ? Seul, ou avec une de tes femmes, pour pouvoir recommencer avec moi ?

— Ce n'est pas juste, Leslie ! J'ai promis de changer, j'ai changé. J'ai promis qu'il n'y aurait plus d'autres femmes, il n'y a plus d'autres femmes. Si notre expérience ne marchait pas, si je voulais voir quelqu'un d'autre, je te le dirais. Tu sais que je suis assez cruel pour te le dire.

— Oui, je le sais.

Il n'y avait aucune expression dans les belles ombres de son visage... son esprit classait, à la vitesse de la lumière : raisons, propositions, choix, alternatives.

Elle aurait dû s'y attendre, pensai-je, tôt ou tard. Mon esprit cynique, destructeur doutait que notre expérience durerait plus de deux semaines, et nous vivions dans la caravane depuis six mois, sans un jour de séparation. Depuis mon divorce, je n'étais jamais resté aussi longtemps avec une seule femme. Il était temps de faire une pause.

— Leslie, s'il te plaît. Quel mal y a-t-il à s'éloigner l'un de l'autre de temps en temps ? C'est ce qu'il y a de meurtrier dans le mariage...

— Mon Dieu, les discours qui recommencent. Si je dois écouter cette litanie de raisons que tu as de n'aimer personne sauf le ciel ou ton avion, si je dois écouter, je vais hurler !

Elle leva la main pour m'arrêter.

— Je sais que tu détestes le mot amour qu'il a perdu toute sa signification tu m'as dit cent fois que tu ne veux jamais l'employer mais je l'utilise en ce moment !...

Je m'assis tranquillement, essayant de me mettre à sa place sans y réussir. Quel mal y a-t-il à se séparer pour quelque temps ? Pourquoi l'idée de s'éloigner un peu serait-elle une telle menace ?

— Hurler, ce serait élever la voix, dis-je avec un sourire, façon de dire que si je pouvais me moquer de mes propres sacro-saintes règles, tout n'allait pas si mal.

Elle refusa de sourire.

— Toi et tes foutues règles ! Mon Dieu ! Pendant combien de temps vas-tu les traîner avec toi ?

Je me sentais un peu tendu par la colère.

— Si elles n'étaient pas justes, je ne t'embêterais pas. Tu ne comprends pas ? Ces choses-là comptent pour moi ; elles sont vraies pour moi. C'est ma vie ! Et fais attention à ce que tu dis devant moi.

— Et maintenant, tu me dis comment parler. Je dirai ce qui me plaît, nom de Dieu !

— Tu es libre de le dire, Leslie, mais je ne suis pas obligé d'écouter...

— Toi et ton stupide orgueil !

— S'il y a une chose que je ne supporte pas, c'est qu'on ne me respecte pas !

— Et s'il y a une chose que je ne supporte pas, c'est d'être ABANDONNÉE !

Elle s'enfouit le visage dans les mains, derrière ses cheveux en cascade qui formaient un rideau d'or, pour cacher sa misère.

— Abandonnée ? dis-je. Je ne vais pas t'abandonner ! Tout ce que j'ai dit...

— Si ! Et je ne supporte pas... d'être abandonnée...

Les mots étaient étouffés par les sanglots.

Je déplaçai la table, m'assis avec elle sur le divan, tirai son corps, roulé en une boule rigide, pour l'appuyer contre moi. Elle ne se déroula pas ; elle n'arrêta pas de pleurer.

Elle était transformée à cet instant en la petite fille d'autrefois, qui s'était sentie abandonnée et abandonnée et abandonnée après le divorce de ses parents. Elle les avait retrouvés et les aimait tous les deux, mais les cicatrices de son enfance n'avaient jamais disparu.

Leslie Parrish avait lutté seule pour en arriver là où elle était, avait vécu sa vie seule, avait été heureuse seule. Elle s'est laissée croire que, parce que nous avions passé tant de mois heureux ensemble, elle était pour la première fois libérée de cette partie de son indépendance qui signifiait solitude. Elle avait ses propres remparts, et j'étais derrière eux en ce moment.

Je suis là, dis-je. Je suis là.

Elle a raison pour mon orgueil, pensai-je. Je me laisse emporter et je me protège au premier signe de tempête.

J'oublie que c'est elle qui a vécu l'enfer. Si forte qu'elle soit, et si intelligente, elle a toujours peur.

A Hollywood, elle avait été l'objet de bien plus d'attention que je n'en avais jamais moi-même affronté. Le lendemain de notre coup de téléphone de neuf heures, elle avait quitté ses amis, son agent, les studios, la politique, tout quitté sans un adieu, sans explication, sans savoir si elle reviendrait un jour ou jamais. Partie, tout simplement. En regardant vers l'ouest, je voyais les points d'interrogation au-dessus de la ville qu'elle avait laissée derrière elle :

Qu'est donc devenue Leslie Parrish ?

Elle était au milieu d'un grand désert, maintenant. A la place de son vieux chat chéri, mort paisiblement, il y a des serpents à sonnettes beaucoup moins paisibles, des scorpions ; du sable, des rochers ; le monde le plus proche est celui, doux et violent à la fois, des planeurs. Elle a tout misé en laissant tomber Hollywood. Elle me fait confiance dans ce pays aride, sans rien pour la protéger en dehors de cette force chaleureuse qui nous entoure lorsque nous sommes heureux ensemble.

Les sanglots s'espaçaient, mais elle était toujours recroquevillée contre moi.

Je ne veux pas qu'elle pleure, mais c'est de sa propre faute ! Nous étions d'accord pour faire cette expérience, passer tout ce temps ensemble. Il n'était pas dit dans notre accord qu'on ne pouvait passer quelques semaines seul. En s'accrochant à moi, en me refusant la liberté d'aller où je veux quand je veux, elle devient elle-même une raison pour que je parte. Pourquoi ne comprend-elle pas une chose aussi simple ? Dès qu'on devient geôlier, le prisonnier veut s'échapper.

— Richard, dit-elle, blême et fatiguée. Je veux que ça marche ensemble. Et toi ?

— Oui, moi aussi.

Si tu me laisses être qui je suis, pensai-je. Je ne ferai jamais obstacle à aucun de tes souhaits ; pourquoi ne peux-tu en dire autant pour moi ?

Elle se redressa et s'assit à l'autre bout du divan, silencieuse. Plus de larmes, mais dans l'air le poids de tout ce désaccord, d'une telle distance entre nos deux îles.

Puis une chose étrange : je savais que cet instant avait déjà eu lieu. Le ciel se remplissait de sang à l'ouest, la silhouette noueuse d'un arbre devant la fenêtre, Leslie abattue par le poids des différences entre nous ; cela s'était produit exactement ainsi à une autre époque. J'avais voulu partir et elle s'était disputée avec moi. Elle avait pleuré, puis s'était tue et avait dit ensuite tu veux que ça marche ? et j'avais dit oui, et maintenant la prochaine phrase qu'elle va prononcer sera *tu en es sûr ?* Elle avait dit ces mots, et maintenant elle allait les redire.

Elle leva la tête et me regarda.
— Tu en es sûr ?
Mon souffle était coupé.
Mot pour mot, je connaissais ma réponse. J'avais répondu : « Non, pour être honnête, je n'en suis pas sûr... » Puis tout s'évanouit : les mots, le crépuscule, l'arbre. Avec cet aperçu d'un présent différent vint une tristesse immense, un regret si lourd que les larmes me troublaient la vue.
— Tu progresses, dit-elle lentement. Je sais que tu changes par rapport à celui que tu étais en décembre. Tu es doux, la plupart du temps, la vie que nous menons ensemble est si belle. J'entrevois un avenir magnifique, Richard ! Pourquoi veux-tu fuir ? Est-ce que tu vois cet avenir sans le souhaiter, ou est-ce que tu ne le vois toujours pas ?
Il faisait presque nuit dans la caravane, mais ni l'un ni l'autre ne se déplaça pour allumer la lumière.
— Leslie, je viens de voir autre chose, à l'instant. Est-ce que ceci s'est déjà produit ?
— Tu veux dire que cet instant a déjà eu lieu, plus tôt ? dit-elle.
— Oui. Quand tu connais chaque mot que je vais prononcer. Est-ce que tu viens d'avoir cette impression ?
— Non.
— Moi, si. Je savais exactement ce que tu allais dire, et tu l'as dit.
— Qu'est-ce qui s'est passé ensuite ?
— Je ne sais pas. Ça s'est évanoui. Mais j'étais horriblement triste.
Elle étendit le bras, me toucha l'épaule ; j'aperçus l'ombre d'un sourire dans l'obscurité.
— C'est bien fait.
— Laisse-moi m'en remettre. Donne-moi dix minutes...
Elle ne protesta pas. Je m'allongeai sur la moquette, fermai les yeux. Une inspiration profonde.
Mon corps est parfaitement détendu...
Une autre inspiration profonde.
Mon esprit est parfaitement détendu...
Une autre.
Je suis debout à une porte, et la porte s'ouvre sur un autre temps.

La caravane. Le crépuscule. Leslie recroquevillée dans

sa coquille, à l'autre bout du divan, aussi vraie que possible.
— Richard, dit-elle, blême et fatiguée. Je veux que ça marche ensemble. Et toi ?
— Oui, moi aussi
Si tu me laisses être qui je suis, pensai-je. Je ne ferai jamais obstacle à aucun de tes souhaits ; pourquoi ne peux-tu en dire autant pour moi ?
Elle se redressa et s'assit à l'autre bout du divan, silencieuse. Plus de larmes, mais dans l'air le poids de tout ce désaccord, d'une telle distance entre nos deux îles.
— Tu es sûr ? Tu es sûr que tu veux que ça marche ?
— Non. Pour être honnête, je n'en suis pas sûr. Je ne crois pas que je puisse supporter ces liens, j'ai l'impression d'être prisonnier dans une tempête ! Si j'avance par ici tu n'es pas contente, si j'avance par là tu me cries après. On est si différents, tu me fais peur. J'ai fait cette expérience honnêtement, mais si tu ne me laisses pas partir et rester seul quelques semaines, je ne suis pas sûr de vouloir que ça marche. Je ne vois pas d'avenir.
Elle soupira. Même dans l'obscurité, je voyais les remparts qu'elle élevait, et moi je restais à l'extérieur.
— Je ne vois pas d'avenir non plus, Richard. Tu m'as dit que tu étais égoïste et je ne t'ai pas écouté. On a essayé, et ça n'a pas marché. Il fallait toujours faire exactement ce que tu voulais, n'est-ce pas ?
— Peur que oui, Leslie. Je ne peux pas vivre sans la liberté...
— Épargne-moi tes histoires de liberté, je t'en prie. Plus de discours. Je n'aurais jamais dû te laisser me convaincre de faire un dernier essai. Je renonce. Tu restes toi-même.
J'essayais d'alléger un peu le fardeau.
— Tu es partie seule en planeur. Tu n'auras plus jamais peur de voler.
— C'est vrai. Merci de ton aide.
Elle se leva, alluma la lumière, regarda sa montre.
— Il y a un dernier avion pour Los Angeles ce soir, non ? Tu peux me conduire à Phoenix pour que je le prenne ?
— Si c'est ce que tu veux. Ou on peut rentrer avec le Meyers ?
— Non, merci. L'avion de Phoenix sera parfait.

Elle rassembla ses affaires en dix minutes, entassa tout dans deux valises.

Pas un mot entre nous.

Je mis les valises dans le camion, l'attendis dans le désert. Il y avait un petit quartier de lune, bas à l'ouest. Une petite lune qui riait de côté, avait-elle écrit. La même lune, ce soir, après quelques révolutions, pleurait tristement.

Je me suis souvenu de notre coup de téléphone de neuf heures, lorsque nous avions sauvé notre vie commune de justesse. Qu'est-ce que je fais ? *Elle est la plus sage et la plus belle des femmes qui ait jamais effleuré ma vie et je la laisse partir !*

Mais ces liens, Richard. Tu as essayé honnêtement. Des mois de bonheur, mais gâchés par les heures difficiles.

Je sentais une vie de bonheur et d'émerveillement, d'apprentissage et de joie avec cette femme tourner, se remplir et s'éloigner comme une immense voile argentée sous la lune, battre un peu, se remplir à nouveau et s'évanouir, s'évanouir, s'évanouir...

— *Tu veux fermer la caravane à clef ? demanda-t-elle.*

La caravane était à moi maintenant, et plus à elle.

— Peu importe.

Elle ne ferma pas à clef.

— *Tu veux que je conduise ? dit-elle. Elle n'avait jamais aimé ma conduite, trop distraite et insouciante pour elle.*

— *Peu importe, répondis-je. Je suis assis derrière le volant, autant que j'y reste.*

Soixante kilomètres ensemble, sans un mot, à travers la nuit, jusqu'à l'aéroport de Phoenix. Je garai le camion, attendis qu'elle fasse enregistrer ses bagages, espérant trouver quelque chose à dire qui n'ait pas été dit, l'accompagnai vers la porte.

— *Ne te dérange pas, dit-elle. Je me débrouillerai. Merci. On reste amis, d'accord ?*

— D'accord.

— Au revoir, Richard. Conduis...

Prudemment, *aurait-elle dit. Conduis prudemment. Plus maintenant. Je pouvais conduire comme je voulais.*

— Au revoir.
— Au revoir.

Je me penchai pour l'embrasser, mais elle détourna la tête.

Mon esprit était brouillé. J'étais en train de faire quelque chose d'irrévocable, comme sauter d'un avion à trois mille mètres.

Elle était encore tout près de moi ; je pouvais lui prendre le bras si je voulais.

Elle s'éloigna.

Trop tard, maintenant.

Une personne sensée réfléchit, prend sa décision et s'y tient. Il n'est jamais sage de revenir en arrière et de changer d'avis. Elle l'avait fait une fois avec moi, et elle avait eu tort. Il n'y avait plus rien à dire entre nous.

Mais, Leslie, je te connais trop bien pour que tu partes ! Je te connais mieux que personne au monde, et tu me connais. Tu es ma meilleure amie dans cette vie, comment peux-tu partir ? Tu ne sais pas que je t'aime. Je n'ai jamais aimé personne et je t'aime !

Pourquoi n'avais-je pas su le lui dire ? Elle continuait de s'éloigner sans se retourner. Puis elle passa la porte, et elle était partie.

Il y eut encore une fois ce bruit de vent dans mes oreilles, une hélice qui tournait lentement, patiemment, attendant que je remonte à bord pour finir ma vie.

Je suis resté debout à regarder la porte, pendant longtemps, comme si elle pouvait soudain revenir et dire Richard, qu'on est bêtes tous les deux, qu'on est idiots de se faire une chose pareille !

Elle n'est pas revenue, et je ne suis pas parti la rattraper.

Le fait est que nous sommes seuls sur cette planète, chacun de nous est entièrement seul, et plus tôt on l'accepte, mieux on se porte.

Beaucoup de gens vivent seuls : mariés et célibataires, qui cherchent sans trouver, et qui finissent par oublier qu'ils ont jamais cherché. Tel j'étais autrefois, tel je serai à nouveau. Mais ne laisse jamais personne s'approcher autant de toi que celle-là.

Je sortis de l'aéroport sans me presser, repris la route sans me presser.

Là, un DC8 qui décollait vers l'ouest, était-elle à bord ?

Un Boeing 727 ensuite, puis un autre. Les ailes qui penchaient au décollage, les roues qui rentraient, les volets qui remontaient. Elle volait dans mon ciel en ce moment, comment peut-elle me laisser au sol ?

Oublier. Oublier, y penser plus tard.

Le lendemain, j'étais en dix-huitième position pour le décollage en planeur. Le plein de lest dans les ailes, la trousse de survie à bord, la verrière marquée.

Comme la caravane était restée vide toute cette nuit sans sommeil, complètement silencieuse !

Est-elle vraiment partie ? D'une certaine façon, je ne peux y croire...

Je m'adossai au siège du pilote, vérifiai les commandes de vol, fis signe à l'équipier dehors, dont je ne savais même pas le nom, fis balancer le palonnier de gauche à droite : allons-y, allons-y.

Comme un catapultage au ralenti sur un porte-avions. Énorme rugissement de l'avion remorqueur, quelques mètres en avant, de plus en plus vite. La vitesse donne leur force aux ailerons, à la gouverne de direction, aux gouvernes de profondeur. Maintenant on monte à une dizaine de centimètres du sol et on attend, au-dessus de la piste qui défile, que l'avion remorqueur termine son décollage et commence à grimper.

Hier soir, j'ai commis une erreur spectaculaire en disant ce que j'ai dit, en la laissant partir. Est-il trop tard pour lui demander de revenir ?

Cinq minutes plus tard, une montée au bout du câble de remorquage, un piqué pour réduire la tension, et je tire la poignée et me libère facilement.

Il y a un bon thermique près de l'aéroport, qui est plein de planeurs. Le premier avion à décoller trouve l'ascendance, et les autres suivent comme des lemmings pour former un grand tourbillon de fibre de verre blanche, un troupeau de planeurs qui tourne et qui tourne, de plus en plus haut dans l'air chaud ascendant.

Attention, regarde autour de toi ! Entre dans le thermique par en bas, tourne dans la même direction que tout le monde. Une collision en plein air, d'après certains, ça vous gâche toute la journée.

Avec toutes les heures de vol que j'ai accomplies, je suis encore nerveux et tendu quand je me glisse dans ce petit espace aérien avec tant d'avions.

Virage serré. Virage rapide. Si on trouve le noyau de l'ascendance, c'est un véritable ascenseur jusqu'en haut... deux cents mètres par minute, deux cent cinquante, trois cents. Ce n'est pas le meilleur thermique de l'Arizona, mais pour commencer la journée, ce n'est pas si mal.

Est-ce qu'elle répondrait au téléphone si j'appelais ? Qu'est-ce que je lui dirais ?

Leslie, je suis vraiment désolé ?

Revenons là où on en était ?

Tout cela, je l'ai dit déjà dit. Mes excuses sont usées.

De l'autre côté du thermique se trouve un AS-W 19, reflet de mon propre planeur, avec le CZ de la course peint sur l'aile et la queue. En dessous, trois autres planeurs entrent dans le thermique en même temps ; au-dessus, une douzaine, au moins. Si on regarde en l'air, on voit l'œil d'un cyclone qui vient de frapper une usine d'avions, une espèce de sculpture qui tourbillonne en silence.

Est-ce que je voulais la conduire à l'avion ? Mon besoin de solitude, n'était-ce pas une pilule dont je savais qu'elle ne l'avalerait jamais ? Était-ce une façon lâche de la quitter ? Est-il possible que des âmes sœurs se rencontrent puis se séparent à jamais ?

Petit à petit, je dépasse le CZ en altitude dans le thermique, signe que je vole bien, si fatigué que je sois. Notre course est un triangle de deux cent trente kilomètres au-dessus de cette fournaise désolée qu'est le désert. Tout semble mort, au sol, mais il y a suffisamment d'ascendance pour porter un planeur tout l'après-midi, à grande vitesse.

Regarde bien ! Et fais attention ! Au-dessus de moi se trouve un Libelle, puis un Cirrus et un Schweizer 1-35. Je peux dépasser le Schweizer, éventuellement le Cirrus, mais pas le Libelle. Dans peu de temps nous serons en haut, nous prendrons notre cap, ce sera moins serré.

Et puis ? Le reste de ma vie seul, à courir en planeur ? Comment un homme, qui sait mieux que tout autre battre en retraite, peut-il fuir le fait d'être sans la femme qu'il est né pour rencontrer ? Leslie ! Pardonne-moi !

Sans prévenir, un éclair, des éclats de plexiglas, des vibrations dans le cockpit, du vent dans le visage, une lumière rouge éclatante.

Je suis projeté contre le harnais, puis cloué au siège, la force d'accélération qui essaie de m'éjecter, puis de m'écraser.

Le cockpit tombe comme des éclats d'obus. Le temps se met à ramper.

On t'a heurté ! Il ne reste pas grand-chose de ton avion et si tu veux continuer à vivre, il faut sortir de cet engin et tirer la cordelette.

Je sens l'avion tournoyer, se déchirer, tomber plus vite.

Dans une brume rouge, le ciel et les rochers tourbillonnent. Des morceaux d'aile dans un nuage déchiré autour de moi. Le ciel, le sol, le ciel. Je n'arrive pas à mettre la main sur la poignée d'ouverture.

Ne s'est pas beaucoup amélioré avec l'expérience. Lent à évaluer le problème.

Un coup de main, s'il te plaît. Ils vont dire que j'étais coincé après la collision. Je ne suis pas coincé. Mais la force est telle... Je ne peux pas...

Dès que je tire la poignée, le cockpit part. Je saisis la poignée d'ouverture du parachute, tire, pour voir la terre avant que le parachute ne s'ouvre... Trop tard. Pardonne-moi. Si ... noir.

Par terre dans la caravane, j'ouvris les yeux dans l'obscurité.

J'étais allongé, respirant profondément, mon visage inondé de larmes. Elle était toujours sur le divan.

— Qu'est-ce qui t'arrive ? demanda-t-elle. Tu te sens bien ?

Je me suis levé, me suis serré contre elle le plus près possible.

— Je ne veux pas te quitter. Jamais, dis-je. Je t'aime.

Un frisson imperceptible la traversa dans l'obscurité, puis un silence pendant un instant qui paraissait interminable.

— Tu quoi ? demanda-t-elle.

34

Vers deux heures du matin, la dispute oubliée, nous étions enlacés dans le lit, en pleine discussion sur les fleurs, sur les inventions, sur ce que pourrait être une vie parfaite pour nous.

— Tu te souviens de ma vieille définition ? dis-je. Qu'une âme sœur est un être qui satisfait tous nos besoins, tout le temps ?

— Oui.

— Alors j'ai l'impression que nous ne sommes pas des âmes sœurs.

— Pourquoi donc ? demanda-t-elle.

— Je n'éprouve pas le besoin de me disputer, dis-je. Je n'ai pas besoin de me battre.

— Qu'en sais-tu ? dit-elle doucement. Comment sais-tu si ce n'est pas la seule façon d'apprendre certaines leçons ? Si tu n'avais pas besoin de te disputer pour apprendre, tu ne créerais pas autant de problèmes ! Il y a des fois où je ne te comprends pas avant que tu ne sois en colère... n'y a-t-il pas des fois où tu ne saisis pas ce que je veux dire avant que je ne le crie ? Est-ce qu'il y a une loi qui dit qu'on ne peut rien apprendre en dehors des mots doux et des baisers ?

J'étais surpris.

— Je pensais que les âmes sœurs ne vivaient que des instants parfaits, alors comment peuvent-elles se disputer ?

Est-ce que les disputes seraient parfaites ? Les heurts, magiques ? Lorsque cet affrontement nous fait comprendre quelque chose de nouveau ?

— Ah ! dit-elle dans l'obscurité dorée, la vie avec un philosophe...

35

Pour la course du lendemain, j'étais le vingt-troisième planeur à décoller, l'avant-dernier. Le plein de lest dans les ailes, la trousse de survie à bord, la verrière marquée. Leslie me tend les cartes et les codes radio, m'embrasse et me souhaite bonne chance, baisse la verrière. Je la verrouille de l'intérieur. Je m'appuie sur le siège du pilote, vérifie les commandes de vol, fais signe que tout va bien, lui lance un dernier baiser, fais basculer le palonnier d'un côté à l'autre.

Chaque lancement est différent, mais ressemble toujours à un catapultage au ralenti. Énorme rugissement de l'avion remorqueur devant son câble, quelques mètres en avant, de plus en plus vite. La vitesse donne leur force aux ailerons, à la gouverne de direction, aux gouvernes de profondeur. Maintenant on monte à une dizaine de centimètres au-dessus du sol et on attend que l'avion remorqueur finisse son décollage et commence à grimper.

Leslie s'était montrée espiègle ce matin, me rafraîchissant généreusement avec de l'eau glacée aux moments où je m'y attendais le moins. Elle était heureuse, et moi de même. Quelle erreur spectaculaire j'aurais commise en m'obstinant à partir.

Cinq minutes plus tard, une montée au bout du câble de remorquage, un piqué pour réduire la tension, et je tire la poignée qui me libère facilement.

Il y a un bon thermique près de l'aéroport, empli de planeurs. Je frissonne dans la chaleur du cockpit. Un véritable cyclone d'avions. Mais j'étais pratiquement le dernier à décoller et je ne peux passer la journée à chercher une ascendance. Je suis prudent avec le manche. Regarde autour de toi, pensai-je, fais attention !

Virage serré. Virage rapide. J'ai trouvé le noyau de l'ascendance, un ascenseur express jusqu'au sommet... deux cents mètres par minute, deux cent cinquante. Attention.

J'avais mal au cou à force de tourner la tête à gauche, à droite, regarder, compter. Un Schweizer glisse sous moi, virant sèchement.

Elle a raison. Je crée des problèmes. On a eu des moments difficiles. Comme tout le monde. Les bons moments sont sublimes... ATTENTION !

Le Cirrus au-dessus resserre son virage, trop, tombe sur dix mètres vers moi, la lame géante de son aile dirigée vers ma tête. Je repousse le manche en avant, pique, évite au même instant le planeur d'en dessous.

— Si tu voles comme ça, je préfère te laisser la place !

Je reviens dans le cyclone, je regarde le haut de ce cylindre d'avions d'un kilomètre. Peu de pilotes voient jamais rien de ce genre.

Au moment où je regarde, un mouvement bizarre, tout en haut. Incroyable... un planeur qui *vrille*, à travers les autres ! Je le vois sans y croire... c'est idiot et dangereux de faire des VRILLES au milieu de tant d'autres avions.

Face au soleil, je ferme un peu les yeux. Le pilote ne fait pas des vrilles pour s'entraîner. Son planeur a perdu une aile !

Regarde ! Ce n'est pas un avion qui vrille, mais deux ! Deux planeurs qui tombent tout droit sur ma cabine.

Je tire le manche à gauche, enfonce le palonnier jusqu'au plancher et m'échappe.

Derrière mon aile droite tombent les deux avions cassés, entraînant dans leur sillage un nuage de débris qui tourbillonnent comme des feuilles d'automne.

La radio, qui était restée silencieuse depuis plusieurs minutes, s'écrie : « COLLISION ! *Collision en vol !* »

— *SAUTEZ! SAUTEZ !*

A quoi cela peut-il bien servir, pensai-je, de leur dire par radio de sauter ? Quand son avion est réduit en miettes, ne pense-t-on pas aussitôt au parachute ?

L'un des morceaux du planeur au milieu de ce nuage est un corps d'homme en chute libre. Il tombe pendant longtemps, puis le nylon se déploie au-dessus de lui, dans le vent. Il est vivant ; il a tiré la poignée. Bien joué !

Le parachute s'ouvre et dérive sans bruit vers les rochers.

— Il y a deux parachutes ! dit la radio. Deux parachutes qui descendent cinq kilomètres au nord. Envoyez une jeep !

Je ne voyais pas l'autre parachute. Celui que je regardais s'effondra lorsque le pilote toucha le sol.

Les morceaux d'épave continuaient de voler ; une coque avec une demi-aile tournoyait au ralenti.

Je n'avais jamais vu de collision en vol. De loin, c'était doux et silencieux. Ç'aurait pu être un nouveau sport inventé par un pilote qui s'ennuyait, s'il n'y avait tous ces débris qui tombaient. Aucun pilote ne s'amuserait à réduire des avions en miettes.

La radio continuait à cracher :

— Quelqu'un voit-il les deux pilotes ?

— Affirmatif. Je les vois tous les deux.

— Comment vont-ils ?

— Les deux vont bien, semble-t-il. Ils sont tous les deux au sol et font signe.

— Dieu merci.

— D'accord, les gars, réveillez-vous un peu, là-haut. Il y a beaucoup d'avions dans peu d'espace...

Quatre des pilotes engagés dans cette course étaient des femmes. Qu'ont-elles ressenti en volant là-haut et en s'entendant appeler « les gars » ?

Tout à coup, je me suis senti glacé dans la chaleur. *J'ai vu ça hier !* Quelles sont les probabilités... la seule collision en vol que j'aie jamais vue, le lendemain du jour où j'étais allongé par terre dans la caravane et où je l'ai vue par avance !

Non, je ne l'avais pas vue ; c'est *moi* qui avais été touché par l'aile ! Ç'aurait pu être moi, en bas dans le désert, et sans toute la chance de ces deux pilotes qui montaient dans la jeep avec des histoires passionnantes à raconter.

Si Leslie m'avait quitté hier soir, si j'avais été triste et fatigué aujourd'hui au lieu d'être frais et reposé avant la course, ç'aurait pu être moi.

J'ai pris mon cap, dans un ciel curieusement désert. Une fois partis, les planeurs de course ne restent pas groupés si les meneurs peuvent l'éviter.

Piquant du nez, mon planeur silencieux glisse à toute vitesse vers une crête montagneuse. Au-dessus des rochers, un nouveau thermique qui nous permet de remonter rapidement.

La vision, pensai-je, m'avait-elle sauvé ?

Je suis protégé, maintenant, pour une raison.

En choisissant d'aimer, avais-je choisi la vie plutôt que la mort ?

36

Il était enroulé dans le sable de la piste, enroulé et prêt à bondir. J'ai arrêté le moteur du camion et pris le micro de la CB.

— Bonjour. Tu m'entends ?

Après un instant de silence, elle répondit de la radio dans la caravane.

— Oui. Pourquoi es-tu arrêté ?

— Il y a un serpent qui me barre la route. Est-ce que tu peux prendre les livres sur les serpents ? Je vais te le décrire.

— Attends une seconde.

J'ai avancé un peu le camion, tournant un peu pour passer à côté du serpent. Il fouettait l'air avec sa langue noire, agitait les sonnettes de sa queue. *Je te préviens...*

Quel serpent courageux ! Si j'avais son courage, je me mettrais devant un char de trois mètres de haut et six mètres de large et lui dirais n'avance pas, je te préviens...

— J'ai les livres, dit-elle. Fais attention. Reste à l'intérieur, et n'ouvre pas la portière, d'accord ?

Oui, dit le serpent. Écoute-la et fais attention. Le désert est à moi. Si tu me nargues, je tue ton camion. Je ne souhaite pas le faire, mais si tu m'y obliges, je n'aurai pas le choix. Les yeux jaunes me regardaient sans cligner, la langue goûta encore une fois l'air.

Leslie ne pouvait contenir sa curiosité.

— Je viens voir.

— Non ! Reste où tu es. Il y en a peut-être tout un nid dans le sable. D'accord ?

Silence.

— Leslie ?

Silence.

Dans le rétroviseur, je vis une silhouette sortir de la caravane et se diriger vers moi. S'il y a une chose qu'on n'a pas dans ces relations homme-femme modernes, c'est l'obéissance.

— Excuse-moi, dis-je au serpent. On revient tout de suite.

Je fis demi-tour sur la route, m'arrêtai pour la prendre. Elle monta à droite avec les livres. *Guide des reptiles et amphibiens d'Amérique du Nord — Guide du naturaliste — Le désert du sud-ouest.*

— Où est le serpent ?

— Il nous attend, dis-je. Je veux que tu restes à l'intérieur. Je ne veux pas que tu quittes le camion, c'est compris ?

— Je ne sortirai pas si tu ne sors pas.

Il y avait de l'aventure dans l'air.

Le serpent n'avait pas bougé ; il siffla pour arrêter le camion.

De retour ? Vous n'irez pas plus loin. Pas un centimètre de plus que la dernière fois.

Leslie se pencha sur moi pour voir.

— Bonjour, dit-elle d'une voix alerte. Bonjour, petit ! Comment vas-tu aujourd'hui ?

Pas de réponse. Que dire quand on est un méchant serpent à sonnettes du désert et qu'une petite voix de jeune fille vous pose une telle question ? On ne sait que répondre. On cligne des yeux, mais on ne dit rien.

Leslie se remit sur son siège et ouvrit le premier livre.

— Quelle couleur, d'après toi ?

— Bon, dis-je. Il est couleur de sable verdâtre, une espèce de vert olive pâle et sale. Des taches ovales noires le long du dos, vert olive plus foncé à l'intérieur des taches, presque blanc à l'extérieur. Une grosse tête triangulaire et plate, un nez court.

Elle tournait les pages.

— Mince, il y a des clients plutôt méchants là-dedans ! Quelle taille fait-elle ?

Je souriais. Dès que l'un de nous devenait sexiste, ces jours-ci, l'autre corrigeait, plus ou moins subtilement suivant les circonstances.

— Ce n'est pas un petit serpent, dis-je. Si elle était entièrement déroulée... un mètre trente, peut-être ?

— Est-ce que tu dirais que « les marques ovales tendent à s'amincir en bandes discrètes près de la queue » ?

— Un peu. Non. Des bandes noires et blanches autour de la queue. Les noires sont fines, les blanches grosses.

Le serpent se déroula, se mit sur le bas-côté de la route. J'ai appuyé sur l'accélérateur pour faire rugir le moteur et aussitôt elle s'est renroulée. Je t'ai prévenu et je ne plaisantais pas ! Recule, sinon...

— « Écailles carénées, sur vingt-cinq rangs » ? demanda Leslie. Ah ! « Anneaux noirs et blancs autour de la queue. » Et ceci : « Rayure claire derrière l'œil qui s'étend vers l'arrière, au-dessus de l'angle de la bouche. »

Tu vois cette bande claire derrière l'œil ? dit le serpent. Que faut-il dire de plus ? Laisse tes mains où elles sont et recule...

— C'est ça ! dis-je. C'est elle ! Qu'est-ce que c'est ?

— Serpent à sonnettes Mojave, *crotalus scutellatus*. Tu veux voir sa photo ?

Le serpent de la photo ne souriait pas.

Elle ouvrit le *Guide du naturaliste*, tourna les pages.

— Le docteur Lowe affirme que le Mojave a un venin « unique », avec des éléments neurotoxiques pour lesquels aucun antivenin spécifique n'a été mis au point et que la morsure du Mojave est potentiellement bien plus grave que celle du diamantin, espèce avec laquelle il est parfois confondu.

Silence. Comme il n'y avait pas de diamantin à proximité, ce serpent n'était pas confondu.

Nous nous regardions l'un l'autre, Leslie et moi.

— Peut-être qu'il vaudrait mieux rester dans le camion, dit-elle.

— Je n'ai pas vraiment envie de sortir, si c'est ça qui t'inquiète.

Oui, siffla le Mojave, fier et féroce. Tu ne veux pas agir trop vite...

Leslie regarda à nouveau.

— Que fait-elle ?

— Elle me dit que je ne veux pas agir trop vite.

Après un temps, le serpent se déroula, observant nos yeux, prêt à toute ruse de notre part. Il n'y en eut pas.

Si elle me mordait, pensai-je, est-ce que j'en mourrais ? Bien sûr que non. Je pourrais me protéger avec des boucliers psychiques, transformer le venin en eau ou en coca-cola, ne pas accorder de crédit à un système de croyance qui dit que les serpents tuent. Je pourrais le faire, pensai-je. Mais nul besoin de m'y essayer tout de suite.

Nous regardions le serpent et l'admirions.

Oui, soupirais-je à moi-même, j'avais senti la réponse bête et prévisible : le tuer. S'il entre dans la caravane et commence à mordre tout le monde, mieux vaut prendre une pelle maintenant et le réduire en bouillie avant que ça n'arrive ; c'est le serpent le plus mortel du désert ; prends le fusil et fais-le sauter avant qu'il ne tue Leslie !

Quelle déception qu'une partie de toi-même pense des choses aussi laides, aussi cruelles. Tuer. Quand seras-tu à un niveau où tu n'auras plus *peur* ?

Je m'accuse à tort ! L'idée de tuer était dictée par la peur, l'ignorance, la folie. Je ne suis pas responsable de l'idée, mais seulement de mon action, de mon choix final. Mon choix final est de respecter ce serpent. Elle est une expression de vie aussi vraie et aussi fausse que le bipède qui conduit ce camion. A ce moment, j'aurais retourné la pelle contre quiconque aurait osé attaquer notre brave serpent à sonnettes.

— Si on lui faisait écouter de la musique à la radio ?

Leslie alluma la radio, trouva une station de musique classique qui diffusait quelque chose de rachmaninovesque et mit le volume à fond.

— LES SERPENTS N'ENTENDENT PAS TRÈS BIEN, expliqua-t-elle.

Après un temps le serpent s'adoucit et se détendit ; il ne lui restait plus qu'une spire. Quelques minutes encore, et il cracha une dernière fois sa langue. Bien joué. Vous avez passé votre examen. Félicitations. Votre musique est trop forte.

— Elle s'en va ! Tu vois ?

Au revoir.

Et le serpent à sonnettes s'éloigna, ondulant doucement, avant de disparaître dans l'armoise.

— Au revoir ! cria Leslie, avec un geste de la main, presque tristement.

J'ai relâché le frein, reculé le camion jusqu'à la caravane, débarqué ma chère passagère et ses livres.

— Qu'en penses-tu ? dis-je. Est-ce qu'on a imaginé tout ce qu'elle a dit ? Tu crois qu'elle était un esprit de passage, qui aurait pris la forme d'un serpent pour une heure pour voir quelle maîtrise nous avions de la peur, tuer ou ne pas tuer ? Un ange en costume de serpent, sur la route, pour nous mettre à l'épreuve ?

— Je ne vais pas dire non, répondit Leslie. Mais si ce n'est pas le cas, il vaut mieux désormais faire beaucoup de bruit en sortant de la caravane pour ne pas la surprendre, d'accord ?

37

Le monde autour de nous change en même temps que nos pensées. L'Arizona en été nous semblait un peu trop chaud. Il était temps de changer de paysage. Quelque chose plus au nord, plus frais ? Pourquoi pas le Nevada ? Emmener la caravane et le planeur au Nevada ?

Il y faisait effectivement plus frais. Au lieu de 46°, il ne faisait que 43° dehors. Au lieu des petites montagnes à l'horizon, de grosses.

Le générateur tomba en panne dans la caravane... trois jours de bricolage, et il remarchait. Une fois le générateur réparé, les pompes à eau cessèrent de fonctionner. Heureusement, l'idée de vivre sans eau au milieu de millions d'hectares de sable et d'ossements nous a aidés à les réparer à l'aide d'un canif et de carton.

Nous venions de faire cent kilomètres en voiture pour aller chercher l'eau et le courrier. Elle était debout dans la cuisine et lisait à haute voix la lettre de Los Angeles. A vivre dans la brousse, nos sens n'étaient plus les mêmes. Megalopolis était devenue si irréelle qu'il nous était difficile d'imaginer qu'elle était toujours là, que des gens vivaient toujours dans les villes. La lettre nous le rappelait.

— « Cher Richard, je suis au regret de vous dire que la Direction des services fiscaux a rejeté votre offre et exige le paiement immédiat du million de dollars. Comme vous le savez, elle a un droit de rétention sur tous vos biens et a légalement la possibilité de les saisir dès qu'elle le veut. Je propose que nous nous voyions le plus tôt possible. Bien cordialement. John Marquart. »

— Pourquoi ont-ils rejeté ma proposition ? dis-je. J'ai proposé de tout payer !

— Il y a un malentendu quelque part, dit Leslie. Je crois qu'il vaut mieux aller voir ce qui se passe.

Nous sommes allés en voiture jusqu'à la cabine téléphonique d'une station-service, avons fixé un rendez-vous à 9 heures le lendemain matin, jeté quelques affaires dans le Meyers, traversé le pays à toute vitesse pour nous poser à Los Angeles avant le coucher.

— Le problème, ce n'est pas votre proposition, dit Marquart, le lendemain matin. Le problème, c'est que vous êtes célèbre.

— Quoi ? Le problème, c'est quoi ?

— C'est dur à croire et moi-même je n'en avais jamais entendu parler. La D.S.F. a maintenant pour politique de ne pas accepter d'offres de compromis venant de gens célèbres.

— Qu'est-ce... qui leur fait croire que je suis célèbre ?

Il fit tourner sa chaise.

— J'ai posé la même question. L'agent m'a dit qu'il était sorti dans le couloir de son bureau et qu'il avait demandé au hasard à des gens s'ils connaissaient Richard Bach. Il y a eu plus de oui que de non.

Silence absolu dans la pièce. Je n'arrivais pas à croire ce que j'entendais.

— Si je comprends bien, dit enfin Leslie, la Direction des services fiscaux refuse l'offre de Richard, sous prétexte que des gens dans un couloir ont entendu parler de lui. Vous plaisantez ?

L'avocat leva les bras, incapable de rien changer à ce qui venait de se produire.

— Ils accepteront un paiement global unique. Ils n'accepteront pas de paiements échelonnés d'une personne célèbre.

— S'il était un homme d'affaires du nom de Durand, ils accepteraient sa proposition, dit-elle. Mais comme il s'appelle Richard Bach, ils refusent ?

— C'est bien ça, dit-il.

— Mais c'est de la discrimination !

— Vous pourriez aller au tribunal. Vous auriez sans doute gain de cause. Ça prendrait une dizaine d'années.

— Allons ! Qui est le patron de ce type ? dis-je. Il doit bien y avoir quelqu'un...

— Le type qui s'occupe de votre cas en ce moment, c'est lui

le patron. C'est lui qui a décidé de cette loi sur les gens célèbres.

Je regardais Leslie.

— Qu'est-ce qu'on peut faire maintenant ? demanda-t-elle à Marquart. Richard a vendu presque tout ce qu'il possédait pour verser l'acompte ! Il pourrait leur faire un chèque pour près de la moitié aujourd'hui, s'ils l'acceptaient sans saisir ce qui reste. Je crois qu'il pourrait payer le solde en un an, surtout s'il peut se remettre au travail. Mais il ne peut pas faire avancer le film, il ne peut même pas écrire si ces gens n'attendent pas qu'il termine une page pour la lui prendre...

Du fond de mon aigreur, il me vint une idée.

— Un autre agent, dis-je. Il y a sûrement moyen de faire transmettre ce dossier un autre agent ?

Il agita des papiers sur son bureau.

— Voyons. Vous en avez déjà eu sept. Aucun ne veut prendre la responsabilité, aucun ne veut s'en occuper.

La patience de Leslie se brisa.

— *Ils sont fous ?* Ils ne veulent pas l'argent ? Ils ne comprennent pas que cet homme essaie de *payer*, il n'essaie pas de s'enfuir ou de faire une bonne affaire. Il essaie de *payer intégralement !* ILS SONT COMPLÈTEMENT STUPIDES ?

Elle hurlait, avec des larmes de frustration dans les yeux.

Marquart restait calme, comme s'il avait joué cette scène des centaines de fois.

— Leslie, Leslie. Écoutez. C'est important que vous compreniez ceci. La Direction des impôts est aux mains des fonctionnaires les moins intelligents, les plus timorés, vicieux, rancuniers qu'on ait jamais vus. Je le sais. J'y ai travaillé pendant trois ans. Tout jeune conseiller fiscal commence par travailler pour le ministère des Finances, pour connaître l'ennemi. Si on n'a pas travaillé pour les impôts, on ne comprend pas la législation fiscale ; on ne sait pas à qui on a affaire.

Je me sentais pâlir tandis qu'il poursuivait.

— A moins que la D.S.F. ne craigne que vous ne quittiez le pays, elle ne répond pas aux lettres, ni aux coups de téléphone. Pendant des mois, on ne peut pas les joindre. Personne ne veut être responsable d'une affaire de ce genre, d'une telle somme. Une erreur, et la presse les critique : « Vous expulsez des femmes âgées de leur cabane et vous permettez à Richard Bach d'étaler ses paiements ! »

— Alors pourquoi ne saisissent-ils pas tout de suite ? Ils pourraient prendre tout ce que j'ai.

— Ça pourrait être une erreur aussi : « Richard Bach proposait de payer intégralement, mais vous avez saisi, et ses biens ne valent pas la moitié de ce que vous auriez pu obtenir... » Vous comprenez ? Mieux vaut aucune décision qu'une mauvaise !

« C'est pour ça qu'ils sont passés par autant d'agents, reprit-il. Ils se passent entre eux le dossier comme une pomme de terre brûlante, en espérant qu'un nouvel agent arrivera avant qu'ils ne soient obligés de le prendre et de s'en occuper.

— Mais certainement que tout en haut, dit Leslie, le directeur régional, si on allait le voir... ?

Marquart fit un signe de tête.

— J'ai travaillé avec lui autrefois. Je l'ai appelé tout de suite et j'ai fini par le joindre. Il m'a dit pas d'exceptions, il faut suivre la filière normale. Il dit qu'il faut traiter avec l'agent attitré, puis avec le suivant, et le suivant.

Leslie s'attaqua à la situation comme à un problème d'échecs.

— Ils n'acceptent pas son offre, et pourtant il ne peut payer un million de dollars d'un coup. S'ils saisissent, il ne peut pas travailler. S'ils ne se décident pas, il ne peut toujours pas travailler, car ils *pourraient* saisir demain et tout le travail serait perdu. S'il ne peut pas travailler, il ne peut pas gagner l'argent pour leur payer le reste.

« Nous sommes au purgatoire depuis presque un an, maintenant ! Est-ce que ça va traîner jusqu'à la fin du monde ?

Pour la première fois depuis le début du rendez-vous, le conseiller paraissait moins sombre.

— D'une certaine façon le temps travaille pour Richard. Si son dossier traîne pendant trois ans sans solution, il aura la possibilité d'annuler la dette en se déclarant en faillite.

— Mais si je fais faillite, ils ne seront pas payés ! Ils ne le savent pas ? C'est une histoire de fous !

— Bien sûr que si. Mais je crois qu'ils veulent attendre, je crois qu'ils veulent que vous fassiez faillite.

— POURQUOI ? dis-je. Quelle folie... ils auraient un million de dollars, s'ils me laissaient faire les paiements.

Il me regardait tristement.

— Vous oubliez, Richard, que si vous faites faillite, ce ne sera pas du fait de la D.S.F., ce sera votre propre décision — *on ne pourra rien reprocher à l'État !* Personne n'a de responsabilité à prendre. Personne ne peut être critiqué. La dette sera légalement effacée. Entre-temps, ce n'est pas si mauvais. A moins qu'ils ne prennent une décision sur votre cas, vous êtes libre de dépenser l'argent. Pourquoi ne faites-vous pas le tour du monde ? Vous descendez dans les meilleurs hôtels, vous m'appelez de temps en temps de Paris, Rome, Tokyo.

— Trois ans ? dit Leslie. Faillite ?

Elle me regarda. Ses yeux étaient emplis de pitié pour nous deux, puis de résolution.

— Non ! Ça ne se passera pas comme ça ! On va régler cette affaire !

Ses yeux étaient en feu.

— Célèbre ou non, doublez la mise et faites une autre proposition. Faites en sorte qu'ils ne puissent la refuser. Et, bon Dieu, trouvez quelqu'un qui ait le courage de l'accepter !

Marquart répondit que ce n'était pas une question d'offre, mais il accepta d'essayer.

On fit venir un comptable, d'autres avocats pour consultation. De nouvelles colonnes de chiffres défilaient dans les calculatrices, de nouveaux papiers traversaient le bureau, des propositions, des projets à la poubelle, de nouveaux rendez-vous pour le lendemain tandis que nous cherchions une offre si dépourvue de risque que l'État ne pourrait la refuser.

Je regardais le ciel par la fenêtre pendant qu'ils travaillaient. Comme le pilote d'un avion endommagé. J'étais sûr de l'accident, mais je n'avais pas peur. On le quitterait ; on recommencerait. On serait soulagé d'en avoir fini.

— Tu te souviens du serpent à sonnettes ? dit Leslie, une fois la réunion interrompue, alors que nous étions dans l'ascenseur qui nous menait au parking.

— Bien sûr. *Croandelphilis scotamorphulus*. Pas d'antidote connu au venin, dis-je. Bien sûr que je m'en souviens. Un serpent courageux.

— On comprend, après des journées comme celle-ci à essayer de se battre contre ces brutes des impôts, comme c'est bon d'être assis dans le désert et d'affronter un serpent à sonnettes vraiment franc et honnête !

Nous sommes arrivés épuisés dans le Nevada, pour découvrir dans le désert la caravane mise à sac : porte forcée, bibliothèques vidées, tiroirs retournés ; tout ce que nous avions laissé dans notre petite maison sur roulettes était parti.

38

Leslie était abasourdie. Elle cherchait partout les objets amicaux avec lesquels nous vivions, ses chers compagnons, comme s'ils allaient soudain apparaître à leur place. Livres, vêtements, ustensiles de cuisine qui lui disaient qu'elle était chez elle, même ses brosses à cheveux : partis.

— Ce n'est pas un problème, dis-je. Ce ne sont que des objets que nous avons perdus. Tant que le fisc ne se décide pas, il nous reste beaucoup d'argent à dépenser. Un voyage en ville et on rachète tout.

Elle entendait à peine, regardait le tiroir vide du bureau.

— Richard, ils ont même pris notre pelote de ficelle...

J'essayais désespérément de l'amuser.

— Et nous qui pensions être les seuls à garder les bouts de ficelle ! Pense à leur bonheur... toute une pelote de ficelle ! Et des cuillères en bois brûlées ! Et des assiettes ébréchées !

— Nos assiettes n'étaient pas ébréchées, dit-elle. On les avait achetées ensemble, tu ne t'en souviens pas ?

— Eh bien, on en achètera d'autres. Pourquoi pas en céramique, orange et jaunes, cette fois ? et des tasses plus grandes. On pourra faire des folies chez le libraire, et il nous faudra de nouveaux vêtements...

— Ce ne sont pas les objets, Richard, c'est la signification des objets. Ça ne te fait pas mal, que des inconnus soient entrés chez nous pour prendre des objets qui avaient un sens dans notre vie ?

— Ça ne fait mal que si on le veut bien, dis-je. On n'y peut rien, maintenant ; c'est fait ; plus on oubliera vite, mieux ce sera. Si ça servait à quelque chose d'être triste, je serais triste.

Le mieux est d'oublier, d'acheter de nouvelles choses et de laisser passer un peu de temps. Ils prennent toute la caravane, et alors ? Ce qui compte, c'est nous, n'est-ce pas ? Mieux vaut être ensemble dans le désert et heureux que séparés dans des palais emplis de ficelle et d'assiettes !

Elle essuya une larme.

— Tu as raison, dit-elle. Mais je crois que je suis en train d'évoluer. Autrefois, je disais que quiconque forçait la porte de ma maison pouvait voler tout ce qu'il voulait, que je ne prendrais jamais le risque de blesser quelqu'un pour protéger mes biens, ou moi-même. Mais c'est fini. J'ai été cambriolée trois fois auparavant, une fois aujourd'hui et c'est terminé. Si on doit vivre dans un désert sauvage, ce n'est pas juste que tu sois le seul à nous protéger. Je vais faire ma part. Je vais m'acheter une arme.

Deux jours plus tard, il y avait dans sa vie une peur de moins. Soudain, elle qui ne pouvait supporter la vue d'un revolver chargeait maintenant les armes à feu avec l'aisance d'un troupier.

Elle s'entraînait assidûment, pendant des heures ; le désert sonnait comme la dernière bataille d'El Alamein. Je jetais des boîtes de conserve dans la broussaille et elle les touchait une fois sur cinq avec un Magnum 357, puis trois fois sur cinq, puis quatre.

Pendant qu'elle chargeait la carabine Winchester, j'ai mis une rangée de cartouches vides dans le sable en guise de cibles ; puis je me suis reculé et je l'ai regardée viser et appuyer sur la détente. La détonation lui faisait à peine cligner des yeux maintenant ; ses cibles disparaissaient l'une après l'autre, de gauche à droite, dans des gerbes de sable et de plomb.

J'avais du mal à comprendre ce qui lui était arrivé après ce cambriolage.

— Tu veux dire, demandai-je, que si quelqu'un entrait dans la caravane, tu...

— Celui qui forcera la porte de chez moi le regrettera ! S'il ne veut pas se faire tirer dessus, qu'il trouve une autre occupation !

Elle riait en regardant l'expression de mon visage.

— Ne me regarde pas comme ça ! Tu dis la même chose, tu le sais très bien.

— Non ! Je le dis autrement.

— Tu le dis comment ?

— Je dis qu'il n'est possible à personne de mourir. « Tu ne tueras point » n'est pas un commandement, c'est une promesse : tu ne pourrais pas tuer si tu essayais, parce que la vie est indestructible. Mais tu es libre de *croire* en la mort, si tu y tiens.

« Si on essaie de cambrioler une personne qui nous attend avec un revolver chargé, on dit à cette personne qu'on est fatigué de la croyance en la vie sur cette planète, on lui *demande* de nous rendre le service de déplacer notre conscience de ce niveau à un autre, de nous faire la politesse de tirer une balle en légitime défense. C'est comme ça que je le dis. C'est vrai, tu ne crois pas ?

En riant, elle chargea une nouvelle cartouche dans sa carabine.

— Je ne sais pas lequel de nous deux a le plus de sang-froid, Richard, toi ou moi.

Elle retint sa respiration, visa, appuya sur la détente. Dans le désert, une autre douille cria et disparut.

Après le cambriolage et la panne de générateur, après la panne d'eau, après la panne de réfrigérateur, après la fuite de gaz qui emplit la caravane de gaz explosif, vint la trombe de sable.

Ce sont de minuscules tornades dans le désert, qui se promènent en été, aspirent une dune de sable ici, quelques buissons là, les envoient à trois cents mètres en l'air... qui vont où bon leur semble et font ce qui leur plaît.

Une fois le générateur réparé, Leslie acheva de nettoyer la caravane, posa l'aspirateur et regarda par la fenêtre.

— Viens voir l'immense trombe de sable !

Je me suis dégagé du chauffe-eau, qui refusait de chauffer l'eau.

— De fait, elle est *grosse* !
— Passe-moi l'appareil-photo, s'il te plaît.
— L'appareil-photo a été volé, dis-je. Désolé.
— Le nouveau petit appareil, sur l'étagère du bas. Vite, avant qu'elle ne soit partie.

Je lui tendis l'appareil et elle prit une photo de la fenêtre de la caravane.

— Elle grossit.
— Elle ne grossit pas vraiment, dis-je. Elle paraît plus grosse, parce qu'elle se rapproche.

— Est-ce qu'elle va nous toucher ?

— Leslie, le risque que cette trombe, qui a tout le désert du Nevada pour se déplacer, le risque que cette trombe frappe cette minuscule caravane est de l'ordre de un sur plusieurs centaines de mille...

Puis le monde trembla, le soleil s'éteignit, notre auvent fut arraché du sol et explosa sur le toit, la porte s'ouvrit brusquement, les fenêtres hurlèrent. Le sable, la poussière envahirent le couloir. Les rideaux volaient, la maison balançait, prête à s'envoler. Une impression familière : un accident d'avion sans la vue.

Puis le soleil perça, les hurlements cessèrent, l'auvent retomba à côté de la caravane.

— ...disons que le risque d'être touché est de l'ordre de... un sur deux !

Leslie n'était pas amusée.

— Je venais de terminer le ménage !

Si elle avait pu mettre la main sur cette tornade, elle lui aurait appris à tout saccager.

La trombe avait eu dix secondes pour entasser vingt kilos de sable par les fenêtres et les portes. Avec autant de terre sur une si petite surface, on pouvait planter des pommes de terre sur la table de la cuisine.

— Tu n'as jamais l'impression, demanda-t-elle désespérée, qu'on ne devrait pas vivre ici ? Qu'il serait temps d'aller plus loin ?

Je posai la clef que j'avais serrée dans mes doigts, le cœur empli de réconfort.

— J'allais justement te demander la même chose. J'en ai assez de vivre dans une petite boîte sur roulettes ! Ça fait plus d'un an ! Est-ce qu'on peut arrêter ? Est-ce qu'on peut trouver une maison, une vraie maison qui ne soit pas en plastique ?

Elle me regarda d'un air étrange.

— Est-ce que j'entends Richard Bach qui parle de s'installer, pour de bon ?

— Oui.

Elle enleva un peu de sable sur la chaise et s'assit tranquillement.

— Non, dit-elle. Je ne veux pas trouver une maison, l'arranger puis m'arrêter en plein milieu si tu décides qu'il faut que tu partes et que l'expérience n'a pas marché. Si tu es toujours persuadé que l'ennui nous guette, tôt ou tard, on n'est pas prêts pour une maison, n'est-ce pas ?

— Je ne sais pas, dis-je après réflexion.

Leslie pensait que nous découvrions des horizons intérieurs, des limites de l'esprit ; elle savait que nous étions sur la voie qui nous ouvrait des plaisirs que ni elle ni moi ne pouvions trouver seuls. Avait-elle raison, ou n'était-ce qu'un espoir ?

Nous sommes mariés depuis plus d'un an, avec ou sans cérémonie. Est-ce que je m'incline toujours devant les vieilles craintes ? Ai-je vendu mon biplan et suis-je parti à la recherche d'une âme sœur pour apprendre à avoir peur ? N'ai-je pas été transformé par ce que nous avons fait ensemble, n'ai-je *rien* appris ?

Elle restait assise sans bouger, plongée dans ses propres pensées.

Je me rappelais les journées passées en Floride, quand j'avais regardé ma vie sans but — beaucoup d'argent et d'avions et de femmes, mais aucun progrès dans la vie. Maintenant il y a beaucoup moins d'argent, et d'ici peu il pourrait n'y en avoir plus du tout. Les avions sont presque tous vendus. Il reste une femme, une seule. Et ma vie avance au pas de course, tellement j'ai changé et grandi avec elle.

La compagnie de l'autre était notre seule éducation et notre seule distraction, notre vie commune avait grossi comme des nuages d'été. Demandez à un homme et une femme qui traversent les océans à la voile, vous ne vous ennuyez jamais ? Comment passez-vous le temps ? Il sourient. Pas assez d'heures dans l'année pour faire tout ce qu'il y a à faire !

De même pour nous. Nous avions connu le bonheur, les rires, les craintes de temps en temps, la tendresse, le désespoir, la joie, les découvertes, la passion... mais jamais l'ennui.

Quelle histoire ! Combien d'hommes et de femmes traversent les mêmes rivières, menacés par les mêmes lieux communs, les mêmes dangers qui nous avaient guettés ! Si cette idée se tient, pensai-je, elle méritait que je rouvre la machine à écrire ! Ce que le Richard d'il y a des années aurait voulu savoir : ce qui se passe quand on se met à la recherche d'une âme sœur qui n'existe pas et qu'on la trouve ?

— Ce n'est pas vrai, quand je dis que je ne sais pas, repris-je après un certain temps. Je sais. Je veux qu'on trouve une maison où on puisse être tranquilles et seuls ensemble pendant longtemps.

Elle se tourna à nouveau vers moi.
— Est-ce une espèce d'engagement ?
— Oui.
Elle quitta sa chaise, s'assit avec moi sur les quelques centimètres de désert qui avaient envahi la caravane, m'embrassa doucement.
— Tu songes à un endroit précis ? demanda-t-elle après un long moment.
— A moins que tu n'y sois vivement opposée, j'espère trouver un endroit avec beaucoup plus d'eau et beaucoup moins de sable.

39

Il fallut se plonger pendant trois mois dans un torrent de catalogues immobiliers, de cartes et de journaux régionaux ; il fallut passer des semaines en avion, à chercher du haut du Meyers l'endroit parfait pour vivre. Mais le jour vint enfin où les fenêtres de la caravane, qui avaient encadré l'armoise et les rochers et la terre desséchée du désert, donnèrent sur des prés fleuris aux couleurs du printemps, sur de vertes forêts, sur une rivière.

Little Applegate Valley, Oregon. Du haut de notre colline, on voyait à trente kilomètres à la ronde, sans guère apercevoir d'autres maisons. Il y en avait quelques-unes, entourées d'arbres et de collines, mais on se sentait seul et tranquille ; ici, nous pouvions construire notre maison.

Une petite maison d'abord ; une pièce avec un grenier, pendant que se poursuivaient les négociations avec le fisc. Ensuite, une fois le problème réglé, on construirait la vraie maison et la petite nous servirait de maison d'amis.

Les services fiscaux grognaient, essayaient de démêler ma nouvelle proposition, tandis que les mois passaient, se transformaient en années. C'était une offre qu'un enfant aurait pu faire. J'avais l'impression de me trouver dans un pays étranger dont je ne connaissais pas la monnaie. Je devais de l'argent, je ne savais pas payer, alors je tendais tout ce que je possédais et demandais au fisc de prendre tout ce qu'il voulait.

Mon offre passa sur le bureau d'un autre agent à Los Angeles, qui me demanda une déclaration sur l'état actuel de mes finances. Ce qu'il obtint. Puis plus rien pendant des mois. Le dossier était transmis. Le nouvel agent demanda une déclaration à jour.

Ce qu'il obtint. D'autres mois passèrent. Un autre agent, une autre déclaration. Les agents défilaient comme les pages d'un calendrier.

Dans la caravane, Leslie leva tristement les yeux, après avoir pris connaissance de la dernière demande de déclaration. J'entendis la même voix que j'avais entendue à Madrid, deux ans et demi plus tôt.

— Ah, Richard, si seulement je t'avais connu avant que tu ne te sois emmêlé dans cette affaire ! Ça ne se serait pas produit...

— On s'est rencontrés le plus tôt possible, dis-je. Plus tôt, tu le sais — je t'aurais détruite ou je t'aurais fuie, ou tu n'aurais pas eu la patience, tu m'aurais quitté, à juste titre. Ça n'aurait jamais marché ; il fallait que j'apprenne à me sortir de ce bourbier. Je ne le referais jamais, mais je ne suis plus la même personne.

— Dieu merci, dit-elle. Eh bien, je suis là maintenant. Si on survit, je te le promets, l'avenir ne ressemblera pas du tout au passé !

Les heures passaient ; le fisc n'avait pas remarqué que nos vies étaient arrêtées et ne s'en souciait pas.

Faillite, avait dit l'avocat. Peut-être que la théorie bizarre de John Marquart était la bonne, après tout. Ce n'est pas une belle fin de partie, pensai-je, mais ça vaut mieux qu'un pat, que de rejouer indéfiniment les mêmes coups.

Nous essayions d'y réfléchir, mais c'était impossible. La faillite. Un geste aussi désespéré. Jamais !

Au lieu du voyage à Paris, Rome et Tokyo, nous avons commencé à construire au sommet de la colline.

Le lendemain du jour où les fondations furent coulées, parti faire des courses en ville, mon œil fut attiré par une nouvelle boutique dans le centre commercial : *L'Ordinateur domestique.*

Je suis entré.

— Leslie, je sais que tu vas me prendre pour un imbécile, dis-je en rentrant dans la caravane.

Elle était couverte de terre, après avoir rempli les tranchées creusées pour les canalisations d'eau des panneaux solaires installés au sommet de la colline, conduit sa petite pelleteuse Bobcat pour mélanger la terre, sculpter les jardins. Elle travaillait avec soin et amour, comme si elle pensait que cette maison serait à nous pour toujours.

Si belle, pensai-je, comme si elle s'était maquillée de terre pour accentuer ses pommettes. Peu lui importait. Elle était d'ailleurs sur le point de prendre sa douche.

— Je sais que je suis parti en ville acheter du pain, dis-je, du lait, une laitue et des tomates, s'il y avait de bonnes tomates. Mais tu sais ce que j'ai acheté ?

Elle s'assit avant de parler.

— Ah, non, Richard ! Tu ne vas pas me dire que tu as acheté des... haricots sauteurs.

— Un cadeau pour ma chérie ! dis-je.

— Richard, s'il te plaît ! Qu'est-ce que c'est ? On n'a pas la *place* ! On peut le rapporter ?

— On peut le rapporter si tu ne l'aimes pas. Mais tu ne vas pas l'aimer, tu vas l'adorer. Je prédis : TON esprit et CETTE machine...

— Tu as acheté une machine ? Une grosse machine ?

— Dès que tu sortiras de la douche, tu vas voir un miracle, ici, dans la caravane. Je te promets.

— On a déjà tant de choses à faire, et il n'y a pas assez de place... C'est gros ?

Mais je n'ai plus dit un mot, et elle a fini par rire et partir se doucher.

J'ai alors fait glisser la boîte dans le couloir étroit, enlevé la machine à écrire de l'étagère transformée en bureau, mis les livres par terre, puis ôté l'ordinateur de son emballage de mousse et l'ai posé à la place de la machine à écrire. J'ai rangé le grille-pain et le mixer dans le placard à balais pour pouvoir installer l'imprimante sur la table de la cuisine. En quelques minutes, deux lecteurs de disquettes étaient branchés, l'écran vidéo brillait.

Le programme de traitement de texte introduit dans le lecteur, j'ai allumé la machine. Le disque ronronna, fit quelques bruits de souffle pendant une minute, puis s'immobilisa. J'ai tapé un message, l'ai fait disparaître, jusqu'à ce qu'il ne reste qu'un petit carré de lumière sur l'écran qui clignotait.

Elle sortit de la salle de bains propre et fraîche, une serviette sur la tête.

— Alors, Richard, je ne tiens plus ! Où est-elle ?

J'ai alors dévoilé l'ordinateur caché sous un torchon.

— Richard ? dit-elle. Qu'est-ce que c'est ?

— Ton propre ...ORDINATEUR !

Elle me regarda sans rien dire.

— Assois-toi ici, appuie sur la touche marquée « Control » et en même temps sur le « B ». C'est ce qu'on appelle « Control-B ».

— Comme ça ? dit-elle.

Le carré de lumière disparut et l'écran s'emplit de mots :

>   BONJOUR, LESLIE !
> JE SUIS TON NOUVEL ORDINATEUR.
> JE SUIS RAVI D'AVOIR L'OCCASION DE TE CONNAÎTRE ET TE SERVIR.
> JE CROIS QUE TU VAS M'AIMER.
> TON NOUVEAU
> APPLE.
> ESSAIE D'ÉCRIRE QUELQUE CHOSE DANS L'ESPACE QUI SUIT.

— N'est-ce pas mignon ? dit-elle.

Elle essaya de taper une lige : PETIT POISSON DEVIENDRA GRAND POURVI QUE DIEU

— Je me suis trompée.

— Mets le curseur à droite de l'erreur, puis appuie sur la touche « Correction ».

L'erreur disparut.

— Est-ce qu'il y a un mode d'emploi ?

— Il t'apprend lui-même. Appuie deux fois sur la touche « Escape » et plusieurs fois sur le « M », et fais ce que l'écran te dit...

C'étaient les derniers mots que j'échangeai avec Leslie pendant les dix prochaines heures. Elle était fascinée par la machine et apprenait à s'en servir. Elle y tapait des listes, mettait au point des projets, notait ses idées, s'attaquait à la correspondance.

L'ordinateur n'utilisait pas de papier avant que tout ne soit tapé et prêt à être imprimé ; pas d'arbres abattus et transformés en papier jeté à la poubelle pour des fautes de frappe.

— Je te dois des excuses, dit-elle à minuit passé.

— Ce n'est rien, dis-je. Des excuses pour quoi ?

— Je croyais que tu avais fait une bêtise. Je voyais un énorme jouet électronique dans la caravane, et nous dehors sous la pluie. Mais je n'ai rien dit parce que c'était ton cadeau. Je me suis *trompée* ! C'est si...

Elle leva les yeux vers moi, cherchant le mot :

— ...*organisé*. Ça va changer notre *vie* !

Elle était tellement enchantée par les pouvoirs de l'ordinateur que plus d'une fois, les jours suivants, je dus lui demander très poliment s'il me serait possible d'avoir quelques minutes au clavier. Je voulais apprendre, moi aussi.

— Mon pauvre amour, dit-elle distraitement. Bien sûr, tu veux apprendre. Bien sûr, tu peux t'en servir...

Sa promesse ne se concrétisa pas. Bientôt, je revenais de la boutique Apple avec un deuxième ordinateur. Pour celui-ci, il fallut installer une table dans le coin le moins encombré de la caravane.

Les ordinateurs étaient des curiosités, mais c'étaient aussi des boussoles qui nous permettaient de nous orienter dans une forêt d'idées, d'emplois du temps, de stratégies exigeant une certaine attention. En outre, ils pouvaient produire des déclarations de revenus plus vite que le fisc ne pouvait les demander ; il suffisait d'appuyer sur une touche pour les inonder de déclarations.

Quand la maison fut achevée, nous étions tous deux experts dans le maniement de nos petites machines. Nous les avions adaptées à nos conceptions personnelles, avions réglé les touches en conséquence, installé des mémoires supplémentaires, les avions reliées par téléphone à des ordinateurs géants à distance.

Nous étions installés depuis une semaine dans la maison au sommet de la colline et les ordinateurs marchaient déjà six heures par jour, côte à côte sur leur table de notre coin de chambre transformé en bureau.

Notre vocabulaire changeait.

— Je suis bloquée.

Elle me montra un écran empli d'espèces de fourmis gelées.

— Ça ne t'est jamais arrivé ?

Je hochai la tête en signe de compassion.

— Si. C'est ton lecteur ou ta disquette, dis-je. Non, c'est ton clavier de quatre-vingt caractères. Essaie de remettre à zéro ou de te brancher sur ma disquette. Si ça marche sur la mienne, ce n'est pas le clavier, c'est ta disquette. Peut-être que ton lecteur ne tourne plus à la bonne vitesse et a mangé ta disquette, j'espère que non, mais on peut la réparer.

— Ça ne peut pas être la disquette, ou j'aurais eu une erreur entrée/sortie, dit-elle en sourcillant. Il faut que je fasse attention à ce qui peut faire exploser tout le programme, ou l'ordinateur lui-même. Y toucher par exemple...

C'est alors que nous avons entendu un bruit impossible, le crissement de pneus sur le gravier, dehors. Une automobile avait franchi nos cinq pancartes *PROPRIÉTÉ PRIVÉE ENTRÉE INTERDITE* et avait remonté le chemin pentu.

Une femme en sortit, qui brandissait une liasse de papiers et osait troubler notre intimité.

Quittant mon ordinateur, je sortis comme un ouragan et vins à sa rencontre avant qu'elle n'ait fait cinq pas.

— Bonjour, dit-elle poliment avec un bel accent britannique. J'espère que je ne vous dérange pas...

— Si, grognai-je. Vous n'avez pas vu les pancartes ? *ENTRÉE INTERDITE*.

Elle resta figée comme une biche face au canon d'un fusil de chasse.

— Je voulais seulement vous dire : *Ils vont couper tous les arbres et ils ne repousseront jamais !*

Elle bondit alors se mettre à l'abri dans sa voiture.

Leslie accourut de la maison pour l'empêcher de partir.

— Ils... qui ça, *ils* ? dit-elle. Qui va couper tous les arbres ?

— L'État, répondit la dame, avec un regard inquiet par-dessus l'épaule de Leslie. Le Bureau d'exploitation des sols. C'est illégal, mais ils vont le faire parce que personne ne va les en empêcher !

— Entrez, lui dit Leslie, en me faisant signe de rester tranquille, comme si j'étais le chien de garde de la maison. Entrez, je vous en prie, et parlons-en.

C'est ainsi que je me suis trouvé engagé dans l'action collective — après avoir résisté depuis le jour où j'avais appris à marcher.

40

Denise Findlayson nous laissa avec une pile de documents, un nuage de poussière dans l'allée et un obscur sentiment d'oppression. N'avais-je pas eu assez d'ennuis avec l'État, qui voulait maintenant saccager la terre qui nous entourait ?

Installé sur le lit, entouré d'oreillers, j'ai lu les premières pages du rapport sur l'étude de l'environnement réalisé à l'occasion de cette vente de bois.

— Ç'a l'air très officiel ; j'ai peur qu'on ait choisi le mauvais endroit pour construire une maison. Si on vendait et qu'on aille un peu plus au nord ? L'Idaho, peut-être ? Le Montana ?

— L'Idaho, ce n'est pas là qu'ils font l'extraction à ciel ouvert ? demanda-t-elle, en levant à peine les yeux du document qu'elle avait en main. Le Montana, ce n'est pas là qu'ils ont les mines d'uranium et les fleurs sauvages radioactives ?

— J'ai l'impression que tu essaies de me dire quelque chose, dis-je. Pourquoi ne pas abattre nos cartes ici, sur le lit, et dire ce qu'on a en tête ?

Elle posa sa page.

— Ne partons pas en courant, à moins d'y être absolument contraints, avant de savoir ce qui se passe. Tu n'as jamais songé à combattre l'injustice ?

— Jamais. Tu le sais. Je ne crois pas à l'injustice. On se met soi-même dans chaque situation, chaque... tu n'es pas d'accord ?

— Peut-être, dit-elle. Alors pourquoi t'es-tu mis dans celle-ci, à ton avis — l'administration qui coupe la forêt le lendemain de notre emménagement ? Pour avoir quelque chose à fuir ? Ou pour apprendre ?

Vivre avec quelqu'un qui comprend très vite, c'est parfois amusant, parfois agaçant.

— Qu'y a-t-il à apprendre ?

— La force qu'on pourrait avoir ensemble, dit-elle. Si on le veut, on peut changer le cours des choses.

Mon esprit sombra. Elle avait été prête à mourir pour changer le cours des événements, pour mettre fin à une guerre, pour redresser les torts qu'elle avait vus autour d'elle. Et ce qu'elle avait entrepris de transformer avait bel et bien changé.

— Tu ne te lasses pas de l'activisme social ? Tu n'as jamais dit *Assez* ?

— Si, répondit-elle. Je crois que j'ai payé ma dette envers la société pour les dix prochaines vies, et après la télévision j'ai juré de rester à l'écart des bonnes causes pour le reste de celle-ci. Mais il y a des moments où...

J'avais l'impression qu'elle ne voulait pas dire ce qu'elle disait, qu'elle cherchait des mots pour suggérer l'indicible.

— Je peux partager avec toi ce que j'ai appris, reprit-elle, mais pas ce que je *sais*. Si tu veux découvrir ton pouvoir de faire le bien, au lieu de battre en retraite, je pourrai sortir de mon inactivité. Je n'ai pas le moindre doute : si on veut empêcher l'État de couper du bois qui ne repoussera pas, on peut le faire. Si c'est illégal, on peut l'en empêcher. Si ce n'est pas illégal, on peut toujours partir pour l'Idaho.

Rien ne m'intéressait moins que de convaincre une administration de revenir sur sa décision. Les gens perdent leur vie à essayer. En fin de compte, si on gagne, on obtient simplement que la bureaucratie ne fasse pas ce qu'elle n'aurait de toute façon jamais dû essayer de faire. N'y a-t-il rien de plus positif à entreprendre que de faire respecter la loi aux officiels ?

— Avant de déménager, dis-je, ça vaut peut-être la peine de vérifier rapidement qu'ils font les choses correctement. Lâche les ordinateurs. Mais je suis sûr qu'on ne surprendra pas le gouvernement des États-Unis en train d'enfreindre ses propres lois !

Son sourire était-il aigre ou doux ?

— J'en suis sûre, dit-elle.

Cet après-midi-là, nos ordinateurs ont envoyé, en un éclair, des questions à un ordinateur dans l'Ohio, qui les a transmises à un ordinateur à San Francisco, lequel a renvoyé les réponses sur nos écrans : *La loi fédérale interdit la coupe et la vente de bois provenant de terrains publics.* Suivaient les résumés de quatre-vingt-deux cas analogues.

En nous installant dans la fragile forêt du sud de l'Oregon, nous risquions-nous dans un coupe-gorge, juste avant une agression, un meurtre, un viol ?

Je regardais Leslie, d'accord avec la conclusion informulée. On ne pouvait ignorer le crime qui se préparait.

— Quand tu auras une minute, dis-je le lendemain alors que nous regardions nos écrans lumineux.

C'était un mot de code que nous avions mis au point, entre opérateurs d'ordinateur, pour demander à l'autre son attention tout en lui disant dans le même souffle, ne réponds pas si une erreur de frappe risque de démolir tout le travail de la matinée.

Après un moment, elle leva les yeux de son écran.

— Oui ?

— Est-ce que tu crois que c'est la forêt elle-même qui nous a appelés ici ? dis-je. Tu crois qu'elle appelait physiquement à l'aide, que les esprits des arbres, des plantes et des animaux sauvages auraient changé des centaines de coïncidences afin de nous amener ici pour nous battre pour eux ?

— C'est très poétique, dit-elle. C'est sans doute vrai.

Elle retourna à son travail.

Une heure plus tard, je ne pouvais rester tranquille.

— Quand tu auras une minute...

Au bout de quelques secondes, le lecteur de disques de son ordinateur ronronna, emmagasinant les données.

— D'accord.

— Comment peuvent-ils faire ça ? dis-je. Le B.E.S. est en train de détruire les terres qu'il est censé protéger, d'après la loi !

— Une chose que tu vas apprendre, dit-elle, c'est que les administrations ont une perspicacité à peu près nulle et des capacités pratiquement infinies pour la stupidité, la violence et la destruction. Des capacités presque infinies, mais pas tout à fait. Pas tout à fait lorsque les gens se fâchent et lui barrent la route.

— Je ne veux pas apprendre ça, dis-je. Je veux apprendre que l'État est sage et merveilleux et que les citoyens n'ont pas besoin de prendre sur leur temps personnel pour se protéger de leurs élus.

— On aimerait bien, dit-elle, son esprit bien en avance sur le mien. Ça ne va pas être facile, ajouta-t-elle en se tournant vers moi. Ce n'est pas une forêt, c'est une histoire de gros sous, de pouvoir.

Elle posa un document fédéral sur mon bureau.

— Le B.E.S. tire beaucoup de son argent du commerce du bois. Il est payé pour *vendre* des arbres, et non pour les sauver. Alors ne va pas croire qu'il suffit d'aller trouver le directeur régional, de lui montrer les lois enfreintes, pour qu'il dise : « Nous sommes désolés, nous ne recommencerons pas ! » Le combat sera long et dur. Seize heures par jour, sept jours par semaine ! Mais ne nous lançons pas dans une guerre que nous n'avons pas l'intention de gagner. Si tu veux arrêter, arrêtons tout de suite.

— On n'a rien à perdre, de toute façon, dis-je en chargeant dans ma machine une nouvelle disquette de données. Tant que la D.S.F. peut surgir et saisir le premier jet d'un manuscrit sortant de mon ordinateur, ça ne sert à rien d'écrire des articles. Mais je peux rédiger un sacré tract pour protester contre les ventes de bois ! L'État n'aura pas besoin de saisir ce que j'écris... on lui enverra directement. *La Guerre des bureaux*, je la vois : avant que la D.S.F. ne se décide à prendre mon argent, je le dépenserai dans la lutte contre le B.E.S. !

Elle riait.

— Parfois je te crois. Peut-être que l'injustice n'existe pas.

Nos priorités avaient changé. Pour étudier, nous avions laissé en plan tout autre travail. Sur nos bureaux, sur la table de la cuisine, sur le lit étaient empilées des milliers de pages sur l'exploitation forestière, l'érosion des sols, le reboisement des terres fragiles, la protection des bassins hydrographiques, l'évolution du climat, les espèces en voie de disparition, les aspects socio-économiques de l'exploitation du bois, leurs effets sur les pêcheries de poissons anadromes, la protection des zones riveraines, les coefficients de conduction de la chaleur dans les sols granitiques, et des lois, des lois, des lois. Des livres entiers. Le décret national sur la protection de l'environnement, le décret fédéral sur l'exploitation des sols, le décret sur les espèces en voie de disparition, NHPA, FWPCA, AA, CWA, DO1 516M. Les lois quittaient les pages, nous passaient entre les doigts, bondissaient dans nos ordinateurs ; transcrites, codées, répertoriées, classées sur disque, recopiées et mises en coffre à la banque, de peur qu'il n'arrive quelque chose à nous-mêmes ou à la maison dans laquelle nous travaillions.

Une fois l'information rassemblée en quantité suffisante pour faire changer les avis, nous avons commencé à nous réunir avec les voisins. En compagnie de Denise Findlayson et de Chant Thomas, qui s'étaient battus pratiquement seuls jusqu'à notre arrivée, nous sollicitions l'aide des autres.

La plupart des habitants de la vallée hésitaient à s'engager... comme je les comprenais !

— Personne n'a jamais arrêté une vente de bois de l'administration, disaient-ils. Il n'y a aucun moyen d'empêcher le B.E.S. d'abattre les arbres qu'il veut abattre.

Pourtant, une fois qu'ils eurent appris ce que nous avions appris — qu'il était illégal de transformer les forêts en déserts — nous nous sommes trouvés avec un comité « Sauvez la forêt » qui comptait plus de sept cents membres. Notre cachette dans la brousse devint un quartier général, notre petite montagne une fourmilière où les militants allaient et venaient à toute heure, alimentant les ordinateurs en données.

J'ai découvert une Leslie que je n'avais jamais vue : entièrement concentrée sur cette affaire ; pas de sourires, pas d'apartés personnels ; son esprit était sur des rails qu'il ne quittait jamais.

— Les appels aux sentiments ne marcheront pas, nous répétait-elle sans cesse : « Ne coupez pas les beaux arbres, ne gâchez pas le paysage, ne laissez pas mourir les animaux. » Ça ne veut rien dire pour le Bureau d'exploitation des sols. Et pas de violence non plus : « On mettra des barbelés autour des arbres, on tirera si vous essayez de tuer la forêt. » Ça ne servirait qu'à faire venir l'armée pour protéger les bûcherons. La seule chose qui puisse arrêter l'administration est une action légale. Lorsqu'on connaîtra la loi mieux qu'eux, lorsqu'on saura que les tribunaux nous donneront raison, lorsqu'on pourra prouver qu'ils enfreignent la législation fédérale, alors le déboisement cessera.

Nous avons essayé de négocier avec le B.E.S.

— Ne vous attendez pas à la moindre coopération, disait-elle. Attendez-vous à un double langage, à des réactions de défense. Mais la négociation avec eux est une étape qu'il faut franchir.

Elle avait entièrement raison.

— Leslie, je n'arrive pas à y croire ! Tu as lu ? Le directeur du

B.E.S. de Melford était assis et nous a dit ça au magnétophone !
Écoute :

RICHARD : Est-ce que vous êtes en train de nous dire que vous avez besoin d'un grand nombre de gens qui protestent contre le déboisement, ou est-ce que la réaction des gens n'a aucune importance ?
LE DIRECTEUR : Si vous me posez une question personnelle, il est très vraisemblable que cela ne changerait rien.
RICHARD : Que vous ayez quatre cents signatures ou quatre mille ?
LE DIRECTEUR : Nous recevons effectivement des pétitions de ce genre. Non, ça ne changerait rien.
RICHARD : S'il y avait *quarante mille* signatures, si toute la population de Melford, Oregon, s'opposait à la vente, est-ce que cela changerait quelque chose ?
LE DIRECTEUR : Pas pour moi.
RICHARD : Si des forestiers de profession s'y opposaient, les écouteriez-vous ?
LE DIRECTEUR : Non. Je ne me soucie pas de la rumeur publique.
RICHARD : Nous aimerions savoir ce qui vous rend si sûr que cette opération mérite d'être poursuivie malgré une telle réaction publique.
LE DIRECTEUR : Eh bien, nous la poursuivons.
RICHARD : Avez-vous jamais modifié une vente de bois en raison d'une protestation des habitants ?
LE DIRECTEUR : Non. Jamais.

Elle cligna à peine des yeux, regardant l'écran de son ordinateur.

— Bien. Entre ça sous *Manque de bonne foi* ; c'est la disquette vingt-deux, après *La vente viole le décret national sur la protection de l'environnement*.

Elle se mettait rarement en colère contre notre adversaire. Elle rassemblait les preuves, les classait, instruisait son procès.

— Si nous étions médiums, lui dis-je un jour, et que nous sachions quand le directeur allait mourir ? Si nous savions qu'il avait deux jours à vivre — et qu'après-demain une tonne de bois allait rouler d'un camion et l'écraser ? Est-ce que ça changerait quelque chose à ce qu'on pense de lui maintenant ?

— Non, dit-elle.

L'argent que le fisc avait refusé servit à commander des études : *Étude préliminaire sur la qualité de l'eau dans le comté de Jackson, Oregon* ; *Rapport sur les effets anticipés du programme de déboisement sur les poissons anadromes* ; *Étude économique de la vente de bois de Grouse Creek*. Et huit autres, avec des titres tout aussi alléchants.

De temps en temps, debout au sommet de notre petite colline, nous regardions la forêt. Immortelle comme les montagnes, pensions-nous autrefois. Maintenant nous la voyions comme une famille fragile de plantes et d'animaux vivant en harmonie, en équilibre sur une chaîne de tronçonneuse, qui penchait vers l'extinction en raison d'un déboisement stupide.

— Tenez bon, les arbres ! criait-on à la forêt. Tenez bon ! Ne vous inquiétez pas ! On va les arrêter, c'est promis !

A d'autres moments, plus difficiles, attablés devant les ordinateurs, on jetait un coup d'œil par la fenêtre.

— Tenez bon, les arbres !

Les ordinateurs Apple étaient nos véritables armes. Le B.E.S. laisse aux gens trente jours pour s'opposer à une vente de bois avant que la machine ne se mette en marche et que la forêt ne soit détruite. Elle s'attend à recevoir entre deux et dix pages enflammées de citoyens qui crient pitié pour l'environnement. De nous, de notre organisation et de ses ordinateurs domestiques, elle reçut six cents pages de faits dûment attestés, d'incidents et d'exemples servant de preuves, reliées en trois volumes. Copies aux députés, aux élus et à la presse.

Ce fut une lutte constante, à plein temps, pendant vingt mois contre le Bureau d'exploitation des sols.

Tous mes avions étaient vendus. Pour la première fois de ma vie d'adulte, les semaines passaient, puis les mois, sans un seul vol en avion, sans que jamais je quitte le sol. Au lieu de regarder du haut de ces machines belles et libres, je levais les yeux sur elles, et je me rappelais tout ce que cela avait représenté pour moi. Je découvrais une sensation nouvelle : être cloué au sol.

Puis un beau jour, un mercredi, conformément aux certitudes inébranlables de Leslie et à ma grande stupéfaction, l'administration renonça à la vente de bois.

— La vente implique trop d'irrégularités envers les règlements du B.E.S. pour être légalement autorisée, déclarait à la presse le directeur adjoint du B.E.S. de l'Oregon. Pour nous conformer à notre propre législation, nous n'avions pas d'autre choix que de renoncer à la vente et de rejeter toutes les offres.

Le directeur régional du B.E.S. ne fut pas écrasé sous une tonne de bois. Lui et son administrateur régional furent mutés hors de l'État, dans d'autres parties de la bureaucratie.

Leslie ne prononça que deux phrases pour saluer notre victoire, tandis que son ordinateur refroidissait pour la première fois depuis le début de la lutte.

— « On se bat pas contre l'État », c'est de la propagande ; n'oublie jamais ça, lorsque les gens décident de se battre contre l'État, une poignée de personnes contre une gigantesque administration qui a tort, il n'y a rien — *rien !* — qui puisse les empêcher de gagner !

Puis elle s'écroula sur le lit et dormit pendant trois jours.

41

Quelque part au milieu de la lutte contre le B.E.S., l'horloge de la D.S.F. avait sonné minuit sans que personne ne l'entende. Le fisc avait traîné pendant près de quatre ans sans prendre de décision, un an au-delà du délai qui me donnait la possibilité d'annuler ma dette d'un million de dollars en me déclarant en faillite.

Pendant que la bataille du B.E.S. faisait rage, nous n'avions pas eu une minute pour songer à la faillite ; maintenant qu'elle était terminée, nous ne pouvions guère penser à autre chose.

— Ce ne serait pas drôle, dis-je alors que j'essayais pour la quatrième fois de faire une tarte au citron comme la faisait sa mère. Je n'aurais plus rien. Je recommencerais à zéro.

Elle mettait la table pour le dîner.

— Pas vraiment, dit-elle. La loi dit qu'on te laisse « les outils requis pour exercer ton métier ». Il y a aussi un minimum que tu peux garder, pour ne pas mourir de faim trop vite.

— Vraiment ? Garder la maison ? Un endroit où vivre ?

Je roulais la pâte fine pour en garnir le moule, en priant les fées de la cuisine de m'aider.

— Pas la maison. Même pas la caravane.

— On pourrait vivre dans les arbres.

— Ça ne serait pas si terrible. J'ai des économies, n'oublie pas ; je ne suis pas fauchée. Mais toi — *tes livres !* — tu les perdrais ! Qu'est-ce que tu dirais, si quelqu'un achetait les droits de tes livres sans s'en soucier vraiment, si on faisait de mauvais films à partir de tes beaux livres ?

Je glissai la pâte dans le four.

— Je survivrai.

— Tu n'as pas répondu à ma question, dit-elle. Ce n'est pas la peine. Quoi que tu en dises, je sais ce que tu ressentirais. Il faudrait qu'on vive en faisant très attention, qu'on économise le moindre sou en espérant pouvoir les racheter.

L'idée de perdre les droits des livres nous hantait tous les deux, comme si nous mettions nos enfants aux enchères et les vendions au plus offrant. Et pourtant ils seraient perdus, et mis aux enchères, si je me déclarais en faillite.

— Si je me déclare en faillite, l'État touche trente ou quarante cents pour chaque dollar que je leur dois, alors qu'il aurait pu être payé intégralement. Le B.E.S. essayant de réaliser des ventes de bois illégales, sans y parvenir, cela avait également coûté une fortune à l'État. Si ça nous arrive à nous, si on n'en voit que notre petit bout minuscule, combien de millions gaspillent-ils par ailleurs ? Comment une administration peut-elle réussir à ce point à faire tant d'erreurs ?

— Je me suis également posé la question, dit-elle, et j'y ai longuement réfléchi. J'ai fini par trouver la seule réponse possible.

— Qu'est-ce que c'est ?

— La pratique, dit-elle. Une pratique constante, sans relâche.

Nous sommes allés en avion à Los Angeles, où nous avons rencontré des avocats et des comptables pour une ultime tentative de règlement.

— Je suis désolé, dit John Marquart, on ne peut pas passer par-dessus leur ordinateur. Il n'y a pas un être humain qu'on puisse joindre, qui réponde aux lettres ou au téléphone. L'ordinateur envoie des formulaires. Il n'y a pas longtemps, on nous a informés qu'un nouvel agent s'occupait du dossier, une certaine Mme Fampire. Elle est le onzième. On peut parier qu'elle va demander une déclaration de situation financière.

C'est clair, pensai-je. Ils m'obligent à me déclarer en faillite. Et pourtant, je suis sûr qu'il n'existe pas d'injustice ; je sais que les vies sont faites pour apprendre et se divertir. On se crée des problèmes pour mettre nos facultés à l'épreuve... si je n'avais pas ces problèmes, il y en aurait d'autres tout aussi insolubles. Personne n'arrive au bout de ses études sans examen. Mais les réponses sont parfois inattendues, et il arrive qu'une réponse outrée soit le seul choix correct.

L'un des conseillers fronça les sourcils.

— J'ai travaillé pour la D.S.F. à Washington quand le projet de loi dont vous voulez bénéficier, la possibilité de se déclarer en faillite en cas de dette fiscale insolvable, a été voté, dit-il. La D.S.F. détestait ce projet, et quand il a été voté nous avons juré que si quelqu'un essayait de l'utiliser, nous le lui ferions regretter !

— Mais si c'est la loi, dit Leslie, comment peuvent-ils empêcher les gens de bénéficier d'un droit légal...

Il secoua la tête.

— Je vous préviens en toute honnêteté. Avec ou sans loi, vous aurez le fisc sur le dos ; il va vous harceler à la moindre occasion.

— Mais ils *veulent* que je fasse faillite, dis-je, pour qu'on ne puisse rien reprocher à personne !

— C'est sans doute vrai.

Je regardais Leslie, et l'effort qui se lisait sur son visage.

— Au diable le fisc, dis-je.

Elle approuva.

— Quatre ans de gâchés, c'est assez. Recommençons à vivre.

A l'avoué chargé de la faillite, nous avons apporté des listes de tout ce que nous possédions : maison, camion et caravane, comptes en banque, ordinateurs, vêtements, voiture, droits de tous les livres que j'avais écrits. J'allais tous les perdre.

L'avoué lut la liste en silence, puis dit :

— Le tribunal ne s'intéressera pas au nombre de chaussettes qu'il possède, Leslie.

— Mon livre disait qu'il fallait faire une liste de tous les biens, répondit-elle.

— Ça n'allait pas jusqu'aux chaussettes.

Attaqués d'un côté par les cyclopes du fisc, menacés de l'autre par les tronçonneuses du Bureau d'exploitation des sols, nous nous étions battus contre l'un ou l'autre de ces monstres, ou contre les deux, pendant quatre ans sans relâche.

Pas d'articles, pas de livres, pas de scénarios, pas de films, pas de télévisions, pas de rôles, pas de productions — rien de la vie que nous vivions avant que la bataille contre l'administration ne devienne notre occupation à plein temps.

A travers tout cela, à travers les moments les plus difficiles que nous ayons connus l'un et l'autre — chose curieuse —, nous étions de plus en plus heureux l'un avec l'autre.

Après avoir surmonté l'épreuve de la caravane, il était facile de vivre ensemble dans la petite maison que nous avions bâtie au sommet de la colline. Les aller et retour en ville pour faire les courses étaient nos seules séparations.

Je savais qu'elle savait, mais je m'entendais lui dire de plus en plus souvent que je l'aimais. Nous marchions en ville bras dessus, bras dessous, comme des amoureux, la main dans la main en forêt. Aurais-je pensé, des années plus tôt, que je serais malheureux de me promener avec elle sans lui donner la main ?

C'était comme si notre mariage marchait à l'envers — au lieu de devenir plus froids et plus distants, nous devenions plus proches et plus chaleureux.

— Tu m'avais promis la lassitude, disait-elle de temps en temps.

— Où est mon irrespect ? demandais-je.

— Bientôt l'ennui s'installera, nous disions-nous l'un à l'autre.

Les craintes solennelles d'autrefois s'étaient transformées en petites plaisanteries qui nous amusaient follement.

Jour après jour, nous nous connaissions mieux l'un l'autre, notre émerveillement et notre joie de vivre ensemble grandissaient.

Moralement, nous étions mariés depuis le début de notre expérience d'exclusivité, quatre ans plus tôt, lorsque nous avions parié que nous étions âmes sœurs et que nous pouvions le prouver.

Légalement, toutefois, nous étions célibataires. Pas de mariage légal avant d'être en règle avec le fisc, nous avait prévenus Marquart. Pas de mariage, sinon Leslie sera prise avec vous dans les sables mouvants.

Une fois la faillite déclarée, une fois sortis des griffes du fisc, nous étions enfin libres de nous marier légalement.

J'ai trouvé l'adresse du bureau des mariages dans l'annuaire, entre *Mareyeurs* et *Marionnettes*, et l'événement prit place dans l'emploi du temps de notre dernier samedi à Los Angeles.

9 h 00 : Bagages.

10 h 00 : Courses — lunettes de soleil, carnets, crayons.

10 h 30 : Mariage.

Dans une salle minable, nous répondions aux questions que posait l'employée. En entendant le nom de Leslie, elle leva la tête.

— Leslie Parrish. C'est un nom qui me dit quelque chose. Vous êtes quelqu'un de connu ?
— Non, dit Leslie.
La femme haussa les épaules, tapa le nom sur un formulaire.

Accrochée au mur, une pancarte : CECI EST UNE SALLE FUMEURS. Le bureau puait le tabac ; des cendres étaient tombées sur la table et par terre.

Je jetai un coup d'œil à Leslie, puis au plafond. On ne m'a pas prévenu au téléphone, lui fis-je comprendre, que cet endroit serait aussi ignoble.

— Alors nous avons le certificat de mariage simple, dit l'employée, qui fait trois dollars. Ou le spécial, avec les lettres dorées, qui fait six dollars. Ou le modèle de luxe, avec les lettres dorées et les paillettes, qui fait douze dollars — lequel voulez-vous ? Un spécimen de chaque sorte était épinglé sur un panneau de liège.

Nous nous sommes regardés, et au lieu d'éclater de rire, nous avons hoché solennellement la tête. C'était un geste officiel important que nous accomplissions.

Nous nous sommes soufflés le mot au même instant : SIMPLE.

— Le modèle simple sera parfait, lui dis-je.

Peu lui importait. Elle fit rouler l'humble certificat dans sa machine, lança ses doigts sur les touches, le signa, appela les témoins en criant, se tourna vers nous.

— Si vous voulez bien signer ici.

Nous avons signé.

— Le photographe, c'est quinze dollars...
— On peut s'en passer, dis-je. On n'a pas besoin de photos.
— Les frais pour la chapelle sont de quinze dollars.
— On aime autant se passer de cérémonie. Quelle qu'elle soit.
— Pas de cérémonie ?

Elle nous regardait d'un air interrogateur, auquel nous n'avons pas répondu.

— D'accord. Je vous déclare unis par les liens du mariage.

Elle additionnait les nombres.

— Frais de témoins... frais administratifs... frais d'enregistrement... Ça fait trente-huit dollars, monsieur Bach. Et voici une enveloppe pour toute donation que vous voudrez bien faire.

Leslie prit les billets de son sac, trente-huit dollars et cinq dollars pour l'enveloppe. Elle me les donna, et moi je les tendis à la préposée aux mariages. Les signatures données, le certificat en main, nous sommes sortis, mon épouse et moi, aussi vite que possible.

En roulant en ville, nous avons échangé nos alliances, baissé les vitres pour chasser la fumée de nos vêtements. La première minute et demie de notre vie conjugale officielle était marquée par des rires.

Ses premiers mots en tant qu'épouse légale :

— Tu sais vraiment t'y prendre pour enlever une jeune fille !

— On peut voir les choses ainsi, madame Parrish-Bach. C'était un jour mémorable, non ? Est-ce qu'on risque d'oublier notre mariage ?

— Malheureusement, non, dit-elle en riant. Ah, Richard tu es le plus romantique...

— Avec quarante-trois dollars, on n'achète pas le romantisme, ma chère. Ça ne vient qu'avec le modèle de luxe ; lettres dorées et paillettes, mais c'est plus cher. Tu sais qu'il faut qu'on compte nos sous.

Je l'ai regardée pendant une seconde tout en conduisant.

— Tu te sens différente maintenant ? Tu te sens davantage mariée ?

— Non. Et toi ?

— Un peu. Quelque chose a changé. Ce que nous avons fait dans ce fumoir il y a une minute, c'est ce que notre société reconnaît comme la Chose Authentique. Tout ce que nous avons fait jusqu'à maintenant, toutes nos joies et nos larmes, n'importe pas ; c'est signer le papier qui compte ! Peut-être ai-je le sentiment qu'il y a un domaine de moins où l'État peut nous embêter. Tu sais, plus j'apprends, et moins j'aime les gouvernements. Ou est-ce uniquement le nôtre ?

— Tu n'es pas le seul. Autrefois, en regardant le drapeau, j'avais la larme à l'œil. J'aimais tellement mon pays. J'ai de la chance de vivre ici, je pensais. Il faut que je fasse quelque chose — travailler pour les élections, participer au processus démocratique !

« J'ai beaucoup étudié et peu à peu j'ai compris que les choses ne se passaient pas toujours exactement comme on nous l'avait appris à l'école ; les Américains n'étaient pas toujours les bons ; notre gouvernement n'était pas toujours du côté de la liberté et de la justice !

« La guerre du Vietnam ne faisait que commencer, et plus j'étudiais... je ne pouvais y croire... les États-Unis supprimant les élections dans un pays parce qu'on savait qu'on n'en aimerait pas l'issue ; l'Amérique soutenant un dictateur fantoche ; un président américain avouant qu'on n'était pas là-bas parce qu'on voulait la paix au Vietnam, mais parce qu'on voulait son *aluminium* et son *tungstène* !

« Je suis libre de protester, je pensais. Alors j'ai participé à une marche pour la paix, une manifestation légale, non violente. Nous n'étions pas des cinglés, nous n'étions pas des vandales qui jetaient des bombes incendiaires, nous étions les bourgeois de Los Angeles : avocats, médecins, parents, enseignants, hommes d'affaires.

« La police a chargé comme si nous étions des chiens enragés, ils nous ont matraqués jusqu'au sang. Ces matraques qu'ils portent, elles sont lestées de plomb ! Je les ai vus frapper des mères qui tenaient leur bébé dans les bras, je les ai vus renverser un homme en fauteuil roulant avec ces matraques ; le sang coulait sur le trottoir ! A Los Angeles !

« Je continuais de penser, c'est impossible ! Nous sommes citoyens américains et nous sommes attaqués par *notre propre police* ! Je m'enfuyais quand ils m'ont frappée, et je ne me souviens plus du reste. Des amis m'ont ramenée à la maison.

Content de ne pas avoir été là, pensai-je. Mon côté violent, si attentivement surveillé, serait devenu fou de colère.

— Autrefois, dit-elle, quand je voyais dans le journal la photo de quelqu'un se faisant matraquer par la police, je pensais qu'il avait fait quelque chose de terrible, pour mériter une telle réprimande. Ce soir-là j'ai appris que, même ici, la seule chose terrible qu'on ait besoin de faire, c'est d'être en désaccord avec le gouvernement. Il voulait la guerre, et pas nous. Alors il nous a flanqué une raclée !

J'étais tendu et tremblant, je le sentais dans mes mains sur le volant.

— Vous étiez pour eux une gigantesque menace, dis-je. Des milliers de citoyens honnêtes qui refusaient la guerre.

— La guerre. Y a-t-il une institution aussi développée que la guerre ? On dépense *tant d'argent* à tuer et à détruire ! Et on se justifie en appelant ça défense, en répandant la peur et la haine d'autres peuples, de pays qu'on n'aime pas. Et si ces pays choisissent un gouvernement qui n'a pas notre approbation, et s'ils sont assez faibles, on les écrase. L'autodétermination, c'est pour *nous*, pas pour eux. On fait la conquête de leurs cœurs et de leurs esprits à coups de napalm.

« A ton avis, combien donne-t-on en gentillesse et en compréhension aux autres peuples ? Combien dépense-t-on pour la paix ?

— La moitié de ce qu'on dépense pour la guerre ? dis-je.

— Ce serait bien ! Non, Richard. Ce sont nos « valeurs » qui sont les obstacles à la paix dans le monde, qui opposent les gens les uns aux autres ! Dieu, la Patrie, la Loi, l'Ordre — ce sont eux qui nous ont matraqués à Los Angeles. J'ai longtemps pensé, s'il y avait un autre pays au monde où aller, j'irais. Mais si lâche, si peureux que soit notre pays c'est le meilleur que je connaisse. J'ai décidé de rester, de l'aider à grandir.

Et tu l'aimes toujours, voulais-je dire.

— Tu sais ce qui me manque le plus, demanda-t-elle ?

— Quoi ?

— Regarder le drapeau et en être fière.

Elle se glissa vers moi, sur le siège de la voiture, décidée à parler d'autre chose.

— Maintenant que nous avons réglé cette question, de quoi aimerais-tu parler le jour de ton mariage, monsieur Bach ?

— Peu importe, dis-je. Je veux être avec toi.

Mais je n'oublierais jamais. Ils avaient matraqué cette femme adorable, *alors qu'elle tentait de fuir !*

Le mariage était un pas de plus qui m'éloignait de la personne que j'étais autrefois. Le Richard qui détestait les obligations découvrait les contraintes légales. Celui qui méprisait les liens du mariage était officiellement uni.

J'essayais de m'appliquer ces étiquettes, qui quatre ans plus tôt m'auraient étouffé. Tu es un *Mari*, Richard. Tu es *Marié*. Tu passeras le reste de ta vie avec une femme seulement, celle qui est à tes côtés. Tu ne peux plus vivre selon ton bon plaisir. Tu as renoncé à ton indépendance. Tu as renoncé à ta liberté. Tu es légalement *Marié*. Quelle impression ?

Autrefois, ç'aurait été un pieu enfoncé dans le cœur, une flèche transperçant mon armure. A partir d'aujourd'hui, toutes ces formules étaient vraies, et avaient pris un goût sucré.

Nous sommes allés en voiture chez mes parents, dans la banlieue, là où j'avais vécu depuis mon enfance jusqu'au jour ou j'étais parti pour voler. J'ai ralenti, garé la voiture dans cette allée qui m'était familière aussi loin que je pouvais m'en souvenir.

Le même nuage verdâtre d'eucalyptus ; la pelouse que je tondais aussi peu et aussi humainement que possible. Le toit du garage, où j'avais pointé mon premier télescope, fait de mes mains, en direction de la lune ; le lierre sur le mur qui entourait le jardin, le même portail blanc en bois, avec ses trous percés pour le chien, mort depuis longtemps.

— Ils vont être étonnés !

Leslie tendit le bras et posa ses doigts sur le portail.

A cet instant, je me suis figé. Le temps s'est arrêté. Sa main sur le bois, avec sa nouvelle alliance dont l'or étincelait — cette image m'est revenue aussitôt à l'esprit, anéantissant en un clin d'œil une trentaine d'années.

Cet enfant avait raison ! L'enfant que j'avais été s'était tenu à ce portail et avait su que la femme qu'il était né pour aimer serait là un jour. Ce n'était plus un portail dans l'espace, mais dans le temps. Je l'ai aperçu, le temps d'un éclair, debout dans la nuit de ce passé profond, ébahi à la vue de Leslie au soleil. Cet enfant avait raison !

Leslie ouvrit le portail, alla embrasser mon père et ma belle-mère.

Le garçon se fit transparent puis disparut, les yeux émerveillés, bouche bée. L'instant s'était envolé.

N'oublie pas ! criais-je en silence à travers les années. *N'oublie jamais cet instant !*

42

Pendant que nous nous déshabillions cette nuit dans notre chambre d'hôtel, je lui racontais l'histoire du portail, je lui disais comme ma vie avait été secouée des années plus tôt par sa main posée tout doucement sur le bois. Elle écoutait, en rangeant soigneusement son chemisier sur un cintre.

— Pourquoi m'as-tu fuie pendant si longtemps ? demanda-t-elle. De quoi avais-tu peur ?

J'ai posé ma chemise sur une chaise, oubliant d'être aussi ordonné qu'elle, avant de prendre un cintre.

— Peur de changer, bien sûr. Je protégeais ma routine.
— D'où l'armure ? dit-elle.
— Les défenses, oui.
— Les défenses. Chaque homme que j'ai connu ou presque était noyé sous ses défenses, dit-elle. C'est pour ça que même les plus beaux étaient si peu attirants !
— Ils t'ont fait fuir. Et moi aussi.
— Non, pas toi.

Lorsque je lui opposai les faits, elle reconnut :

— Tu as failli me faire fuir. Mais je savais que l'être froid que je voyais n'était pas toi.

Je l'ai attirée au lit, respirant sa chevelure dorée.

— Quel beau corps ! Tu es... si belle, et tu es ma *femme* ! Comment concilier les deux ?

Je lui ai embrassé le coin de la bouche, tout doucement.

— Adieu, hypothèse !
— Adieu ?
— J'avais une hypothèse, presque une théorie, bien avancée

jusqu'à ce que tu mettes un terme à mes recherches : *Les belles femmes ne s'intéressent pas beaucoup au sexe.*

Elle rit d'étonnement.

— Richard, tu plaisantes ! Vraiment ?

— Vraiment.

J'étais saisi de désirs contradictoires. Je voulais lui parler, et je voulais aussi la prendre dans mes bras. Un temps pour chaque chose, pensai-je, un temps pour chaque chose.

— Tu sais ce qui ne va pas dans ton hypothèse ? demanda-t-elle.

— Rien, je crois. Il y a des exceptions, et tu en es une, Dieu merci, mais généralement c'est vrai : les belles femmes en ont tellement assez d'être regardées comme des objets, alors qu'elles savent qu'elles valent bien mieux, qu'elles finissent par s'éteindre.

— C'est pas mal, mais c'est faux, dit-elle.

— Pourquoi donc ?

— Renverse ton idée. J'ai une théorie, Richard, selon laquelle les beaux hommes ne s'intéressent pas beaucoup au sexe.

— Absurde ! Où veux-tu en venir ?

— Écoute. Je suis blindée comme une forteresse. Les beaux hommes me laissent froide, je les tiens à distance, je ne les laisse pas s'intégrer à ma vie, et du coup il semble qu'ils n'y trouvent pas autant de plaisir que je le voudrais...

— Pas étonnant, dis-je, voyant mon hypothèse s'effondrer et comprenant ce qu'elle disait. Pas étonnant ! Si tu n'étais pas si froide, si tu t'ouvrais un peu, si tu leur disais tes impressions, tes pensées — les hommes n'aiment pas être traités comme des machines, après tout ! Mais si une femme nous montre un peu de chaleur humaine, c'est une autre histoire !

Elle rapprocha son corps du mien.

— Quelle est la morale de cette histoire ? Répondez, Richard !

— *Là où il n'y a pas d'intimité, il n'y a pas de plaisir*, dis-je. Est-ce là la morale, maîtresse ?

— Quelle sagesse, quelle philosophie !

— Et si l'on apprenait cela, si l'on trouvait quelqu'un que l'on aime et respecte et que l'on ait passé sa vie à chercher, pourrait-on trouver le plus chaud des lits ? Et même si celle que l'on trouvait était une très belle femme, on découvrirait qu'elle peut goûter les doux plaisirs de la chair autant que soi ?

— Autant que soi, dit-elle en riant. Plus encore, peut-être !
— Maîtresse, dis-je. Non !
— Si tu étais une femme, tu comprendrais.

Jeunes mariés, nous avons traversé une nuit où les murs écroulés, les empires effondrés, les heurts avec l'État, le plongeon dans la faillite, où toutes ces choses paraissaient insignifiantes. Une nuit parmi tant d'autres, venue du passé, traversant le présent, s'estompant dans le futur.

Qu'est-ce qui compte le plus dans chaque vie que l'on choisit ? pensai-je. Une chose aussi simple que l'intimité avec celle que l'on aime ?

Mis à part les heures où nous étions fâchés dans le désert, ou encore effondrés de fatigue sur les ordinateurs, il planait une espèce de voile d'érotisme sur tout ce que nous faisions. L'éclair d'un regard, un sourire rapide, une caresse en passant, c'étaient des événements que nous accueillions à longueur de journée.

L'une des raisons pour lesquelles j'avais toujours cherché les commencements, des années plus tôt, était que je détestais les fins, la disparition de cette subtile électricité amoureuse. J'étais ravi de découvrir qu'avec cette femme, la tension ne retombait pas. De jour en jour, Leslie devenait de plus en plus resplendissante, de plus en plus belle à voir et à toucher.

— Tout ça est subjectif, n'est-ce pas ? dis-je perdu dans les courbes et la lumière dorée.

— Oui, dit-elle, sachant ce que je pensais.

Il n'y avait pas de technique à apprendre, mais il arrivait souvent qu'on lise dans la pensée l'un de l'autre.

— Quelqu'un d'autre pourrait nous regarder et nous dire qu'on n'a pas changé, dit-elle, qu'on est toujours les mêmes. Mais il y a quelque chose en toi qui me paraît de plus en plus attirant !

Exactement, pensai-je. Si nous ne changions pas l'un pour l'autre, ce serait l'ennui !

— Est-ce qu'on a fini le commencement ? demandai-je. Ou est-ce que ça continue toujours ainsi ?

— Rappelle-toi, dans le livre, ce que disait le goéland : *Tu seras prêt à prendre ton vol pour aller là-haut connaître le sens de la Bonté et de l'Amour.*

— Ce n'est pas lui qui le dit. On le lui dit.

Elle sourit.

— Maintenant, c'est à toi qu'on le dit !

43

Le Tribunal des faillites nous autorisa à rester dans notre petite maison quelque temps, pendant que nous cherchions quelque chose à louer — plus au nord, et pas trop cher. Puis arriva le moment où il fallut quitter Little Applegate Valley.

Nous nous promenions à l'intérieur, à l'extérieur. Adieu, le bureau et la protestation contre la vente de bois. Adieu, le lit sous le ciel, où nous regardions les étoiles avant de dormir. Adieu, la cheminée de pierres que nous avions portées une à une. Adieu, la petite maison. Adieu, les jardins que Leslie avait conçus et transformés en paysage fleuri, qu'elle avait creusés, préparés, plantés et soignés. Adieu, les forêts et les animaux que nous aimions, que nous avions lutté pour sauver. Adieu.

Au moment de partir, elle enfouit son visage dans ma poitrine, et son courage fondit en larmes.

— Notre jardin, pleurait-elle. J'aimais notre jardin ! Et j'aimais notre petite maison et nos plantes sauvages et notre famille de daims et le soleil qui se levait dans la forêt.

Elle pleurait et son chagrin semblait inconsolable.

Je la tenais, je lui caressais la tête.

— Ce n'est pas grave, murmurai-je, ce n'est pas grave. Ce n'est qu'une maison. Le foyer, c'est nous. Où qu'on aille... un jour on bâtira une autre maison, mieux que celle-ci, et tu auras des jardins partout, des arbres fruitiers, des tomates et des fleurs, plus qu'on n'en a jamais vu en rêve ici. Et on découvrira d'autres plantes sauvages et une nouvelle famille de daims viendra habiter près de chez nous. Là où on va, ce sera encore plus beau, je te le promets !

— Richard, j'aime *cet* endroit !

Elle pleurait, de plus en plus profondément. Je l'ai aidée à monter en voiture et nous sommes partis. La vallée où nous avions vécu disparut derrière nous.

Je ne pleurais pas, car nous avions un accord tacite — un seul de nous deux quittait son poste à la fois : si l'un était fatigué, ou malade ou blessé ou abattu, l'autre se devait d'être en forme. Je conduisais en silence, et Leslie, à force de pleurer, finit par s'endormir sur mon épaule.

Nous sommes enfin libres, pensai-je, en tournant vers le nord sur l'autoroute. Nous pouvons recommencer, et non à partir de rien. Nous pouvons recommencer en sachant ce que nous avons appris en route ! Les principes d'amour, de conseil, de soutien, de guérison travaillent pour nous, même maintenant.

La faillite, perdre les droits des livres, cela peut paraître un désastre et une injustice. Mais on sait qu'il ne faut pas se fier aux apparences, n'est-ce pas ? Voici notre chance de nous agripper solidement à ce qui est, en dépit de ce qui paraît.

Une ardoise propre, pas d'attaches, pas d'ancre — on vient de me donner l'occasion de montrer la force de cette Loi Cosmique en laquelle j'avais une telle confiance : *La vie n'abandonne jamais la vie.*

Quitter les ruines de la richesse, c'est comme quitter un donjon en ballon. Les murs sombres et rugueux retombaient ; les années les plus difficiles, les plus éprouvantes, les plus dures s'éloignaient. Pourtant, derrière ces murs était née la réponse à la quête du pilote d'autrefois... J'avais trouvé la personne qui m'importait plus que toute autre. La quête incessante de plusieurs décennies avait pris fin.

C'est à ce moment, alors que les collines de l'Oregon disparaissaient dans le crépuscule, qu'un bon auteur murmurerait : « Fin. »

44

Nous sommes allés plus au nord et avons loué une maison avec les économies faites par Leslie du temps où elle était actrice, et dont elle tenait à dire maintenant que c'était *notre* argent. Mais quelle étrange impression, de ne pas avoir un centime à mon nom !

Elle était aussi prudente et attentive que j'avais été dépensier. La prudence, l'économie — qualités qui ne figuraient nulle part sur ma liste d'exigences pour une âme sœur, et pourtant telle est la prévoyance que j'attends de l'univers : dans un couple enchanté, l'un des deux doit suppléer à ce dont l'autre pourrait manquer.

Ce que je regrettais depuis la première explosion de richesse, c'était la simplicité. A moins qu'on ne soit préparé au choc, la richesse soudaine vous noie sous un enchevêtrement complexe et multiforme d'intrications labyrinthiques. La simplicité, comme le vif-argent, disparaît dès qu'on la saisit.

La simplicité frappait maintenant timidement à la porte. « Hello Richard, ton argent est parti. Mais as-tu vu le ciel ! As-tu vu ces nuages ? Regarde ce qui se passe quand Leslie plante des fleurs ! N'est-ce pas agréable de la voir venir travailler à l'ordinateur ? »

C'était magnifique. Les jours où il faisait chaud, Leslie s'habillait simplement — un pantalon de toile blanche, un chemisier léger — pour venir travailler à mes côtés dans notre petit bureau. C'était un plaisir de me tourner vers elle et de lui demander comment écrire « solennel ». Comme j'aimais la simplicité.

Toutes les pressions n'avaient pas disparu cependant. Le

moment arriva enfin où l'avoué, chargé de liquider tous mes biens, nous fit savoir qu'il était prêt à recevoir les enchères pour les copyrights de mes livres. Ils étaient à vendre en bloc, tous les sept. Comme tout le monde, nous pouvions faire une enchère si nous le souhaitions.

Nos rôles étaient renversés. J'étais prudent ; Leslie, qui attendait cette vente depuis des mois, soudain dépensière.

— N'offrons pas beaucoup, dis-je. Trois des livres sont épuisés. Qui voudra y mettre de l'argent ?

— Je ne sais pas, répondit-elle. Je ne veux pas prendre de risques. Je crois qu'on devrait offrir jusqu'au dernier penny.

Je repris mon souffle.

— Le dernier penny. Et pour payer le loyer ? Pour vivre ?

— Mes parents m'ont dit qu'ils nous prêteraient de l'argent, dit-elle. Jusqu'à ce qu'on s'en sorte.

La résolution de Leslie était inébranlable.

— N'empruntons pas d'argent, s'il te plaît. Je peux me remettre au travail, maintenant. Il y a un nouveau livre à écrire, je crois.

— Je le crois aussi, dit-elle en souriant. Mais tu te rappelles, quand tu avais dit que ta mission était terminée ? Tu te rappelles, tu m'avais dit que tu pouvais mourir n'importe quand parce que tu avais dit tout ce que tu étais venu dire ?

— C'était ridicule. Je n'avais plus d'autre raison de vivre, alors.

— Et maintenant tu en as une ?

— Oui.

— Tâche d'en être sûr, dit-elle. Si tu meurs, il y aura deux cadavres par terre ! Je ne reste pas ici si toi tu pars !

— Mais Leslie, les deux cadavres seront pour bientôt si tu dépenses l'argent des courses pour acheter de vieux copyrights !

— On s'en sortira. On ne peut pas laisser partir sept de tes livres sans même essayer de les sauver.

Vers minuit, nous étions arrivés à un compromis. On offrirait tout ce qu'on avait, et on emprunterait de l'argent aux parents de Leslie pour vivre. Le lendemain, avant que je puisse la convaincre que c'était trop, elle avait envoyé l'enchère à l'avoué.

L'avoué fit connaître notre enchère aux autres acquéreurs éventuels : pouvez-vous surenchérir, pour ces copyrights ?

Le suspense, dans notre maison de location, était à couper à la hache.

Puis un coup de téléphone.

Elle monta les marches quatre à quatre.

— On les a ! s'écria-t-elle. *On les a !* Les livres, ils sont à nous !

Je l'ai serrée dans mes bras de toutes mes forces, nous avons crié et sauté et ri. Je ne savais pas que cela compterait tant pour moi, de voir nos enfants de papier revenir à la maison.

— Quelle était l'enchère la plus proche ? demandai-je.

Elle avait l'air un peu penaud.

— Il n'y a pas eu d'autre enchère.

— Personne d'autre n'a rien offert ? Jamais ?

— Non.

— Hourrah !

— Pas hourrah, dit-elle.

— Pas hourrah ?

— Tu avais raison. On n'aurait pas dû offrir tant. J'ai dépensé l'argent des courses pour les cent prochaines années !

Je l'ai encore serrée dans mes bras.

— Pas du tout ! Ton offre les a intimidés au point que personne d'autre n'a osé enchérir, voilà ce qui s'est passé. Si tu avais offert moins, ils n'auraient pas hésité et auraient proposé un peu plus que toi !

Elle parut alors moins sombre, et en même temps une étrange lumière brillait sur notre avenir.

45

A cette époque, l'aviation était secouée par la révolution des avions à bon marché, et le premier article écrit dans ma nouvelle vie nous rapporta juste assez d'argent pour acheter à manger et un U.L.M. en kit, une machine volante d'une firme baptisée Pterodactyl Ltd. Rien que le nom m'avait fait aimer cette firme. Mais il se trouva que Pterodactyl fabriquait le meilleur U.L.M. pour ce que je voulais faire : m'envoler une fois de plus des champs et des prés, regarder les nuages d'en haut, pour m'amuser.

Quel plaisir de travailler à nouveau de mes mains pour construire cette machine. Tubes d'aluminium, câbles d'acier, boulons, rivets, tissu, un moteur qui faisait le quart en taille du vieux Kinner du Fleet ! Je le finis en un mois, lisant le manuel pas à pas, suivant les photos et les dessins envoyés par l'usine.

— Quelle adorable petite chose, avait dit Leslie la première fois qu'elle avait vu des photos du Pterodactyl.

Elle le redit en voyant le nôtre, achevé, sur la pelouse ; une espèce de maquette géante pour enfants, tremblant comme une libellule de soie et de métal sur son nénuphar.

C'est si simple, pensai-je, pourquoi n'a-t-on pas inventé cette machine il y a quarante ans ? Peu importe. Elle était inventée, maintenant, juste à temps pour les gens un peu à court d'argent et impatients de quitter à nouveau le sol.

Avec un grand respect pour cet objet inconnu, et après m'être beaucoup entraîné à rouler au sol et à voler pendant dix secondes au ras d'un pré, j'ai fini par pousser à fond la manette des gaz : le cerf-volant à moteur s'élança de l'herbe, avec ses couleurs de feu et de soleil. Le président de Pterodactyl m'avait offert une combinaison de ski assortie à l'avion... en cette saison, sans cabine, il faisait effectivement froid.

Le ciel, l'air ! Le vent et le calme, les montagnes et les vallées, l'herbe et la terre et la pluie et l'air glacé qui me traversaient pour la première fois à nouveau ! J'avais arrêté de comptabiliser les heures de vol à 8 000, de noter les types d'avions que j'avais pilotés à 125, et pourtant celui-ci me redonnait un plaisir sans mélange d'être en l'air, comme aucun autre que j'avais piloté.

Il nécessitait quelques précautions particulières — en aucun cas, par exemple, il n'était fait pour voler par gros temps — mais par une journée calme, c'était un plaisir incomparable. Après les vols de la journée, le Pterodactyl repliait ses ailes, se glissait dans une grande housse qui se fixait sur le toit de la voiture, et rentrait à la maison coucher dans le jardin.

Le seul défaut de cette machine était qu'elle ne transportait qu'une seule personne ; je ne pouvais partager les vols avec Leslie.

— Ce n'est pas grave, dit-elle. Je suis là-haut aussi quand tu voles. Je peux regarder et me voir faire des signes de la main quand tu survoles la maison !

Elle s'asseyait dans le cadre du cockpit, faisait tourner le moteur, enfonçait ses cheveux sous le casque et faisait rouler le grand cerf-volant autour du pré, pour s'amuser, promettant de le faire voler dès qu'elle aurait le temps d'apprendre.

Ce devait être l'allégresse qui suivit ce premier mois de vol ; peu de temps après, arriva une nuit avec le plus curieux des rêves.

Je pilote le Pterodactyl, qui a deux places au lieu d'une, au-dessus d'un pont argenté, dans la brume, et je me pose sur une pente verdoyante, près d'un gigantesque lieu public, un auditorium en plein air. J'y entre, portant toujours ma combinaison brillante, m'assois et attends, le menton appuyé sur la main. C'est la première fois que je fais un rêve où j'arrive en avance pour quelque chose qui n'est pas tout à fait prêt. Au bout d'une minute ou deux, j'entends un bruit derrière moi.

Je me retourne, le reconnais aussitôt. Un moi antérieur, qui a l'air perdu, un moi de cinq années plus tôt, enfermé dans des désirs transformés en boucliers, se demandant ce que peut être cet endroit.

Un plaisir bizarre de voir l'homme ; je suis pris d'affection pour lui. Pourtant je le plains ; il est désespérément seul et le montre. Il veut tant demander et n'ose pas savoir. Je me lève et lui souris, en me souvenant. Il était d'une ponctualité terrifiante, jamais en retard.

— Bonjour, Richard, dis-je aussi nonchalamment que possible. Tu es à l'heure, et même un peu en avance, non ?

Il était mal à l'aise, essayant de me situer. Si tu n'es pas sûr, pourquoi ne poses-tu pas la question ? pensai-je.

Je le conduis à l'extérieur, sachant qu'il se sentirait mieux près de l'avion.

J'avais les réponses à toutes ses questions, les réponses à sa souffrance et à son isolement, je pouvais corriger ses erreurs. Pourtant les outils qui avaient fait des merveilles pour moi lui brûlaient les doigts. Que pouvais-je dire ?

Je lui montre l'avion, lui explique les commandes. C'est drôle, pensai-je. C'est moi qui lui donne des leçons, alors que je n'ai rien piloté en dehors de l'U.L.M. depuis des années. Il est peut-être seul, mais c'est un bien meilleur pilote que moi !

Une fois qu'il est installé sur son siège, je fais dégager l'hélice et lance le moteur. C'était si calme et si étrange que pendant un temps il en oubliait la raison pour laquelle il avait décidé de venir à ma rencontre, il oubliait que l'avion ne servait que de décor à ce rêve, dont il n'était pas le centre.

— Prêt ? dis-je au moment de décoller.
— Allons-y.

Comment le décrire ?

Cet homme connaît le supplice de la richesse soudaine, et maintenant tout explose autour de lui, son monde se défait. Pourtant, à cet instant, c'est un enfant avec un jouet, tellement il aime les avions. Qu'il est facile de compatir, quand c'est soi-même qu'on voit en difficulté !

A trois cents mètres d'altitude, je lâche les commandes.
— A toi.

Il pilotait avec aisance, prudence, douceur cette machine telle qu'il n'en avait jamais imaginé.

Je savais que j'avais un rôle à jouer dans ce rêve, qu'il

attendait que je lui dise quelque chose. Malgré tout, cet homme était si sûr d'avoir appris tout ce qu'il avait à apprendre ! Je le sentais prêt à rejeter le savoir qui le libérerait.

— Est-ce qu'on peut couper le moteur ? demande-t-il.

En guise de réponse, j'actionne l'interrupteur sur la manette. L'hélice ralentit puis s'arrête, et l'avion se transforme en planeur.

Il ne résistait pas aux leçons de pilotage. Après quelques minutes de vol, il était prêt à courir acheter un Pterodactyl. Il avait l'argent pour le faire ; il aurait pu acheter cent Pterodactyls, sauf qu'à son époque, bien entendu, c'était une idée inconcevable, qui n'était pas même esquissée sur le papier.

— Quel petit avion parfait ! dit-il. Comment est-ce que je peux m'en procurer un ?

Celui-ci, il n'allait pas l'acheter. Et c'était là mon ouverture pour lui parler de sa résistance au changement.

Je lui demande de me dire ce qu'il sait, ce qu'est cet avion et ce type en combinaison de ski qui le pilote. Sa réponse ne me surprend pas ; il suffisait de lui demander.

Après un temps, toujours en vol, je lui dis sans détours que j'ai les réponses qu'il cherche, et que je sais qu'il ne les écoutera pas.

— Tu es sûr que je n'écouterai pas ? demande-t-il.

— Qu'en penses-tu ?

— A qui pourrais-je me fier plus qu'à toi ?

A Leslie, pensai-je, mais il en rirait et nous n'avancerions pas.

— Voici ce que tu es venu apprendre. Voici ce que tu vas faire, lui dis-je. La réponse que tu cherches est dans le renoncement à ta Liberté et à ton Indépendance et dans ton mariage avec Leslie. Ce que tu trouveras en retour, c'est une autre sorte de liberté, si belle que tu ne peux l'imaginer...

Il ne comprit rien à la dernière phrase ; il faillit tomber de l'avion, tellement il était stupéfait.

Il a tant de chemin à faire, pensai-je, pendant qu'il cherchait à reprendre son souffle. Et il ne le fera que dans cinq ans. Il est complètement fermé et buté, mais je l'aime bien. Il y arrivera, pensai-je... n'est-ce pas ? Pourrait-ce être la voix de l'accident de planeur, ou du départ au Wyoming ? Est-il face à un avenir qui a échoué ?

Sa solitude, si bien défendue, se révéla être mon espoir. Quand je parlais de Leslie, il écoutait attentivement, acceptant même d'entendre quelques vérités sur son avenir. Même s'il oublie les mots et les scènes, le fait de lui avoir parlé d'elle rendra sa survie plus facile. J'ai mis le cap au nord.

Elle nous attendait quand nous nous sommes posés, habillée comme elle le faisait pour rester à la maison, simplement. Il sursauta en la voyant ; la vision fit fondre une tonne d'acier en moins d'une seconde. La beauté a un tel pouvoir !

Elle avait quelque chose de personnel à lui dire, alors je me suis retourné dans mon sommeil et me suis réveillé des années plus tard.

Dès que j'ouvris les yeux, le rêve s'évapora et disparut comme la vapeur dans l'air. Un rêve d'avion, pensai-je. J'ai de la chance de rêver si souvent d'avions ! Celui-ci avait quelque chose de particulier... qu'était-ce ? J'investissais dans des diamants bruts ? Je m'envolais avec une boîte de diamants qui manquait de tomber de l'avion ? Un rêve de placements ? Une partie de mon subconscient pense avoir encore de l'argent ? Peut-être sait-il une chose que j'ignore ?

Sur un bloc, je notai une question : *Pourquoi pas des rêves induits par nous-mêmes, pour voyager et voir et apprendre ce que nous voulons apprendre ?*

J'étais allongé sans bouger à regarder Leslie dormir. L'aube brillait dans cette chevelure d'or éparpillée négligemment sur son oreiller. Pendant un instant, elle était si immobile — *et si elle était morte ?* Elle respire si légèrement que je ne peux pas savoir. Est-ce qu'elle respire ? *Non !*

Je savais que je plaisantais, mais quel soulagement, quelle joie soudaine de la voir bouger doucement dans son sommeil à cet instant, d'apercevoir le plus petit des sourires de rêve !

J'ai passé ma vie à chercher cette femme, pensai-je. Je me suis dit, voici ma mission, être à nouveau avec elle.

J'avais tort. La trouver n'était pas l'objectif de ma vie, c'était un incident impératif. La trouver permettait à ma vie de commencer.

Et maintenant ? Qu'allez-vous apprendre de l'amour tous les deux ? J'ai tellement changé, pensai-je, mais ce n'est qu'un début.

Les histoires d'amour, les vraies, n'ont jamais de fin. Heureux pour toujours. La seule façon de découvrir ce qui arrive ensuite avec une compagne parfaite est de le vivre soi-même. L'amour, bien sûr, et le plaisir sensuel.

Et puis ?

Puis des jours et des mois à parler sans cesse, à se rattraper après des siècles de séparation — qu'as-tu fait alors, qu'as-tu pensé, qu'as-tu appris, comment as-tu changé ?

Et après ?

Quels sont tes espoirs, tes rêves, tes désirs les plus secrets, les souhaits que tu aimerais désespérément réaliser ? Quelle est la belle vie la plus impossible que tu puisses imaginer ? Voici la mienne, et les deux vont de pair comme la lune et le soleil dans notre ciel, et à deux on peut les rendre vraies !

Et après ?

Tant à apprendre ensemble ! Tant à partager ! Les langues, la poésie, le théâtre, la programmation informatique et la physique et la métaphysique, et la parapsychologie et l'électronique et le jardinage et la faillite et la mythologie et la géographie et la cuisine et la peinture et l'économie et la menuiserie et la musique et l'histoire de la musique, les avions, la voile et l'histoire de la voile, la politique et la géologie, le courage et le confort et les plantes sauvages et les animaux indigènes, mourir et la mort, l'archéologie et la paléontologie et l'astronomie et la cosmologie, la colère et le remords, l'écriture et la métallurgie et le tir et la photographie et l'énergie solaire, la construction et l'investissement et l'imprimerie et donner et recevoir et la planche à voile et les enfants, vieillir et l'écologie et le pacifisme, la guérison psychique et les échanges culturels et le cinéma, la microscopie et l'énergie alternative, comment jouer, comment se disputer et se réconcilier, comment surprendre et ravir et s'habiller et pleurer, jouer du piano et de la flûte et de la guitare, voir au-delà des apparences, se rappeler d'autres vies, le passé et l'avenir, déverrouiller des réponses, la recherche et l'étude, rassembler et analyser et synthétiser, servir et aider, discourir et écouter, voir et toucher, voyager dans le temps et rencontrer les autres nous, créer des mondes de rêve et y séjourner, changer.

Leslie, dans son rêve, sourit.

Et puis ? pensai-je. Et puis encore et encore à apprendre pour les affamés de vie. Apprendre, s'exercer, redonner à d'autres, leur rappeler que nous ne sommes pas seuls.

Et puis, une fois les rêves vécus, une fois qu'on en est fatigué ?

Et puis... la vie !

Rappelle-toi. Rappelle-toi. JE SUIS ! ET TU ES ! ET L'AMOUR EST TOUT CE QUI IMPORTE !

C'est pourquoi les histoires d'amour n'ont pas de fin ! Parce que l'amour est sans fin.

Puis, un matin, tout à coup, en l'espace d'une centaine de secondes, j'ai su comme tout ce qui existe est simplement assemblé. J'ai saisi le carnet, noté ces secondes en énormes lettres enthousiastes :

Le seul réel est la Vie !

La vie laisse la conscience libre de ne choisir aucune forme ou des milliards de milliards de formes, toute forme qu'elle peut imaginer.

Ma main tremblait et volait, les mots trébuchaient sur les lignes bleues du papier.

La conscience peut s'oublier si elle veut oublier. Elle peut inventer des limites, commencer des fictions ; elle peut simuler les galaxies et les univers et les multivers, les trous noirs et les trous blancs et les big-bangs et les états stables, les soleils et les planètes, les plans astraux et physiques. Tout ce qu'elle imagine, elle le voit : la guerre et la paix, la maladie et la santé, la cruauté et la bonté.

La conscience peut prendre dans les trois dimensions la forme d'une serveuse devenue prophète de Dieu ; elle peut être une marguerite, un guide spirituel, un biplan dans un pré ; elle peut être un aviateur qui vient de se réveiller d'un rêve, aimant le sourire de sa femme endormie ; le chaton Dolly sautant sur le lit, impatient, S'IL TE PLAÎT où est ma nourriture ce matin ?

A l'instant qu'elle veut, elle peut se rappeler qui elle est, elle peut se rappeler la réalité, elle peut se rappeler l'Amour. A cet instant, tout change.

— Dolly, non ! murmurai-je férocement.

Si tu ne me nourris pas, je mangerai ton stylo...

— Dolly ! Non ! Va t'en ! Va t'en !

Pas ton stylo ? alors je te mangerai la MAIN !

— Dolly !

— Qu'est-ce que vous faites, tous les deux ?

Leslie s'éveilla dans cette agitation, déplaça ses mains sous la couverture. En un centième de seconde le petit fauve était prêt à attaquer, tournant ses vingt griffes acérées contre la nouvelle menace.

— Dolly propose que nous commencions notre journée, dis-je par-dessus le champ de bataille.

La plus grande part de ce que je savais était en sécurité, figé dans l'encre.

— Tu es réveillée ? demandai-je. Je viens d'avoir l'idée la plus remarquable, à l'instant. Si tu es réveillée, je veux te dire...

— Dis-moi.

Elle se glissa un oreiller sous la tête, évitant les représailles de Dolly grâce à l'entrée innocente, à cet instant, d'Ange, l'autre chaton, qui offrait une nouvelle cible à Dolly.

Je lui ai lu ce que je venais de noter dans le carnet, les phrases bondissant comme des gazelles. Au bout d'une minute, j'avais fini et je levais les yeux vers elle :

— Il y a des années, j'ai essayé d'écrire une lettre à moi-même plus jeune, *Choses que j'aimerais avoir sues quand j'étais toi*. Si seulement on pouvait tendre CECI aux enfants que nous étions !

— Comme ce serait amusant, dit-elle, d'être assis sur un nuage et de les voir trouver notre carnet, tout ce que nous avons appris !

— Un peu triste, d'une certaine façon, dis-je.

— Pourquoi triste ?

— Tant de belles choses qui doivent arriver, et ils ne peuvent se trouver l'un l'autre avant maintenant, ou il y a cinq ans...

— Il faut leur dire ! répondit-elle. Tu notes dans le carnet : « Maintenant, Dick, tu téléphones à Leslie Parrish, qui vient de s'installer à Los Angeles, sous contrat avec la Twentieth Century Fox, son numéro de téléphone est deux cent soixante-treize douze quatre-vingt-dix-neuf...

— Et puis ? dis-je. Et lui demander de dire : « C'est ton âme sœur qui appelle » ? Leslie Parrish était déjà une star ! Les hommes voyaient sa photo et tombaient amoureux d'elle ! Est-ce qu'elle l'invitera à déjeuner, un adolescent qui s'apprête à quitter l'université après son unique année d'études ?

— Si elle est bien avisée, elle dira quittons Hollywood au plus vite !

— Ça ne marcherait jamais. Il doit s'engager dans l'aviation, piloter des avions, se marier et divorcer, déployer celui qu'il commence à être et ce qu'il commence à apprendre. Il faut qu'elle en finisse avec son propre mariage, qu'elle apprenne d'elle-même les affaires et la politique et le pouvoir.

— Alors écrivons-lui, dit-elle. « Chère Leslie, tu vas recevoir un coup de fil de Dick Bach, c'est ton âme sœur, alors sois gentille avec lui, aime-le toujours... »

— Toujours ? Toujours, c'est...

Je la regardai au milieu des mots et me suis glacé. Je savais.

Des images de rêves oubliés, des fragments de vies perdues dans le passé et dans l'avenir défilaient derrière mes yeux comme des diapositives... clic, clic, clic...

La femme sur le lit en ce moment, cette personne vers qui je pouvais tendre la main en cet instant, dont je pouvais toucher le visage, est celle qui a été tuée avec moi dans le massacre de la Pennsylvanie coloniale, *la même femme*, elle est la chère mortelle dont j'ai été le guide spirituel une douzaine de fois, et qui a été le mien ; elle est le saule dont les branches se sont mêlées aux miennes ; elle est le renard et moi la renarde, montrant nos crocs, sauvant les petits des loups ; elle, le goéland qui m'a emmené plus haut ; elle, la lumière vivante sur la route d'Alexandrie ; le commandant de vaisseau spatial que j'aimerai dans mon avenir lointain ; la déesse des fleurs de mon lointain passé.

Pourquoi ce penchant pour le tour singulier de cet esprit unique, la courbe singulière de ce visage, la lumière singulière de ses yeux quand elle rit ?

Parce que ces courbes et ces étincelles uniques, *on les porte avec soi*, de vie en vie, ce sont des marques estampillées sur ce que chacun croit, et, sans le savoir, *on se les rappelle !* lorsqu'on se rencontre à nouveau !

Elle regardait mon visage, alarmée.

— Qu'est-ce qui ne va pas, Richard ? Qu'est-ce qui ne va pas ?

— Rien, dis-je, abasourdi. Ça va, je me sens bien...

J'ai saisi un papier, noté les mots. Quelle matinée !

Encore et encore, nous étions attirés l'un vers l'autre, parce que nous avions tant à apprendre ensemble, des leçons difficiles et des leçons heureuses.

Comment se fait-il que je sache, que je sois intimement persuadé que la mort ne nous sépare pas de l'être aimé ?

Parce que l'être que j'aime aujourd'hui... parce qu'elle et moi sommes morts un million de fois auparavant, et qu'en cette seconde, cette minute, cette heure, cette vie, nous sommes à nouveau ensemble ! Nous ne sommes pas plus désespérés par la mort que par la vie ! Au fond de soi, chacun de nous connaît les lois, et l'une des lois dit ceci : nous retournerons toujours dans les bras de ceux que nous aimons, que ce soit la nuit ou la mort qui nous sépare.

— Attends une minute. Il faut que j'écrive...
La seule chose qui dure est l'amour !
Les mots coulaient aussi vite que l'encre pouvait les tracer.
Au début de l'univers... Avant le big-bang il y avait nous !
Avant tous les big-bangs de tous les temps, et après que l'écho du dernier aura disparu, il y a nous. Nous, danseurs, sous toutes les formes, nous reflétant partout, nous sommes la raison d'être de l'espace, les constructeurs du temps.

Nous *sommes un pont sur l'infini, au-dessus de la mer, vivant aventures et mystères pour le plaisir, choisissant les désastres, les triomphes, les défis, nous éprouvant nous-mêmes encore et encore ; apprenant l'amour et l'amour et l'AMOUR !*

Assis sur le lit à regarder Leslie, j'ai levé mon stylo.
— Tu es vivante ! dis-je.
Ses yeux étincelaient.
— Nous sommes vivants ensemble.
Il y eut un silence, puis elle reprit :
— J'avais renoncé à te chercher, j'étais heureuse seule à Los Angeles, avec mon jardin et ma musique ; mes causes et mes amis. J'aimais vivre seule. Je pensais qu'il en serait ainsi pour le reste de ma vie.
— Et moi je me serais étranglé avec ma liberté, dis-je. Ça n'aurait pas été mal, ç'aurait été ce que nous connaissions de mieux. Comment une chose que nous n'avions jamais connue aurait-elle pu nous manquer ?
— Elle nous manquait pourtant, Richard ! De temps en temps, quand tu étais seul, qu'il y ait eu des gens autour de toi ou non, tu ne t'es jamais senti triste à en pleurer, comme si tu étais le seul de ton espèce au monde ?
Elle posa la main sur mon visage.
— Tu n'as jamais senti, dit-elle, qu'il te manquait quelqu'un que tu n'avais jamais rencontré ?

46

Nous avons veillé tard, l'un comme l'autre. Leslie était plongée dans la page trois cent et quelques de *L'Énergie solaire passive : édition professionnelle augmentée.*

J'ai refermé *Une histoire du colt*, l'ai posé sur la pile des livres lus, ai pris le premier volume de ma pile à lire.

Comme nos lectures nous décrivent, pensai-je. Au chevet de Leslie : *Poésie complète de E. E. Cummings, Perspectives pour l'an 2000, Vers la frugalité*, l'*Abraham Lincoln* de Carl Sandburg, *Licornes que j'ai connues, Cet instant intemporel, Les Années maigres, Baryshnikov au travail, Réalisateurs américains, 2081.*

Au mien : *Les Maîtres danseurs Wu Li*, les *Nouvelles* de Ray Bradbury, *L'Odyssée de l'air, La Conspiration de l'aquarium, L'Interprétation de la mécanique quantique, Plantes sauvages comestibles de l'Ouest, Le Manche et le Palonnier.* Quand je veux comprendre quelqu'un rapidement, je demande à voir sa bibliothèque.

Le bruit que je faisais en changeant de livre la surprit à la fin d'un calcul.

— Comment allait monsieur Colt ? dit-elle, en mettant ses tableaux solaires sous une meilleure lumière.

— Très bien. Est-ce que tu sais que sans le Colt il y aurait quarante-six États dans ce pays au lieu de cinquante ?

— On en a volé quatre revolver en main ?

— Tu dis des âneries, Leslie. On ne les a pas volés. On en a défendu certains, libéré d'autres. Et ce n'est pas nous. Toi et moi, nous n'avions rien à voir là-dedans. Mais il y a une centaine d'années, pour les gens d'alors, le Colt était une arme redoutable. Une arme à répétition plus rapide qu'aucune carabine et plus précise que la plupart. J'ai toujours voulu un Colt de la marine de 1851. C'est ridicule, non ? Les originaux coûtent cher, mais Colt fait une copie.

— Qu'est-ce que tu ferais d'une chose comme ça ?

Elle ne cherchait pas précisément à me séduire à ce moment, mais une chemise de nuit d'hiver ne suffisait pas à cacher sa belle silhouette. Quand dépasserai-je cette fascination simpliste que m'inspirait cette forme qu'elle avait choisie pour corps ? Jamais, pensai-je.

— D'une chose comme quoi ?

— Espèce d'animal, grogna-t-elle. Pourquoi voudrais-tu un vieux pistolet ?

— Ah, le Colt ? C'est un sentiment curieux, aussi loin que je m'en souvienne. Quand je pense que je n'en possède pas, je me sens un peu nu, vulnérable. C'est une habitude d'en avoir un à portée de main, mais je n'ai jamais tenu de Colt entre les doigts. N'est-ce pas bizarre ?

— Si tu en veux un, on peut commencer à économiser. Si c'est si important pour toi.

Nous sommes si souvent ramenés dans nos autres passés par des morceaux de ferraille, des vieilles machines, des bâtiments, des terres que nous aimons passionnément ou détestons férocement sans savoir pourquoi. N'y a-t-il personne qui n'ait éprouvé de désir magnétique pour d'autres lieux, qui ne se soit senti chez lui à d'autres époques ? Dans un de mes passés, je le savais, j'avais tenu un revolver de Colt, en acier bleu et en laiton. Ce serait amusant de le retrouver un jour.

— Non, je ne crois pas. C'est une idée ridicule.

— Qu'est-ce que tu vas lire maintenant ? demanda-t-elle en tournant de côté pour étudier le tableau suivant.

— Ça s'appelle *La Vie à la mort*. On dirait une enquête assez bien faite, des interviews de gens qui ont failli mourir, leurs impressions, ce qu'ils ont vu. Et toi, ton livre ?

Ange, un chat persan de trois kilos à longs poils blancs, sauta alors sur le lit, s'avança lourdement vers Leslie, s'effondra sur les pages qu'elle lisait, ronronna.

— Très bien. Ce chapitre-ci est particulièrement intéressant. Il dit poil poil poil œil nez œil poil poil poil griffes et queue. Ange, est-ce que les mots *tu me gênes* ont un sens pour toi ? Les mots *tu es assis sur mon livre* ?

Le chat la regarda, l'air de dire non ; et ronronna de plus belle.

Nous avons lu en silence pendant quelque temps.

— Bonne nuit, dis-je en éteignant ma lampe de chevet. Rendez-vous à l'angle de la rue des Nuages et de l'allée du Sommeil...

— A tout de suite, dit-elle. Bonne nuit.

J'ai écrasé mon oreiller et me suis roulé en boule. Depuis quelque temps, je m'exerçais aux rêves induits, sans grand succès. Ce soir j'étais trop fatigué pour m'entraîner. Je me suis endormi aussitôt.

C'était une maison de verre légère et aérienne, en hauteur, sur une île boisée. Des fleurs partout, une lumière superbe dans les pièces, par-dessus les toits et au-delà, qui se déversait dans un pré en contrebas. Un Lake amphibie, arc-en-ciel, garé dans l'herbe. Au loin, au-dessus d'eaux profondes, d'autres îles éparpillées, vertes, bleues.

Il y avait des arbres à l'intérieur de la maison aussi bien que dehors, des arbres et des plantes suspendues sous un grand carré de toit ouvert pour laisser entrer le soleil et l'air. Des fauteuils et un divan couverts de tissu jaune clair. Des étagères de livres aisément accessibles, le merveilleux Concerto pour orchestre de Bartók dans l'air. On se sentait chez soi dans cet endroit, avec la musique et les plantes, avec l'avion dehors et la vue au loin, comme si on volait. C'était exactement ce que nous voulions pour nous-mêmes, un jour.

— Bienvenue à tous les deux ! Vous avez trouvé !

Les deux personnes qui nous accueillaient avaient un air familier.

— Merci, dit Leslie.

On oublie dans la journée, mais endormi, on peut se rappeler les rêves des années passées. L'homme était le même qui m'avait fait voler pour la première fois dans le Pterodactyl ; il était moi-même dans dix ou vingt ans, mais devenu plus jeune. La femme était la Leslie près de l'avion, plus belle de sagesse.

— Asseyez-vous, dit-elle. Nous n'avons pas beaucoup de temps.

L'homme nous servit du cidre sur une table de bois.

— *Alors voici notre avenir, dit Leslie. Vous avez fait du beau travail, tous les deux.*

— *C'est un de nos avenirs, dit l'autre Leslie, et c'est vous qui avez fait du beau travail.*

— *Vous nous avez construit une route où marcher, dit l'homme. Vous nous avez donné des occasions que nous n'aurions jamais eues sans vous.*

— *Ce n'était rien, n'est-ce pas ? dis-je en souriant à Leslie.*

— *Ce n'était pas rien, répondit-elle, c'était beaucoup !*

— *La seule façon de vous remercier était de vous inviter à la maison, dit le Richard à venir. C'est toi qui l'as conçue, Leslie. C'est parfait.*

— *Presque parfait, rectifia sa femme. Les piles solaires sont meilleures que tu ne pensais, mais j'ai quelques remarques à faire sur la masse thermique...*

Les deux Leslie étaient sur le point de sombrer dans une conversation technique sur l'énergie solaire et l'isolation lorsque je compris...

— *Pardon, dis-je. Nous rêvons ! Chacun de nous, n'est-ce pas ? Ceci est un rêve ?*

— *Absolument, dit l'autre Richard. C'est la première fois qu'on vous a joints tous les deux. On y travaille depuis des années, par intermittence — on progresse !*

— *Vous vous entraînez depuis des années, et c'est la première fois que vous nous joignez ? demandai-je en clignant des yeux ?*

— *Vous comprendrez quand vous le ferez vous-mêmes. Pendant longtemps, vous ne voudrez rencontrer que des gens que vous n'avez pas vus — de futurs vous-mêmes, d'autres vous-mêmes, des amis disparus. Pendant longtemps vous apprendrez avant de vous mettre à enseigner. Il vous faudra vingt ans. Vingt ans d'entraînement, et vous pourrez orienter vos rêves comme vous le voudrez. C'est alors que vous songerez à remercier les ancêtres.*

— *Les ancêtres ? demanda Leslie. Nous sommes des anciens ?*

— *Pardon, dit-il. J'ai mal choisi mes mots. Votre avenir est notre passé. Mais notre avenir est votre passé, aussi. Dès que vous vous serez libérés et que vous reprendrez votre entraînement aux rêves, vous comprendrez. Tant que l'on croit à un temps séquentiel, on voit le devenir au lieu de l'être. Au-delà du temps, nous sommes tous uns.*

— Je suis contente que ce ne soit pas compliqué, dit Leslie.

Il fallait que je les interrompe.

— Pardon. Le nouveau livre. Vous savez, moi et les titres de livres... Est-ce que j'ai réussi à trouver un titre ? Est-ce que j'ai réussi à l'écrire et à le faire publier ? Est-ce que quelqu'un l'a lu ? Pour rien au monde, je n'arrive... est-ce que j'ai trouvé un titre ?

Le futur Richard ne manifestait pas une grande patience face à ma curiosité.

— Ce rêve n'est pas fait pour te le dire. Oui, tu as trouvé un titre ; oui, le livre a été publié ; oui, quelqu'un l'a lu.

— C'est tout ce que je voulais savoir, dis-je, ajoutant timidement : Quel est le titre ?

— Ce rêve doit vous dire autre chose, dit-il. Nous avons reçu une... disons une lettre... de nous-mêmes loin dans le futur. Votre idée d'écrire aux jeunes Dick et Leslie était un début. Nous sommes maintenant plusieurs à être devenus des espèces de correspondants psychiques.

« Toutes vos pensées destinées à votre passé ont été transmises. D'infinies transformations, subconscientes ; mais ce sont d'autres personnes, ils n'auront peut-être pas à traverser les moments difficiles que nous avons connus. Quelques moments difficiles, bien sûr, mais il y a une vague chance qu'apprendre à aimer n'en fasse pas partie.

— La lettre que nous avons reçue, dit la Leslie à venir, elle disait tout ce que vous savez est vrai !

Elle s'évanouissait, la scène devenait floue.

— Il y a autre chose, mais écoutez : Ne mettez jamais en doute ce que vous savez. Ce n'était pas seulement un joli titre de livre, nous sommes des ponts...

Puis le rêve se brisa ; il y avait maintenant des valises remplies de brioches, une poursuite en voiture, un bateau à vapeur sur roues.

Sans réveiller Leslie, j'ai rempli des pages entières de carnet sur mon oreiller, me rappelant dans l'obscurité ce qui s'était passé avant les brioches.

Lorsqu'elle se réveilla le lendemain matin, je lui dis :

— Laisse-moi te raconter ton rêve.

— Quel rêve ? demanda-t-elle.

— Celui où on se rencontre dans la maison que tu as conçue.

— Richard ! dit-elle, je m'en souviens ! C'est moi qui vais te raconter ! C'était un endroit splendide, avec des daims dans le pré ; l'étang était un miroir où se reflétait un champ de fleurs comme celui que nous avions dans l'Oregon. L'idée, la maison solaire, marchera ! Il y avait de la musique à l'intérieur, et des livres et des arbres... si lumineux et clair ! C'était une belle journée, et il y avait Dolly et Ange qui nous regardaient, qui ronronnaient, qui étaient devenus de vieux chats dodus. J'ai vu le nouveau livre, notre livre, sur l'étagère ! *J'ai vu le titre !*

— Oui ? Oui ? Quel était le titre ? Dis-moi !

Elle fit un effort pour se rappeler.

— Je suis désolée ! C'est parti...

— Tant pis. Ce n'est pas grave, dis-je. Simple curiosité. Drôle de rêve, en tout cas, tu ne crois pas ?

— C'était une histoire d'éternité, d'infini...

47

Je venais de finir *Souvenirs de la mort,* un soir, alors qu'elle venait de commencer à lire *La Vie après la vie* ; plus j'y pensais, plus j'avais besoin de lui parler.

— Quand tu auras une minute, dis-je. Une longue minute.

Elle lut jusqu'à la fin de son paragraphe et replia la jaquette pour marquer sa page.

— D'accord, dit-elle.

— Il ne t'a jamais semblé inepte, dis-je, il ne t'a jamais semblé inepte que la mort soit le plus souvent une espèce de désagrément malcommode pour la plupart des gens, quelque chose qui nous tombe dessus au moment peut-être où on vient de trouver la personne qu'on aime, dont on ne veut pas s'éloigner ne serait-ce que pour un jour, et la mort dit peu m'importe, je vais vous séparer ?

— J'ai eu cette impression, parfois, dit-elle.

— Pourquoi est-ce que la mort devrait se passer ainsi ? Pourquoi faudrait-il consentir à une mort qui échappe à ce point à notre contrôle.

— Peut-être parce que le seul autre choix est le suicide, dit-elle.

— Ah ! dis-je. Est-ce que le suicide est le seul choix ? N'y a-t-il pas une meilleure façon de partir que cette habitude qu'ils ont sur cette planète d'être obligés de mourir au hasard, à la dernière minute ?

— Laisse-moi deviner, dit-elle. Tu as un projet que tu vas me soumettre ? Il faut d'abord que tu saches que tant que tu es là, ça ne m'ennuie pas tellement de mourir à la dernière minute.

— Attends. Parce que ça va plaire à ton sens de l'ordre : pourquoi, au lieu de la mort surprise, les gens n'arriveraient-ils pas à un moment où ils décideraient « Terminé ! Nous avons fini tout ce que nous étions venus faire ; il n'y a pas de montagnes que nous n'ayons escaladées, rien que nous ayons voulu apprendre et que nous ne sachions, nous avons vécu une belle vie. » Puis, en parfaite santé, pourquoi ne s'assoiraient-ils pas, tous les deux, sous un arbre ou une étoile, et ne quitteraient-ils pas leur corps pour ne jamais y revenir ?

— Comme dans les livres qu'on est en train de lire ? dit-elle. Excellente idée ! Mais voici la réponse que tu attendais : on ne le fait pas parce qu'on ne sait pas le faire.

— Leslie ! dis-je, tout à mon projet. *Je sais le faire !*

— Pas encore, s'il te plaît, dit-elle. Il faut qu'on construise la maison, il faut penser aux chats et aux ratons laveurs et au lait qui va tourner dans le réfrigérateur, et il faut répondre au courrier ; on n'en est qu'au début.

— D'accord. Pas tout de suite. Mais j'ai été frappé, en lisant ces expériences aux portes de la mort, de ce qu'elles ressemblaient aux expériences extra-corporelles décrites dans les livres sur le voyage astral ! Mourir, ce n'est qu'une expérience extra-corporelle dont on ne revient pas ! Et quitter son corps, on peut *apprendre à le faire !*

— Attends un peu, dit-elle. Tu proposes qu'on choisisse un beau crépuscule, qu'on quitte nos corps et qu'on ne prenne pas la peine de revenir ?

— Un jour, oui.

Elle me regarda de côté.

— Tu es vraiment sérieux ?

— A cent pour cent. Vraiment ! C'est tout de même mieux que de se faire renverser par un autobus, non ? C'est mieux que d'être séparés, de perdre une journée ou deux, un siècle ou deux ensemble ?

— Le côté ensemble me plaît, dit-elle. Parce que je parle sérieusement, moi aussi : si tu meurs, je ne veux plus vivre ici.

— Je sais, dis-je. Il suffit de s'initier au voyage extra-corporel, comme les adeptes spirituels et les loups.

— Les loups ?

— J'ai lu ça dans un livre sur les loups. Des employés d'un zoo ont pris deux loups, un couple, dans un piège inoffensif, humain, qui ne les blessait pas du tout. Ils les ont mis dans une grande cage à l'arrière d'un camion, les ont conduits au zoo. Une fois arrivés, ils ont descendu la cage, les deux loups... morts. Pas de maladie, pas de blessure, rien. Les loups ne voulaient pas être séparés, ils ne voulaient pas vivre dans une cage. Ils ont lâché leur volonté de vivre et ils sont morts ensemble. Aucune explication médicale. Partis.

— C'est vrai ?

— C'est dans le livre sur les loups. Et ce n'est pas un roman. J'aurais fait la même chose à leur place, pas toi ? Tu ne dirais pas que c'est une façon civilisée, intelligente, de quitter la planète ? Si la terre entière, si tout l'espace-temps est un rêve, pourquoi ne pas se réveiller heureux ailleurs, au lieu de hurler qu'on ne veut pas partir d'ici ?

— Tu crois vraiment qu'on pourrait le faire ? demanda-t-elle.

L'idée convenait tout à fait à son goût de l'ordre.

A peine avait-elle posé sa question que j'étais revenu sur le lit avec une douzaine de livres pris dans notre bibliothèque. *L'Étude et la pratique de la projection astrale*, *Voyages hors du corps*, *L'Aventure suprême*, le *Guide pratique de la projection astrale*, *L'Esprit au-delà du corps*. Le poids des livres creusait un petit cratère sur le lit.

— Ces gens disent qu'on peut apprendre. Ce n'est pas facile et ça demande beaucoup d'entraînement. La question est de savoir si ça en vaut la peine.

— Tout de suite, je dirais non. Mais si tu devais mourir demain, je regretterais amèrement de ne pas avoir appris pour pouvoir te suivre.

— Faisons un compromis. Apprenons la partie extra-corporelle et gardons la partie non-retour pour bien plus tard. On a déjà quitté notre corps, l'un et l'autre, et on sait donc qu'on peut le faire. Il s'agit maintenant de le faire quand on veut, et de le faire ensemble. Ça ne devrait pas être si difficile.

J'avais tort. C'était très difficile. Le problème était de s'endormir sans dormir, sans perdre la conscience de nous-mêmes séparés de nos corps. Il est facile de s'imaginer faisant cela lorsqu'on est éveillé. Mais rester conscient avec une couverture de sommeil plus lourde que du plomb — ce n'est pas une tâche aisée.

Nuit après nuit, nous lisions nos livres sur le voyage astral, nous nous promettions de nous retrouver dans l'air au-dessus de nos corps endormis, de nous apercevoir l'un l'autre et de nous en souvenir au réveil. Pas de chance. Les semaines passaient. Les mois. C'est une habitude qui survécut pendant longtemps à la lecture des livres.

— Souviens-toi de te souvenir, disions-nous en éteignant la lumière.

Nous nous endormions, programmés pour nous retrouver au-dessus de nos corps ; elle allait en Pennsylvanie et j'étais perché sur un toit à Pékin. Ou alors je me retrouvais dans un avenir kaléidoscopique et elle donnait des concerts au XIXe siècle.

Après cinq mois d'entraînement, je me suis réveillé, ce devait être vers trois heures du matin.

> *J'essaie de déplacer ma tête sur l'oreiller, de changer de position lorsque je comprends que je ne peux y arriver parce que l'oreiller est en bas sur le lit et que je flotte sur le dos, à un mètre dans l'air.*
>
> *Parfaitement éveillé. Je flotte. La chambre baignant tout entière dans une lumière gris argenté. Clair de lune, dirais-je, mais il n'y a pas de lune. Les murs, les fauteuils, la chaîne stéréo ; le lit, avec des livres soigneusement rangés de son côté, une pile effondrée du mien. Et nos corps, endormis !*
>
> *Une pure stupéfaction, comme du feu bleu qui me traverse dans la nuit, et puis une explosion de joie. C'est mon corps, en bas ; cet objet curieux sur le lit, c'est moi, les yeux fermés, dans un profond sommeil ! Pas tout à fait moi, bien sûr... moi, je regarde d'en haut.*
>
> *Tout ce que je pense, ce premier soir, semble exceptionnel.*
>
> *Ça marche ! C'est si facile ! C'est... la liberté !*
>
> *Les livres ont raison. Il me suffit de penser bouger, et je bouge, glissant sur l'air comme un traîneau sur la glace. Je n'ai pas vraiment de corps, mais je ne suis pas non plus sans corps. J'ai une impression de corps — un corps flou, brumeux, de fantôme. Après tout notre entraînement laborieux, comment cela peut-il être aussi facile ? Une conscience extrême. Comparée à l'acuité de cette vie, la conscience du jour est une espèce de somnambulisme !*
>
> *Je me tourne dans l'air et je regarde en arrière. Un fil ténu de lumière rouge me relie à ma forme endormie. C'est la corde dont parlent les livres, la corde d'argent qui rattache*

un esprit vivant à son corps. On coupe cette corde, disent-ils, et on est parti.

A cet instant une aura, venue de derrière, se met à planer au-dessus de Leslie et disparaît dans son corps sur le lit. Une seconde plus tard elle bouge, se retourne sous les couvertures ; sa main se pose sur mon épaule. J'ai l'impression d'être assailli par-derrière ; je me trouve catapulté vers l'éveil.

Mes yeux s'ouvrirent à l'instant dans une pièce où il faisait nuit noire... si noir qu'il importait peu que mes yeux soient ouverts ou fermés. Je tendis le bras pour allumer la lampe de chevet, le cœur palpitant.

— Leslie ! dis-je. Tu es réveillée ?

— Hein... Je le suis maintenant. Qu'est-ce qui ne va pas ?

— Rien, criai-je doucement. Ç'a marché ! On y est arrivés !

— C'est vrai ?

— On a quitté nos corps !

— Oh, Richard, c'est vrai ? Je ne m'en souviens pas...

— Tu ne t'en souviens pas ? Quelle est la dernière chose à laquelle tu puisses penser avant maintenant ?

Elle enleva ses cheveux d'or de ses yeux, fit un sourire de rêve.

— Je volais. Un beau rêve. Je volais au-dessus de champs...

— Alors c'est vrai ! On se rappelle nos nuits hors de nos corps comme des rêves de vol !

— Comment sais-tu que j'ai quitté mon corps ?

— *Parce que je t'ai vue !*

Cette phrase la réveilla complètement. Je lui racontai tout ce qui s'était passé, tout ce que j'avais vu.

— Mais « voir » n'est pas le mot pour cette vision extra-corporelle. Ce n'est pas tant voir que savoir, savoir dans le détail, plus clairement que si on voyait.

J'éteignis la lumière.

— La chambre est si noire, et je pouvais tout voir. La chaîne, les étagères, le lit, toi et moi..

Dans l'obscurité, il était impressionnant de parler de vue.

Elle alluma sa lumière, s'assit dans le lit, fronça les sourcils.

— Je ne m'en souviens pas !

— Tu t'es approchée de moi comme un O.V.N.I. couvert de fleurs ; tu t'es arrêtée dans l'air et tu as fondu en quelque sorte dans ton corps. Puis tu as bougé et tu m'as touché et paf ! j'étais complètement réveillé. Si tu ne m'avais pas touché à ce moment-là, je ne m'en serais pas souvenu.

Un mois s'écoula avant que cela ne se reproduise, pratiquement à l'envers. Elle attendit jusqu'au matin pour me le dire.

— Le même que toi ! Je me sentais comme un nuage dans le ciel, légère comme l'air. Et heureuse ! Je me suis retournée, j'ai regardé le lit, et nous y étions, endormis, avec Ambre, il y avait cette chère petite Ambre roulée sur mon épaule, comme elle dormait autrefois ! J'ai dit « AMBRE ! » et elle a ouvert les yeux et m'a regardée comme si elle n'était jamais partie. Puis elle s'est levée et a commencé à marcher vers moi. Et c'est la fin, je me suis réveillée au lit.

— Est-ce que tu avais l'impression qu'il fallait que tu restes dans la chambre ?

— Non, non ! Je pouvais aller n'importe où dans l'univers, où je voulais, voir n'importe qui. C'est comme si j'avais eu un corps magique...

Quelques craquements coupaient le silence de la chambre.

— Ça y est ! dit-elle, aussi enthousiaste que je l'avais été. On y arrive.

— Encore un mois, dis-je, et on pourra peut-être recommencer.

Cela s'est produit la nuit suivante.

Cette fois-ci, je suis assis dans l'air quand je me réveille au-dessus du lit ; ce qui attire mon attention, c'est une forme radieuse qui flotte, à une cinquantaine de centimètres, une forme parfaite, étincelante, or et argent, un amour exquis, vivant.

La Leslie que je vois de mes yeux, pensai-je, n'est qu'une partie minuscule de son être ! Elle est un corps dans un corps, la vie dans la vie ; qui se déploie, se déploie... La connaîtrai-je jamais entièrement ?

Pas besoin de mots, je sais tout ce qu'elle veut que je sache.

— Tu dormais, j'étais ici et je t'ai appelé, Richard, sors s'il te plaît... et tu es venu. —

— Bonjour ! Donne-moi la main ! —

Je tends la main vers elle, et quand la lumière de chacun de nous se trouve réunie, cette sensation que l'on a lorsqu'on se donne la main, mais bien plus proche, une joie paisible.

— Montons, pensé-je. Lentement. Essayons de monter.

Comme deux ballons gonflés d'air chaud, nous traversons le plafond.

Le toit de la maison s'enfonce au-dessous de nous, les tuiles de bois couvertes d'aiguilles de pin, la cheminée de brique, l'antenne de télévision tournée vers la civilisation. En bas, sur les terrasses, des fleurs endormies dans des bacs.

Puis nous sommes au-dessus des arbres, dérivant doucement au-dessus de l'eau, par une nuit étoilée, avec quelques nuages errants — petits cirrus épars, visibilité illimitée, vent du sud soufflant à deux nœuds. Pas de température.

Il y a tant de choses à dire que nous restons tous deux muets. Si c'est la vie, pensai-je, elle est infiniment plus belle que tout ce que j'ai jamais...

— Oui, j'entends Leslie penser. Oui. —

— Garde cela dans ta mémoire infaillible, lui dis-je. Tu n'auras pas oublié quand on se réveillera ! —

— Toi non plus. —

Comme des élèves pilotes lors d'un premier vol en solitaire, nous nous déplaçons lentement ensemble, sans gestes brusques. Nous n'avons pas la moindre peur de l'altitude, pas plus que deux nuages n'ont peur de tomber, deux poissons de se noyer. Quels que soient ces corps, ils n'ont pas de poids, pas de masse. Nous pourrions traverser l'acier, le centre du soleil, si nous en avions envie.

— Tu vois ? La corde !

Au moment où elle prononce le mot, je m'en souviens et regarde. Deux toiles d'araignée brillantes qui nous relient à la maison.

— Nous sommes des cerfs-volants spirituels, au bout de ficelles. Prêts à rentrer ? —

— Tout doucement. —

— On n'est pas obligés de rentrer... —

— Mais on veut rentrer, Richard ! —

Tout doucement, nous flottons par-dessus l'eau jusqu'à la maison, à travers le mur ouest de la maison.

Nous nous arrêtons près de la bibliothèque.

— Là, pense-t-elle. Tu vois ? C'est Ambre ! —
Une forme légère flotte vers Leslie.
— Bonjour, Ambre ! Bonjour, petite Ambre ! —
La lumière dégage une impression de bienvenue, d'amour. Je les quitte lentement, traverse la pièce. Et si on voulait parler à quelqu'un ? Si Leslie voulait voir son frère qui est mort quand elle avait dix-neuf ans, si je voulais parler à ma mère, à mon père qui vient de mourir, que se passerait-il ?

Quel que soit cet état extra-corporel, les questions viennent avec les réponses.

Je me retourne et les regarde tous deux, la femme et le chat, remarquant pour la première fois un fil d'argent qui part du chat. Il conduit dans l'obscurité jusqu'à une corbeille posée par terre, à une boule blanche endormie. Si j'avais eu un cœur, il se serait arrêté de battre.

— Leslie ! Ambre... Ambre, c'est Ange *! —*
Comme s'il tenait un rôle dans une pièce que nous ne connaissions pas, à ce moment notre autre chat Dolly traverse le couloir à toute vitesse et vient bondir, comme une moto à quatre pattes, sur le lit.

L'instant suivant, nous sommes piétinés par le chat, réveillés, oubliant tout.

— DOLLY ! criai-je, mais elle avait roulé du lit au mur et était ressortie depuis longtemps dans le couloir. Sa façon à elle de s'amuser.

— Désolé, dis-je, désolé de te réveiller.
Elle alluma la lumière.
— Comment savais-tu que c'était Dolly ? demanda-t-elle, encore endormie.
— C'était Dolly, je l'ai vue.
— Dans le noir ? Tu as vu Dolly, qui est une chatte marron et noir, courir à toute vitesse, dans le noir ?
Nous nous sommes souvenus l'un et l'autre, à la même seconde.
— On était sortis, n'est-ce pas ? dit-elle. On était ensemble, et on était dans les nuages !
J'ai saisi mon carnet, cherché un stylo.
— Vite, tout de suite. Dis-moi tout ce dont tu te souviens.

A partir de cette nuit, l'entraînement devenait progressivement moins difficile, chaque réussite ouvrant la voie à la suivante.

Après la première année d'entraînement, nous pouvions nous rencontrer hors de nos corps plusieurs fois par mois ; de plus en plus, nous avions l'impression d'être des visiteurs sur la planète, au point que nous échangions des sourires, en observateurs intéressés, pendant les informations du soir.

Grâce à notre entraînement, les morts et les tragédies que nous voyions sur Canal 5 n'étaient pas des morts et des tragédies ; c'étaient des allées et venues, les aventures d'esprits au pouvoir infini. Les informations du soir étaient transformées pour nous, de spectacle horrible, en leçons, en examens à passer, en possibilités d'action sociale, en défis.

— Bonsoir, l'Amérique. Ici Nancy Newsperson. Voici pour ce soir la liste des horreurs à travers le monde. Chevaliers de l'esprit, écoutez : Aujourd'hui, au Moyen-Orient... Passons aux échecs du gouvernement ! Y a-t-il quelqu'un qui s'amuse à réparer les désastres bureaucratiques ? Après un bref interlude publicitaire, nous ouvrirons le dossier des problèmes graves divers. Si vous avez des solutions, soyez à l'écoute !

Nous espérions apprendre, de l'expérience extra-corporelle, à être maîtres et non victimes du corps et de sa mort. Nous n'avions pas deviné qu'avec cet apprentissage s'ouvrirait une perspective qui changerait tout le reste — quand de victime on devient maître, que faire de son pouvoir ?

Un soir après avoir écrit, je préparais la nourriture des chats et des petites guimauves sur un plateau, pour les visites nocturnes de Racquel, le raton laveur. Leslie vint superviser. Elle avait quitté son ordinateur de bonne heure, pour s'informer sur l'état du monde.

— Tu n'as rien vu aux informations, dis-je, dont tu aimerais t'occuper ?

— Arrêter le nucléaire, arrêter la guerre, comme toujours. Les colonies spatiales, peut-être ; sauver l'environnement, évidemment, et les baleines, les animaux en voie de disparition.

Le plateau de nourriture avait l'air délicieux — quand je le regardais avec des yeux de raton laveur.

— Trop de guimauves, dit-elle en en retirant quelques-unes. Ce n'est pas toi qu'on nourrit, mais le raton laveur.

— Je pensais qu'elle aimerait en avoir quelques-unes de plus ce soir. Plus elle en mangera, et moins elle aura envie de manger de petits oiseaux.

Sans un mot, Leslie remit les guimauves en excès, puis alla nous faire une place sur le divan.

Après avoir posé le plateau dehors, je me suis roulé près de Leslie dans le salon.

— La meilleure possibilité qui nous soit offerte, je pense, est celle d'une évolution individuelle, dis-je. Que toi et moi, nous apprenions... qu'il y a quelque chose qu'on puisse *contrôler*.

— Et pas d'expérience extra-corporelle qui nous transporte à d'autres niveaux ? dit-elle pour me taquiner. Nous ne serions pas tout à fait prêts à dire adieu à notre petite planète ?

— Pas tout à fait prêts, dis-je. Il suffit de savoir qu'on *peut* la quitter, maintenant, quand on veut. On peut être étrangers sur terre, mais on a appris des choses ! Des années d'éducation sur l'usage du corps, la civilisation, les idées, le langage. Comment changer les choses. On n'est pas prêts à jeter tout ça. Je suis content de ne m'être pas tué il y a longtemps, avant de t'avoir trouvée.

Elle me regarda avec curiosité.

— Est-ce que tu savais que tu essayais de te tuer ?

— Pas consciemment, je ne crois pas. Mais je ne crois pas que toutes les alertes aient été accidentelles. La solitude était un tel problème, à cette époque, que ça ne m'aurait pas gêné de mourir, ç'aurait été une nouvelle aventure.

— Quelle impression ça t'aurait fait, demanda-t-elle, de t'être tué et de découvrir ensuite que ton âme sœur était toujours sur terre à t'attendre ?

Les mots se figèrent dans l'air. Avais-je frôlé la mort de plus près que je ne l'avais cru ? Nous étions assis tous deux sur notre divan de location, tandis qu'au-dehors le crépuscule s'obscurcissait.

— Aïe ! dis-je. Quelle idée !

Le suicide, tout comme le meurtre — peu créatifs ! Quiconque est assez désespéré pour se suicider, pensai-je, devrait être assez désespéré pour chercher des solutions créatives extrêmes aux problèmes : s'enfuir à minuit, prendre clandestinement le bateau pour la Nouvelle Zélande et recommencer — faire ce qu'il avait toujours eu envie de faire mais qu'il avait trop peur d'essayer.

Je lui pris la main, dans le noir.

— Quelle idée ! dis-je. Me voilà, je viens de me tuer, je me sépare de mon corps mort et je comprends, trop tard... Je t'aurais rencontrée, par hasard, en passant à Los Angeles en route pour la Nouvelle Zélande, mais je venais de me tuer ! Non ! J'aurais dit : « Quel imbécile ! »

— Pauvre imbécile mort, dit-elle. Mais tu pourrais toujours commencer une autre vie.

— Bien sûr, je pourrais. Mais j'aurais quarante ans de moins que toi.

— Depuis quand est-ce qu'on commence à compter les années ?

Elle riait de ma campagne contre les anniversaires.

— Ce n'est pas tellement une question d'âge. Mais nous ne serions plus synchronisés. Tu me parlerais de marches pour la paix ou de Banthas, et je resterais assis comme une pierre en disant : « Quoi ? » Une autre vie, ce serait si malcommode ! Tu t'imagines redevenant bébé ? Apprendre... à marcher ? La vie d'adolescent ? Il est déjà étonnant qu'on ait réussi à survivre à l'adolescence. Mais avoir à nouveau dix-huit ans, vingt-quatre ? Je ne serais pas prêt à faire un tel sacrifice, avant un millier d'années au moins ; ou plutôt jamais, merci. Je préfère encore être un phoque du Groenland.

— Je serai un phoque avec toi, dit-elle. Mais si celle-ci est notre dernière vie terrestre pour des siècles, il faut la rendre la meilleure possible. Qu'importent les autres vies ? Comme ce que nous avons fait dans cette vie-ci — Hollywood, vivre dans la caravane, nous battre pour sauver la forêt —, quelle importance dans mille ans ? Quelle importance ce soir, si ce n'est ce que nous avons appris ? Ce que nous avons appris, c'est tout ! Je crois qu'on a pris un bon départ, cette fois. Attendons un peu avant de devenir des phoques.

Elle commençait à frissonner.

— Tu préfères une couverture ou du feu ?

Je songeais à ce qu'elle m'avait dit.

— Cela m'est égal, murmurai-je. Tu veux que je l'allume ?

— Non. Il suffit d'une allumette.

Le poêle à bois envoyait des reflets chauds dans ses yeux, ses cheveux.

— Pour maintenant, dit-elle, si tu pouvais faire tout ce que tu voulais, qu'est-ce que ce serait ?

— Je PEUX faire tout ce que je veux.

— Qu'est-ce que ce serait ? répéta-t-elle, en se blottissant à nouveau contre moi et en regardant le feu.

— Je voudrais dire ce que nous avons appris.

Mes propres mots me faisaient ciller. N'est-ce pas étrange ? pensai-je. Ne plus chercher de réponses, mais les donner ! Pourquoi pas, une fois qu'on a trouvé l'amour, une fois qu'on sait enfin comment fonctionne l'univers ? Ou comment on pense qu'il fonctionne.

Elle quitta le feu des yeux pour me regarder.

— Ce que nous avons appris est la seule chose qui nous reste. Et tu veux la donner ?

Elle se retourna vers le feu et sourit.

— N'oublie pas que c'est toi qui as écrit que tout ce que tu disais pouvait être faux.

— Pouvait être faux, repris-je. Mais lorsqu'on écoute les réponses de quelqu'un, on n'écoute pas vraiment ce quelqu'un, n'est-ce pas ? On s'écoute soi-même pendant qu'il parle ; c'est soi-même qui dit ceci est vrai et ceci est idiot, et ceci est à nouveau vrai. C'est ça qui est amusant quand on écoute. Quand on parle, le plaisir, c'est d'avoir tort le moins possible.

— Alors tu songes à donner à nouveau des conférences ? dit-elle.

— Peut-être. Mais une conférence de huit heures, c'est un livre. C'est comme si on lisait tout un livre, et on ne fait qu'allusion à ce qu'il y a à dire. Je ne suis pas un bon conférencier — parler pendant si longtemps sans aborder l'essentiel de mon sujet.

— Tu plaisantes ? Si tu ne veux pas donner de conférences, dis-le, mais ne dis pas que tu n'es pas un bon conférencier ! Tu étais épatant autrefois, et tu as bien plus de choses à dire maintenant, qu'alors. Tu es si différent, tu n'es pas la même personne !

— Est-ce que tu monterais sur scène avec moi, pour dire ce que nous avons trouvé ensemble ? Sans avoir peur de parler des moments difficiles ou des moments heureux ? Parler à ceux qui cherchent, comme nous autrefois, leur donner l'espoir que le bonheur pour toujours peut vraiment exister ? Comme j'aimerais avoir entendu ça, il y a des années !

Elle répondit d'une voix minuscule.

— Je ne crois pas que je pourrais le faire avec toi. Je pourrais m'occuper des préparatifs, de l'organisation. Mais je ne voudrais pas monter sur scène.

Quelque chose n'allait pas.

— Tu ne veux pas ? Il y a des choses qu'on pourrait dire

ensemble et qu'aucun de nous deux ne pourrait dire seul. Je ne peux pas dire ce que tu as vécu aussi bien que toi ; la seule façon est de le faire ensemble !

— Je ne crois pas, dit-elle.
— Pourquoi donc ?
— Quand je parlais contre la guerre, Richard, les foules étaient si hostiles ! J'étais terrifiée à l'idée de devoir les affronter et leur parler, mais il fallait que je le fasse. Eh bien, je me suis promis que quand ce serait fini, je ne recommencerais jamais. Jamais. Pour quelque raison que ce soit.
— Tu es ridicule, lui dis-je. La guerre est finie ! On ne parle pas de guerre, maintenant, on parle d'amour !

Ses yeux s'emplirent de larmes.

— Mais, Richard, dit-elle, c'est d'amour que je parlais alors !

48

— Où allez-vous chercher vos idées folles ? demanda le monsieur au vingtième rang — première question de la deuxième heure de conférence.

Il y eut une espèce de murmure de masse parmi les quelques milliers de personnes de l'auditorium municipal... il n'était pas le seul à être curieux.

Leslie était assise sur un grand tabouret à côté du mien, elle avait l'air détendue et à l'aise. Je m'étais avancé jusqu'aux projecteurs avec un micro sans fil, choisissant parmi les mains qui se levaient, répétant les questions pour que le balcon puisse entendre, et pour me donner le temps de réfléchir à ma réponse.

— Où vais-je chercher mes idées folles ? répétai-je.

En quelques secondes, une réponse se matérialisa, puis les mots pour la formuler.

— Au même endroit que je trouve les raisonnables, dis-je. Les idées viennent de la fée du sommeil, de la fée de la marche et, quand je suis complètement trempé et incapable de prendre des notes, de la fée des averses. Ce que je leur ai toujours demandé, c'est de me donner des idées qui ne fassent pas violence à mon intuition.

« Je sais intuitivement, par exemple, que nous sommes des êtres de lumière et de vie, et non de mort aveugle. Je sais que nous ne sommes pas assemblés hors de l'espace et du temps, sujets à un million d'ici-et-maintenant changeants, de biens, de maux. L'idée que nous sommes des êtres physiques descendant de cellules primitives vivant dans des bouillons de culture, cette idée fait violence à mon intuition, la heurte.

« L'idée que nous descendons d'un Dieu jaloux, qui nous a façonnés à partir de poussière et nous laisse le choix entre les prières à genoux ou les feux de la damnation, cette idée me heurte plus encore. Aucune fée du sommeil ne m'a jamais apporté ces idées. Tout le concept de *descendance*, pour moi, est erroné.

« Si Dieu est amour, et si Dieu est réalité vivante infinie et toute-puissante, alors nous le sommes aussi ! Et d'où vient le mal, et la cruauté, l'injustice, les tragédies, la maladie, la guerre, la grammaire anglaise ? Ils n'existent pas, parce qu'ils ne sont pas Réels. Ce sont des forces mues seulement par notre pensée, ce sont des forces que nous choisissons aussi librement pour cette vie que nous choisissons des forces au football, aux échecs ou à tout autre jeu.

« Les choses de ce genre me paraissaient sensées. Pourtant, je ne pouvais trouver de lieu unique, de personne unique qui ait les réponses à mes questions, excepté mon être intérieur. Il fallait que je nage à travers ma vie comme une baleine, absorbant d'énormes bouchées de ce que d'autres gens avaient écrit et pensé et dit, y goûtant et gardant des petits morceaux de savoir de la taille du plancton, qui convenaient à ce que je voulais croire. Tout ce qui pouvait expliquer ce que je savais être vrai, voilà ce que je cherchais.

« De tel écrivain, pas la moindre crevette à garder. De tel autre, je n'ai rien compris sauf ceci : *Nous ne sommes pas ce que nous paraissons*. Voilà, je le sais intuitivement, c'est VRAI ! Le reste du livre n'est peut-être que de l'eau de mer, mais la baleine garde cette phrase.

« Petit à petit, je crois que nous façonnons une compréhension consciente de ce que nous savons dès la naissance : ce que notre être intérieur suprême veut que nous croyions est vrai. Notre esprit conscient, cependant, n'est pas heureux avant d'avoir expliqué à l'aide de mots.

« Sans m'en rendre compte, en l'espace de quelques décennies, j'avais un système de pensée qui me donnait des réponses quand je les demandais. »

Je jetai un rapide coup d'œil à Leslie, et elle me fit un petit signe pour me dire qu'elle était toujours là.

— Quelle était la question ? dis-je. Ah ! Où vais-je chercher mes idées folles ? Réponse : fée du sommeil, fée de la marche, fée des averses. Fée des livres. Et, au cours de ces dernières années, auprès de ma femme. Maintenant, quand j'ai des questions, je les lui pose et elle me donne la réponse. Si ce n'est déjà fait, je vous conseille de trouver votre âme sœur, le plus tôt possible. Question suivante ?

Tant de choses à dire, pensai-je, et un seul jour pour les dire dans chaque ville qui nous a demandé de venir parler. Huit heures sont loin de suffire. Comment les orateurs font-ils pour dire aux gens ce qu'ils ont besoin de leur dire en une heure ? En une heure, nous avions à peine délimité le cadre de notre conception du monde.

— La dame là-bas, tout au fond, à droite...

— Ma question est pour Leslie. Comment saviez-vous que vous aviez rencontré votre âme sœur ?

Leslie me regarda, dans un instant de frayeur, et prit son micro.

— Comment saviez-vous que vous aviez rencontré votre âme sœur ? répéta-t-elle, calmement, comme si elle avait une longue habitude. Je ne le savais pas, quand j'ai rencontré la mienne. C'était dans un ascenseur. « Vous montez ? » avais-je demandé. « Oui » avait-il répondu. Ni l'un ni l'autre ne savait ce que ces mots signifieraient pour les gens que nous sommes maintenant.

« Cinq ans plus tard, nous avons fait vraiment connaissance et tout à coup nous étions les meilleurs des amis. Plus je le connaissais, plus je l'admirais, et plus je pensais que c'était une personne vraiment merveilleuse.

« C'est un indice. Cherchez une histoire d'amour qui *s'améliore* avec le temps, une admiration qui grandisse, une confiance qui croisse à travers les orages.

« Avec cet homme je voyais qu'une intimité et une joie intenses étaient possibles pour moi. Je pensais autrefois que c'étaient des besoins qui m'étaient particuliers, des signes qui m'étaient personnels. Je pense maintenant qu'ils pourraient être ceux de tout le monde, mais qu'on désespère de jamais les trouver, qu'on essaie de se contenter de moins. Comment oser demander l'intimité et la joie quand on ne trouve pas mieux qu'un amour tiède et un bonheur médiocre ?

« Pourtant, dans nos cœurs, nous savons que ce qui est tiède deviendra froid, et que le bonheur médiocre se transformera en une espèce de tristesse sans nom, et nous nous interrogeons. Est-ce l'amour de ma vie, est-ce tout, est-ce la raison pour laquelle je suis ici ? Dans nos cœurs, nous savons qu'il doit y avoir plus, et nous avons la nostalgie de celui que nous n'avons jamais trouvé.

« Il arrive si souvent qu'une moitié d'un couple essaie de monter, et que l'autre moitié tire vers le bas. L'un marche en avant, et l'autre prend soin de faire deux pas en arrière pour chaque pas en avant. Mieux vaut apprendre le bonheur seule, pensai-je, aimer mes amis et mon chat, mieux vaut attendre une âme sœur qui ne vient jamais que de faire un sinistre compromis.

« Une âme sœur est quelqu'un qui a des verrous pour nos clefs, et des clefs pour nos verrous. Lorsqu'on se sent suffisamment en sécurité pour ouvrir les verrous, notre être le plus authentique se révèle, on peut être complètement et honnêtement soi-même ; on peut être aimé pour ce qu'on est et non pour ce qu'on fait semblant d'être. Chacun dévoile la meilleure part de l'autre. Peu importe ce qui va mal alentour, avec cette personne on est en sécurité dans son propre paradis.

« Une âme sœur est quelqu'un qui partage nos aspirations les plus profondes, notre sens de l'orientation. Lorsqu'on est deux ballons, et qu'ensemble on a tendance à monter, on a des chances d'avoir trouvé la bonne personne.

« Une âme sœur est quelqu'un qui donne vie à la vie. »

A sa grande surprise, la foule la couvrit d'applaudissements. J'avais failli la croire, qu'elle n'était pas parfaite sur l'estrade. Elle l'était.

— Pensez-vous de la même façon que lui ? demanda la personne suivante dans le public. Êtes-vous d'accord sur tout ?

— Sommes-nous d'accord sur tout ? demanda-t-elle. Le plus souvent. Il augmente le volume de la radio, et je découvre qu'il est la seule autre personne que je connaisse qui soit ravie par la cornemuse. Il est également le seul qui puisse chanter *Alone Am I*, mot pour mot avec moi, d'après ses souvenirs d'enfance.

« A d'autres moments, ajouta-t-elle, nous n'aurions pu commencer plus loin l'un de l'autre... J'étais pacifiste, Richard était pilote dans l'Air Force ; un homme à la fois pour moi, alors que la seule femme de Richard était multiple. Il se trompait dans les deux cas, alors bien entendu il a changé.

« Mais en fin de compte il importe peu que nous soyons d'accord ou non, ou de savoir qui a raison. Ce qui compte, c'est ce qui se passe entre nous... est-ce que nous changeons, est-ce que nous grandissons, est-ce que nous nous aimons davantage ? Voilà ce qui compte.

— Puis-je ajouter un mot ? dis-je.

— Bien sûr.

— Les choses qui nous entourent — les maisons, les métiers, les voitures — ce sont des montures pour notre amour. Les choses que nous possédons, les endroits où nous vivons, les événements de nos vies : des montures vides. Il est si facile de chercher les montures et d'oublier les diamants ! La seule chose qui compte à la fin d'un séjour sur terre, c'est de savoir si on a bien aimé, quelle était la qualité de notre amour. »

A la première pause, la plupart des gens se levèrent, certains s'avancèrent pour faire signer leurs livres. Des conversations s'engagèrent entre des personnes qui ne s'étaient jamais vues auparavant ; nous avions prévu un endroit à cet effet, devant la scène.

Au moment où les gens regagnaient leur place pour la cinquième heure d'entretien, je mis la main sur l'épaule de Leslie.

— Comment vas-tu ? Bien ?

— Très bien, répondit-elle. C'est merveilleux !

— Tu es tellement brillante ! dis-je. Si sage et si belle. Tu pourrais faire ton choix parmi tous les hommes qui sont ici.

Elle me serra le bras.

— Je choisis celui-ci, merci. Il est temps de s'y remettre ?

Je hochai la tête et allumai mon micro.

— Allons-y, dis-je. Continuons. Toute question jamais posée depuis l'aube de l'humanité, nous pouvons y répondre !

Tant de ce que nous disions paraissait fou, et pourtant rien n'était faux... comme si des théoriciens de la physique se trouvaient en scène pour dire que, si on voyage en s'approchant de la vitesse de la lumière, on devient plus jeune que ceux qui ne voyagent pas ; qu'un kilomètre d'espace près du Soleil est différent d'un kilomètre d'espace près de la Terre, parce que l'espace près du Soleil est plus courbe que celui de la Terre.

Des idées risibles, mais qui étaient vraies. La physique des hautes énergies est-elle intéressante parce qu'elle est folle ou parce qu'elle est vraie ?

— Madame, dis-je, en faisant un signe de tête à une femme debout au milieu du public.

Je me demandais où elle allait nous emmener.
— Avez-vous l'intention de mourir ?
Question facile ; une réponse à partager entre nous.

Nous avons traversé ce jour-là, avec le vent du savoir qui nous avait transformés et enrichis, une mer de questions !
Pourquoi avons-nous des problèmes ?
La mort peut-elle nous séparer ? Sinon, comment parler à des amis qui sont morts ?
Le mal n'existe-t-il pas ?
Quelle impression cela fait-il d'être marié à une actrice ?
Avez-vous accepté le Seigneur Jésus-Christ comme votre Sauveur ?
A quoi sert la nation ?
Êtes-vous jamais malades ?
Qui se trouve dans les O.V.N.I. ?
Combien avez-vous d'argent ?
La vie à Hollywood est-elle vraiment magnifique ?
Si j'ai déjà vécu auparavant, pourquoi ai-je oublié ?
Est-elle aussi merveilleuse que vous le dites ? Qu'est-ce que vous n'aimez pas l'un chez l'autre ?
Avez-vous fini de changer ?
Voyez-vous votre propre avenir ?
Qu'est-ce que cela change, tout ce que vous dites ?
Comment devient-on actrice ?
Avez-vous jamais changé votre passé ?
Pourquoi la musique a-t-elle un tel effet sur nous ?
Faites quelque chose de psychique, s'il vous plaît.
Qu'est-ce qui vous rend si sûrs d'être immortels ?
Comment savoir qu'un mariage est terminé ?
Combien d'autres personnes voient-elles le monde comme vous ?
Pensez-vous être fous ?

Nous avons navigué pendant une journée qui nous a paru durer un instant, comme si nous voyagions nous-mêmes à la vitesse de la lumière.

Vint le moment où nous refermâmes la porte de notre chambre d'hôtel pour tomber tous deux sur le lit.

— Pas mal, dis-je. Pas mauvaise, cette journée. Fatiguée ?

— Non, dit-elle. Il y a tant de *force*, tant d'amour dans l'air, dans les séances de ce genre. La joie arrive et nous embrasse tous !

— Essayons de voir des auras, la prochaine fois, dis-je. On dit que lors d'un bon spectacle, il y a une lumière dorée au-dessus du public, au-dessus de la scène. Tout le monde est électrifié.

Je regardais son chemisier.

— Permission de toucher ?

Elle me jeta un regard de travers.

— Qu'est-ce que ça veut dire ?

— C'est une coutume d'élèves aviateurs. Ne jamais toucher une autre personne sans sa permission.

— Tu n'as pas vraiment besoin d'autorisation, monsieur Bach.

— Je me disais qu'avant de t'arracher tes vêtements, j'allais être poli et te demander.

— Espèce de bête, dit-elle. Lorsque l'homme a demandé s'il restait des dragons, j'aurais dû te montrer du doigt.

Je me suis roulé sur le dos, ai regardé le plafond, fermé les yeux.

— Je suis un dragon. Je suis un ange, aussi, n'oublie pas. On a chacun son mystère, son aventure, n'est-ce pas, parcourant ensemble nos millions de chemins à travers le temps, tous en même temps. Qu'est-ce que nous faisons, dans ces autres époques ? Je ne sais pas. Mais je suis sûr d'une chose étrange. Je suis sûr que ce que nous faisons maintenant...

— ... est relié par des rubans de lumière, dit-elle, à ce que nous faisions alors !

J'ai sursauté lorsqu'elle a fini ma phrase.

Elle était allongée de son côté du lit, ses yeux bleu de mer verrouillés avec les miens, sachant tellement plus.

Je parlais aussi doucement que possible à la vie qui étincelait derrière ces yeux.

— Bonjour, mystère, murmurai-je.

— Bonjour, aventure.

— Où irons-nous à partir d'ici ? dis-je, emplis de notre force. Comment changer le monde ?

— J'ai vu notre maison aujourd'hui, dit-elle. Lorsque la dame a demandé si on connaissait notre avenir. Tu te souviens de notre rêve ? Cette maison. J'ai vu la forêt sur l'île, et le pré. J'ai vu l'endroit où on va bâtir la maison qu'on a visitée dans le rêve.

L'un des coins de sa bouche esquissa un minuscule sourire.

— Tu crois que ça les ennuierait, tous ces autres nous-mêmes partout à la fois à travers le temps et l'espace ? Compte tenu de ce qu'on a vécu, dit-elle, crois-tu que ça les ennuierait si on construisait d'abord notre maison, et qu'on change ensuite le monde ?

49

La petite pelleteuse rugissait sur la colline, m'aperçut au bord du pré, descendit à ma rencontre, sa petite pelle à moitié emplie de terreau pour le jardin.

— Bonjour ! cria Leslie, par-dessus le rugissement du moteur.

Pour travailler, elle portait une épaisse salopette blanche. Ses cheveux étaient roulés sous une casquette jaune ; ses mains disparaissaient sous de gros gants de cuir, posés sur les manettes de la machine.

Elle maniait la pelleteuse avec une grande maîtrise, ces jours-ci, heureuse de travailler enfin à la maison qu'elle avait construite depuis si longtemps dans son esprit.

Elle coupa le moteur.

— Comment va mon cher écrivaillon ?

— Très bien, dis-je. Je ne sais pas ce que les gens penseront de ce livre. Mais je l'adore. Et j'ai trouvé le titre aujourd'hui.

Elle remonta un peu sa casquette, se toucha le front avec le dos d'un gant.

— Enfin ! C'est quoi, le titre ?

— Il est déjà là, il était là tout au long. Si tu le trouves aussi, c'est comme ça qu'on appellera le livre, d'accord ?

— Il est temps que je le lise maintenant, tout le manuscrit d'une traite ?

— Oui. Plus qu'un chapitre, et c'est fini.

— Plus qu'un chapitre ? dit-elle. Félicitations !

Je regardais au-delà du pré, vers le bas, par-dessus l'eau jusqu'aux îles qui flottaient à l'horizon.

— C'est un endroit splendide, n'est-ce pas ?

— Le paradis ! Et il faut que tu voies la maison, dit-elle. Les premiers capteurs solaires ont été installés aujourd'hui. Monte, je t'emmène voir.

Je montai sur la pelle avec le terreau. Elle appuya sur le démarreur.

Le moteur se remit à rugir, et, pendant un instant, j'aurais pu jurer que c'était le bruit de mon vieux biplan, qui démarrait dans le pré.

En fermant à moitié les yeux, je voyais...

... un mirage, un fantôme des années passées, qui avançait dans le pré. Richard fit partir le moteur de son Fleet pour la dernière fois et s'installa dans son cockpit, la main sur la manette des gaz, sur le point de décoller et de se mettre en quête de son âme sœur.

Le biplan avançait.

Qu'est-ce que je ferais si je la voyais maintenant, pensa-t-il, si je la voyais marchant dans le blé, me disant d'attendre ?

Une impulsion ridicule lui fit tourner la tête et regarder.

Il y avait une espèce de luminosité floue dans le champ. A travers le blé, avec une longue chevelure d'or qui flottait derrière elle, courait une femme, courait la plus belle... Leslie Parrish ! Comment était-elle... ?

Il arrêta le moteur aussitôt, stupéfait de la voir.

— Leslie ! C'est toi ?

— Richard ! cria-t-elle. Tu montes ?

Elle s'arrêta essoufflée à côté de la cabine.

— Richard... est-ce que tu aurais le temps de voler avec moi ?

— Est-ce que tu..., dit-il, le souffle soudain coupé, est-ce que tu voudrais ?

Je me suis tourné vers Leslie, aussi étonné que le pilote par ce que je venais de voir.

Couverte de terre, resplendissante, elle me fit un sourire radieux.

— Richard, ils vont tenter leur chance ! dit-elle. *Souhaite-leur l'amour !*

*Cet ouvrage a été réalisé sur
Système Cameron
par la SOCIÉTÉ NOUVELLE FIRMIN-DIDOT
Mesnil-sur-l'Estrée
pour le compte des Éditions Flammarion
le 3 avril 1985*

Photocomposition : Hérissey

Imprimé en France
Dépôt légal : mai 1985
N° d'édition : 10526 – N° d'impression : 2316